U0932972

欣欣向爱
HAPPY LOVE

我的监察官男友

册子 著

江苏凤凰文艺出版社
JIANGSU PHOENIX LITERATURE AND ART PUBLISHING, LTD

图书在版编目（CIP）数据

我的监察官男友 / 册子著 . -- 南京 : 江苏凤凰文艺出版社 , 2019.7
ISBN 978-7-5594-3862-1

Ⅰ . ①我… Ⅱ . ①册… Ⅲ . ①言情小说 – 中国 – 当代 Ⅳ . ① I247.5

中国版本图书馆 CIP 数据核字 (2019) 第 139978 号

我的监察官男友

册子 著

出 版 人　张在健
责任编辑　丁小卉
特约编辑　一个如斯
装帧设计　瞌睡君
责任印制　刘巍
出版发行　江苏凤凰文艺出版社
　　　　　南京市中央路 165 号，邮编：210009
网　　址　http://www.jswenyi.com
印　　刷　长沙鸿发印务实业有限公司
开　　本　880 毫米 ×1230 毫米 1/32
印　　张　10
字　　数　288 千字
版　　次　2019 年 7 月第 1 版　2019 年 7 月第 1 次印刷
书　　号　ISBN 978-7-5594-3862-1
定　　价　39.80 元

目录

C O N T E N T S

目录

CONTENTS

第一章　命运的馈赠

我们准备着深深地领受那些意想不到的奇迹，在漫长的岁月里忽然有彗星的出现，狂风乍起。

——冯至《十四行诗》

山涧、田野、房屋，间或几个稻草人，从窗外呼啸而过。

江听雨疼得捂住胃部，又担心这一幕落在别人眼里成了矫情，最终松开了手。

熬了一会儿，她强撑着站起身，想去接杯热水。火车正好碾过轨道接口，车身晃动，江听雨一个趔趄，往对面男子的怀里扑去，杯中冷茶全泼在男子胸口。

男子倒很绅士，抬手扶住了江听雨，丝毫不见恼怒，也没有趁机摸一把来占些便宜。

“不好意思。”江听雨小声道歉。

男子大大咧咧一笑，露出两排白而整齐的牙齿：“没事。”

江听雨顾不上接水了，手忙脚乱地从背包里掏出纸巾递过去：“您擦一擦吧。”

男子也没忸怩，抬手来接，却没掌握好力度，不小心碰着了江听雨的手指。江听雨似被虫子咬了似的，忙不迭缩回手。

对面男子漫不经心地擦着被打湿的衣服，也不管有没有擦对地方，目光全落在江听雨身上。他看出江听雨的手足无措，也看出她应该刚哭过。

“你不舒服？”男子注意到江听雨的脸色不很好看，再次开口。

江听雨没有作声，只摇了摇头。她不是个内向的人，但也的确不习惯陌生男人的问候。

男子未觉尴尬，语气温柔却又不容反驳："别想否认，一个人舒不舒服我还是看得出来的。"话音落下，他拿起江听雨的杯子往接热水的地方走去。

江听雨连忙起身阻拦，却没追上男子的步伐，又不想心安理得地坐着，只好跟过去，略显局促地站在一边。其实她很想问：那一个人乐不乐意，你怎么就看不出来了呢？

男子接完水，转身见江听雨乖乖地站在身后，不禁笑出声："哈，你要不要这样……"顿了顿，才继续说，"老实？"

原本他是想说可爱的，但又怕显得太轻浮。

但就算是"老实"这样一个朴素的形容词，也让江听雨红了脸，看得男子更觉有趣。

坐回位子，男子将水杯递给江听雨。江听雨道谢，接过水杯时格外小心，刻意避免了与男子再有任何肢体接触。

"你是本地人？"男子见江听雨的眉眼间渐渐又爬上一层愁色，便故意找话聊。

江听雨点点头。

"我不是本地人。"男子笑着说。

江听雨："……"

男子也意识到自己的话有点儿傻，笑一笑，做起了自我介绍："我叫白石楠，是来青阳古城玩儿的。"

江听雨转过头，看向对面的人："白石楠？"

白石楠"嗯"了声，问道："怎么了？"

"没什么，只是我们这边'白'姓不多见，以往只在书里看到，第一次遇到姓'白'的真人。"江听雨自然不会告诉他，刚才自己是想到了一首宋代的诗，按照以往的经验，若她真说了实话，难免有卖弄之嫌。

白石楠脸上忽然浮现一抹骄矜之色："对啊，'白'姓不多见，而且我这个名字也是有讲究的哦！宋代有一位不知名的诗人，名唤高似孙，你知道吧？"

江听雨极爱古诗词，自然知道这个诗人，事实上，她已经知道白石楠指的是哪首诗了，但她装作不知道——她是个体贴的人，愿意给白石楠这个卖弄的机会。

白石楠继续扬扬得意："高似孙有一首诗，写得可好了，我给你念一下啊。"

江听雨点头。

于是白石楠很风雅地背起诗来："自随野意订山行，香学楠花白水生。借得风来帆便饱，隔溪新度一声莺。"

江听雨见他背得认真，便也捧场，一脸认真："啊，原来你的名字取自古诗词，很有内涵，也挺好听。"

白石楠听到这声一本正经的"啊"，再看着江听雨那张认真的脸，刚酝酿的那点儿风雅又没了影，再一次笑出声。那种发自肺腑的笑意，有点儿类似于当年在学校的大礼堂，他所在的班级表演诗歌朗诵，他却在大家一脸肃穆地喊出"啊，海燕！"时笑场了……

江听雨也不知道白石楠究竟在笑什么，只当他是被夸奖了傻乐，也抿嘴笑了笑。

白石楠主动攀谈，原本只是想转移江听雨的注意力，不让她沉溺于自己未知的低落情绪，这会儿见江听雨笑了，虽不甚明确，但到底是已从方才的压抑中走出，便不再作声。

车到中途一个大站点时，有不少人下车。

江听雨望着那些拎着箱子远去的人，就像望见过往时光里，那些一去不返的热切。她曾热切期盼过将来会怎样，却忘了今日也曾是她向往过的人生，不肯承认当下的落魄就是她曾向往过的将来。

已是晚上十点，大多是下车的归人，鲜少有过客上车，车厢愈发稀稀落落，渐趋寂静。

邻座的女生一直在看书，忽然啜泣起来，遍寻纸巾未得之后，捂着半边脸往洗手间跑去。

江听雨瞥了一眼那本书——是余华的《活着》。嗯，是得哭。

白石楠却很不解："看本书也能哭，女孩子果真是水做的？"

江听雨未回答他，反倒问了他一个问题："小姑娘哭得梨花带雨，待会儿回来，你打算怎么安慰？”

白石楠：“……”

江听雨似笑非笑地望着他。

白石楠向来性子活跃如原上野马，是个很不怕尴尬的人，但这回被一个姑娘看穿却属意外，张了张嘴又发觉没什么好辩解，愣怔片刻，只好有些害羞地摸摸鼻尖：“被你看出来了啊。”

江听雨当然看出来了，她虽时常带刺，但也不是个不识好歹的人。白石楠为了不让她陷入一味的失落，刻意找话说，转移她的注意力，虽于她而言收效甚微，但笑一笑使人放心也不难。

良久，女生回来，发现自己的书上多了一颗巧克力，带榛仁儿的。

她四下望望，目光在江听雨和白石楠身上停留片刻，笑了笑，将巧克力小心地揣进包里，算是承了这份陌生的暖意。防人之心不可无，江听雨和白石楠知道女生到底不放心吃陌生人给的东西，这是人之常情，但她也没有扔掉，还妥帖地收起来了，是以并不介意。

有些事，本就不必在乎结果，要的正是那片刻快乐。

火车渐渐发动，驶向下一站，车轮如同岁月翻滚，不知疲倦。

白石楠让江听雨帮忙看着东西，去了吸烟区。

江听雨掏出手机，摁亮，咬咬嘴唇，才打开微信。

果不其然，十几条未读消息，又是已经听了千百遍的那些劝和的话。

“妹，你真上火车了？如果还没上车，就告诉我在哪里，我去接你，然后让爸跟你道歉。”

“妹，不要跟爸赌气，他年纪大了，是有些固执。但我们要体谅他，他心里苦，也不容易。”

“妹，妈说你跟爸爸吵架，为什么连她也不陪了？”

……

“妹，爸是个臭脾气，其实你也不遑多让。”

一条一条往下翻，看到最后这句，气恼之下，她也不顾节省话费了，直接一个电话打过去。

那边江淮南刚接通电话，“妹”字还没喊出口，江听雨就先声夺人：“我是个臭脾气？我臭脾气总比你软弱无能好！你总是在劝和，却从不管两边的立场谁错谁对！”

江淮南：“……”

今天，江听雨是被她爸骂出门的，这会儿又被她哥说成是臭脾气，自然气昏了头。

那边江淮南半晌没出声，江听雨又连珠炮似的说下去：“江淮南你太让我失望了！虽然我从来没对你抱过希望，但你能不能稍微黑白分明一点？是，这个世界不是非黑即白的，但有些事就跟正义一样，不允许出现灰色地带！现在我和你爸之间就是这个情况，楚河汉界，你必须选一边靠岸，不许站在水中央！你一不是伊人，二不是蒹葭苍苍！”

听了妹妹控诉自己的话，江淮南哭笑不得，知道今天实在不宜再劝，劝也白劝，只好避重就轻道：“什么我爸我爸的，我爸不是你爸？多大的人了，净说些傻话。”

若是以往，哥哥说这样无奈而宠溺的话，江听雨也就顺阶而下了，一家人，哪有隔夜的仇。

可今天，情形实在不太好，日子也过于特殊——大年三十，举国上下阖家团圆啊！她的父亲却叫她滚，对她怒目而视，用深恶痛绝的语气。

除夕夜，乘客少之又少，大家都在家守着火炉、嗑着瓜子儿看春晚呢，因此江听雨很容易买到了票。凭着一腔孤勇，江听雨买票、进站、上车，又一个人将笨重的大箱子搁到置物架上，直到坐稳了，才把头趴到桌上无声地哭起来。

那些眼泪重获自由般，夺眶而出，最后她哭得都有些胃疼了方停下。

担心别人看出自己哭过，她又趴了许久，等脸上看不出异样了，才抬起头想去接杯热水，不料还是被对面的白石楠看出自己哭过。

感冒、贫穷和哭，怎么样都藏不住。

与哥哥的一番交谈自然又是不了了之，江听雨挂断电话，陷入了自怨自艾的死局，气恼之余更觉烦闷，感到孤军奋战的无力。

所以说，有时候人需要自己麻痹自己，很多事不能细想，若细想，则多令人沮丧啊！活到如今，她的人生仍不见半点春色繁花，尽是一地鸡毛。

十来分钟后，白石楠回来了。他擦干手上的水，拿出一支护手霜，仔仔细细地抹了起来。

江听雨看着白石楠修长细嫩的两只手，加上他那副认真无比的表情，觉得好笑，鬼使神差似的，暗暗摸了摸自己的手——读书时勤工俭学，打扫了四年阶梯教室，手心从此留下厚厚的一层茧，提醒着她困窘和不堪。

她刚沉下去的愁思，又轻飘飘却绝不容忽视地浮了上来，甚至内心生了一种荒谬的冲动。

《断头王后》中说："她那时候还太年轻，不知道所有命运赠送的礼物，早已在暗中标好了价格。"可若真能畅快、恣意、不知愁苦地活一回，江听雨想，那就标好价格吧，她不害怕代价，也不在乎结果。

为免热心肠的好先生白石楠再次担心和询问，冷硬的江听雨小姐心中纵有一场风雪，面上也是不动声色。

夜越来越深，车厢内的乘客大都进入了梦乡，等一觉醒来就是故乡，多美滋滋呀。

不知何时，窗外下起了雪，由飘渺到清晰，由细碎到壮阔，势要将这黑乎乎的世界银装素裹。

白石楠直直盯着对面的江听雨，只见她捧着水杯，乖得像只兔子，小口啜饮着。杯中热气袅袅而起，将她那张平淡无奇的脸隐约掩在其后，竟多了份朦胧美。

窗外飘雪、车里静寂，这一切都使人觉得安宁。

杯中水冷，江听雨将视线从窗外收回来，发现白石楠已经趴在桌上睡去，呼吸却并不通畅，似是着了凉。

青阳古城坐落于深山，又临水畔，到了冬日，窗起雾、瓦结霜，虽是同样气候，温度却低于城区。白石楠远道而来，对青阳气温并不了解，又是临时起意，因此没带多少厚衣服。

微不可察地叹口气，江听雨轻手轻脚地将行李箱搬下来，打开后取出一件黑色羽绒服，顿了片刻，最终还是披到了他身上。

白石楠受了风寒，又逛了一整天古城，这会儿头昏身软，困得不行。感受到身上忽然传来的暖意，他下意识拢了拢羽绒服，换了个更舒服的坐姿，再次沉沉睡去。

江听雨揣着苦闷无比的心事，浑然无睡意，索性掏出手机，打开一个朋友极力推荐的APP。不同于微博此时吐槽春晚、全民狂欢，也不同于微信朋友圈一片祝福语、热闹纷繁，这个APP显得冷静又极简。

论坛里，多是表现自我才艺、爱好与内心世界的发言，大家互不相识，却能在萍水相逢后畅聊通宵，也有人通过这个APP，确认过眼神，遇上对的人——江听雨的朋友便是其中之一。

江听雨深知自己各方面有多不如意，因此不抱任何侥幸心理，只把这里当作一个树洞，既可以窥探他人的精彩生活，又能抒发自己内心一隅的感受。

论坛置顶了一条帖子：你不怕苦，你不怕疼，你不怕泪水，你怕孤独。

下面有不少人跟帖，也有同城的人约好线下见面，共同度过漫长无聊的假期。

在这样冷清的雪夜里，在一种说不清、道不明的情绪下，江听雨也发了一条帖子——在座有没有凌城的闲人？明天约个电影，再约个第二杯半价的奶茶？AA。

发完帖子，江听雨便关掉页面，打开一本小说看了起来。小说讲的是一个兜兜转转很多年、渴望从尘埃里开出花来的暗恋故事，令人神伤，又不免令人神往。

随着监察体制的完善，陆临渊所在的凌城监察委愈发忙碌起来，很多之前睁只眼、闭只眼就可以过去的事情，如今则透明地呈现在群众面前。

腊月二十九，监察委收到匿名举报，称凌城的政府工作人员谭镇，在年前参加贫困村的扶贫考察期间收受贿赂，这几天在老家过年，又随村干部到青阳古城、森林公园等景点游玩，并接受该村赠送的大量土特产。

陆临渊和同事黄连临时受命去核实情况，坐火车到了青阳古城景区，没逮到人，又包了辆出租车连夜赶到村里，正碰上喝得醉醺醺的一群人，被村干部们众星拱月般围在最中间的恰是谭镇。

因在凌城打过照面，谭镇认出陆临渊二人，当即吓得酒醒了大半，站在原地无法动弹，支支吾吾了半天也没说出句利索话儿。

有村干部疑惑道：“哎，谭领导您怎么不走了？”

另一个村干部则盯着陆临渊，不耐烦地吼道：“小子，你是谁家的崽，这么不懂事，挡住领导路了，知不知道？”

陆临渊静静地站着，出租车的前灯照在他身上，刺破了面前的黑暗。

黄连则径直走到谭镇面前，俯身到他耳边说：“谭科长，您要不要叫他们都撤了？面子给你留点儿。”

谭镇心下慌张，知道事情要坏，只得对那群村干部道：“你们不用送我了，我自己回去。”

村干部喝了酒，一个个“义薄云天”：“那哪行呀！咱们村还仰仗着谭领导照顾呢，当然要把您送到住处才能安心。”

谭镇被这群没眼力见儿的人闹得很心烦，送送送，你们这是要送我去西天！

陆临渊没心思周旋，直接掏出证件，在众人面前亮出来。他在工作上，向来就不是拖泥带水的人，更不会给走错路的人留面子——谁让他们失去党性，净走歪路的？敢犯错，就要敢承担。

有个大胆点的村干部凑过来眯着眼仔细瞧，待看清证件上的字，顿时吓得一哆嗦：“监……监察官……”

众人先是面面相觑，而后明白过来，赶紧点头哈腰地溜了。

黄连也没阻拦，那些人，自有县级的监察官来处理。他和陆临渊要做的，就是查实谭镇违纪的证据，将谭镇带回凌城。

就在众人作鸟兽散时，陆临渊却忽然出声：“站住。”

那群村干部站在原地，心中叫苦不迭：他们也不归凌城的监察官管呐。

陆临渊走过去，在一个面相透着凶狠的男人面前站定：“口袋里的东西拿出来。”

男人面色一变，很快又佯装镇定，将口袋翻开：“您看，什么也没有。我们可以走了吧？”

其他村干部一一附和：“对啊，监察官，我们没犯什么事儿啊，可以让我们走不？”

陆临渊伸出手，往男人的裤腰带摸去。

男人紧紧按住他的手，声音带了一丝不逊："怎么，陆监察官这是要要流氓？"

其他人也疑惑，这位监察官摸人家裤腰带干啥呢？陆临渊盯着男人，手一挣，借着一股巧劲挣脱了男人的束缚，两根手指往里一探，掏出来一样东西，是把车钥匙。

男人额上青筋暴起，这把钥匙是谭震刚才趁乱塞给他的，目的就是让他离开后，提前将谭震车上的东西清空，这样便没证据了，而今晚吃这一顿饭也算不了什么大事。只是谭震动作隐蔽，他的身手也快捷，他怎么也没料到自己会被陆临渊抓个现形。

黄连也惊了一下，看向陆临渊：哥们儿行啊，这么隐蔽的小动作都能被您抓到，也该这位谭科长倒霉，碰上您来查。

陆临渊斜睨了黄连一眼："要像你那样粗心马虎，我不如回家种红薯。"

黄连："……"

回到谭镇的住处，陆临渊一眼看见门前停着的车。

他面无表情地盯着谭镇，沉声道："后备厢打开。"

谭镇还要挣扎，掏出包蓝王烟，抖出一根，双手捧到陆临渊面前："陆监，您大老远赶过来，真是辛苦了，您抽根烟……"

"一个科长，抽的居然是蓝王烟，生活水平不错。"陆临渊将整包烟拿过来，抛给一旁的黄连，"收好，证据。"

黄连："……"人家给你递烟示好，你却把人家的烟缴了，还当作证据？这么铁面无私，不愧是我最好的兄弟！

"打开。"陆临渊没理会黄连，双目紧紧盯着谭镇，神情更加沉重，再次命令。

"谭科长，我劝你还是把车子打开吧，你这事儿已经板上钉钉了，挣扎也是徒然，反而会把事情闹得更难看，还添个'违抗执法'的罪名。"黄连脾气比较好，乐于奉劝几句。

遇上陆临渊这号油盐不进的人物，谭镇明白事情毫无转旋余地，朝天叹口气，走过去，将后备厢慢慢打开。里面满满都是烟酒、腊肉，甚至还有几棵水灵灵的青菜。

黄连也叹气："我说谭科长啊，你这又是何必呢？你好不容易从山村里考出去，拼到现在这个位置，难道就缺这口吃的？它们值得你拿前途、拿信仰去换？"

谭镇埋头看地面，说不出话来。说什么呢，说他没想贪，只是觉得既然坐在这个位子上了，既得的便宜不占白不占？

陆临渊拿出摄像机打开，递给黄连。黄连将摄像机对准二人。

"谭镇，车上的烟酒、腊肉是谁的？"

"村干部送给我的。"

"为什么要给你送这些？"

"之前有好几个村在竞争贫困补助款，他们想让我在贫困情况调查表上动点手脚，我……我没抵抗住诱惑。"

"除了车上的物品，是否还收受了其他好处？"

谭镇此时已经冷静下来了，心想陆临渊掌握的顶多就是这点明面上的东西，至于更深的，监察委肯定毫无知觉，不然就不止是两个毛头小子来村里逮自己了，而现在最好的方法就是赶紧承认，然后回凌城接受处分，写点报告，就此息事宁人。

想通之后，谭镇对自己的违纪行为供认不讳："年前考察的时候，收了一万元现金；这几天去景区玩，门票和食宿都是他们安排的。"

案子到此已有清晰脉络，证据也有了，百分百符合举报的内容，可以说是完成得相当干脆漂亮。

天寒地冻，黄连此时归心似箭，正打算关掉摄像机，却见陆临渊并不急于收工，似乎是想到了什么。

陆临渊的确临时想到了一些东西。他前不久认识了一个叫阮旭的朋友，号称凌城的"首席谈判官"，曾在闲谈时说过这样一段话：一场谈判看似只关乎双方公司的利益，但其实对于谈判官这个第三方个体，也是有极大影响的。在外行眼里，谈判官赢一场谈判，能够得到的就是名气，以及合同上约好的固定佣金。但实际上，谈判官真正重视的并非固定佣金，毕竟输赢都有佣金拿，混日子也无不可。所以，真正让谈判官追逐的，除了名气和佣金，还有客户的那一部分利益。为客户争取到的利益越多，谈判官能够拿到的佣金也就越多。

同理，无论谭镇对老家拿到贫困补助款有无帮助，作为村里最有出息的人，他都能够得到土特产之类的小好处，一是村民并不觉得自家的土产贵重，二是乡亲间的馈赠、对“大官”的热络，都属农村的正常现象。因此，谭镇真正谋求的，很可能不只这点表面上的东西，应该还有更深的东西。这种心甘情愿走歪路的人，往往无利不起早。

因此，陆临渊丝毫不打算就这么放过谭镇，追问道：“还有呢？”

谭镇闻言，刚放下去的心又提起来了，陆临渊这话是什么意思？难道监察委还掌握了别的什么证据？

陆临渊细细观摩着谭镇的每一个表情变化，这件案子太顺利了，谭镇也承认得太干脆，反而令他愈发生疑。他面上平静，声音却比山间的寒风还冰冷，一字一句道：“别动歪心思，再仔细想想。”

谭镇做出一副痛改前非的样子，又是拱手又是作揖：“我知错了，我不该走歪路。但是没有其他的了，真的没有了。”

谭镇的认错态度无比诚恳，陆临渊却并没有被他带偏，他的大脑飞速运转，很快构建了一条无形的利益线：谭镇当了官，得到了老家村民的土特产；谭镇有在贫困调查表上面动手脚的权力，得到了村干部送的现金。那么他帮这个村拿到补助款之后呢？从补助款之中私自抽取一部分？这太冒险了，不可能。

陆临渊没在农村待过，平时接手的案子也都发生在凌城市区，很少下基层，是以对农村的建设并不熟悉，此时仅凭从新闻中看到的一点皮毛进行猜测。补助款……补助款……村子拿到补助款，一般会发给低保户、残疾村民，种树，以及……修水渠、修路！

思及此，陆临渊茅塞顿开，嘴角勾起一个近乎于无的微笑，又很快恢复如常，挑眉道：“谭镇，你在老家应该有水泥商朋友吧？或者干挖沙、运沙这一行的朋友。”

谭镇如闻惊雷，浑身一震，一时竟说不出半个字来了。这不可能！那么隐秘的交易，不可能被人发现的！

看见谭镇的反应，黄连连未打完的哈欠都停顿了，当即明白这其中还有隐情，不由得朝陆临渊送去心悦诚服的一瞥。

这案子的严重程度，很可能已经超出他们来之前的预期，眼见有风雪欲来，陆临渊决定先将谭镇带回凌城，等待上级做了指示再审讯。

他转了转手中谭镇的车钥匙，而后朝黄连一抛："我累了，你开车。"

黄连一把接住钥匙，关了摄像机，陪谭镇进屋收拾了个人物品，也不歇息，随即连夜带着谭镇赶回凌城。

陆临渊坐在后座，时不时接收到黄连从后视镜里投递过来的佩服目光，可纵然挖出这么一桩贪腐案，他的脸上也并无得意之色。有什么好得意呢？不过是熟能生巧。而那些使他变得熟练的案子，正是官场之悲哀。

然而就算反腐道阻且长，仍然没人放弃希望。为之奋斗者、为官清廉者、关心国事者，内心仍充满着正气和信仰，就像相信暗潮会退去、天会亮。

回凌城的路上，陆临渊心中乱得厉害，一会儿想到自己遇到的形形色色的案件，一会儿想到即使没有他在场，也充满欢乐的家……最后，他掏出手机，打开 QQ，翻到一个灰色头像。

他用大拇指轻轻抚摸着这个头像，它有多久没亮起了？有十六个月的光阴那么长。

黄连从后视镜里看见陆临渊尽显疲态，有些心疼——陆临渊太专心了，凡事都会极度专注。这样的结果就是他能发现常人注意不到的细节，想到一些关键点，工作效率极高，但心力耗费过大，容易累。而此时涉案人需要看管，依照陆临渊认真的性子，他再困也不会睡。

想了想，黄连便刻意找话说："小渊渊，玩手机呢？"

陆临渊抬头看向后视镜，递了个眼神：你这是明知故问，还是瞎了？

黄连咧嘴一笑："我的小渊渊，你是不是很无聊、很空虚呀？"

陆临渊很想堵住黄连的嘴："你又发什么神经？有话直说。"

黄连不逗他了，道："我给你推荐一个 APP，可好玩儿了，我每次心情不好就会去上面逛论坛，特别解闷！"

若是平时，陆临渊根本不会理，但今日着实心乱，逛一逛似乎也无不可。按照黄连所说的名字，他下载了软件，注册，进入论坛。

不断滑动屏幕，他看见了许多人的发言，原来在这个普天同庆的团圆日子里，百无聊赖的人不止他一个，孤独的灵魂有天上的星星那么多。

翻了一会儿，陆临渊发现了一条同城的帖子，点进楼主的主页看了看，竟莫名觉得熟悉。那一刻，似是鬼使神差，似是有什么未知的星球靠近地球，影响了地球的磁场……总之，陆临渊修长的手指微动，竟留下了一个字。

——我。

忽然传来一阵火车的鸣笛声，陆临渊侧头看向窗外，发现不远处是一条高架铁路，而公路在铁路下面与之纵向交叉。车子继续往前开，经过铁路下面的那一刻，那列行驶的火车正好开过来，在某一个节点与之重合，而后疾驰而过。

书里的故事太好，感情也写得细腻撩人，江听雨完全融入进去，直到手机提示电量不足，她才从女主角陈阅那场盛大而无声的暗恋里走出来。

她瞥一眼手机上的时间，23:30，即将是新年里的第一天。

将手机连上充电宝，江听雨打开 APP，发现之前发的那条帖子下面已经有人回复。

楼主：在座有没有凌城的闲人？明天约个电影，再约个第二杯半价的奶茶？AA。

1 楼：在凌城，但不是闲人，一大家子轮番拜年，还要相亲，简直不要太忙。

2 楼：是闲人，但不在凌城，每天睡到自然醒，然后睡回笼觉，接着睡午觉。

3 楼：约哪家奶茶？我先看看是不是我爱喝的。

4 楼：这么晚还在回帖的人，肯定没有夜生活。

5 楼：每两条字数一样哎，楼下注意队形！

6 楼：我。

7 楼：哈哈哈 5 楼被打脸。

8 楼：我要配合 7 楼队形。

9 楼：你们歪楼了啊喂……楼主回来，估计要打人，哈哈哈。

10 楼：我比 9 楼多了一个数字，这队形要排不齐了，怎么办？

11 楼：楼上别慌！我这个优秀好青年特来救场，跟你对齐啦！

……

眼看帖子里一堆排队形的，江听雨笑了笑：广大网友朋友皮这一下，想必很开心。

而6楼那个单独的“我”字明晃晃地摆着，恍若一字真言，遗世而独立。

这样冷清又正经的一个字，却让江听雨生出一种无形的压力。她还没想好要不要回复、怎么回复，页面上忽然弹出一条新的私聊消息：“看什么电影？”

不知为何，江听雨几乎下意识认定此人就是帖子里的6楼——留言一个“我”字的那位。

她回复道：“你想看什么？我没什么特别想看的。”

“不是因为有想看的电影才发帖子吗？”

“哦，那个啊……我就是觉得过年哪儿也没去，什么美食也没吃，太憋屈了，所以想看部电影放松一下。我尊重你的意思啊，你想看什么，咱们就看什么。”江听雨摸了摸鼻尖，莫名觉得自己简直男友力爆棚。

对方很快回复：“闭上眼睛，你想到的第一个电影名字是什么？”

江听雨依他所言，闭眼想了想，当下有了结果：“据说阿米尔汗的《超级巨星》不错。”

“好，就看这个。”

看着对方的回复，江听雨发现这人干脆果敢得令人惊叹。她向来是个有选择困难症的人，每逢做决定都会踌躇，需要耗费大量时间，连吃辣椒炒肉还是花菜炒肉都需要犹豫许久，这还是她第一回如此快地做出选择，在这个陌生人的指导下。

她又想到之前的帖子里，他只回复了一个“我”字，十分扣题，不似其他人插科打诨抖机灵，可见其做事追求效率、干练精准。

分析着这位网友的一字一句，江听雨忖度过后，下了定论：这人大抵是个老干部类型，且有主见，原则性强。

“行呗。”面对这样一本正经的老干部，又隔着屏幕，江听雨反而一点儿矜持和压力也没有了，用词也随意起来。

“约哪里？你就近选地方呗。”

屏幕那头的人也说了个“呗”字，让江听雨忍不住笑起来，感受到一种反差萌。不知何时，她心底的阴郁已然消散小半，打字的手指速度飞快。

“如果去喜盈门影城的话，你过去远不远？”

“我看看。”

江听雨心想，连喜盈门影城这么繁华的地方都不知道位置，还需要看地图，说明他对凌城不是特别熟，或者比较宅，平时不经常出来玩。而他没有贸然答应，也没有断然拒绝，选择看地图之后再根据实际情况做决定，说明他做事讲求证据，在实践中得真知。

嗯，这真的很老干部了。

片刻后，对方回复：“8.5 公里。行，就约喜盈门影城吧。”

8.5 公里还不远啊？江听雨有点儿蒙。

“如果你隔得太远，咱们就折中再选一个呀。

“不用，不远。”

约好地点之后，江听雨忽然有点慌，她自认是个很沉闷的人，只在网上比较放飞自我。为免对方对这场线下见面太过期待，造成见面后的落差……江听雨觉得还是照实说比较好。

“我真人比较内向……明天就靠你慈悲为怀多包容一下了……”

“这就尴尬了，我也不是外向的人。”

江听雨回了个捂脸的表情过去，又说：“没事！都内向也好！如果你外向，想说话，我却嗯嗯啊啊没话说，这才尴尬呢……”

“哈哈，全程三句话，‘走，看电影去’‘走，吃甜点去’‘走，各回各家’。”

江听雨看见屏幕上这行字，整个人都愣怔了，这个“走”字……

方才看那本书，其中有一段话，江听雨深以为然。

陈麓川只搂着她的腰，用力抱了抱，而后便松开了，将她手一攥，从床上拉起来：“走。”

林阅发现，多少次了，自己似乎对他说的这个“走”尤其没有抵抗力。

她不知怎的，想起柴薇有一回说道，最爱这样的男人：出去玩时，吃什么、逛什么、做什么全都安排好了，到时一声招呼，女人不用带着脑子，跟上就行。

而现在便是，陈麓川一声“走”，她闭着眼，跟上就行。

眼下，江听雨也因为这个“走”字，心里生了隐秘的喜悦，感到一种无法抵抗的快乐。可关键她与这位网友，并非林阅与陈麓川那样的关系啊……嗯，所以她可能是个没主见的人，喜欢被别人安排得明明白白。

“既然我俩都不太爱说话，那咱们就默默的。或者，我们也可以面对面用手机聊天儿！不张口也可以顺利沟通！我是不是超级棒？”

“哈哈哈哈哈，绝了。”

江听雨心想：由一开始的“哈哈”到此刻的“哈哈哈哈哈”，是不是表示他觉得跟她说话挺轻松的？随之，她想到一件更重要的事，指尖敲得飞快。

“对了，为了不造成你任何的失望和不适感，那什么，你还有一分钟考虑要不要约这场电影。我颜值是真不行啊，可能会影响你的观感……”

没等那边回复，江听雨接着发过去一句话：“60，59，58……3，2，1，好了，你没时间考虑了，哈哈哈！”

“哈哈哈，又不是相亲，无所谓的。”

看着这简简单单的一行字，不知为何，江听雨竟松了口气，回复道：“那就明天，巨星巨星约起来！哪怕天上落刀子，你也必须出现哦！不然……我就……我就在喜盈门影城挂横幅……寻人……”

“哈哈哈，好。”

“那……明天见，手机快没电就先撤啦。”江听雨又补上一句，“啊！差点忘了，祝你 2018 年万事如意。”

“谢谢，你也是。”

江听雨又发了个晚安的表情过去，对方没再回复，不知是无话可说了，还是生性不会拖泥带水，但江听雨觉得这样挺好。她其实很害怕两个人客套地互道晚安，也不太擅长你来我往地寒暄，腻腻歪歪没个终结似的，消磨耐心不说，还要担心会不会让对方生厌。

火车即将到达终点站，已经慢慢开始减速，不似之前那般飞驰。

江听雨站起身，小心翼翼地将白石楠身上的羽绒服提起来，叠好放进行李箱里。她一时好心并非因为多余的热情，只为了还白石楠之前主动攀谈的好意，是以并不愿意此事被这个陌生男人知道。

更重要的是，她不想对方产生任何暧昧的误会。

白石楠身子动了动，慢慢睁开眼睛，抬起头来，直直地盯着对面的江听雨看。江听雨只当他是睡久了没清醒过来，并不理会。

白石楠捂嘴打了个长长的呵欠，开口道："要下车了，我还不知道你的名字呢。"

江听雨笑一笑，没作声。她不想回答的时候，就会用笑的方式来婉拒。

白石楠并不气馁："能加个微信吗？我微信好友列表里的人很少，显得我特别孤僻似的，所以我想多加几个人。"

江听雨不为所动："可我是真孤僻，我不想加人。"

白石楠再接再厉："凌城我可熟了，土生土长的本地人，以后可以带你逛吃带你飞。"

江听雨看着他："你对谁都这么热情友好、积极主动吗？"

白石楠不明所以，但还是据实答道："嗯，生性好客大方呢！"

江听雨："真棒。所以这么好客大方的你，怎么会孤僻呢？你要相信自己的本性，而不必用好友数量来作为你人缘的评判标准，更不用加我这个陌生人的微信。你觉得，我的话有道理不？"

白石楠似懂非懂，乖乖点头："嗯，有道理……"

此时一声长鸣，火车驶进站里，慢慢停稳了。

江听雨看着那些拎箱子的人急匆匆地往出站口挤，想必是站外有人等他们。而她呢？亲情、爱情一无所有，毕业至今一事无成。

她正出神呢，白石楠伸手抢她的行李箱。

江听雨惊醒过来，拒绝道："很轻，我自己来就可以了。"

白石楠又说："那我送你回去吧？我开了车，去青阳之前，把它放在火车站的停车场了。"

无功不受禄，况且江听雨实在不愿与之有更多交集，因此很明确地拒绝："多谢你的好意，但是不用了，我坐公交车也很方便。"

谈话间，两人已经走到出站口。

他们一出站，就有几个帅气的男生冲着白石楠挥手："楠哥，这儿！"

白石楠却装作没看见他们，扭头冲着江听雨道："真不让我送你？"

江听雨一字一句认真道："真的不用，谢谢你。你的朋友在叫你，大冷天儿的，快去吧，新年快乐，再见。"

说完，没等白石楠做出反应，江听雨也不慢吞吞拖箱子了，直接拎起来就往公交站台走。白石楠几步走到哥们儿面前，打了招呼，一群人勾肩搭背地往停车场走去。片刻后，三辆酷炫的白色超跑如离弦的箭般驶出去，耀武扬威般经过公交站台。

坐在副驾驶位上的白石楠低头点了支烟，狠吸一口，眼睛不经意地往后视镜瞥了一眼：那个执拗到不识好歹的女孩儿，背着书包，脚边放着行李箱，脖子上围了一条红围巾，然后朝手心哈口热气，搓搓手，拖着箱子往他的反方向走去，一步一步，干脆、坚定。

驾驶座上的邵言注意到他的目光，好奇问道："阿楠，看什么呢？"

白石楠收回目光，漫不经心道："没看什么。我就是在想，凌城的公交车，有哪些是 24 小时的。"

邵言闻言哈哈大笑："怎么，你大过年的跑去青阳古城打发时间，因为下雪没飞机坐，破天荒地坐了趟火车，这会儿又想体验民生、坐一坐公交车？"

"言哥别闹啊，说正经的。"

邵言见白石楠认真，也不再开玩笑，正儿八经地回答道："平时 6 路车倒是 24 小时运行，但今天大年夜啊，有点常识的人都会知道，公交车肯定在 12 点之前就会停运呗。"

白石楠的脸色忽然沉下去：所以她知道今晚公交车会提前停运，早就做好了步行回去的准备，也不愿意坐他的车？

邵言瞄一眼白石楠，开口道："阿楠，我怎么觉得你经历那件事、去了一趟古城，整个人都变严肃、变无趣了呢？"

白石楠也觉得无趣起来，索性将烟头掐灭，头靠在椅背上，闭上眼："你还好意思说我，你不也一样？连车子都保不住，还被你家老爷子缴了，想过把瘾还得开我的车。"

邵言稍减车速，腾出一只手往白石楠头上敲了一下："别瞎说啊，可不是他缴的，是我自己主动上交的。年后我回军区，就能去特种兵作战部队了，今后再也没有人能说我是沾他的光。"

白石楠侧头看向邵言，他的五官清秀俊美，肤色白得几乎在发光，一点儿也看不出来是在军区历练过的人。

"在军区被你家老爷子关照着，乖乖当个军官有什么不好，非跑到特种兵部队去，那是你这样的贵公子能待的地方吗？”白石楠有些不太懂他的选择。

邵言没回答，笑了笑，将油门踩到底，车子在雪地上划出一道清晰的印迹，载着二人一时的绮丽心思，嚣张地远去。

走了一段路之后，江听雨停在十字路口前，四顾茫然。打开手机地图，她琢磨一阵，还是找不准方向，一任性，索性随意选了一条，想着绕来绕去，总会到达想去的地方。

雪花纷纷扬扬，她在空荡荡的街道上行走着，忽然，一辆黑色的奔驰缓缓地停在她身旁。驾驶座的门被打开，走下来一个气度高华的女人，身着浅咖色的经典款风衣，长发微卷，风姿绰约。

“你好，我跟着你有一会儿了，你是不是找不着路了？”女人率先开口，声音动听。

江听雨面对着这样美好的女子，又思及自己的狼狈，一时羞怯，低下头轻轻“嗯”了一声。

女人笑了笑，道：“你放心，我没有图谋不轨。我叫陆深深，是金逸事务所的谈判官。或许我的提议有些唐突，但我还是想问一下，你愿意让我送你回家吗？”

江听雨闻言抬起头，狐疑地盯着这个陌生的女人，有点儿不是很明白她的意思。

陆深深往车里看了一眼，又很快转过头来，撇了撇嘴，苦笑出声：“因为，你刚才迷路的样子……很像我喜欢的一个人。他总是迷路，却又从来不问路，每次都是傻傻地等。我希望如果有一天我不在他身边了，他再一次迷路的话，也有人能够主动问他需不需要帮助，然后送他一程。”

或许是女人脸上的深情太过真切，令人动容、令人无从怀疑，也或许是这一夜的江听雨对自己过分失望，失望到不在乎生死，总之一分钟后，江听雨坐上了那辆奔驰车的后座。

副驾驶位上的男人扭过头，礼貌性地朝她打了一声招呼。

车内没开灯，江听雨看不分明那人的样子，只知道他的声音很好听，身上有淡淡的古龙香水味，虽只是静静坐着，仍带着一种令人无法忽视的矜贵气质，想必他就是那个常常深夜迷路、在马路上等着陆深深来接的人。

车子驶出一段距离后，火车站的大摆钟敲出十二道钟声，远远地传来，如梵音袅袅，如松间清风。

江听雨嘴角抿出一个微笑，无声地说了句："新年快乐。"

新年快乐，也不知是对谁说。

第二章　无意穿堂风

为了这次相聚，我连见面时的呼吸都曾反复练习。
——李宗盛《漂洋过海来看你》

正月初一，早上八点。

江听雨打开 APP，深吸一口气，点开前一晚的对话框，发了条消息过去：“早上好呀，电影还看吗？”

她捧着手机，目不转睛地盯着，对方却久久没动静。想到这场电影之约很可能泡汤了，她轻轻叹口气，说不上多失望，但也没有多开心。

既然醒了，她也懒得再睡，干脆起床裹了件灰不溜秋的大棉衣，跑去草莓园摘草莓了。她运气不错，虽然春节人少，天气也不好，但已经有一家草莓基地开张了。

江听雨在草莓棚里边摘边拍照，倒也自得其乐。到中午时，她提着一小篮草莓，找了家奶茶店坐下来。忽然，手机屏幕上弹出一条新消息。

“不好意思，刚睡醒。下午看电影吧，具体时间看你什么时候方便。”

“我正在农大摘草莓，晚上看？”

江听雨发了一张草莓的照片过去，这里她还耍了点小心机，特意选了一张有自己手指入镜的照片，因她对自己浑身上下最满意的便是手指了，修长且纤细。

“这个草莓摘了之后，可以自己带回去吗？”

“可以呢。”好吧，人家并没有注意到她的手指，只关心草莓呢，可以说是直男本色了。

“很好玩的样子。”

“你来，我带你摘呀。”

“我还在被窝里。”

“你这得懒成啥样呀？”

“我不懒，是因为昨天睡得晚。待会儿我就起床。”

江听雨觉得有些好笑，这人较真的样子未免太可爱了点。她回复：“别呀，别起了，还早着呢，多睡会儿，身体第一。”

“嗯，好，听你的，身体第一。”

江听雨盯着“听你的”三个字，莫名有些脸红。

那人又说：“对了，听说《红海行动》也很好看。”

“行呀，那就看《红海行动》。”江听雨发现自己在这个人面前，真是一点原则都没有了……

“好，到时候联系。”

对方分明说了到时候再联系，但说不清是什么情绪，江听雨竟鬼使神差般发了场次截图过去，问他选哪场，就像是……生怕他变卦不来了似的。

对方很体贴，问她：“你看哪场方便？我来买。”

不过她觉得票理应由自己来买：“我买。本来就是我主动约电影的呀。”

“没事，我请你看电影，你请我喝饮料，怎么样？”

“那行……”

“是一起吃饭，还是只看电影？”

“听你的，我都行，我特别没主见。”江听雨笑着回复。

要是让江光明和江淮南看见这句话，父子俩估计得哭：你没主见？你凡事自己做主，甚至都快把一家人当孩子管着了，你居然还说你没主见？！呵，女人……

最后两人决定还是只看电影，下午的票卖光了，只买到晚上七点半的。

江听雨不愿一次将热情都消磨光，主动结束这次谈话：“那就七点见。”

“嗯，七点见。”

得到肯定的回复之后，江听雨乐得跟一只吃着鱼的猫似的，奶茶也不喝了，提起草莓就回家。

到家后，江听雨拿出买了半年却从来没用过的化妆品，却发现无处下手：尝试着画了个眉，结果画得跟蜡笔小新似的；想往脸上抹点儿粉让气色好一点，但是皮肤平日未经护理，这会儿干燥得很，抹上去的粉扑簌簌往下掉……

描描补补，整张脸反而越来越不像个样子，江听雨心急，干脆一把卸妆水扑上去，全洗了，决定素颜赴约——人家不也早说了吗，“又不是相亲”。

到了六点半，对方发了消息过来：“我出门了。我想喝茶颜悦色。”

对方买了电影票，这会儿主动提出想喝的饮料，最怕欠人情的江听雨自然求之不得，回道：“好的呀，幽兰雪顶、人间烟火、两生花，喝什么？都随你。”

江听雨是图书编辑，看多了言情小说，自觉“都随你”三个字很撩人，但想必对方那个老干部并不能体会到这种趣味……

果然，对方回了这么一句：“人间烟火是什么？两生花是什么？我怎么感觉我没来过凌城？”

“幽兰雪顶是茶、奶油、碧根果；人间烟火是茶、奶油、开心果；两生花是什么我忘了，但味道也还行。”

把这句话发出去，江听雨松了口气：家里那个条件，她哪有多余的钱和闲情逸致，去喝于她而言堪称昂贵的茶颜悦色？幸好自己善于观察，虽然没喝过这家店的东西，但好歹能说出店内几个招牌饮品……

“那我要人间烟火。”

“好。”

底子还行，然而气质欠佳，怎么捯饬都是那个样儿，江听雨干脆懒得折腾，只把灰不溜秋的大棉服换成了一件粉色的，又围上那条红围巾。

低头一看时间，江听雨也不耽搁了，赶紧出了门，毕竟在茶颜悦色排队是件很可怕的事情。到了商场，江听雨直奔负一楼的茶颜悦色，果不其然，店门口已经排了一条长长的队伍。

快到七点，江听雨还在取餐口排队，手机收到新消息。

那人问道：“影院在几楼？”

实际上，江听雨也不太知道，她只跟室友来过一次，而且全程是室友带路。但江听雨是个机智的姑娘，她打开某知名搜索引擎……片刻后，她一本正经地回复：五楼。

那边却没有动静了，可页面又显示江听雨发过去的消息对方已读……

江听雨不由得感叹：啧，男人心，海底捞都捞不起的针。

而另一边，陆临渊站在商场五楼，看看对方发来的楼层，又看看面前这条神秘莫测的长廊……长廊装饰得金碧辉煌，还散发着一股暧昧的奇异芳香，而那些房间的门缝里塞着各种各样的小卡片：小家碧玉的本土特色、金发碧眼的异域风情……可谓应有尽有，挑战着男人的神经和底线。

陆临渊的脸色越来越难看。亏他还以为 APP 上的人都是有素质的，亏他还觉得跟那个毫不做作的女生聊天挺开心！结果，万万没想到她居然是这种人！

什么看电影，怕只是个幌子吧？呵，直说不就好了，这样欲擒故纵，她还挺费心。

至此，陆临渊对那个女生的好感荡然无存，低叹一声，便决定打道回府。

所幸他的内心太过失望和震惊，反而忘了拉黑对方，才没有错过她发来的新消息。

对方问道："你怎么不说话啦？你到哪儿了？"

他狠狠地按下三个字："停车场。"

"你刚到？"

"到很久了。现在是打算回去。"

对方大约过分吃惊，忙问为什么，还用了一连串问号。

陆临渊看着对方发过来的信息，内心觉得好笑：说好的约电影，结果开了个房，还问我为什么。

他摁灭手机，不想再搭理她。

在车上坐了一会儿，他正欲驱车离开，又犹豫了一下。

最后，他到底还是拿出手机，回复了一条消息。

他不是个有始无终的人。

江听雨攥着手机，忽然收到一条新消息。点开信息后，她盯着那行字，陷入沉思……

——虽然有时候寂寞确实很难熬，但还是希望你能爱惜自我，抵制诱惑。

呃，大过年的约陌生人看电影，是显得有些“饥渴”没错，但一开始就达成“看完电影便各回各家”的共识了呀，对方忽然说这么一句话，是想表达什么？江听雨是个探究到底的人，内心不愿别人对自己有什么误会，索性打开天窗说亮话。

“我不知道你怎么了，这场电影我可以不看，现在回家都行，但在回家之前，还是想麻烦你就刚才那句话展开描述一下，很详细、不需要我动脑子的那种。尽管直白，不必讳言。”

陆临渊关掉已经发动的引擎，看着对方发来的消息，有些疑惑。她居然这么振振有词？要么是她太不知羞，要么就是他……

想到这儿，他也打开某知名搜索引擎。页面显示：凌城喜盈门影院，位于凌城喜盈门广场 B 座 5 层。

按下车窗，陆临渊看了看指向标，发现一个箭头写着 A 座，另一个反方向的箭头则写着 B 座，两栋建筑是分开的，但共用一个停车场。而刚才他想着不要迟到，最好还能提前几分钟，就没仔细看，径直去了 A 座……

对方见他久未回复，又发了一条信息：“说话。只要你说清楚，那我最多再耽误你这几分钟。”

感受到对方被放鸽子的不悦，陆临渊陷入两难，该怎么向她解释刚才那段话的意思？说实话吧，好像有点侮辱人；说自己发错消息了吧，他又实在不擅长撒谎……捏了捏眉心，他还是选择了实话实说。

“不好意思，刚才我走错了，去了 A 座，5 楼是酒店。”

江听雨收到对方的回复后，略一思索，明白过来，再想想刚才他劝自己从善的那句话……也不生气了，还差点儿笑出声，“爱惜自我、抵制诱惑”什么的，什么鬼啊？哈哈哈。

“你很可爱。”她这样对他说。

“……”陆临渊不知道该说什么，回复了一个省略号。

片刻后，对方问道：“那现在是怎样？各回各家，还是电影院见？”

陆临渊有些疑惑：“你不生气？”

“为什么要生气？生什么气？”

“我刚才那样误会你。”

“你也是为我好，还劝我自爱呢，我会继续自爱下去的。”

“哦……”陆临渊觉得自己有点蠢。

对方回了个大笑的表情。

陆临渊试探着问：“那五楼见？”末了又生怕造成歧义似的，急匆匆补上一句，“我是指 B 座五楼。”

“好。你先上去，把票取了，我买了奶茶就上来，快排到我了。”

“嗯，好。”陆临渊下车锁好车门，往 B 座电梯走去。

“对了，你穿什么颜色的衣服？我待会儿要在人山人海中找到你。”

“我穿蓝色的外套。”此时，陆临渊也有些费解了，一向冷静自持又细心的自己，这回怎么粗心又大意？走错路就算了，连认人方式都没约好，还需要对方来提醒。

唔……可能是第一次见网友，有些紧张？陆临渊攥一攥手心，发现这大冷天的，自己竟出了一层薄汗。

到了五楼，陆临渊去取票，然后，薄汗变成大汗了……手心里的两张票……他拍了照，给对方发过去。

江听雨收到照片，一眼看出端倪。

对方又发来一句：“不好意思，我好像又粗心了，买票时以为那是最后一排，结果是第一排。”

江听雨这下是真忍不住笑出声了，她甚至可以想到他有点委屈的表情，虽然未曾谋面，没有具体的面容来对应，却仍觉得这人可爱极了。

至于坐在第几排，江听雨倒不在意：“没事儿，坐第一排仰着头，对颈椎好。”

“……”

此时距离电影开场只有十分钟，江听雨终于买到了陆临渊想喝的奶茶，赶紧往电梯走去，既恨不得一步并作两步，又担心走太快了会把奶茶洒出来，小心翼翼穿梭在人群里，竟急出一层薄汗来。

电梯到了五楼，“叮”的一声，门开了。大家鱼贯而出，瞬间融入售票大厅的人海里。

江听雨一只手端着奶茶，一只手遮在上面挡灰。

她的目光在人群里逡巡片刻，落在一个穿蓝色大衣的男子背影上。

那人长身玉立，静静地站在拥挤的人群中，却仿佛置身于无人之境，周遭都泛着一股清冽的气息。

她走过去，站在那人背后一米远的地方，咬咬唇，试探着询问道：“你好，请问……是‘蓝色的大衣’吗？”

那人回过头来，轻轻“嗯”了一声，道：“你来了。”

江听雨看着那人的脸，愣在原地，心底忽地升腾起烈焰，就好像看见了——冰川融化，漫天星光。

将内心的澎湃压抑下去，江听雨开口道：“你好，我是江听雨。”

说着，她又将手里的奶茶递过去：“喏，这是‘人间烟火’。”

她已竭力冷静，然而到底是年轻，纵使面上妥帖藏好了情绪，声音仍带着几不可闻的悸动。

陆临渊接过奶茶，声音如月下清泉：“你好。陆临渊。”

陆临渊。

江听雨如获至宝，将这三个字揉进心里，仔细而隐秘。

“电影快开始了，走吧。”陆临渊打完招呼，也不多说，径直往观影厅走去。

江听雨寸步不离地跟着陆临渊，目光直直落在他身上，恍若天地间只剩下面前这人。

二人到了观影厅门口，因太迟，门已经关上了。

陆临渊将门拉开，让江听雨先进，然后轻轻将其关上，没有打扰到任何人。

江听雨走在前面，找到两个位子后，随意选其一，正要坐下，却被陆临渊伸手一拦："你坐那边。"

那边座位是挨着一个女生，而这个旁边坐着的则是一个嚼着槟榔的大汉。江听雨心头微动，说不上来是什么感受，只觉得像被柠檬汁溅到了，有些清爽，又有些酸软。

《红海行动》热映，座无虚席。电影镜头逼真，又弘扬了爱国主义，大大维护了民族尊严，看得众人热血沸腾，散场后也在高谈阔论。

江听雨内心也颇不平静，但她知道不仅是因为电影。

陆临渊忽地问道："你住哪里？我送你。"

江听雨正低头走路，闻言抬起头，忙不迭地推辞："不用不用，我住得很近的，谢谢。"

"那我送你到一楼。"陆临渊绅士得不像话。

江听雨也不再矫情："好，麻烦了。"

到了一楼，陆临渊推开厚重的玻璃门。

这几天，凌城的雪落了又融，融了又落，白天原本停了，到这会儿又下起来。

江听雨系上围巾，小声说了句"再见"，便要往雪里冲。

陆临渊拦住她，温声道："等我五分钟，我去车上拿伞。"

江听雨不愿给人添麻烦，忙摇头道："没事，我一下就能跑回家，不会被雪淋湿的。"

"雪淋不湿，那雨呢？"陆临渊说着，将手伸到她面前。

江听雨定睛一看，陆临渊的手心已经湿了，原来不仅下了雪，还是雨夹雪。

见江听雨没反应，陆临渊就仍把手伸着，修长的手指微微弯起，指尖被冻得略红，让人忍不住想去触碰。

直到江听雨声如蚊蚋地说了句"好"，陆临渊这才将手收回，叮嘱了一句"等我"，便大步往停车场入口走去。

江听雨站在原地，看着他的背影渐行渐远，直到被掩藏在风雪里。

她忽然有些慌了，今日一别，是不是从此没有再见之期？

到这时，她开始庆幸陆临渊借伞给自己，这样，她还能以还伞为再见的契机。

不多时，陆临渊再次出现在她的视线里，越来越近，越来越近……像个从风雪中走来的夜归人。

江听雨正出神，陆临渊已经走到她面前，将伞递到她手边。

江听雨低头看去，那是一把纯黑的长柄伞，而抓着伞的那只手骨节分明，就如手的主人一样修长、干净。

接过伞，江听雨小声道谢，又小声作别。

陆临渊低声道：“很晚了，回去吧，今晚我很开心。”

江听雨几不可闻地“嗯”了声，转身撑开伞，往回家的路走去。

十多秒后，她终于忍不住回头，看见那人的步伐格外沉稳，纵然走在风雪里，仍不疾不徐。

到家后，江听雨用纸巾把伞面上的水迹擦去，将伞妥帖地立在墙角。

盯着那把伞很久之后，她起身走到书桌前，摊开日记本，低头写了起来。然而不复往日心境，此刻她字迹潦草、心绪凌乱。

停笔后，江听雨去洗漱，钻进被窝后才发现陆临渊发了消息过来，而且他竟已将昵称改成自己的真名。

江听雨略一思索，也将昵称改成了自己的名字。

陆临渊：“你到家了就报个平安。”

“我到了，你呢？”

“我也到了。”

这话说完，两人一时陷入沉默，陡然冷场了。

片刻后，陆临渊忽然提出要将奶茶钱转给她，问她的微信号是多少。

江听雨的心跳漏了一拍，这到底是要微信号的一波新操作，还是他真的只想把奶茶钱还给她？他竟连一杯奶茶都不想欠她吗？

陆临渊见江听雨半天没说话，直接发了语音过来：“说话。”

江听雨豁出去了，乖乖报上微信号——管他是什么意思，反正她对他有意思，能加上他的微信就很开心了，简直值得写进日记本。

陆临渊的微信好友申请很快发过来了。

江听雨咬着唇，郑重地点了“通过”，仿佛这是一件多么重要的事情。

加上微信好友后，陆临渊什么也没说，直接转了二十块钱给她，备注是“人间烟火”。

江听雨却没领——哼，不解风情的大直男，她加好友才不是为了那杯奶茶钱呢！

“不用了，你不要这样客气。”

陆临渊也没在这上面过分纠结，转账原本就并非他的全部用意。

可至于到底有何用意，他自己也不甚明白。

江听雨问他：“你一直都这么温柔斯文的吗？”

看着屏幕上的字，陆临渊笑了笑：“温柔？斯文？不存在的，我是做反贪这一行的，温柔是不可能的，这辈子都不可能温柔的。”

“什么？反贪？！”江听雨向来觉得这个工作十分神圣，此时竟不自觉坐起来了。

“嗯，因为不能温柔、笑容可掬地面对贪官，所以在工作中必须保持严肃，久而久之，在生活中也很冷漠。”陆临渊打完这行字，莫名叹了口气。

“但我怎么觉得，你一点儿都不冷漠啊？明明就是矜持又腼腆。”

“不冷漠吗？我同事说我冷得像块冰。”

“哈哈哈，你跟你同事有点萌。”

“别人都说我们凶神恶煞。”

江听雨又被戏精附体了，暗想：嘿，真好，我不是别人。

窃喜之余，江听雨的笑容陡然僵在脸上，她此刻意识到一个事实：在跟陆临渊说话时，她似乎变得不像自己，很软很乖，浑身的尖锐和戾气都褪去。

江听雨半晌没回复，陆临渊看一眼时间，发现夜已很深，便道：“不早了，休息吧。”

“嗯，好，晚安。”江听雨说完，又发了个龙猫睡觉的表情过去，乖巧又可爱。

谁也没提还伞的事，陆临渊自然是觉得一把伞而已，送给她了。而江听雨却是想着要还，必须要还，还要特意找个大晴天去还……因为晴天显皮肤白。

这一夜，风雪怒号，拍打在陈旧的窗户上，玻璃与窗棂碰撞，发出不小的声音，失眠多日的江听雨却睡得极好，还做了梦，梦里在笑。

为了通风，江听雨特意给窗户留了条缝。这会儿风挤进来，夹着雪花的清冽，落在江听雨未来得及合上的日记本上。

——今晚，遇到你很高兴。

——只是，若早知那人是你，我本不必问你穿什么衣。

第三章　汀上落白沙

无人如你逗留我思潮上，从没再疑问，这个世界好得很。——张国荣《春夏秋冬》

早上醒来，雪已经停了，窗户上结了一排细细的冰凌。

江听雨放着歌看稿子，心情不错——明天就要开工了，与她合租的室友罗小浓今天会回凌城。

中午，罗小浓到家了，也不歇口气，直道好久未见，又在老家憋坏了，提议去步行街逛一逛，然后吃点好的，明天元气满满地上班。

江听雨虽手头拮据，但大正月的也不愿扫兴，就笑着同意了。

两个姑娘全副武装，裹得像两只熊，手牵手出门了。在这座城市里，步行街于她们而言是奢侈、遥远的，因此去消费一次就如同破釜沉舟。此时俩人心里想着那里的繁华和美食，一阵冷风吹来，明明冻得直哆嗦，却仍笑得像个傻子。

她们在苦中作乐、自得其乐方面，似乎有着异于常人的天赋。

俩人走走停停，被那些琳琅满目的奢侈品晃花了眼，虽然舍不得花钱买，但长了见识，便觉得很满足。

吃饱喝足、长完见识后，二人往地铁站走去，两手空空地打道回府。

罗小浓正一股脑儿往前走，忽然被江听雨拉住。她侧头，看见江听雨被路边一个小摊迷得挪不开步。

此时天色渐晚，整座城市华灯初上，步行街的霓虹灯足以照亮大半个凌城，而那个小摊与她们一样，显得与此处格格不入。

小摊后面坐着一位老人，手已经冻得通红，却仍十分灵活地摆弄着棕榈叶。很快，那些叶子在他的手里变成了可爱的蜻蜓、蚂蚱、仙鹤……

江听雨蹲下去，提起两只已经编好的喜鹊，问道："这两个多少钱？"

"十块。"在风中冻了太久，老人的嗓音有几分嘶哑。

付完钱，江听雨正要起身离开，老人忽地咧嘴一笑："姑娘，祝你新年快乐，喜事成双。"

江听雨闻言也笑了："谢谢，也祝您新年快乐、身体健康。"

在等地铁的空当，江听雨发了条朋友圈："刚才在步行街玩，看见一个很有趣的玩意儿。"

朋友圈刚发出去，竟很快有人评论。江听雨吃惊之余，点开一看，发现是陆临渊，他评论了一句"你也在步行街？"。

江听雨盯着这句话看了一会儿，才反应过来"也"字的意思，忙回复："我现在在地铁站了，你呢？"

陆临渊："我也准备回家了，马上走到地铁站。"

江听雨不免有些激动了，不顾旁边罗小浓打量的眼光，直接发语音道："这么巧的吗？既然偶遇了，我就把刚才买的小玩意儿分一个给你吧，不用谢。"

陆临渊走到没人的地方，听着江听雨充满活力的声音，回道："既然你这么喜欢它们，就不用分给我了呀。"语气虽平淡，脸上却浮起自己也没察觉的笑意。

可是比起它们，我更喜欢你啊——江听雨心里这样想着，嘴上却是另一套说辞："便宜着呢，所以我买了很多。如果贵的话，我肯定不会给你了，一是舍不得，二是不敢用物质腐蚀您这位人民公仆。"

陆临渊还是那种平淡的语气："那你等我，五分钟。"

江听雨点点头，又恍然意识到陆临渊根本看不见，忙道："好，地铁站内的扶梯口见。"

正巧地铁来了，江听雨自然没上车，跟罗小浓说了一声，就急匆匆往扶梯口走去。

不一会儿，陆临渊出现在楼梯口上方，他抬手看看时间，距离五分钟只剩十几秒。扶梯口人多，他干脆走楼梯，在四分五十九秒时，站定在江听雨面前。

江听雨抬头看着来人，好奇地问道："咦，你为什么这么喘呀？"昨晚雨夹雪，他走路还是不疾不徐的呢。

陆临渊竭力压制住自己的喘息，轻描淡写道："刚才下雨了，所以跑了几步。"

江听雨不免有些担忧："看来你要多锻炼身体呀，跑一小截儿路就喘成这样，怎么打得过贪官哦。"

陆临渊："……"可他们与贪官是智斗，从来也犯不着打架呀……

江听雨见他不说话，以为他是不耐烦，也是，自己算什么，哪来的立场去这样叮嘱他？难不成，她以人民的名义去关心这名人民的公仆吗？

这样一想，江听雨忽觉没劲，从塑料袋里取出一只棕榈叶喜鹊递过去："喏，迟到的新年礼物，祝你在新的一年顺顺利利、喜事连连。"

陆临渊的目光直直落在她脸上，片刻后，他伸手接过小喜鹊："谢谢，很可爱。"

"那我先走了，我室友在等我。"江听雨回头看了眼不远处的罗小浓。

陆临渊出于职业敏感，早就注意到那个女生一直在往这边看，此时听江听雨说那是她室友，放下心来，温声道："嗯，去吧，晚上注意安全。"

江听雨"嗯"了一声，转身往罗小浓的方向走去。

上地铁后，江听雨有些担心地跟罗小浓说："外面下雨了，我们没带伞。"

"没事，那我们就在地铁站等雨停。"罗小浓可乐观了，主要也是舍不得花钱买一把多余的伞。

江听雨点点头，很赞同这个做法，她和室友总是如此合拍。

见江听雨上了车，陆临渊站在原地稍歇片刻，才转身往地铁站外走去。

刚才他一路跑着过来，一点儿也没觉得路途远，整个人都是轻盈的，如蒲公英乘着风，这会儿往回走才发现这段路真长，这里人真多……

闲庭信步般走回步行街后，陆临渊停下脚步，将小喜鹊妥帖地揣进大衣口袋，一点儿也舍不得挤着碰着它。嗯，毕竟这是人家的一番心意嘛，又还蛮喜庆、蛮吉利，当然不能遗失和损坏了。

回到餐厅，陆临渊面无表情地坐下。

阮旭看着他，疑惑道："小渊渊，你刚才突然跑出去，去干吗啦？"

"没干吗。"

"咦，小渊渊你口袋里是什么？"同事黄连忽然盯着陆临渊板正的大衣，指着口袋探出的一抹深绿，咋咋呼呼地问道。

陆临渊低头看去，发现自己的大衣口袋里，露出一根不合时宜的棕榈杆，没处躲没处藏的……那是小喜鹊的尾巴。

陆临渊故作镇定，一把捂住口袋："没什么。"

"明明就有东西！"黄连就喜欢在老虎脸上拔须，特别有不要命的英勇气概。

"我说没有就没有。"话音落下，陆临渊不再作声，安安静静、斯斯文文地吃东西。

黄连也不生气，与阮旭、谭湘相视一笑："嘿，咱们的小渊渊长大了啊，都学会骗哥哥们了呢。"

陆临渊抬起头，瞥了就比他大一天的黄连一眼。

黄连夸张地打了个哆嗦，惨兮兮地向谭湘哭诉："谭湘哥，小渊渊瞪我……"

谭湘笑道："我可管不住他，他现在只听咱们首席谈判官的话。"

黄连又可怜巴巴地看向阮旭："阮哥，你能不能管管你家小渊渊，让他别冷冰冰地瞪我？为什么无论在哪里，只要是和他在一起，我都会觉得自己身处审讯室？好可怕呀，嘤嘤嘤，简直需要小姐姐拥抱才能好！"

阮旭："……"你监察委的同事知道你私底下是这个鬼样子吗？

陆临渊："……"他监察委的同事知道他私底下是这个鬼样子，并且几度想打死他。

下地铁后，江听雨和罗小浓一脸担忧，也不知道雨停了没，结果等到了出口，却发现地面干燥得简直要扬灰，完全没有下过雨的痕迹……

江听雨挽着罗小浓往家走，另一只手飞快地打字："咦，陆临渊同志，你刚才不是说下雨了嘛？我出站了，看见地面好像是干的……"

陆临渊很快回复："你看错了。"

江听雨盯着地面看了整整三秒，笃定道："我仔细看了，地面真的是干的。"

陆临渊："手机快没电了，先不说了，你到家早点休息。"

江听雨："……"话题转移得太快，她回不过神来。

陆临渊坐在副驾驶座上，没理会谭湘和黄连的询问，心道：果然天气预报不靠谱，说好了晚上会下雨，结果又不下，让他怪尴尬的，差点圆不过来他说过的话！说得好像他圆过来了似的。

由于江听雨和陆临渊都是初八上班，所以这晚二人似天生有默契，都怕打扰对方休息，谁也没有主动找新话题。

江听雨躺在床上，翻阅陆临渊的朋友圈，一条条看下去，郑重而仔细。

陆临渊有很强的自我保护意识，加之表现欲近乎于无，因此涉及隐私的动态并不多。

江听雨饶是拿出了写毕业论文的态度去研究，也只拼凑出一些零碎的信息：

2016 年，陆临渊考入凌城人民检察院，供职于反贪污贿赂局。

2017 年底，反贪污贿赂局、反渎职侵权局和职务犯罪预防科成为历史，凌城监察委员会成立，陆临渊与其他十余名检察官转隶，此后有了一个新名字——监察官。

这些都是既定的结果，真正震撼到江听雨的，是陆临渊曾经为此努力的过程：

2014 年至 2016 年，陆临渊使用背单词软件，连续签到打卡，整整两年。

而且，他的整个大学没有荒废半分，为司考拼尽了全力，卯时而出，亥时而息，往复四载。

成功不一定会格外眷顾努力的人，但也绝不辜负任何人的勤奋。陆临渊一次性通过有"天下第一考"之称的司考，且是凌城的司考状元。

江听雨忽觉热血沸腾，因为那个蓬勃不息的少年。

这样优秀的人，她偏偏遇见了。

随后，她又陷入懊悔——她的大学几乎全在兼职中度过，甚至有时还会逃课去赚钱，虽然略减轻了家里的经济负担，却也致使她在学业上毫无成绩，毕业后只得选择了与本科专业毫不相关的工作。

当初她没觉得这有什么，如今站在毕业两年后的节点再看，那可谓目光短浅、因小失大了。

她想尽量安慰自己，那不是她的错，而是家庭生来注定的。若有可能，她也想过衣食无忧、专心求学的生活。

但末了，她发现一切自我慰藉都是徒劳，作为学生却没有专心学习，后悔就是后悔，错了就是错了。

只是，要说彻底后悔，那也不算彻底。江听雨关掉手机，闭上眼，想着很久以前兼职时遇到的一个人。

年后上班，江听雨仿佛变了个人般，工作积极主动，待人接物也不复之前胆怯，尽量不卑不亢。更重要的是，她还拾起了书本，每天吃完午饭就往顶楼奔，午休时间全花在那儿看书了。

罗小浓最先发现了异样，起初忍着，后来实在好奇，跑到顶楼，打断正在背单词的江听雨："江听雨，我发现今年的你，整个人都变了。"

江听雨背单词忽然被打断，也不生气，将头从书本里抬起来，歪头疑惑道："变了？变成什么样了？"

"嗯……变得……"罗小浓思索半晌，才斟酌着继续说下去，"变得更有朝气了，一点儿也不像去年那样颓，简直充满了正能量哎！"

江听雨扑哧一笑："哪有你说得那么神。"

罗小浓走近江听雨，捏捏江听雨的脸，促狭道："老实交代，是不是跟上次在地铁站的那个男人有关？"

好友这样直白，江听雨有些不好意思了，低下头去，许久之后才终于点点头，"嗯"了一声。

对陆临渊的喜欢让她渴望变得更好，以期有朝一日能勇敢地表白，不过这只是她的一厢情愿，原不适合让任何人知道，但对于罗小浓，她不愿隐瞒。

两年前，江听雨初初入职，毫无经验，差点连实习期都过不了，是罗小浓分给了她几个作者资源。除此之外，还有一件事，她永远妥善地搁置在心底——

从学校宿舍搬出来之后，江听雨仍用着大学时充话费送的老人机，租住在一个阴凉潮湿的单身公寓。说是公寓，其实就是个车库改装的简陋单间。此外，因学校饭菜便宜，而外面的消费水平则令她咋舌，为了省钱，她工作后也不好好吃饭，几乎天天早上吃馒头，中午就吃剩下的冷馒头，时间久了，竟折腾出胃病。

那车库在夏秋季节还好，入冬后，凌城气温骤降，整个房间便仿佛冰窖。一个下着雨的周六，江听雨兼职时淋了雨，当晚就发起高烧，到第二天烧还没退，她躺在阴冷潮湿的房间里，连出去买个馒头的力气都没有，加上口中泛苦，实在没胃口，就一直饿着，结果胃病复发，差点儿疼晕过去。

她不是没想过给父母打电话，可跟两位老人讲了，除了让他们担心，还能怎样？她也不是没想过向大学同学求助，但说她虚荣也好，说她愚蠢也罢，她是真不愿让同学看见落魄的自己，也生怕给别人添麻烦。至于哥哥江淮南，他远在沿海城市的工厂，更不可能赶过来。

思来想去，江听雨发现自己竟似一只雏鸟，无枝可依。原来她的生活，真的就是一场一个人的战斗。

正当眼泪要夺眶而出，罗小浓恰好打了个电话过来，问江听雨要不要和她一起出去玩。

后来，是罗小浓将江听雨送到医院，无微不至地照顾了她三天。出院后，罗小浓逼着江听雨从那个潮湿的车库搬出来，跟她一起合租。

罗小浓租住的地方在一所小学附近，一室两厅，房东是对老教师夫妇，多年前买下这套房就是为了上班方便，现在退休去跟儿女同住，房子空下来了，便低价租出去，权当是找人帮忙守着房子，别失了人气儿。

原先跟罗小浓合租的女生在凌城打拼三年，一直没有太大起色，大哭一场之后回老家了，因此房东正在招租。

江听雨经此一病，意识到身体的重要性，又考虑到与人合租的确能够互相照应，最主要的是学校附近物价便宜……便同意了，搬过去与罗小浓成了室友，一晃就是一年半。

同住这么久，两人早已摸清了对方的脾性，相处得十分融洽。因此，很多不足为人道的事情，两人甚至连对家人都保持缄默，却会告知彼此，从不觉得羞于启齿。

此时，既然罗小浓这样问了，江听雨虽自觉与陆临渊并无可能，说出来显得她异想天开，但还是承认了：“是，我很喜欢那个人，也很想努力去靠近、去企及。”

罗小浓回想那天在地铁站见到的男人，虽隔着一段距离，但还是能看出他的衣着和手腕上的表价格不菲，更重要的是，他举止儒雅、气质矜贵，一看就是良好家世才能培养出来的孩子。

似是看穿了罗小浓的担忧，江听雨抿嘴一笑：“小浓，你不用担心，我看得清现实。去年，童年梦想的破裂致使我迷失了很长一段时间，只将赚钱作为唯一目标，连周末都花在做兼职上。而现在，我遇到了他，他成了我的新梦想。我愿意为此拼尽全力，就算……就算最后拥抱不了他也没关系。至少，我已经拥抱了更好的自己。”

罗小浓大江听雨两岁，一直将她视作妹妹，对她颇多关照。此时看着江听雨坚定的目光、干净的微笑，罗小浓也露出了笑脸，打从心底为她开心。

恰有清风徐来，两个姑娘立于高楼之顶，发丝随风起舞，就像尘封已久的梦重新被放飞，远航的帆高高扬起。

接下来的很长一段时间，江听雨都没再与陆临渊见面。

虽然她关注了一些关于监察官的公众号，急于补习这方面的知识，但到底隔行如隔山，二人暂无太多共同话题好说，于是她每天看到好玩的笑话便转发过去，看似随手，实则特意。

陆临渊虽时常不能马上回复，但一旦看到，就会特别配合，有时候是发个大笑的表情包，有时候是打字，“很好笑”或者“哈哈哈”。

江听雨不知他到底笑了没有，但想着也许他会笑，就乐此不疲。

这天晚上，江听雨躺在床上，又看到了一个好玩儿的段子，照旧给陆临渊发过去——

从前有只麋鹿，它在森林里玩儿，结果不小心走丢了。于是它给自己的好朋友长颈鹿打电话：“喂，我迷路啦！”长颈鹿闻言，宠溺地回答：“喂，我长颈鹿啦！”

微信发过去没多久，陆临渊回复了一长串“哈哈哈”。

这是他第一次发这么长的“哈哈哈”，想必的确被那两只小鹿萌到了。

江听雨忽然很想听到他的笑声，真实的、可以听到的。

她翻出通讯录，找到他的名字。上回翻他的朋友圈，她看到这个号码，就立马当作宝贝似的存下来了，实际上，她已经能背了。

那头，陆临渊手机响了，看一眼屏幕上的陌生号码，接通电话，沉声道："喂，你好。"

江听雨笑嘻嘻地问："陆临渊同志，你觉得麋鹿和长颈鹿可爱吗？"

"可爱。"陆临渊猜出手机那头的人是谁，讲话的声音瞬间软了下来。

"既然觉得可爱，为什么不给我打电话？我可以配合你试一下。"也许是夜色太美好，也许是陆临渊的声音太温柔，江听雨有点恃宠而骄。

若打这通电话的是旁人，不管熟人、生人，陆临渊都得挂。可来电的是江听雨啊，陆临渊便顺着她的小把戏走下去，实事求是道："我没有你号码。"

"现在你有了。"

"那你挂掉。"

"干吗？"江听雨以为陆临渊不想跟自己说话了。

"挂掉。"陆临渊没多解释。

江听雨有些失落，但极力掩饰："哦，好，那我挂了，你早点休息。"话音落下，她就真的将电话挂断了。

她摁灭手机，正要睡觉，手机忽然响了，屏幕明明灭灭，"陆临渊"三个字却清晰无比，仿佛要镌刻进人的脑海里。

江听雨有些疑惑地接通电话："你干吗？"

那头的陆临渊沉默很久，只发出轻浅的呼吸声。

良久，他才开口，一本正经得不像话："给你打电话。"

江听雨呼吸一滞，这句话是什么意思？这通电话又是什么意思？

他在玩火啊他知不知道！还是给别人点了火却不自知，并且不负责灭火的那种！

"江听雨？"

"嗯，我在呐。"

"你为什么不说话？"

"我不知道说什么，哈哈哈。"江听雨干笑。

“好巧。”他也是。

“我好像听到你那边有鸣笛声，你还在外面？”

“嗯，刚下班，正往家走。”

江听雨有些被惊到：“这么晚才下班吗？！”

“今天还算早的。有时候遇上大案子，抓人、审人、写材料，一套流程走下来，连续大半个月加班到凌晨三四点也是常事，下班连车都不敢开，怕犯困。”

虽然明白陆临渊说这话，只是在一本正经地据实以告，没有任何其他意思，但江听雨还是忍不住天马行空，暗暗地琢磨：他这话，怎么听起来有点“人家这么辛苦，想要抱抱”的意味？

于是，她决定往前挪一小步，在暧昧的边缘忐忑试探。

“凌晨三四点下班，你到家收拾完，差不多都能见到日出了……”

“嗯，没少见。”

“那每次加完班的回家路上，周围黑漆漆、静悄悄的，你一个人会怕吗？”江听雨话音落下，心上霎时涌起紧张，既猜测着陆临渊的回答，又担心陆临渊看穿她。

陆临渊进入反贪局两年，大风大浪见过，暗夜幽径走过，一身格斗技巧傍身，唯物主义心中牢记，区区一段夜路，哪里会怕，但也不知怎么，那个“不”字到嘴边，打个旋儿，又硬生生被他吞回去了。

“会。”陆临渊干脆利落地回答，表情严肃，正经得不像话。

江听雨：“……”虽然这是她想要的答案没错，但陆临渊这样的身份说这样的话，还是用这样笃定万分的语气，会不会太理所当然了一点啊？！

“我会害怕。”见江听雨半晌没作声，陆临渊重复了一遍。

“那……那你下次加班到凌晨，能不能叫我一下？”

“不能。”陆临渊连为什么都没问，就直截了当地拒绝了。

“为什么呀？”江听雨急了。

陆临渊道：“那时候你在睡觉。”

“睡觉有什么重要！我最近沉迷写作，正在写一部恐怖小说呢，就想试试能不能吓到你。”写恐怖小说什么的，纯属瞎扯，江听雨说得脸红心跳，“陆临渊同志啊，你可是人民的公仆，宗旨就是全心全意为人民服务，所以，你应该答应我这个群众的请求，对不对？”

嘿，小姑娘还要赖皮了！然而作为人民的公仆，陆临渊还真就被这个套路给困住了。

“对。”

“那下次你加班到凌晨三四点，下班路上就打电话叫我哦，我念恐怖小说给你听。”

“好……”陆临渊觉得自己真是名合格、优秀的人民公仆。

“那你今天有什么想跟我描述的事情，或者想聊的话题吗？”

陆临渊苦笑一下，她这话问得……简直让人没法儿接啊！这一刻，他深深怀疑起自己的应变能力，他再也不是那个在辩论场上舌战群儒的校园精英、在审讯室令贪官闻风丧胆的十佳监察官了！下次再与阮旭、谭湘他们玩辩论的游戏，他只怕要让他们笑掉大牙……

不过陆临渊还真顺着她的话认真思考了片刻，然后才慢慢回答道：“今天没有。”

“你还要多久到家？”

陆临渊闭眼估量了一下，答道：“五百米，四分钟路程。”

“蛮近了，那我挂电话？你到家早点洗漱睡觉。”

“嗯，好。”隔了几秒，陆临渊又鬼使神差似的补上一句，“不早了，你快睡觉。”

然而，电话已经被挂断，也不知道这最后一句，那头的人有没有听到。想人听到，又怕人听到。

江听雨本以为实现那个小约定的机会要到很久以后才会有，不想没过一周，她就接到了陆临渊的电话。

当时已是凌晨四点，江听雨正梦见自己很久之前遇到过的一个人，那人离得越来越近，越来越近……猛然被手机铃声吵醒，她下意识伸出手就要挂掉电话，待睡眼惺忪地看见来电显示后，当即一个鲤鱼打挺，坐起来接通了电话。

“陆临渊同志？”

“是我。”

“这才刚出正月啊，居然就有需要加班到凌晨的大案子了？”

“嗯。”陆临渊一只手握着手机，一只手捏捏眉心。

谭镇的贪腐案查清楚了，这人可谓贪得无厌，连脸皮都不要了：他不仅收了自己村的东西，还一家女许两家郎，同时接受了其他村的行贿，更在私底下联系了一个相熟的水泥商，让其在对村民报价时刻意抬高价格，而他则会出面搞定村干部，让他们签下这个高价的购买合同。也就是说，无论哪个村获得补助款，他都能拿到几个村的贿赂，以及水泥商给的回扣。

弄清始末后，陆临渊极力克制自己，但内心的愤怒还是难以平息：连扶贫的钱都要捞，连自己的故乡都要算计，这人还有良心吗？

“陆临渊同志，您辛苦啦！”江听雨听出陆临渊声音里的深深疲惫，还有隐约的唏嘘。他是在为那些不走正道的人，感到失望和惋惜吧？

陆临渊转移话题：“你是被我电话吵醒的？”

“没呢，我本来就还没睡，沉迷于小说。”江听雨不想让陆临渊觉得他吵醒了她，万一以后他再也不肯在加班之夜给她打电话了呢？她可还想着在暗夜里当他的小太阳呐。

陆临渊是什么人？凌城的司考状元，又在检察院历练了两年，岂会听不出江听雨的话是真是假。可他偏没戳穿，连他自己也不知这是对她的宽容，还是对这深夜里温暖的贪恋。

江听雨探身，拿到书桌上的摘抄本，里面全是她收集的小宝贝儿——逗趣的段子、充满意境的诗词、发人深省的道理、令人一眼惊艳的句子等。

“陆临渊同志，我刚才看小说，摘抄了一句特别棒的话，念给你听，好不好？”

“好。”

“有一分热，发一分光，就令萤火一般，也可以在黑暗里发一点光，不必等候炬火。此后如竟没有炬火，我便是唯一的光。倘若有了炬火，出了太阳，我们自然心悦诚服地消失，不但毫无不平，而且还要随喜赞美这炬火或太阳。因为他照了人类，连我都在内。”

“鲁迅先生的《热风·随感录四十一》。”

“是。”

“你想鼓舞我什么？”

“不是鼓舞，是慰藉。我们所处的时代，已然是当下最好的状态。”

不必江听雨把话说满，陆临渊已领悟了，她的意思是：他不必为失道的人叹惋，更不必觉得正道沧桑，因为党和人民就是他的后盾，时代和社会就是载他航行的船。

他最需要做的，便是从自身做起，一身正气、两袖清风，不忘初心，方得始终。

“江听雨，谢谢。”陆临渊心中的阴郁去了大半，觉得自己的状态已是他能够做到的最好程度。

往大了说，他有国；往小了说，他有家。而现在，他只缺一个人……

“谢什么呀，不用谢的。我再给你念个笑话，好不好？”江听雨知道他明白自己的意思了，便很开心。

“你念，我听着。”他的声音是自己都未察觉的似水温柔。

江听雨便小声念起来：“有个老爷爷卖油条，油条做好了，他舍不得卖，就自己吃掉；油条做得不好，卖不出去，又只能自己吃掉……”

“我读三年级的时候和同学打了一架，便叫来了我读六年级的哥哥，结果同学把他读初二的哥哥叫来了。我又把我读高一的表哥叫来了，结果他叫来了他上高三的哥！这时候，我以为我们必输无疑，好在那时表哥已经学会了《田忌赛马》这篇课文。没错，我就是那匹下等马……后悔，没有别的，就是后悔，原本我的对手只是一个三年级的学生……”

陆临渊一步一步走在深夜的街道上，听着电话里江听雨温温婉婉的声音，以往觉得太远的路忽然变得很短，心弦被那人无意拨弄，影子被路灯拉得很长。

他是第一次被这样陪伴着，心底似有什么东西破土而出，小心翼翼又蓬勃地生长着，可到底是什么东西，又说不出个所以然。

空里流霜不觉飞，汀上白沙看不见。

第四章　呢喃望星空

生活如此绝望，每个人却都兴高采烈地活着。
——奈保尔《米格尔街》

早春的风犹有寒意，带着一股冬季未褪尽的晦暗。

江听雨却觉得每天都新鲜，早起干活儿、午休看书、下班跟罗小浓散步、睡前与陆临渊随意聊聊天儿……一切都那么欢实，那么美妙。

这几日乍暖，桃花缀满枝头，香樟树抽了嫩生生的芽儿。江听雨琢磨着把陆临渊约出来，将伞还给他，顺便嘛，农大的草莓快过季了，俩人可以一起去采摘。

这样想着，江听雨便给陆临渊发微信："陆临渊同志，明天是礼拜六，我看了天气预报，惠风和畅，天朗气清。我想将伞还给你。另，如果在加班，就不要回我消息，等下班后再说哦。"

彼时陆临渊正跟家人一起吃晚饭，之前忙一个大案子，天天早出晚归的，几乎连父母面儿都没见着，今天好不容易有了眉目，拿到关键性证据，这才赶回来吃到一顿准时的晚饭。

吃完后，陆临渊让姐姐陆园去陪父亲陆知新与母亲黄梅看电视，碗放着他来洗。

陆知新夫妇望着厨房里的儿子，感到由衷的骄傲，多棒的小伙儿啊，一表人才、长身玉立，更难得是对老人孝顺。他要是能早点给他们领个儿媳妇回来，再生个小公主或者小公子，那就更好了……

陆园也觉得自己这个弟弟真是优秀，真是看得喜人，只不知将来是怎样的女孩子能够与他携手。一念之间，她已将自己单位里的单身女青年想了个遍。

陆临渊不知一家人此时已经发散思维到谁家女孩儿合适、将来孩子取什么名儿、读哪所幼儿园比较好了，他系上围裙，戴上耳机，给江听雨发了个语音聊天申请，就开始洗碗。

“长江长江，我是黄河！”江听雨接通语音，上来就皮。

那些深夜里的陪伴，让两人已然成了老友般。

“我是长江。”陆临渊也配合。好朋友嘛，再皮，他也会包容。

每皮一次就被陆临渊用眼光杀死一次的黄连，躺在家里忽然打了个喷嚏，自言自语道：“唔，要么是感冒了，要么是好朋友小渊渊在想念调皮的我了。”

“陆临渊同志，你看到我的微信消息了吧？”江听雨问道。

陆临渊轻笑一声：“嗯，看到了，明天天气是不错。”他如今跟着江听雨学坏了，故意避开主题不回答，就想看她急。

陆临渊那声低笑犹在耳边，江听雨觉得自己耳朵忽然有点儿痒，但又不是真的痒，就是一种酥酥麻麻的感觉……她忍不住开了免提，而后用两手捧住耳朵，听见一片嗡鸣声。

“那你……明天是加班还是休息？”江听雨让自己冷静下来，直截了当地问道。

如今，她与陆临渊既已是一对老友，便什么都能聊上几句，牛头不对马嘴也没关系。反正，好朋友嘛，守着那条友情的河，她只要不越界就行。

“不加班，可以被你约。”陆临渊惯会一本正经地说话，只是以前是正经地说正经话，现在这话却不那么正经了。

“那明天，农大草莓园去不去？上回你还说你没摘过草莓呢，你江听雨姐姐带你长长见识。”

“嗬。”陆临渊轻轻地冷笑一声，眼神却透着甜。

江听雨也不介意，在知道陆临渊傲娇的本质后，她所有的敏感和猜疑都在这个人面前消失无踪。

“明天几点见？”

“看你几点起。”陆临渊知道江听雨平时睡很晚，周末有赖床甚至睡一整天的习惯。因为他每次在周末给江听雨发微信，江听雨总要在晚上才会回复，而工作日则是秒回。

“行，那明天我醒了叫你。”

“好，你早点休息。”饶是拖拖拉拉地洗，就这么几个碗也该洗完了，陆临渊不愿自己的事被家里知道，便表达出要结束通话的意思。

江听雨自然说好，一是她想当陆临渊的解语花，二是她也确实想早点睡，这样明天就能早点醒了……

互道晚安，江听雨自去洗澡，陆临渊却还要过一个关：刚灭了厨房的灯，前脚还没走出去呢，黄梅就叫他过去一起坐，彻底打碎了他趁人不备溜回房间的想法。

“妈，您叫我。”老太太都发话了，陆临渊只好乖乖坐下。

“临临啊，你刚才在厨房跟谁打电话呢？”

“没打电话，是用手机看电视剧，里面的人说话声音跟我很像。”

“哦哦哦，那可能是妈妈听错了。”黄梅笑得颇有深意。

陆知新和陆园交换一下眼神，也笑得颇有深意。

一家子人笑得都这么有深意，陆临渊有点摸不着头脑，默默觉得自己好肤浅……

待黄梅笑意稍止，陆临渊温声道：“妈，您还有什么事吗？没有的话，我想先去洗澡睡觉，有点儿困了。”虽然是急于逃避这奇怪的气氛，不过他也确实困了。刚办完的那个案子，折腾得他整整一个月没睡过囫囵觉。

调笑一下也就罢了，听见儿子说累，黄梅立马心疼得不行，瞪了一眼还在笑的父女俩，伸手摸了摸陆临渊的头顶：“其实什么事都没有，我们跟你闹着玩儿呢，谁叫你总没个笑脸儿，让我们担心。不说了，儿子你快去收拾，弄完了早点睡。”

陆知新看向陆园：“丫头，你看你妈，明明自己先笑的，而且就数她笑得最厉害，见牙不见眼的，鱼尾纹都出来了。”

陆园也接口道：“爸，你看你媳妇儿，只许州官放火，不许百姓点灯。”

黄梅闻言，往父女俩嘴里各塞了一瓣橘子。

陆知新嚼一下，霎时变了脸色，咽下去后，委屈巴巴地开口：“这橘子是酸的……”

黄梅乐不可支：“我就是先试了，觉得酸才喂给你们呢。要是甜，我就只给咱们临临一个人吃了。”

陆临渊笑了笑，说声“谢谢”，往自己的房间走去了。

黄梅看着他的背影，叹了口气，只是声音轻如薄烟，很快湮没在这浓得化不开的夜里。

到了晚上九点半，陆临渊的姐夫莫家鸣应酬完了，来接陆园回去。

“我小舅子呢？我要跟他聊几句。”莫家鸣多喝了几杯，这会儿被酒精刺激得有些亢奋，嘴里大声嚷着，举起手就要去叩陆临渊的房门。

陆园一把拉住他：“家鸣，我弟已经睡觉了，有什么话，你明天再找他说吧。”

莫家鸣却不依不饶：“我这都上门了，他不招待一下姐夫就算了，连见都不见一面，是个什么意思？真当自己进了监察委，就可以骑在所有人的头上了？”刚升的副局，给了莫家鸣以前从不敢有的底气，甚至于趋向嚣张。

陆园甩开丈夫的手：“莫家鸣，你胡说什么呢！”

莫家鸣清醒了几分，或许原本就是借酒装疯，想摆摆姐夫和大官的谱。见妻子生气，他忙站直了身体，讪笑着去拉陆园的手：“园园，我错了，刚才说胡话呢，你别跟我一般见识。”

“你呀！幸好爸妈先去睡了，不然看见你这个样子，肯定会担心。”陆园恨铁不成钢，瞥了丈夫一眼。

莫家鸣连连点头：“是是是，我知道爸妈关心我。老人睡觉浅，咱们先回家，别吵醒爸妈。”

陆园点点头，往玄关处走，临出门前，往陆临渊的房间看了一眼。她不知道陆临渊有没有听见莫家鸣那些混账话，但那扇门始终纹丝不动地关着，仿佛门内、门外是两个走不出也进不去的世界。

陆园知道之前母亲为什么要叹气，这会儿，她也不由得叹了口气，只是几不可闻，很快被夜风冲散，留一室寂静无声。

房内，陆临渊平躺着，呼吸轻浅。他听见墙壁上挂钟的指针在游走，窗户上绿萝的长藤在蔓延，那是岁月和生命此消彼长的声音。

天刚擦亮，江听雨就醒了，时候还早，她甚至坐起来眯了好一会儿，才听到洒水车的声音。

好不容易挨到八点，她想着这个点儿应该不算打扰陆临渊睡觉了，再也按捺不住，给陆临渊打电话。

陆临渊握着手机，等了两秒才按了接听键。

江听雨试探着问："陆临渊同志，早上好呀！你醒了吗？"

"没醒，现在是自动回复。"陆临渊这样说道。实际上，他早就醒了，还听见洒水车的声音了呢，但是怕打扰江听雨睡觉，也不想显得太期待，就没催她。

"呃，陆临渊同志，你不许卖萌啊！既然你醒了，那咱们昨晚说的……"

"算数。"说完，陆临渊觉得自己的语气太过生硬，又补上一句，"时间、地点，都将就着你来，你定好告诉我就行。"

江听雨就等这句话呢，也不再忸怩，当下就道："十点，农大校门口，怎么样？"

"九点也行。"陆临渊抬手看了看表，下意识说道。

"哎？你说什么？"江听雨怀疑自己听错了。

"没说什么，你听错了。"

江听雨："……"

陆临渊笑了笑，没出声，就一点儿气音。但手机那端的江听雨，偏偏被这点儿气音闹红了脸……

既然陆临渊否认，那就相当于承认了。他自己说了要提前，江听雨自然求之不得，一锤定音："九点，农大！"

"好。"

八点五十分，江听雨在农大校门口下了公交车。

正逢周末，校门口进进出出的人极多，似春日游鱼般来回穿梭，江听雨却一眼在人海里看见陆临渊。

他站在路旁，犹如一株能抵风雪的青松，笔直、静默。

江听雨往那边走去，忽然又停下来，绕到侧面……找好角度后，她悄悄地给陆临渊拍了几张照片儿。

拍完后，她故作稳重，实则欢欣雀跃地走过去："我来啦。"

陆临渊点点头，算是打了招呼。

江听雨暗道：啧，在电话里不是还挺能皮的嘛，真见面又斯文上了。

不过，她也没拿这点逗陆临渊，因为她自己也差不多，在网上跟在现实里是截然不同的两个人。也就是陆临渊这人脾气好、有涵养，所以她才敢在他面前闹腾，不用伪装什么。

"走吧，我带你去草莓园，这时候刚开棚，草莓又大又红，咱们可以摘到最好的，可甜啦。"说完，江听雨先往前走了，轻车熟路地带着陆临渊穿梭在校园里。

陆临渊跟上去，跨出几个大步，赶上江听雨，与她并排走着。

过了会儿，江听雨忽然开口："你想说话不？"

这么没头没脑的一句话，陆临渊听了却半点不觉奇怪，他明白这姑娘的意思：他要是觉得无聊想说话，就尽管说，她有话接就陪着说，没话接就听他说。

他想了想，问道："你对农大很熟悉？"

江听雨仍往前走，点头道："嗯，挺熟的。读大学时，找了份儿兼职，就是找大学生开户，所以凌城大部分的高校，我都摸熟了。"

陆临渊闻言，脚步略有一顿，旋即恢复正常，淡淡道："什么账户？"

"证券。我想着既能挣钱，又与本科专业相关，就很喜欢。"

"然后按开户的数量算酬劳？"

"嗯，每开一个账户，能拿三十块。"

"这份兼职还在做吗？"如果她仍做着，他正好还没开过证券账户。

江听雨脚步稍有停滞，很快又恢复正常，抬手揪了片万年青的叶子，捏在手里轻轻捻着："毕业后找了工作，就没做了。"

"嗯。"陆临渊注意到江听雨方才那瞬间的异样，但也没多过问。

每个人都有自己的想法和生活，互不干涉，孤独而精致地存在着。

只是，面对江听雨，他却有了忍不住靠近的好奇：她明明充满了元气，在他面前总是闹腾腾、笑嘻嘻的，像个小太阳，有时候眉宇间却又透出无边丝雨般的清愁。

思索半晌，他将自己对江听雨的好奇定性为：关心一个与自己很聊得来的网友。

有一搭没一搭的闲谈之间，二人已经走到草莓园外。

园主将他们带进草莓棚内，交代道：“你们随意摘，摘好了叫我就行。”

江听雨点头应好。

园主离开后，江听雨将篮子递给陆临渊：“你第一次来，体验一下吧。“

陆临渊看着这满棚绿油油的叶、红彤彤的果，整个人都觉得轻快起来，接过篮子，就开始去寻找那些最甜的果子。

农大的草莓园有好几家，品种、培育方法、价格等各有不同。江听雨特意挑了这家，草莓是种在木槽里的，木槽下面垫了架子，有半人高，免了采摘人弯腰不是，蹲下也不是的尴尬，十分体贴。

这会儿陆临渊仔仔细细地采摘着草莓，身姿依然挺拔，江听雨一气儿偷拍了几十张照片，庆幸自己选了这个可以站着摘草莓的草莓园，也羡慕起那些被他采撷的草莓，唔，她也有点想被那双手触碰、抚摸……

她正对着照片上的背影想入非非，突然有个陌生电话打进来。

江听雨接通电话：“您好，哪位？”

“江听雨啊，是我，陶用文。”

江听雨顿时一惊，连忙问好：“陶老师，您好！”来电的人，正是她的小学班主任陶用文。

陶用文呵呵一笑：“江听雨啊，上午我去你家里，听你爸说你已经拿到了教师资格证？”

陶用文是当年村里最有文化的人，她和江淮南的名字便是他取的。后来入学了，江听雨家庭条件最差，陶用文也没少照顾她，因此她对陶用文十分敬重，恭敬地答道：“嗯，劳您关心，刚通过了考试，合格证已经有了，但资格证还在办，要到五月份，教育局才会发放。”

“你爸希望我能介绍你到学校教书，你是村里少见的大学生，学校也急需你这样的人才。”陶用文对自己的这个学生很欣赏。

“陶老师您谬赞了，学生不才，不敢误人子弟。”江听雨谦虚，也是婉拒。

“听你这语气，好像不是很想回老家？”陶用文听出江听雨的意思。

江听雨举着手机，看向陆临渊的方向。那人，口口声声道自己冷漠无情，却从来纵容着她的心血来潮、她的前言不搭后语、她的神经兮兮，这会儿连摘草莓都那样温柔，生怕惊了沉睡的植物似的。

是，她不想回老家了，因为她有了让她想留在凌城的人。

“陶老师，对不起，我才毕业不久，还想在外面多闯一闯。劳烦您为我费心了。”老师特意打电话来关照，江听雨实在不好拂老师的面子，故而没把话说满，也为今后的打算留余地。

但，她也深知余地就是退路，就是变数，像她这样的人，非得破釜沉舟，才会全力以赴。

陶用文叹口气：“江听雨，我没有费多大心，真正为你费心的，是你父亲和你哥。”

江听雨疑惑了：“陶老师，您的意思是？”

“你觉得我为什么会突然打电话给你？村里大学生不多，但也不是只有你一个，我为什么偏偏只关照你？”陶用文忽然对这个自己一向喜爱的学生有些恨铁不成钢，觉得她书读多了，心却变冷了。

“陶老师……”

“你父亲让江淮南去我家，堵了我个把星期，非要请我去你家吃饭，我拗不过，今天才去了。你父亲的腿刚上了钢钉，正是要养的时候，但在饭桌上，他还硬撑着陪我喝了一杯，江淮南也喝醉了。原本你爸这么厚道的人，你和你哥又都是我教过的学生，能把你介绍到母校来教书，我也是很乐意的。但你爸太实在了，非说没有什么能回报我，好歹要让我把这顿酒喝尽兴了。”

虽然江光明和江淮南父子拜托他不要将这事儿说出来，会加重江听雨的心理负担，但陶用文还是说了。他心疼江听雨，也心疼江淮南。

江听雨听完，眼中一热，眼泪哗啦啦就流下来了。

“陶老师，谢谢您，是我不懂事，让您操心了。”

“嘿，谢什么，只要你们这些孩子有出息，我们这些为师为长的，再怎么操心都开心。”陶用文一生奉献在教育岗位，以教书育人为己任，视学生如己命。

“陶老师，我待会儿就给我爸和我哥打电话，我道歉。“江听雨极力想隐藏哭声，却仍忍不住啜泣。

“嗯，这才是好孩子！快别哭了，擦干眼泪，给家里打个电话。你爸年纪大了，难免固执，你不要急，好好说，多给他解释一下你要留在城里的原因，再表一表奋斗的决心。”不管江听雨毕业多少年，都是他陶用文的学生，他愿意这样悉心教导。

“谢谢陶老师，我会按您的话去做，祝您身体健康、多喜多福！”

与陶用文结束通话后，江听雨马上拨通了江淮南的号码，问候几句，就让江淮南将手机递给江光明。

这是大年三十那天之后，她第一次跟江光明讲话。

“小雨啊……”江光明喊出女儿的名字。病这一场，他整个人都不如以前精神，连声音也透出岁月打磨过的沧桑。

而这一声呼唤，让江听雨的眼泪再次夺眶而出。

江光明在那头慌了，急忙说：“小雨啊，是爸错了，爸再也不提买车的事情了，也不骑摩托车了！小雨你别哭，你一哭，爸就觉得自己很没用……”说到这儿，江光明也有些哽咽了。

江听雨闻言，哭得更凶了。

不，爸爸，没用的是我！您和妈妈没有给我我想要的一切，却给了我你们有的一切，是的，一切。

“爸，我不拦您了，等您的腿养好了，您就拿钱去买车吧。我会努力的，修房子的钱，我来挣。”

江光明和刘晓玉互看一眼，在彼此的眼里看到了泪意。

江淮南没哭，但也觉得窝心，此时因妹妹的懂事而感到欣慰极了，坚定道：“还有我，我下周就去凌城找活儿干。江听雨，我们一起挣。”

江听雨哭着点头：“嗯，哥，我们一起挣！”

草莓园很大，江听雨打完电话回来，发现陆临渊已经走到前面很远的地方了，不由得松了口气。她并不想将自己偶尔出现的脆弱暴露在人前，尤其是自己喜欢的人。

江听雨出身山村，虽家境贫寒，却因读书成绩还行，被老师关照着，父母和江淮南也十分宠她。故而，她的心比天高，但她又没有足够的背景和实力撑起一腔野心，便时常毫无理由地胡思乱想，还老钻牛角尖，乃至于自怨自艾，是个浑身负能量的人。

本仗着“无所谓别人怎么看我”，她决定这辈子肆意妄为下去，不料遇到了陆临渊，这个她喜欢着并想哄着惯着的男人。

为此，她愿意伪装成阳光积极的样子，欺骗他，也欺骗自己。

思及此，江听雨打开手机前置摄像头，将自己的脸仔细擦了一遍，直到一点泪痕都看不出来。

陆临渊回头时，江听雨刚擦完脸，正漫不经心地摘草莓。

看见自己篮子里的草莓已经装满了，陆临渊往江听雨的方向走来。其实他无意间听见江听雨接电话了，也听见她哭了，为了不让她尴尬，才故意走了很远。

二人谁也没提刚才的事，直接叫来园主给草莓称重。

陆临渊摘了两斤，六十块。江听雨只象征性地摘了几颗，十块钱，但她坚持要一起付钱：“是我带你来的，所以付钱也应该我来。”

陆临渊自然不会答应，无论出于自己男人的自尊、职业的操守，亦或对这个刚哭过的姑娘的心疼。

俩人辩了一会儿，各不退让。

陆临渊忽然道：“你非要付是吧？行，那你先把手机里我的照片删了。”

江听雨蒙了：“……”

陆临渊面色严肃：“我们有规定，是不能收别人一针一线的。你要是非逼着我违纪，那我就只好说你违法了。”

“啊？我送你几颗草莓是违纪，偷拍你几张照片儿是违法？”

陆临渊郑重点头：“《中华人民共和国治安管理处罚法》第四十二条规定，偷窥、偷拍、窃听、散布他人隐私的，可处五日以下拘留或者五百元以下罚款。你拍了我不止一次吧？已经属于情节严重了，可以处五日以上十日以下拘留，还要处五百元以下罚款。”

江听雨：“……”行，陆临渊你很行啊，拿法律来跟女生讲道理，你小心“注孤生”，哼！

最后，陆临渊的草莓是他自己付了钱。原本他还想将江听雨摘的一并付了，但江听雨气呼呼的，没答应他，说要跟他划清界限，谁让他用法律吓唬她……

陆临渊无奈地笑一下，转移话题，让江听雨介绍学校里面有什么好吃的，他请客，当赔罪。

江听雨嘴里狠狠说着要敲诈他一顿，带他去的地方却是国内著名餐饮连锁品牌——沙县小吃。

陆临渊：“……”

按照江听雨的经验之谈，俩人各点了一屉蒸饺、一碗花生酱拌面，还有一盅海带排骨汤，全部加起来，不到四十块钱。

不过东西虽便宜简单，味道倒确实不错，尤其学江听雨往拌面里放了一箸香菜后，吃起来更香了。

食不言、寝不语，吃完后，江听雨才得意地问：“花生酱拌面加香菜，味道不错吧？”

陆临渊点点头：“嗯，好吃。”他的家人都不爱吃香菜，所以饭桌上从来不会出现香菜，而实际上，他可喜欢吃香菜了，光是闻着都觉得舒坦。

“等下回你哪个周末又休息了，我带你去一个偏僻的小巷，巷子里有个小门面，卖花生香菜冰激凌，比这个拌面还好吃，可香了。”

陆临渊被姑娘犯馋的样子逗笑了，看着她：“嗯，好。”

原本说好陆临渊请客，到付账时，江听雨又坚持付了自己那一份。

她心里清楚，自己若总是这样固执，难免会使人觉得生分，而适当的礼尚往来反而更容易让人拉近距离。可或许是自尊心作祟，或许是不想占人一丝一毫的便宜，又或许是不愿与他扯上任何经济关系，总之，她就是按捺不住自己这样矫情。

这种明知道自己这样做不讨喜，却仍克制不住这样做的折腾心理，让她感觉到自在、被宠爱。

她就是这样一个喜怒无常、变幻莫测的人，让一些人想靠近，又让靠近后的人都远离。

从店里走出来，陆临渊正想问接下来干什么，忽然接到谭湘的电话。

“小渊渊，拿上钱包，到凌城附二医院来一趟，哥们儿跟一个小王八蛋打了一架，挂彩了。”一向沉稳的谭湘语气非常不好，透出浓浓的愤怒……

与不甘。

“等着。”陆临渊冷声道。

对于谭湘这个发小，他嘴上不说，实际上心里十分在乎。此时听到谭湘受伤，他自然会赶过去。

挂断电话后，陆临渊看向江听雨，还未开口，江听雨先说话了，让他去忙自己的事情就好。

陆临渊看着她：“我先送你回去。”

江听雨忙道：“真不用啦，你赶紧去忙，我再在学校里溜达一会儿，好久没来，还有点想念呢。”

陆临渊上车，发动车子后，按下车窗：“抱歉。”

江听雨一笑，摆摆手：“路上别急，慢点儿开。”

陆临渊发动车子，从后视镜里看见那个姑娘站在原地，离他越来越远。

江听雨站在原地，看着车子驶出停车场，逐渐融入车流，直到再也看不见。

谭湘被人打松了一颗牙，脸上也挂了彩，还疑似有轻微的脑震荡。

陆临渊缴齐了费用之后，医生端着托盘进来，给谭湘的牙齿进行加固。

“谭律师仪表堂堂，如今更添风采。”陆临渊盯着谭湘脸上肿起的一块，忍不住伸出手戳了戳。

谭湘疼得哇哇直叫。

陆临渊跷起二郎腿，环抱双臂往椅背上一靠：“说吧，怎么回事？”

谭湘不叫了，三缄其口。

“你待着，我回家吃饭，吃完给你送点儿。”陆临渊不想用自己在审讯室的那一套来盘问兄弟，见谭湘不想多说，他也就不多问。

谭湘躺下去，头有点晕，有气无力地“嗯”了一声。

到家后，陆临渊发现陆园和莫家鸣也在。

“临临，你回来啦！快去洗手，马上就开饭。”黄梅正在摆碗筷，看见儿子回来，脸上露出笑。

陆临渊笑着应下，洗完手出来，帮着摆筷子。

饭桌上，陆知新问起晚辈的工作情况，大家一一汇报。

黄梅拍了一下陆知新的肩膀："孩子们好不容易回家吃顿饭，你就别问工作啦。"

陆知新笑道："好好好，我不问了，你们放松。"

黄梅露出慈爱的笑容，往几个孩子的汤碗里各添了好几块排骨："你们都瘦了，多吃点啊。"

陆临渊与陆园只是颔首道谢，反而是莫家鸣这个女婿十分周到，站起来往黄梅的碗里夹了一箸菜。

黄梅乐呵得直夸奖："还是家鸣最贴心。"

莫家鸣笑道："妈您过奖了，我平时工作忙，很少有机会能陪您和爸吃饭，是我不够孝敬。"

黄梅还要寒暄，却被陆临渊打断。

"你的嘴角怎么了？"陆临渊盯着莫家鸣的嘴角，那里有一道不甚明显的小伤口。

莫家鸣笑容一滞，又瞬间恢复正常："哦，这个啊，没事，就是最近加班比较忙，上火了，嘴角干裂，破了点儿皮。"

黄梅心疼极了："哎呀，这么辛苦的呀！家鸣你再忙也要注意身体啊，妈待会儿煮点下火的银耳莲子汤，就只给你一个人喝，临临和园园兄妹俩都没得喝。"

莫家鸣粲然一笑："好嘞，谢谢妈，妈最疼我了。"

黄梅被莫家鸣哄得可开心了，一家人其乐融融地聊着。

陆临渊盯着莫家鸣嘴角的小伤口，不知怎的，想到了受伤的谭湘。

真是……有点巧呐。

周日，江听雨没偷懒，继续去兼职，仍是跟陆临渊提到的找人开户的那个。

与她搭档的是一个很健谈的学妹，名字也可爱，叫叶北北，做起事来十分利索，故而俩人合作十分愉快。这天天气不错，走出寝室的学生有很多，一个上午她们就开了六个账户。

中午好容易闲下来了，叶北北一边吃盒饭，一边感叹："不愧是设计学院啊，俊男美女就是多！"

江听雨看着来往的大学生，笑着点点头："嗯，确实个个儿出挑。"

话音落下，忽然有一道好整以暇的声音传来："那我呢？"

江听雨侧头，看见三米外的樟树下站着一个男人，有点面熟，却想不起在哪儿见过。

男人见她一脸茫然，笑了："怎么，不记得我了？"

江听雨有点不好意思："你是？"

"白石楠。"

江听雨想起来了——大年三十那天，在回凌城的火车上遇到的那个人。

"啊，是你。"

白石楠走近她："你也是这所学校的学生？"

"不是，我今天是来这边兼职。"

"什么兼职？"白石楠来了兴趣，拿起桌上的传单，看完后，对着江听雨问道，"证券开户？"

江听雨点头："嗯，是。"

"早就听人说炒股赚钱，那我也开一个吧。"

"不是百分百会赚钱，如果操作不准确，也有资金被套的风险。"

"被套后会怎样？"

"要么割肉亏损，要么就一直耗着，等它涨回来。"

"听起来还蛮有意思，给我开一个吧。"

有意思？如果开户后不去交易倒没什么，如果胡乱交易导致亏损，那可是真金白银啊，他也太不把钱当回事了吧？

不过，江听雨也不多推辞，直接拿出资料表让白石楠填，又说好了他自行去证券交易所激活账户的时间。

白石楠写得一手好字，潇洒恣意，自带一股行云流水的气势。填完表后，他将笔帽盖上，抬起头道："既然你来了我们学校，那我就尽一下地主之谊，请你吃个饭，怎么样？"

江听雨指指桌上的盒饭。

白石楠见状，很快又有了新提议："那你下午请个假，我带你在学校逛逛呗。凌城设计学院是有名的创意型高校，大到建筑，小到花池，都是名家设计，有许多外行人看不懂的内涵，我都可以说给你知道。"

“谢谢你，但是，不用了哎。”

“为什么？”白石楠有点不快，江听雨似乎总在拒绝他，而他并没有任何歹意。

“嗯……”江听雨思考了一下，说出了一个很真实且让人易于接受的理由，“虽然我只是做兼职，但请假也是要扣钱的。”

白石楠瞬间笑了：“这简单啊，扣多少钱，我补给你就行！”于他而言，能用钱解决的事，那真的就完全不叫事了。

江听雨：“……”嘿，我这暴脾气，要不是最近向优秀的陆临渊同志学习，渐渐学会了冷静，她简直要骂人了，就用那句土味黑话——“你怎么可以用钱侮辱我的人格！你以为有钱了不起吗？”

但是她最终没有骂，一是不想对一个无关紧要的陌生人发火，二是她担心白石楠会说：“对啊，有钱就是了不起啊。”

若他这样说了，她还真无法反驳。

见江听雨不作声，白石楠又说：“你看你这份兼职多累呀，还要跟各种不懂的人费口舌。只要你下午陪我逛学校，我就给你介绍另一个好差事，事少钱多，比你这日晒雨淋的好多了，怎么样？”他隔壁系的哥们儿，学珠宝设计的，打算毕业后自己创业，想提前设计出一批戒指，最近正在找手模。

而江听雨的手，除了皮肤有点粗糙，手心有点茧，整体的线条是很流畅的，而且非常纤细修长。

江听雨闻言，有点苦恼了，想着该怎样拒绝才能一劳永逸，又不会显得过于不识好歹。

恰巧一对情侣过来询问开户的事情，江听雨忙趁机道：“白石楠，我还是不耽误你下午的时间了，你去忙自己的事情吧，非常谢谢你。”说完，她便上前为情侣做介绍。

等她介绍完，扭头发现白石楠居然还在，惊道：“哎，你不去忙吗？”

白石楠拿出手机：“微信加一下。”

江听雨觉得真没必要加，正要开口，白石楠却不给她这个机会：“我刚才在你手上开户了，你就要对我负责。以后我有什么不懂的，或者账号出了任何问题，你都要为我答疑解惑。”

江听雨：“？？？”嗬。

俩人僵持之间，又有一群学生过来询问，叶北北一个人顾不过来了，忙喊江听雨帮忙。

白石楠拖着她不放，那边叶北北又说得口干舌燥，江听雨心下一急，只好拿出手机，扫了白石楠的微信二维码。

加她为好友后，白石楠才心满意足地离去。他是在钱罐子、蜜罐子里泡大的孩子，做事一向看心情、凭脾气，且不达目的誓不罢休。所以，他也不是多么想加江听雨的微信，只是江听雨越拒绝，他就越想争那一口气。

走出一段路后，他还是觉得意难平，掏出手机，给江听雨改了备注：江小刺猬。

嗬，江听雨，对他那样防备和冷漠，可不就是只刺猬？而在情场所向无敌如他，偏偏还就对她起了意，看谁拗得过谁。

日子不慌不忙地往前过着，似有一只无形的手在拨弄时针，转眼又到一个周末。

周六做完兼职后，江听雨没直接回家，而是去了火车站——江淮南不南下打工了，要来凌城，以后就在凌城找活儿干。

所以说江淮南是个孝子，父母在，不远游。

出站口，江淮南已经到了，正在四下张望。

罗小浓对着手机上的照片看了几眼，再看看那个张望的男人，走过去，落落大方地开口：“嘿，请问你是江淮南吗？”

江淮南看着这个素未谋面的女生，疑惑道：“嗯，我是江淮南，你是？”

罗小浓松了口气，解释道：“是你就好。我是江听雨的室友，她说路上堵车太厉害，打你电话又关机，怕你一个人等急了，所以让我帮忙先来火车站跟你碰头，叫你别担心。”

江淮南忙去掏手机，自从经历过一次失恋后，他就对手机产生了反感，无事不会去碰。直到这会儿，他才发现手机不知何时没电，已经自动关机了。

“不好意思啊，手机没电关机了，麻烦你跑这么一趟……”江淮南十分不好意思，末了还挠了挠后脑勺，憨得不行。

罗小浓头一次看见这么老实又憨傻的男人，心下莫名觉得好笑，便真的笑起来：“没事，这有什么好道歉的，你是江听雨的哥哥，那也就是我的哥哥啦。”

江淮南更加不好意思，忽然多了这么一个如花似玉的妹妹，简直慌得手都不知道该往哪儿放……

他是个不太会主动聊天儿的人，在女生面前更加笨嘴拙舌，这会儿不知道说什么，就干脆一句话不说了。

罗小浓也不逗他了，俩人静静地站着，任四周人来人往。

路上堵得一塌糊涂，公交车慢悠悠地摇着，好不容易到了火车站，江听雨下车后一路小跑，怕江淮南久等，更重要的是想他了，想极了。

在人群中寻觅着想见之人的身影，找到后，江听雨跑过去拍了一下罗小浓：“嘿，小浓，我来啦，麻烦你了！”

罗小浓摆手道：“说什么呢？这点小事。”

江听雨看向江淮南，想奔过去，扑进他的怀抱，脚下却挪不动步。

江淮南笑着摇摇头，走过来，抬手揉了揉江听雨的头：“怎么，吵一架，连人都不叫了？”

“哥！”江听雨一头扎进他怀里，眼底的泪意来势汹汹，又硬生生被她忍回去。待摸到江淮南更加单薄的背脊，她终于忍不住，眼泪砸下来：“哥，你瘦了。”

江淮南任江听雨抱着，轻拍她的背：“好了，没事了，家里会好起来的，我也会胖起来的，胖成球，让你踢着玩儿。”

江听雨闻言破涕为笑，从江淮南怀里出来，站直身体：“这些好听话对我说有什么用？早点给我找个嫂子，甜言蜜语跟我嫂子说去。”

江淮南：“……”这什么妹妹啊！都骑在哥哥头上了！

江听雨一把抹掉眼泪，弯腰去拎江淮南的行李：“走吧，快天黑了，给你找家旅馆去。”

罗小浓也帮忙去提一个塑胶水桶，里边儿装了衣架等杂物。

江淮南抢过她们手上的东西，笑道：“你跟你室友一起走吧，我跟在你们后面，东西我一个人提得动。”

江听雨和罗小浓自然不依，却没敌过江淮南的执拗脾气，只好手牵手走在前面。

江淮南背着一床棉絮，左手拎着水桶，右手提着三个大纸袋，亦步亦趋地跟在后面。

罗小浓不经意地回头看去，发现江淮南虽然有些单薄，却并不羸弱，即使身负那么多重物，仍走得稳稳当当，脚步毫不虚浮，身体也十分笔直，当过兵似的，有一种堂堂正正的气概。

江淮南接触到罗小浓的目光，扬起一个微笑。罗小浓也扯起嘴角笑了一下，很快转过头，往前走去。

凌城这两年加快了建设步伐，吸纳了不少人进城务工，因此三人找了许久，都没解决江淮南的住宿问题——火车站附近的小旅馆全部客满，贵点的酒店又住不起。

冷风扑面，天色越来越晚，罗小浓索性挠挠江听雨的手心，提议道："江听雨，要不今晚让你哥住在我们那儿吧？"

江听雨还没回答，江淮南先开口了："不用了，我还是住外面吧，随便找个地方凑合就行。"

跟两个女孩子共处一室，像什么话？江淮南自然不愿意做这样的事，一来太打扰她们，二来影响不好。

江听雨也觉得这个提议不太合适，尤其是之前二人早有约定：谁也不能留异性在租房内过夜，甚至这条约定还是罗小浓先提出来的呢……

可罗小浓今晚也不知怎么了，被拒绝了一次还不放弃，仍然热心地说："没关系啦，不会打扰到我们。况且都这么晚了，能不能找着还不知道呢，我走得腿都酸啦，江听雨，劝劝你哥，咱们赶紧回去呗。"

江听雨看向江淮南："哥，要不就听小浓的，今晚先去我们那儿凑合一晚？"

罗小浓继续劝说："我们那儿的客厅还挺大，有沙发床，你自己又带了棉絮，所以没什么不方便，南哥你不用担心。"

江淮南还是不太愿意，觉得自己兄妹俩占了别人的便宜。

罗小浓多机灵，老实巴交的江淮南在她面前可以说是无所遁形。她猜出江淮南的想法，笑道："南哥，要不这样，你按照刚才那家旅馆的收费，给我和江听雨付一晚的房租六十块，我俩各拿一半儿。你妹妹收不收我不知道，但我肯定是会收下我那份儿的哦。"

江听雨眼睛一亮，这倒是个好办法，既解决了哥哥的住宿问题，又能让罗小浓赚点儿零花钱。

“哥，你就去吧，不然我和小浓真走不动了，而且住酒店确实贵……啊对了，你付的房租，我也会收下我的那份儿哦！”

江淮南无奈地笑笑，点头同意了。江听雨和罗小浓相视一笑，手牵手往公交站走去。江淮南跟在后头，看着前面嘻嘻哈哈的俩姑娘，觉得心里舒坦，对接下来的日子也充满了期待。

到家后，江听雨让罗小浓先去洗澡，今晚实在累着她了。

罗小浓也没推辞，不想把家里的氛围搞得太客套，便第一个去洗澡，洗好之后就回了房间，把客厅留给两兄妹慢慢整理。

江淮南接着去洗，洗完出来，发现江听雨已经将沙发床铺好，棉絮也套好了，他直接钻被窝就行。

江听雨招呼江淮南：“哥你别愣着啊，赶紧过来睡觉，明天早点起床，趁小浓醒之前把客厅整理好。”

江淮南点点头，将换下来的衣物放进自己带来的水桶里，钻进被窝，感受到棉絮传来的绵长暖意。这是自家种的棉花，有故乡的味道呐。

江听雨为江淮南安排妥当了，关掉客厅灯，才去忙自己的事情。

洗完澡，她坐在书桌前写日记。她写见到哥哥的开心，写四处找便宜旅馆时的无力和心酸，写对罗小浓善意的感恩，还写……对那个人的想念。

日记写完，她又复习了考研资料，这才钻进被窝掏出手机，边听着陆临渊听过的歌，边措辞——她不一定每天都跟陆临渊聊天，想聊，但担心他会心烦，又怕打扰他工作，因此有些话，她就每天临睡前通过朋友圈来发。

朋友圈主题是道晚安，顺带会说几句其他的话，就好像只是记录生活一样，并无任何特殊指定对象，至于有没有看到、回不回复，都随他。

而这些絮絮叨叨的话，自然设置了权限——仅陆临渊可见。

第二天是周日，江听雨很早就出门去做兼职了，罗小浓一觉醒来，迷迷糊糊地去洗漱，发现厨房里有个人影在忙活，还是个男人！

愣怔片刻后，她反应过来，这是江听雨的哥哥。

“南哥，早啊。”罗小浓冲着江淮南的背影打招呼。

江淮南拿着锅铲一愣，回过头，有些无措地笑了一下。他不是很习惯这种洋气的打招呼方式，早安、晚安什么的。在过往的人生里，他每回与人见面，都是问“吃了吗”……

“你在做什么？好香啊。”罗小浓走进厨房，探头看锅里的东西。

厨房太小，这样一来，俩人就离得很近，罗小浓甚至能听见头顶江淮南的呼吸声。

江淮南也不甚自在，轻咳一声，开口道：“厨房有油烟，你先去客厅坐会儿，菜马上就炒好了。”

罗小浓便去客厅，沙发已经收拾过了，看不出任何睡过的痕迹，但她站着想了想，还是坐在了沙发旁边的小凳子上。

厨房朝东，这会儿阳光正好照进来，落在江淮南的身上。罗小浓看过去，他逆着光，单薄、高挑，炒菜的样子认真极了。

十来分钟后，饭菜上桌。江淮南原本是想着罗小浓坐沙发，他搬小凳子坐在她对面，可现在她坐了小凳子，他作为外人，又是大老爷们儿，坐沙发似乎有些像鸠占鹊巢，想了想，干脆盘腿坐在地上。

罗小浓轻轻惊呼一声：“哎！南哥你干吗坐地上？这儿有沙发啊！”

“太软了，坐不惯。”说完，江淮南端起碗，扒了一口饭。

罗小浓：“……”蒙谁呢？怕沙发软，那昨晚是谁睡在沙发上？那呼噜声儿，可欢快着呢。呵，男人都是大骗子！只是，面前这骗子好像还挺可爱的……

心思转了个弯，罗小浓明白了，他是不好意思坐沙发呢！果然不是一家人，不进一家门，他跟江听雨一个性子，生怕麻烦别人。

他们兄妹这样的人，有好，就是不会让别人觉得被打扰；也有不好，容易让人觉得他们见外，关系不容易搭建起来，生分。遇上心思敏感些的人，甚至还会以为他们是有什么不满。

但真正接触过二人之后，就会明白他们这样的人，什么都为别人想太多，其实最是面冷心热。

思及此，罗小浓将凳子递给江淮南：“喏，凳子给你，正好我想坐沙发，本来觉得你是大哥才留给你坐呢。”

江淮南接过凳子，道谢。

罗小浓坐在他睡过的沙发上，忽然觉得脸有点发烫。

江淮南见罗小浓脸红了，问道：“你的脸怎么发红了？是我炒的菜太辣了吗？”

“啊？啊，对对对，我不太能吃辣……”罗小浓见他发现自己脸红了，脸红得更厉害。

江淮南忙放下碗筷，起身倒了杯水递给她。

罗小浓喝了一口，是温水，冷热刚好。

江淮南指指西红柿炒蛋：“你吃这个，这个不辣。猪血丸子和腊肠是家里做的，我们那边口味重，所以辣椒放得有点多。”

罗小浓点点头，夹了一箸西红柿炒蛋，没怎么夹起来，正有点不好意思呢，江淮南已经跑去厨房拿了汤勺出来。

这一顿，罗小浓吃完了整盘西红柿炒蛋，但天知道香辣的腊肠才是她的最爱啊！果然人不能撒谎，尤其是在江淮南这种认真的老实人面前……

吃完饭，罗小浓要去洗碗，被江淮南拦住了。他道：“你看电视，或者忙其他事，我来洗。”

罗小浓倚着厨房门，看着他洗碗。他的衣袖挽到了手肘处，露出一截手腕，虽然细，却很有力，连洗碗都带着一股狠劲儿似的。

这个人，在做人上讲究得很，像个姑娘；做事却又很爷们儿，充满了男人味。

厨房收拾好后，江淮南要出门去找房。

罗小浓飞快回房拿了包：“南哥，我今天没事做，一起去吧，这附近我比你熟。”

江淮南没拒绝，刚才洗碗时，罗小浓给他下了个命令，原话是这样的：“南哥，你再跟我客气，我就生气了。我跟江听雨那么要好，你要是事事跟我客气，那就是给我和她添堵呢，存心让我和她生分。”

罗小浓知道自己有点胡搅蛮缠，但她实在受不了江淮南跟自己那样客套。江听雨是女生，敏感羞怯她能接受，但若江淮南也这样，那她可就别扭得慌了。

每当江淮南客套，她就莫名有种恨铁不成钢的感觉……这实在很莫名了，毕竟江淮南又不是她什么人哎。于是，她干脆开门见山，不许江淮南再跟自己说“谢谢”“麻烦你了”之类的话。

令人欣慰的是，江淮南还挺听话，这不，她要陪他去找房子，他二话不说就同意了。她想，对江淮南这样大狗狗似的人，果然就得来直接的，不凶不行。

二人在外面找了一上午，中午回家吃了顿饭，下午继续找，但直到太阳落山，都一无所获——单身小公寓太贵，合租房不收男生。

江淮南正苦恼今晚睡哪儿，四下张望寻找私人小旅馆，罗小浓一眼看出他心中所想，开口道：“南哥，要不你就在我们那儿再住一段时间，等找到工作了再搬出去，这样也好租在工作地点的附近，上班比较方便。”

见江淮南欲言又止，罗小浓觉得他肯定是要说拒绝的话，又道：“你不许拒绝！”

江淮南抿了下嘴：“我没拒绝……我是想问房租怎么算……”他觉得罗小浓说得挺有道理的，先找到工作再搬的确更靠谱，万一提前租在城西，那就得把找工作的范围缩小在城西了。

罗小浓：“……”得，是她莫名其妙了。

江淮南认真地看着她，等待着她的回答。

罗小浓发现比起江淮南的客套，她更受不了的是江淮南认真的眼神。他的眸色幽深，又水汪汪的，让人想在里面泛游，哪怕溺毙呢。

她强迫自己定下心神，说了个双方不占便宜的数字。

江淮南点头，觉得可行，反正不用占别人便宜就行，毕竟他穷是真的，但别人也不容易。

谁不是在这个世界，摸爬滚打地谋生存？生存下来了，才有心力去求发展、求爱情。

二人这样说定，也不多废话了，拖着一身疲惫回家。到家后，江淮南片刻不歇，洗了手就去做饭。

罗小浓则回房间写东西。今年见江听雨那样上进，边工作边兼职还边考研，她也意识到自己该为未来做更长远的打算。想来想去，她不适合继续学习，干脆尝试写小说，

以往她都是在自己房间写，安安静静的才有灵感，但今天她却将笔记

本电脑搬到客厅，坐在小凳子上开始写，并且文思如泉涌。

江淮南侧头看了一眼客厅里的人，罗小浓盯着笔记本电脑的屏幕，手指飞快地在键盘上跳跃着，好看极了。坐得笔直、侧颜精致的她，在他眼里，就像一位气质绝佳的公主。

厨房的抽油烟机飞速旋转着，发出嗡嗡的声音，和着客厅的敲键盘声，异常和谐。

江听雨回来后，开饭了。

饭桌上，罗小浓跟江听雨说了自己与江淮南商量好的法子，江听雨自然同意，这事儿便这样定了。

吃完后，三人下楼散步，顺便买了一块帘子，到时候好挂在客厅，围住江淮南的沙发床，又买了两把小凳子，以后大家就都不坐沙发了。

到家放好东西，江淮南便去厨房洗碗，江听雨坐在客厅桌前做英语题，罗小浓坐在对面继续写小说。

之前江听雨和罗小浓都是在自己的房间各忙各的，客厅永远黑灯瞎火。而现在，由于江淮南的到来，客厅开始变得温馨起来。

写着写着，江听雨忽然停笔，脑海里浮现出一个人影。她在这城市一隅苦中作乐，那陆临渊呢？陆临渊圈子里的朋友呢？他们是不是身处另一个鲜花满地、美酒盈樽的世界，肆意自由地生活着，早就站在了她一生都无法企及的地方？

陆临渊周五下班前接到一个案子，忙了整个周末，下班后又去了谭湘住处一趟，用筷子戳了戳他的牙齿，见已经坚固了才放下心来。

谭湘对自己受伤的事讳莫如深，任陆临渊怎么问都不肯提。他心中隐约有个猜测，却苦于没有证据而不得证实。

二人聊了一会儿，见时间已晚，陆临渊告辞，开车回家。

他开车很稳妥，跟他走路一样不疾不徐，只是今日内心颇不平静。车内充斥着电台主持人的声音，字正腔圆、内容有趣，他却觉得吵闹，索性伸手关了电台。

车内终于安静下来，他感到深深的孤寂，而这独处的时候，让他最为舒服安心。他到家时，陆知新和黄梅已经回房休息了，玄关处为他亮着一盏灯。

他轻手轻脚地换了鞋，回房拿衣、洗澡、躺上床，窗帘没拉，能看见对面那栋楼里姐姐陆园家的光。

陆园正在看书，莫家鸣还没回家，打电话说是有紧急任务要出警，今晚要加班。这样独处的时光，陆园很不喜欢，但也已经习惯了。她默念书中的诗句，逐字逐句，神色安静，温柔的灯光让她看起来就像油画中的女人，典雅，圣洁。

谭湘斜躺在床上，打开相册，对着一张老照片失神，手不自觉地往下探去。等意识到自己在做什么时，他将手机狠狠扔在床上，冲去浴室，背影狼狈，哪还有平日里精英律师的半分风采。

黄连四仰八叉地窝在沙发里玩游戏，手指操作着手机，兴奋地指挥着队友："待会儿大家统一听我指挥，你们分别占据东南西北，哥直接跳伞到中心，为你们守住阵地！然后你们慢慢杀到我身边，哥带你们吃鸡！别夸哥，哥就是这么……"话未说完，这位哥连连发出惨叫，已然落地成盒。

白石楠和一帮哥们儿在酒吧庆生，周围充斥着狂欢的寂寞灵魂，他喝了一口酒，冷眼看着这热闹的景象，忽觉乏味，干脆打开手机，给众多女生群发了"晚安"。他很快收到许多回复，新消息的提示音此起彼伏，可他最想说话的那个人，始终静静地躺在好友列表里，仿佛从不存在。

江光明的腿伤未愈，伤口结痂的地方到了夜间便会发痒，腿上了钢钉，没法儿弯曲，他自己挠不到，又不想打扰妻子睡觉，就想强忍着，身体却忍不住躁动。刘晓玉察觉到他的动静，拉亮床头的灯，也不必多问，直接掀开被子，轻轻挠着他的伤口。一辈子的老夫老妻了，什么都不必问，也什么都不必说。

生活原本无甚趣味，但每个人都按照自己的方式，一边妥协一边努力地活着。这个世界，便变得有趣、鲜活起来了。

第五章　小楼又东风

我不想安慰你，在颤抖的枫叶上写满关于春天的谎言。
——北岛《红帆船》

又忙了一周手头的案子，陆临渊去检察院移交完材料，总算迎来了久违的周末，虽然只剩下半天了。

将车停好，陆临渊在大街上漫无目的地走着，享受这难得的闲散时光。

经过八一路时，有家珠宝店开业，敲锣打鼓，好不热闹。他忽然想到今年是江听雨的本命年，便心生送条手链给她的想法。

他走进店里，妆容精致的店员过来热情招呼："先生您好，请问需要点什么？"

展柜中的饰品琳琅满目，陆临渊却盯着一条红绳挪不开眼。

那条红绳上串着两粒银珠子，正中嵌了一个骨头形状的吊坠，正是属狗之人的本命年吉祥物。手链款式再普通简洁不过，但红绳的编法却很独特——似是五股辫的编法，看着精巧又有质感，若衬着姑娘皓白的手腕，必然好看。

况且那人的手，比这个模型更好看……

"麻烦你将这条红绳拿出来一下。"

店员将红绳取出来，递给陆临渊。陆临渊接过红绳，用手指捻了捻，果然很结实，也很精致。

"麻烦帮我包起来。"

“好的，先生，请问还有其他需要吗？”

陆临渊的目光在一枚戒指上停留片刻，旋即挪开：“不用了，谢谢。”

提着小小的礼品袋走出珠宝店，陆临渊脚步飞快，往停车场走去。坐进车内后，他掏出手机，给江听雨发微信：“在哪里？有时间见一面吗？”

消息发出去，却半晌没人回。陆临渊看看时间，已经下午一点多了，那姑娘总不至于还在睡懒觉吧？看着副驾驶座上的红色礼品袋，他内心竟生出些难言的躁动，十分想看见她收到这份礼物时的样子。

心一横，他干脆打电话过去。江听雨正在给一个询问开户的人答疑解惑，今天叶北北请假了，她一个人忙得无暇接电话，等忙完按亮手机，发现电话竟是陆临渊打来的。

她将电话回拨过去，面色如常，但心跳分明漏了一拍。

“喂。”陆临渊的声音很快传来，落在江听雨的耳畔。

江听雨压抑着内心的澎湃，故作镇定地问道：“陆临渊同志，你打电话给我啦？”

“嗯。”

“不好意思啊，刚才我在睡觉，没听见。”结果话音刚落，就有一个男生走过来，问这是哪家证券公司。

细心如陆临渊，虽听得不甚清楚，但哪怕只听见一个词，也足以推断出江听雨在做什么。

一时之间，二人陷入长久的沉默。半晌之后，江听雨知道瞒不过了，咬咬牙，说出实话：“对不起，我撒谎了。我周末总是不回微信，不是因为我要补觉，而是因为我在外面兼职，不能老玩手机。”

陆临渊沉默很久，末了，叹了口气：“这有什么好说‘对不起’的？这又有什么可撒谎的？难道我会因为我的朋友做兼职，然后就不交这个朋友了？”

江听雨不作声。

陆临渊握着方向盘的手握紧：“江听雨，你低看我了。”

那人的话落在江听雨耳中，使人心生无法言说的难过。

江听雨小声道：“对不起。”

“你在哪里？我去找你。”

他不责怪自己的欺骗，也没有就此不理自己，江听雨顿时觉得一万分侥幸和开心，半点不敢再犟，报上自己的位置。陆临渊将车开到内侧车道，在下一个路口时，转弯往回驶去，心里却已不复方才般期待，而是因江听雨对自己的隐瞒感到莫名的闷。

按照江听雨说的位置，陆临渊很快在校内找到她。

实际上，这所学校他熟得闭眼都能走。将车停稳后，陆临渊下车锁好门，提着那个小礼品袋往江听雨的方向走过去。

江听雨教人填完一张单子，回头蓦地看见身后树下的人，顿时脸红了。

“你脸红做什么？”陆临渊走到她面前，认真地问道。

“为我之前撒谎感到羞愧。”江听雨当然不会承认自己是害羞了，不过，刚才穿着白衬衣的他站在树下可真好看啊，跟小说里走出来似的。

“哦。”陆临渊不以为意，觉得那根本不算事儿，更不值得脸红。

江听雨等脸没那么烫了，抬头看向陆临渊：“今天怎么突然找我？不用加班？”

陆临渊没回答，将手中的礼品袋递过去：“给你。”

江听雨不接东西，没明白他的意思，也担心里面的东西太贵重。

陆临渊略通读瞳，看出江听雨的迟疑，温声道：“放心，不是贵重东西，跟你送我的小喜鹊一样，图个吉利。”见江听雨还不肯接，他只好继续耐心解释，“上午陪我姐去珠宝店，买东西可以抽奖。我姐让我抽，我就抽到了这条手链。想来想去，今年是本命年的人，我只认识你一个，所以送给你。”

这话显然是撒谎了，陆临渊与江听雨同岁，身边不少朋友、同学是本命年，怎么可能送不出去，偏偏要送给一个普通网友？

可江听雨就这样信了，毫不怀疑。陆临渊说什么，她就信什么。

陆临渊再次将礼品袋递到她手边：“喏，希望你的本命年顺顺利利，一直好好的。”

江听雨接过袋子，当面打开，看见里面躺着的红绳手链，顿时心中如有小鹿乱撞。

她当然不会自作多情，以为这是陆临渊在表达爱意。她知道陆临渊之所以送她手链，是因为他能注意到别人忽略的细节，所以才这样细致体贴。

可能有人会因此觉得被窥探，而她偏偏喜欢这一套。

今年是她的本命年，但根本没人会想到，穷困让整个家庭都失去仪式感。没人知道她在知晓父亲出车祸时，其实也哭了，并归咎于自己身上，觉得这是她的本命年造成的坏运气。故而，她一直对 2018 年有种莫名的抗拒和胆怯。

可陆临渊注意到了，还放在了心上，特意给她送来这条红绳手链……

她想告诫自己，女生不能因为一点小恩小惠就感动，容易吃亏上当，落在别人眼里，容易变成难看相。但她就是抑制不住内心的波澜——这人是陆临渊呐，给个巴掌她都求之不得，何况是颗枣，是块儿糖。

看着江听雨将手链戴上后，陆临渊脸上露出“果然如此”的得意笑容：那红绳衬着她的手腕，跟他想象中一样好看。

江听雨对着手链端详片刻，抬头去看陆临渊：“好看吗？”

窃喜的陆临渊差点被撞破，闻言忙恢复严肃神色，正经地点头：“嗯，好看。”末了，又补上一句，“我是说手链。”

江听雨：“……”我也没指望您夸我手好看！

按理说，礼物送到了，陆临渊就该打道回府了。但不知怎么，他就是不想回去，还愿意在这里多待一会儿。

他正要找个留下来的理由，江听雨反而先开口了：“陆临渊同志，你晚上有事吗？”

“你有什么事？”陆临渊严肃冷静，仿佛方才那个绞尽脑汁想理由留下的人不是自己。

“你送我东西，我想晚上请你吃饭。”

“好。”

听到陆临渊答应了自己的邀请，江听雨松了口气。她收到礼物自然高兴，但并不想欠陆临渊什么，更怕给陆临渊留下贪小便宜、不懂回报的印象。

陆临渊也松了口气，心中所想却与江听雨截然相反。他是觉得能够与她共处一下午，还能共进晚餐，实在是件不错的事，这份轻松愉悦，似在炎炎夏日饮尽一罐冰可乐。

仿佛是为了给二人留出单独相处的时间，下午来询问开户的人特别少。可江听雨一点都不开心，人少就意味着钱少。

陆临渊回车上取出自己的身份证，递到江听雨面前。

江听雨抬头看他："哎，干吗？"

"开户。"陆临渊惜字如金。

"你开证券账户干吗？你们公职人员能炒股吗？"

"我就开一开，不操作、不交易。"

江听雨还是不肯。她喜欢陆临渊，也崇拜陆临渊。她只想好好将他捧在手心，维护好他的纯粹，怎么会舍得给他添麻烦，这辈子都不舍得的。

陆临渊也理解江听雨是为他着想，不想给他造成任何有可能带来麻烦的风险，只好无奈地收回身份证。

而在他收回身份证之前，江听雨已经看清他的身份证号，将他的生日牢牢记下了，1994 年 11 月 21 日。

他比她小。

江听雨撑着下巴，百无聊赖地坐在桌前。陆临渊站在一旁，看着她的身影，心中生出一个想法。

他伸手翻了翻资料表，果不其然，最下面的理财顾问并不是江听雨的名字，而是刘岩兵，应该是管着江听雨的负责人。

将资料表放好，陆临渊蓦地开口："这里风景不错，我想去逛逛。"

江听雨本就不好意思让陆临渊这样陪着，忙道："嗯嗯，你去吧。"

陆临渊走出一截路之后，掏出手机，给谭湘打电话："帮个忙。"

哥们儿有事，谭湘当然义不容辞："说！"

"到凌城大学来一趟。"

谭湘疑惑道："你母校？"

陆临渊轻轻一笑："嗯。你进学校之后，直接找灯光篮球场，场外有一个证券开户的帐篷，你去开个户。"

"给个理由。"

"管开户的负责人叫刘岩兵，是我一个朋友，没完成开户任务会受惩罚，所以帮我个忙。"

"行，只要你不开户就行。"谭湘是真把陆临渊当亲兄弟看，不希望他沾上任何乱七八糟的、可能会授人以话柄的东西，炒股也不行。

陆临渊又交代："来了就直接开户，别提我名字，更别说是我介绍的。

我就帮个小忙，没必要大张旗鼓。”

谭湘应下，当即收拾好了出门，开车直奔凌城大学。

找到帐篷，谭湘走过去，却只看见一个姑娘。

他自然不会以为陆临渊跟这姑娘有什么，也没多问，看见资料表上的理财顾问确实是刘岩兵后，麻利地弄好就走了。

坐进车里，他给陆临渊发微信：“小渊渊，妥了。”

陆临渊此刻就在不远处看着，自然知道谭湘办完了，回复道：“谢了。”

“光一个‘谢’字就了事？”谭湘还想敲诈他一顿饭呢。

陆临渊想想觉得有道理，一个“谢”字的确有点轻了，当即回过去两个“谢”字。

谭湘看着手机上的那句“谢谢”，“扑哧”一声笑了，什么人呀这是，纯属“有事钟无艳，无事夏迎春”！更可耻的是，大老爷们儿的，居然还一本正经地卖萌！

他无奈摇摇头，谁让这人是他最好的兄弟陆临渊呢！关了手机，谭湘驱车离开。

等谭湘的车子看不见影了，陆临渊才从一棵大树后面出来，慢条斯理地往江听雨那边走。快下班了，江听雨正低着头整理资料，过分认真，连小黄花儿落在头顶也没知觉。

陆临渊极其自然地伸出手，想要帮她把花儿取下来，临近了，又极其不自然地把手收回来……

正巧江听雨感觉到背后有人，回过头来看，陆临渊忙将缩回一半的手往嘴边放，握成拳轻咳一声。

江听雨没察觉出异样，说了声“你回来啦”，就继续整理资料。

陆临渊看着她头顶那朵小花，忽然心中一动，而身体已先一步行动。他打开手机摄像头，伸到江听雨面前：“你头上有东西。”

江听雨抬头，看到镜头里的自己和陆临渊隔得那样近……心下一慌，也没仔细看手机页面，光顾着看自己的头顶了。

拿下那朵小黄花儿后，江听雨将它捻在手指尖，感受着背后陆临渊传来的温度，以及他落在自己耳畔的呼吸声，只觉浑身无法控制地热起来，乃至于无法动弹。

陆临渊不动声色，收回手机，后退一步，看不出半点不得体。

江听雨知道自己又胡思乱想了，低下头佯装镇定，轻声道谢，止住了自己的心猿意马。

不一会儿，刘岩兵带着两个同事来收帐篷，顺便给江听雨结算酬劳。

她今天一共开了五个账户，收入一百五十块。

刘岩兵问道："付你现金，还是跟之前一样直接抵扣？"

江听雨将笔放进背包，拉好拉链："跟之前一样，直接抵扣吧，谢谢刘哥。"

"行。"说完，刘岩兵将小本子打开，翻到江听雨那一页，记了一笔。

江听雨签字确认。

待刘岩兵离开后，江听雨看向陆临渊，问道："嗯……那个，晚上你想吃什么？"

"陆临渊同志"几个字，平时聊天她叫得可欢了，真面对面，反而一个字都说不出来。

陆临渊也不介意自己被称为"嗯……那个"，微笑道："上回，你说有个小巷子里的花生香菜冰激凌好吃。"他清楚记得她说过的每一句话。

江听雨当然不同意这个提议了："冰激凌离这儿太远了，咱们今天吃其他的吧。"他那么用心地送自己礼物，她总不能用一个冰激凌去糊弄他。

陆临渊以为她是真的嫌远，认真道："不怕远，我开了车过来。"

江听雨略一思索，半真半假地说："其实，是我饿得有点厉害，想吃主食了。"

陆临渊信以为真，不再提香菜冰激凌，带着江听雨往校外走："那不去太远的地方了，就在学校附近找一家餐厅吧。"

江听雨见他对学校的路这样熟，咬咬嘴唇，问道："你对这里很熟？"

"待过四年。"

"原来你是凌城大学毕业的。"

"嗯，是。"

"你读大学时，一定大部分时间都待在图书馆，偶尔会去一下篮球场。"江听雨低头看路，数蚂蚁似的，不经意地开口。

"你怎么知道？"陆临渊愣了一下，侧头看她。

江听雨意识到自己方才说了什么，忙抬头笑道："因为你是学霸呀，我认识的大部分学霸都这样，以图书馆为家。"

陆临渊没再问，目光收回去，继续看路。

江听雨也不再说话，只觉心头有口气放下了，又被提起。

走了大约十分钟，江听雨停在一家店前，抬头去看店名——"碧浮"。

店的墙面以红色火砖镶嵌，墙边栽着许多蔷薇，还用低矮的栅栏围着，门上刷了天蓝色的漆，两旁挂着许多小彩灯，看着颇为清新，便侧头去问陆临渊："这家怎么样？装修风格这么别致，味道应该也不错。"

陆临渊听了她的话，连看也不看，直接点头："嗯，好。"

江听雨便先一步往店内走去，不料还是陆临渊率先拉开了门。

"谢谢。"江听雨走进去后，对帮她开门的陆临渊道谢。

"不用。"

他们找到一个靠窗的位置坐下后，服务员拿来了菜单。

陆临渊翻开菜单，放到江听雨面前。

江听雨不经意地瞟一眼，慌了；定睛一看，更慌了。菜单上，写的全是她没吃过的东西。她怎么也没想到，这家店装修得那么清新别致，店名也风雅，结果是家西餐厅！原来，店名"碧浮"的意思，并不是她所想的文艺的"白毛浮绿水，红掌拨清波"，而是牛排的英文 beef……

她心中暗暗叫苦，这就很尴尬了。

可这会儿他们已经进来了，人家服务员也把茶水倒好了，她只好硬着头皮点菜。装模作样翻了一会儿菜单，她也懒得看了，直接点了首页最便宜的黑椒牛排。

服务员笑意盈盈地问道："您好，请问牛排要几分熟？"

江听雨心想：几分熟？电视里的人好像都喜欢五分熟、七分熟，但是那会不会太生了、咬不动啊？想到这儿，她决定还是要熟一点，胃不好的人总是格外注重养生。

"全熟吧。"江听雨回答得掷地有声。

漂亮的服务员闻言，拿笔的手一颤，生生在纸上画出一道长印。她竭力不让自己发出嘲弄的笑，正要开口解释，却被陆临渊打断。

"你好，我要一份跟她同样的，黑椒牛排。"陆临渊顿了顿，继而也掷地有声地道，“全熟。”

服务员愣住了，这位小姐衣着普通，举止还带着局促，不知道牛排没有全熟倒不奇怪。但这位先生光是手腕上的表就价格不菲，更何况通身的气质那样矜贵，一看就不是没见识的人，怎么也点了全熟？

她看看对此毫无所觉的江听雨，又看看不以为意的陆临渊，恍然明白过来了。哼，别人家的男朋友总是这样优秀，从来不会让人失望……

陆临渊看向江听雨，见她并未发觉异样，放下心来，食指抬了一下，示意服务员不要声张。服务员了然一笑，不再多说，径直去前台打单。

牛排上来后，江听雨没急着动作。她是第一回来西餐厅，想等陆临渊先动手，再跟着他一一照做。

陆临渊似是想到了什么，忽然开口道：“最近我在学切牛排，有点上瘾，你的那盘儿能让给我切吗？”

江听雨以为他是真的喜欢切牛排呢，忙将面前的盘子推过去：“啊，你尽管切，别客气。”待说完，她反应过来自己说了什么，颇为无语。

陆临渊闻言却笑了，顺着她的话说：“好，我就不客气了。”

他切牛排的样子很认真，动作虽慢条斯理，却干脆利落。江听雨撑着下巴，趁对面的人低着头，便一个劲儿地瞧，怎么也瞧不够似的。

片刻后，陆临渊切好了牛排，微微欠身，将餐盘轻轻放到江听雨面前。

江听雨道谢，吃了起来。陆临渊也慢慢吃着，俩人谁也没说话。

忽然，陆临渊的手机响了，屏幕上显示出来电人的名字：苏合香。他接通电话，却不小心按到了免提。

虽然陆临渊很快反应过来，关掉免提，并且走出了餐厅，但江听雨还是听到了，那是一道女人的声音，叫着陆临渊的名字，酥软、慵懒，还带点儿撒娇似的尾音。

“什么事？”陆临渊走出餐厅，对着手机那头的人问道。

苏合香有点儿不悦，这人也太冷淡了！但良好的修养让她不会表现出来，拢一拢耳边的鬓发，她仍温声说道：“陆临渊，你今天交的关于谭镇的证据，不是很扎实。”

“怎么不扎实？”

苏合香没有正面回答，反而抛出了下一个问题：“《监察法》第三十三条是什么？”

虽然不喜欢这样拐弯抹角的把戏，但对于工作，陆临渊一向很有耐心，且十分较真，几乎不用思考，他已经脱口而出：“监察机关依照本法规定收集的物证、书证、证人证言、被调查人供述和辩解、视听资料、电子数据等证据材料，在刑事诉讼中可以作为证据使用。监察机关在收集、固定、审查、运用证据时，应当与刑事审判关于证据的要求和标准相一致。以非法方法收集的证据应当依法予以排除，不得作为案件处置的依据。”

那些于常人而言如同天书的法律条文，他早已烂熟于心，或因有天分，更因勤奋。

正巧有两个手挽手的女生从陆临渊身旁经过，听见他清越的声音，说的又是那样专业的事情，不由得投来好奇和崇拜的眼光，待看清他的长相，瞬间激动，走出好一截路后还频频回头。

苏合香此时虽看不见陆临渊的样子，但光是听着他的声音，也觉得满足，激动程度丝毫不亚于那两个过路的女生。

她与陆临渊是同一批考进凌城检察院的，然而无论是司考还是公考，她都差之毫厘，以针尖儿大的差距落后于陆临渊。

起先，由于成绩低于陆临渊，又因陆临渊被分到了一线的反贪局，而她被分到了公诉科，她便对陆临渊很嫉妒；

后来，他们在一起工作时间长了，她见识到他的认真和本事，以及他一身正气的样子，嫉妒又成了崇拜。

直至之后反贪局被撤销，陆临渊转隶到监察委，她再也不能跟陆临渊从同一扇门进出，才恍然发现，自己在不知不觉间已对他产生了迷恋……

未待苏合香仔细回味，陆临渊出声打断了她的想入非非：“苏检察官，请问关于谭镇的取证，违反了第三十三条的哪一点？”

苏合香强迫自己镇定，跟陆临渊说话，她一向要求自己很专心，因为陆临渊不喜欢马虎的人，她也不容许自己成为马虎的人。

“你交上来的蓝王烟，并不足以指证谭镇收受贿赂，因为我们不能排除他忽然嘴馋，或者打肿脸充胖子，偶尔奢侈一回。”

“就算略过这包烟不提，那些土特产也是实打实的证据。”

“土特产是证据，但那包蓝王烟你本就不该缴，更不该交。”

“为什么不该缴、不该交？就因为苏检察官觉得那包烟有一丁点可能是由谭镇本人购买？”

“是，就因为我心里的这一丁点可能。”苏合香的声音有些趾高气扬，但只有她自己知道，她这样说、这样做，并不是真的要争个输赢，而是……想找个与他说话的理由。

陆临渊用脚轻轻踢着一颗小石子，低头一笑，声音却没有丝毫温度：“苏检，你这不是用《监察法》约束证物，而是在用诡辩论针对我。”

苏合香自然知道她是无理取闹，谭镇那案子清晰明了，从接受检举到连夜执行，加之录像记录，整个取证和审讯过程干脆利落，再合理合法不过。

而陆临渊一句话，给她的这通电话定了性。

苏合香无话可说。

挂断电话，陆临渊深吸一口气，转身推门走进餐厅。

江听雨已经吃完了，陆临渊也没了胃口，抬手唤来服务员买单。

江听雨说不清心口那股闷气是出于什么缘由，像是吃醋，可又分明知道自己没立场。她之前被他照顾，心头泛起甜，可现下，那点儿甜又轻易被那道女声给弄没了。

果然，臆想的甜蜜纯属虚幻，没有根底，轻轻一戳就散。

这样泄气地想着，江听雨还是不忘自己之前说过的话，掏出钱包道：“我来吧。之前说好了的，今晚是我请你吃饭。”

陆临渊拿着钱夹的手一顿，抬头看一眼江听雨，见她已经付了钱，便没再多说。

走出餐厅，江听雨回头看一眼，暗想以后再也不来了，真贵呐，两块牛排花了她一百六十块呢，今天白干一天，还倒贴十块！花钱的痛苦和那道女声带来的不悦，让她没了说话的心思。

正巧餐厅门口就是公交站，江听雨见到公交车来了，忙跟陆临渊说了声再见。

陆临渊看着公交车开动后，转身往学校走去，他的车还停在那里。

晚上，江听雨静静地躺着，右手两根手指轻轻捻着左手腕上的红绳。

她打开手机，朋友圈仍然没有陆临渊的更新。似乎，他的所有动态都停留在遇见她以前了。

她发了一条朋友圈：夜深忽梦少年事，晚安吧。权限仍设置为仅陆临渊可见。等了十多分钟，朋友圈毫无动静，既不见点赞，也不见评论。

江听雨想，他应该不仅设置了“不让他看我的朋友圈”，还勾选了“不看他的朋友圈”。

她多蠢呀，别人不过一时好意，可能向来对谁都那样，她却沉迷在那点儿温柔里，放不下、走不出。

窗子没关，夜风从外面窜进来，吹得窗帘如同盛夏的麦浪般起起伏伏。光影落在墙上，明明灭灭，时有时无。

她的脑海充斥着各种画面，那些画面不断穿插，不断交叠，最后愈发清晰的，只剩下很久前看过的一张脸。

第六章　浅喜似苍狗

我渴望能见你一面，但请你记得，我不会开口要求要见你。这不是因为骄傲，你知道我在你面前毫无骄傲可言，而是因为，唯有你也想见我的时候，我们的见面才有意义。

——波伏娃《越洋情书》

江听雨按捺着两天没发笑话段子给陆临渊，末了却发现是自讨没趣，那人根本不在意——她不找他说话，他就绝不会找她。

胡思乱想、矫情纠结，全都只是她一人在唱独角戏，如同跳梁小丑一般。她正纠结着呢，行政部忽然在公司群更新了一条公告，内容大致是：周四是清明节，因老板是个注重传统美德的孝子，故特意提前一天给员工放假。

江听雨欢喜之余，忙给刘岩兵打电话，说自己周三可以做一天兼职。

刘岩兵声音里不无担心："听雨，你真的要这么拼，完全不休息的吗？"

江听雨笑一笑："没事儿，又不累。况且，我提前预支了工资，相当于借的，总觉得要还完了才自在。"

刘岩兵翻开本子，算了算："只差五百六十块，你年前预支的钱就还完了。"

江听雨开心道："嗯，我一直算着呢，只差五百六十块了！"

"你爸的腿好些了吗？"刘岩兵对江听雨预支工资的原因一清二楚。

"嗯，好很多了，接下来养小半年就行。"

"我听叶北北说……"刘岩兵顿了顿，竭力让自己的声音听起来很平静，"你把预支的钱还完之后，就不打算继续做了？"

"嗯，我想把周末用来看书，准备考研。"

“哦，考研啊，考研好。”刘岩兵一想到今后他们再难相见，声音便有些黯然。

可江听雨对此一无所觉，她笑着说道：“那刘哥，我明天去哪所学校摆台？”

“明天不是休息日，大多数高校都有课，你就去设计学院吧，这所学校课少，无事溜达的人多。”

江听雨应下了。

第二天，她准时到了设计学院，刘岩兵的一个小助理已经到了，看到她后招手，俩人将帐篷搭好，小助理就先离开了。

此时还早，校道上的人并不多，江听雨便拿出手机背单词。

忽然有人敲桌子，力道还不小。江听雨吓了一跳，忙抬起头看，发现面前的人是白石楠，真够讨厌的！

白石楠见江听雨盯着自己，那眼神里似有一层薄薄的怒气，笑了，寒暄道：“今天还没放假啊，你怎么有时间来做兼职？”

“有时间，所以就来了。”

不在意江听雨的冷淡，白石楠双手撑在桌子上，目光压迫性地锁住江听雨，微微眯了双眼，开口道：“中午一起吃饭。”

江听雨简直要冷笑出声，他这算什么？搭讪？或自以为是小说里的霸道总裁？恕她直言，这个带有侵略性的动作真不酷，只会显得装模作样。

白石楠的父亲是生意人，他没少跟着父亲去应酬，对各种脸色看得门儿清，江听雨这点不屑，他岂会看不出来？但他也不介意，反而更觉得有趣，解释道：“不用不好意思，也不要想歪，这是你应得的。上次在你这儿开户之后，我投了点儿钱，操作了几把，没想到赚了。”他没说完的是，赚的那点儿钱还不够抵手续费呢……

见江听雨仍然不为所动，白石楠再接再厉：“账户是你帮我开的，所以你就是我的理财顾问，我赚了钱，不得请你吃点儿？”

有学生过来询问，白石楠又喋喋不休，江听雨只好胡乱点了下头。

白石楠看着江听雨的背影，想着大年三十那晚的屈辱已除，心中暗爽。他就知道，没有他白石楠征服不了的女人！从小学就开始收情书的他，对自己有着谜一般的迷恋。

诚然，他拥有一切能够吸引女人的特质，温柔、多金、帅气、才华、家世……女人喜欢的样子，他都有。

可他不知道的是，江听雨不可能喜欢他。

因为江听雨喜欢的陆临渊的样子，他没有。

整个上午，白石楠都在附近溜达着，看似不经意，实则刻意得江听雨都看不下去了。

看见江听雨向自己招手，他颠颠儿地跑过来。

江听雨站起来，将椅子让给他："晃悠老半天，累了吧？坐会儿。"

白石楠自然听出她语带揶揄，嘴硬道："我没晃悠，我是在锻炼身体，竞走。"

江听雨："……"得，您不坐我自己坐。

她正要弯腰屈膝坐下去，被白石楠一把拉住手臂。

"既然你都让我坐了，我也不能辜负你……"白石楠松开江听雨的手，自己坐下去，故意顿了顿，才一脸促狭地接着往下说，"不能辜负你的好意。"

江听雨不再看他，觉得他要么是流氓，要么是有病。

念着中午这一顿，刚到十二点整，白石楠就将资料表整理好拿在手里，招呼一声"走着"，径直往前走去。

江听雨担心资料表，赶紧跟上去，那可是她今天的劳动果实啊！

白石楠身高腿长，又走得快，江听雨跟在后面一路小跑。

十多分钟后，白石楠突然停下来，江听雨差点儿撞上他。

白石楠站定后，回头道："到了，这家店味道不错。"

江听雨侧头，待看清店面后，实打实地浑身一激灵。

这店面以红砖嵌入墙壁，栽着许多蔷薇，还挂着一串串彩灯……赫然是上回她与陆临渊来过的"碧浮"。

未待江听雨提出反对意见，白石楠已经先推门进去。

江听雨嘟了下嘴，不大乐意，可又不得不跟进去。

服务员拿着菜单上来，白石楠接过，点了一份七分熟的芝士牛排，然后问江听雨吃什么。

江听雨也懒得再看菜单，觉得上回吃过的黑椒牛排很不错，便接道：

“你好，麻烦一份黑椒牛排，全熟。”

她的话音刚落下，白石楠投射在她身上的眼光稍微变了变，服务员则捂住嘴，不让自己笑出声。

江听雨面带犹疑地看向服务员：“怎么了？”

白石楠也看向服务员：“不好意思，她要黑椒牛排，七分熟。”

服务员点头离去，微微颤抖的背影仍看得出是在笑。

见江听雨一脸懵懂，白石楠斟酌了一下，才开口道：“牛排的熟度，只有单数，没有全熟。”

江听雨闻言，想到了什么，脸瞬间变得通红。

白石楠喜欢看每一个姑娘脸红的样子，那让他觉得单纯、有趣，尤其若这脸红是为他，则愈发受用。

他怎么也没想到，江听雨眼下的这副神色，真真切切地与他无关。

江听雨是想到了上回，她点了全熟牛排，陆临渊点了跟她一样的……依陆临渊的见识，他不可能不知道牛排没有全熟，想必当时服务员也像刚才那位一样嘲笑了，可他却用那样的方式维护着她，未让她感受到一丝一毫的难堪，甚至没瞧出任何异样。

难怪后来走出餐厅，他说了一句话：“以后我们不吃牛排了，还是火锅比较合胃口。”

思及这些，江听雨的脸红得更厉害，心中不禁暗喜：难道不仅她对陆临渊存了那样的心思，陆临渊对她亦然？

白石楠见她低着头不说话，以为她是尴尬呢，便安慰道：“没关系，不用觉得尴尬，以后这些东西，我都会带你去见识，教你知道。”

江听雨却未将这感人的话听进去，满心都是那个人。

她一方面觉得陆临渊可能是对自己有所悸动，一方面又用理智告诫自己：陆临渊那样做，很可能只是因为他极具修养和礼貌，不愿让女士难堪，甚至当时坐在他对面的是任何一位女士，他都会有那般举动。

沉溺于自己的胡思乱想里，江听雨只觉自己的一颗心似被放在油锅里煎，随后又被置于雪地之上冰镇。

心中涌起的情绪如惊涛拍岸，她被那潮水推着往前走，终于决定冲动一回，起身走到门外，抚着怦怦乱跳的心，给陆临渊打了个电话过去。

江听雨打电话过来时，陆临渊正被苏合香堵在办公室门口，心生不悦，只是碍于同事关系，又因她是位女士，不好发作。

苏合香说她刚好下班，顺路来这栋楼送一份资料，正巧遇见陆临渊，便打个招呼。

可送资料这事儿，分明有大把的协检可以做，怎么会需要她这种从业两年的科长亲自来办，又怎么会将“刚好”“顺路”“正巧”结合得如此妙？如此举动，还不是因为她心里藏着事儿、怀着春。

“陆临渊，你也下班啦？一起走啊。”苏合香笑得极为得体，眼中还带一分恰到好处的讶异，仿佛这番相遇的确是偶然。

陆临渊看着她。他不傻，自然知道她对自己有兴趣。

苏合香家世优渥，几乎整个家族都在各个机关单位身居要职，从小是那些高干看着长大的。生长在这样的家庭，她受着最好的教育，见着最广的世面，几乎没有缺点，于普通人而言的骄傲自负于她是勇敢自信，偶尔的大小姐脾气是有个性。而更多时候，她总是笑意盈盈、知书达理，很少有人不喜欢她。

苏合香父亲也对陆临渊很有好感，可陆临渊知道那样的家庭规矩多，若不是有心刻意，实在难以融入进去。而他虽在人前严肃刻板、清冷寡淡，实则骨子里带着浪漫主义的诗意。

面对热情的苏合香，他无意回应，甚至感到一股莫名的躁郁。因为在苏合香身上，他找不到任何同类的气息，反而觉得自己像是她的猎物。

脑海中不合时宜地闪过一个人，陆临渊觉得与那人在一起时，他才成为他最想成为的样子。

只可惜……

这些思绪只一闪而过，陆临渊很快回过神来，对面前的女人道：“不好意思，我要加班。”

苏合香看一眼他手上的公文包，自然不信这话，只当他是顾及形象，不想在单位造成不好影响，所以不肯跟她一起走，可她不是在乎别人眼光的人！

她打定主意，正要再说，却被陆临渊的手机铃声打断。

陆临渊低头看手机，屏幕上一闪一闪的，正是江听雨的名字。他抬头看了苏合香一眼，接通电话，转身往走廊尽头走去。

听到电话接通，江听雨咬咬嘴唇，深吸一口气，开口道："喂，陆临渊同志？"

"嗯，是我。"陆临渊站定在走廊尽头的窗前，声音已不复方才的冷淡，仔细听还有一丝温柔。

可这温柔太浅，江听雨不敢自作多情。更可耻的是，她发现自己又胆怯了。

原本她是一门心思想要问清楚牛排全熟的事，可一听到陆临渊的声音，她的心忽然暖了，又有点疼了。

这样一泄气，劲儿就提不上来了。她转了个话头，干脆试探着邀约："明天我打算去烈士公园看一看，听说那里的映山红开了，漫山遍野。"

陆临渊稍作思考，明白过来，随即温声道："我也听说那里的映山红开了，漫山遍野。"

江听雨轻声惊呼："哎，这么巧，你也听说了？"

陆临渊话里带了笑意："嗯，刚才听你说的。"

江听雨："……"

"刚巧明天我也不用加班，原本还苦恼要怎么打发时间，要不然，一起去？"

"看在你这么可怜的分儿上，我就带上你好了，权当是拯救宅男。"这次见面纯属误打误撞，江听雨得了便宜还卖乖。

陆临渊轻笑一声。定好见面的时间、地点，挂断电话后，江听雨面上的潮红褪去，一些怅惋浮上来。

临到头，那问题她到底问不出口，怕问了，万一不是她想要的答案，往后便连眼下这样说话、陪伴的机会都没有。

她不缺朋友，只缺男朋友。可那人是陆临渊呐，她做不到快刀斩乱麻，只能耗着，甘心以朋友的角色去靠近，去幻想拥有。

陆临渊挂断电话后，回头发现苏合香还在。

他不想走过去，苏合香笑一笑，觉得没什么大不了，径直走过来了，开口道："陆临渊，你真要加班？"

"嗯。"

"加班不待在办公室，提着公文包往外跑？"苏合香的脸上挂着微笑，语气却不大好。

她其实是个人情练达的人，在为人处世方面颇有心得，知道怎样把握说话之道，使别人遵循她想要的局面来回应，而又不会觉得被侵犯。可陆临渊三番五次的冷淡终于刺痛她，她说话也咄咄逼人起来。

陆临渊的双眼微微眯起，不再作答。

苏合香见他不再争辩，心里好受了些，脸上的微笑有了几分真诚："你这是提着一包材料赶回来加班吧？那你今晚加班，明天应该休息吧？我们同一批考进来的，明天打算去爬山，你也去嘛。"

言语铺就的台阶摆在这儿，陆临渊只要稍微往前跨一步即可。

可陆临渊却与她背道而驰。

"不好意思，我明天已经有安排了。"末了，怕苏合香继续不依不饶，他主动补上一句，"就是刚才那个电话约好的。"

苏合香闻言，脸上露出极诧异的表情。他们同一批考进来的人，经常私下组织聚会，大家交流、乐呵一下，可陆临渊几乎从不参加，时间久了，便有人说他是内向孤僻，也有人说他是故作清高，自以为考了第一名就很了不起。后来，苏合香特意去问黄连，黄连说陆临渊其实真不是看不起人，而是要补觉……因为陆临渊凡事都专心，工作效率极高，但心力耗费过大，容易累。

知道这个真相的苏合香，此时便十分好奇方才打电话的人到底是谁，居然能够让他宁愿牺牲补觉时间，并且没有丝毫的不情愿，甚至眉眼之间还有隐约可见的喜悦。

"你们明天去哪儿玩？如果好玩的话，下次我也带我朋友去。"苏合香惯会说话，自然不会直接问那人是谁。

陆临渊哪能看不出这其中的小心思，苏合香说是下次去，但依她的性子，说不定明天就会去。

"明天我先去探一探，值得一去的话，我再告诉你们。"这样长的一句话，他已经竭力保持绅士。

苏合香还要说什么，但陆临渊已经拎着公文包回办公室加班了。

那是办公的地方，闲人止步，苏合香不宜进去，只好愤愤然离开，心中暗骂陆临渊不解风情。可是很奇怪，她就喜欢这样的他，一股子傲气，一股子冷淡，又透着一丝儒雅。

黄连坐在工位上，抬眼看看离去的苏合香，没说话，只将键盘敲得噼里啪啦响。

陆临渊走进办公室，打开手机，开始看最新的反腐资讯。遇上有实际操作助益或深远意义的文章，他便转发到朋友圈，一来与各位同仁共享办案经验，二来警醒圈内人。

当然，他屏蔽了江听雨。他不想让那个有趣的姑娘发现他如此无趣。

第二日，清明节。

江听雨与陆临渊在烈士公园门口碰了头，各自撑着伞走进去。

起先是一段铺了地砖的平路，通往广场。

广场上立着一座石碑，不高，却显得那样巍峨，只因石碑承载的是那段永远被铭记的历史。无数革命斗士的英魂，铸就了当年的民族解放，亦见证了如今的辉煌。

陆临渊买了两束黄菊，递给江听雨一束。

二人将伞收好，立在一旁，并肩走上前去，凝望着石碑上密密麻麻的名字，庄重、肃穆。悼念良久，他们将花放在石碑脚下，那里已经堆成了一片花海——没有人忘记历史、忘记英烈。

经过广场，继续往前走，便是上山的路。

有一条水泥大路直通山顶，但两边围了护栏。另一条是石板小路，弯弯绕绕，一时竟看不出是通向何方。

江听雨将伞抬高，看看石板路，又看看陆临渊。

陆临渊瞬间会意，微微一笑，率先往小路而去，撑伞前行的背影那样挺直，干脆至极。

江听雨跟上去，脸上是藏也藏不住的笑意。她总是这样，因为一点默契就会窃喜。

正巧前面有一根断枝横在路中间，陆临渊停下来，回头想提醒江听雨，不料看见这姑娘笑得跟朵花儿似的。

江听雨没料到陆临渊会忽然回头，笑容僵在脸上，愣怔片刻后，尝试着开口解释：“嗯……刚才想到了一个笑话，就不小心笑了……”

“什么笑话？”陆临渊很认真地望着她，目光灼灼。

那话原本就是她为了缓解尴尬才信口胡诌的，饶是平时看了许多段子，这一时半会儿，她还真想不起来。

陆临渊无声地笑一笑，不为难她，弯腰将那根断枝拾起来，妥帖地放到了路边，然后继续往前走。

小雨若有若无地飘下来，不定向的山风胡乱吹着，雨丝便从四面八方落在人身上，打伞也是徒然。江听雨干脆收了伞，畅快地行走在山野间。

山顶的映山红开得极饱满，不同于在城区花坛里的斯文样子，而是一种热烈的嫣红。

江听雨爱极了它们蓬勃的样子，蹲下来，掏出手机去拍。

陆临渊听见江听雨的脚步声停了，回头望，看见她蹲在花丛中，正低头去嗅一朵映山红。那分明只是平淡无奇的一张脸，由那漫山红花衬着，他竟觉美不胜收。

江听雨还在拍照，对那些喜人的花儿看不够似的，耐心而专注。陆临渊走过去，撑伞站在她身后。

感受到雨停了，江听雨抬头看天空，却望见一把朝自己倾斜的伞，回头去看，背后正站着陆临渊，离她不到半米远，而她的目光正对着的，是他被黑色西装裤包裹着的修长双腿……

她的脸霎时变得滚烫，似比映山红还红。定下心神，她站起来，后退一步，走出他的伞下。

“谢谢。”她小声道谢，而后撑开自己的伞。

陆临渊往山下走去，平淡道：“不用。”

若江听雨抬头去看，便能发现他的脸也红了。可俩人都害羞着呢，一个不回头，一个不抬头，就这样慢慢地走在寂静的山林里。

雾霭自山林间升腾而起，如同少女的心事，留下隐约的痕迹。

下山后，江听雨带着陆临渊七弯八拐，来到一家很偏僻的食肆前。

食肆深藏于闹市，外表与民居无异，推开门，才能发现店内别有洞天——里面竟栽了许多细竹，整整齐齐地生长着，隔开每一桌，成了一道道天然的屏风。天花板上挂着一盏盏灯笼，桌椅墙壁皆是木制，连菜单都是刻在竹简上的。

桌上有纸，客人不必开口，需要什么就写上，老板自然会来收。

江听雨点了一盘青团、一叠花生米，再加上一坛糯米酒。她不是个对生活要求很高的人，不然也不会折腾出胃病。唯独在喝小酒这一点上，她舍得花钱，每个月来这里喝一次。

她不会醉，只迷恋那一刻的晕乎乎，足以短暂地忘却世事。

小食和米酒上桌后，江听雨将陆临渊面前的小酒杯满上。

陆临渊是个很自制的人，从没喝过酒，此时便有些迟疑。

江听雨将酒杯端起来，双手递给陆临渊，笑嘻嘻道："你就试试，不多喝。放心，米酒，浓度不高，果汁儿似的。"

不知是酒香太诱人还是她的动作太庄重，抑或是她的笑过于晃眼，总之，陆临渊微微欠身，接过了那只小小的酒杯。

酒杯真的很小，小到两人的指尖不可避免地触碰到。

江听雨却没有任何反感，只觉得一股隐约的酥麻感从指尖传至手腕，又蔓延全身……她不知道的是，陆临渊亦然。

陆临渊定下心神，看着杯中酒液，一口喝下去。清酒入喉，他仔细品尝了一会儿，最后微微皱眉："有点辣，酒味儿还挺大。"

江听雨见他那副带点儿委屈的样子，忍俊不禁，又叫来一坛桃花酿，给他满上。

陆临渊有了之前的经历，这回没敢一口闷，轻轻抿了抿，眼睛蓦地亮了，黑眸里似一瞬间点起了灯："甜的。"

江听雨也弯起了眉眼："好喝吧？"

"好喝！"

香的米酒和甜的桃汁儿融在一起，跟面前这人一样，清而不淡，雅致且醇。

下午，二人逛了闹市，混迹在喧嚣的人群中。

叫卖声、鸣笛声、讨价还价声……声声不绝于耳，陆临渊却并不嫌吵闹，反而感受到真切的生活气息，就像初次见面看电影时，江听雨递给他的那杯“人间烟火”。

他心性成熟，又喜好安静，加之平时工作的限制，要么在出差的路上，要么身处逼仄的审讯室，偶尔被谭湘和黄连拉出门，也是直奔商场，少有逛闹市的时候，此时便觉得很新鲜。

江听雨偶然看见他脸上鲜活的笑意，一时竟没挪开眼，直直地盯着他。

陆临渊感受到她的注视，停下脚步，侧头问她：“在看什么？”

江听雨移开视线：“没看什么。”说完，脸却红了。

陆临渊看着面前姑娘红红的脸，也没舍得挪开眼。

江听雨捕捉到他的打量，就想反问他在看什么，然而尚未开口，陆临渊便如同看穿她似的，矢口否认道：“我没看什么。”

江听雨：“……”

二人继续往前走着，各自暗想：真希望这条街道没有尽头。

分明感觉时间没过多久，陆临渊抬手看表，却恍然发现此刻已经是下午四点半。

他想问江听雨晚上吃什么，江听雨却先一步开口：“时间不早了，要不今天就逛到这儿吧，咱们各回各家，下次再见。”

她之所以这样说，是因为她瞥见了他看表的动作，以为他不想继续逛，急着回家了。她想做一个善解人意的女孩子，至少在他面前是这样。

陆临渊张张嘴，最终没将共进晚餐的邀请提出来，只按照她的意思，说了一个“好”字。

她说什么就是什么，难道他会反驳吗？不会的。

到家后，江听雨正赶上晚饭。

江听雨洗完手坐下来，看见餐桌上的菜后，发出一声哀号：“哥，你怎么回事啊？不是从小到大没有辣椒就吃不下饭吗？为什么自从来了凌城，炒菜就再也不放辣椒了……”

江淮南在厨房炒最后一道菜，闻言很自然地答道：“小浓不吃辣椒。”

等意识到自己说了什么之后，他蓦地慌了。

江听雨一愣，很快抓住了重点，“小浓”？叫得这么亲密？很棒，她哥叫她室友“小浓”，叫她“江听雨”！

正在盛饭的罗小浓也愣了一下，内心莫名骚动，差点儿连饭勺都拿不住。她很快想起第一次吃江淮南做的菜时，自己确实说了不吃辣椒，但怎么也没想到江淮南会将这话听进心里，并且贯彻落实啊……所以这段时间以来，菜色清淡得如同水煮，竟是因为她？

江听雨很疑惑，看向罗小浓：“小浓，你不是也喜欢吃辣椒吗？为什么我哥说你不吃辣啊？”

罗小浓有些尴尬和心虚，轻咳一声：“呃，那个……前段时间我有点上火，所以不吃辣椒，现在可以吃了。”

江听雨：“……”她从没见江淮南对她这么体贴过，果然亲妹妹不如情妹妹，哼！

江淮南瞟见江听雨意味深长的目光，当即明白了妹妹心中所想，忙往锅里撒了一勺辣椒粉，末了又觉不够，再加一勺，以示清白。

江听雨：“……”欲盖弥彰，哼！

江淮南：“……”是不是亲妹妹？是亲妹妹就不要再用这种诡异的目光看着我了！我怕！

江听雨：“……”啧啧啧，实心眼儿的傻大个儿江淮南居然春心萌动，还学会害羞了！了不得，看来她得找个时间向家里双亲报喜了。

江淮南：“……”求你了，别说话，别看我！

江听雨见江淮南整张脸都涨红了，不再逗他，转头看向罗小浓：“小浓你别忙活了，让我哥来就行。我哥可喜欢干家务了，一天不干家务就闲得慌，谁不让他干家务就是瞧不起他！”

罗小浓：“……”她第一次听说还有人喜欢干家务的，不过这倒是个好习惯，很居家嘛！

饭菜都上桌后，三人终于吃到了一顿有辣味的饭，室内充满了快活的气息。辣味就是美味啊，三人差点喜极而泣！

清明节的第二天。

江听雨兄妹和罗小浓一齐出门：江听雨继续兼职，江淮南没有假期，罗小浓则去图书馆查资料。

三人到公交站，上了各自等待的公交车，去赴自己与未来的约。

到了工地，原本负责砌墙的江淮南，临时被派去搬玻璃。

玻璃易碎，没法儿用吊车运，只能靠人一趟一趟地搬。虽然搬玻璃的酬劳是按量计算，而且当天结算，十分可观，但实际上这事儿最不容易干，一来砸碎了要赔钱，二来容易受伤，那玻璃可锋利着呢！

江淮南老实，从不推诿责任，又缺钱，十分能吃苦耐劳，所以这事儿谁都不愿意干，包工头就专等着他来干这活儿。

想到今天能拿到不少钱，江淮南就充满了干劲，不知疲倦地干起活儿来，连午饭都无心吃，搬完所有玻璃后，才到下午两点半。

包工头虽然“压榨”江淮南，却也欣赏这个肯干的年轻人。结清今天的四百块酬劳之后，包工头见他已经浑身汗湿，干脆发了好心，让他提前下班，回去洗个热水澡，别感冒了，影响第二天上工。

江淮南将钱仔细地揣进裤兜，诚心向包工头道了谢，便回家了。他的确没资格感冒，既耽误干活儿，又心疼医药费。

出了汗，回来的路上又淋了雨，再加上尿急，江淮南到家便直奔浴室，等洗完澡后，才发现忘了拿干净衣服。打开浴室门，他往外面看了一眼，空荡荡的，江听雨和罗小浓都还没回来。

江淮南将一颗忐忑的心放下，光着身体去客厅，不料刚套上内裤，还没来得及提上去，忽然听见门锁转动的声音！他内心一慌，忙举步要往浴室里躲，却忘了只拉到膝盖处的内裤，一个趔趄，随即听见布料撕裂的声音，人也往地上摔去。

而罗小浓推开门，看见的就是这个场景……未待她尖叫出声，江淮南已经俯趴在地。

她转过身问道：“南哥，你没事儿吧？”

江淮南一张脸臊得通红，扯过一旁的长裤胡乱套上，嘴里答道：“没事，对不起，刚才我……”

罗小浓听见他说没事，放下心来，倏忽想到刚才看到的，也脸红了，慌乱道：“那你在家待着，我去楼下走一走。”

不等江淮南回答，她已经关上门，往小区外面走去。

江淮南看着紧闭的房门，“嗷呜”一声，将自己的脸埋进沙发床，恨不得一拳捶死自己，怎么能蠢成那样啊！那不是要流氓嘛！

罗小浓在小区门口徘徊着，好不容易等到江听雨，才与之一起回家。

她们一进门，发现江淮南已经收拾好了行李，帘子挽起来了，沙发床也恢复了原样。

江听雨疑惑地问道：“哥，你要搬出去呀？”

江淮南将饭菜摆上桌：“嗯，在工地干活儿包住，之前因为舍不得你，所以才住在这里，现在想明白了，工地不住白不住。”

江听雨没有异议，她对白天的事一无所知，只以为江淮南是不想住在这儿了。

罗小浓却对江淮南突然要搬出去的原因心知肚明，不禁又想到下午看见的场景。她想挽留江淮南，他何必搬出去呢？她顶多就是有点尴尬，又不会责怪他……

可最终，挽留的话她没有说出口。她站在什么立场，以什么身份，用什么理由去挽留他呢？说到底，她也只是他妹妹的朋友罢了。

三人静默无言地吃完这顿饭，江淮南仍旧去厨房收拾，不让两个姑娘插手。从厨房出来，他拿了一千块钱放在她们面前。

江听雨问道：“这是？”

“这段时间的房租。”

“哦。”江听雨拿了一半塞进罗小浓手里，另一半揣进自己的口袋，打算私下里再还给江淮南——如果她此时不收下，仗义如罗小浓很可能也不会收。

罗小浓却将钱放回江淮南面前：“食材是你买的，饭菜是你做的，你不用付。”

江淮南将钱推过来，罗小浓又推回去……如此几个来回，罗小浓生气了：“江淮南你能不能干脆一点？别这么黏乎！”

江淮南愣住了，江听雨也愣住了。罗小浓冲回自己的房间，“砰”的一声将门关上了。

江听雨拉一拉江淮南的衣袖：“哥，小浓怎么了呀？你得罪她了？”

江淮南摇摇头：“没事，你早点洗澡休息吧，我今晚就搬去工地住。”他以为罗小浓是在怪自己言行不雅、耍了流氓，而一点儿没有读懂她真正的心思。

见江淮南面色不善，江听雨体贴地不再问，提上行李，坚持要送他去工地：“只有亲眼看到你的确是住在工地宿舍，我才能放心。不然依你省钱的性子，万一你去地下通道打地铺，还不得让我担心死啊！”

江淮南笑了，摸摸她的头。他的这个妹妹，嘴硬，发起脾气来六亲不认，实际上有一颗软暖的心。

将江淮南送到工地宿舍，帮他整理好床铺，江听雨放下心来，交代了一大通有的没的才回家。

她到家后，罗小浓的房门依旧紧闭，没有半点要出来倾诉的迹象。

江听雨洗完澡，躺在床上看英语，临睡前去翻陆临渊的朋友圈，可那儿依旧毫无声息。她想起前一日他们祭烈士、赏春花、喝小酒、逛闹市，可谓相谈甚欢，而这一日却又毫无联系，说不失落自然是假的，可她又能怎么样呢？她轻轻叹了一口气，关上手机。

忽然，手机亮了一下，是一条新消息。

晚安。陆临渊群发。——发件人：陆临渊

即使明知这只是一条群发的短信，江听雨仍觉得它及时恰当。她的一颗沉下去的心，重被提起，似小熊偷来一点蜜，野猫叼着一条鱼。

晚安。江听雨群发。——发件人：江听雨

第七章　海上生明月

我显出厌烦的样子：在茫茫的大沙漠上盲目地去找水井，真荒唐。然而我们还是开始去寻找了。

——安托万·德·圣·埃克苏佩里《小王子》

时间的长河就那样缓缓地流淌着，江听雨成了一个越来越称职的老友。只要陆临渊需要她，她就永远得闲。

有时候，陆临渊也会问她："你的工作不忙吗？好像每次我找你说话，你都在。"

江听雨半真半假道："没办法，为人民公仆排忧解难，是我们每个公民应尽的职责啊，手机自然对你没有关机，没有不在服务区。"

陆临渊失笑，叫她别闹，心底却如小石投湖，泛起一丝涟漪。

可小石头溅起的水花，终究不是大风浪，改变不了现状。

而工作方面，江听雨也没什么进展。

当再一次交上去一篇文笔好、立意深的稿子，又再一次因为"文笔虽好，不够言情"的理由被退掉之后，她有些失控地闯进了主编办公室。

主编似乎并不意外她的到来，也没追究她一脸兴师问罪的表情，只觉得她这姑娘还是年轻了，理想化，不切实际，沉不住气。

"主编……"

"是为了刚才那篇稿子吧？"

江听雨望着主编，低低地"嗯"了一声。

“我的退稿意见写得很清楚。”

江听雨在自己的坚持与市场的喜好之间纠结很久了，这会儿终于一次性爆发，大有豁出去的架势，说话也不客气起来：“我真的很费解，为什么‘文笔好’不足以成为过稿的理由，‘不够言情’却能将稿子判死刑？”

主编今天没那么忙，也乐于教这个新人几句：“因为我们公司的图书定位，就是言情文。江听雨，你来公司也有一年了，说实话，我对你这个人是喜欢的，对你认真做事的态度也是喜欢的，但你在交稿子方面的表现是令我失望的。”

江听雨也知道自己过稿率很低，但此时她不想低头，反而有了一丝虚张声势的斗志，桀骜地直视着主编。

主编曲指敲了敲桌子，决定还是直说。江听雨是个好苗子，她想培养，但如果真要将此人培养成独当一面的成熟编辑，还需要做出一番矫正。她耐心道：“我知道你是怎么想的，觉得言情文都是差不多的套路，没意思，对吧？你梦想做高端大气、有文化内涵、有收藏意义的书，是不是？可是，江听雨你要知道，老板开公司，并不是为了给你实现梦想用的。”

江听雨站在原地愣住了，她没想到主编会对自己说这番话。

主编继续说下去：“你可以在这个平台上历练自己，也可以利用它的资源来打造自己，但这一切的前提是你要能够顺应公司安排、顺应市场需求，别过多希冀那些不切实际的东西。难道其他编辑就不想策划散文集、诗集、名著？难道我不知道哪篇稿子措辞讲究，哪篇稿子用词随便？但我们都知道自己的职责，既然选择了这家公司，拿了这家公司给的工资，就应该为公司创造利益，总不能吃着碗里的，还看着锅里的。今天你这样贸然闯进来，换个领导，指不定就直接开了你，但我不会，因为我曾经也是你，而我希望你能变成今天的我，甚至超越今天的我。”

江听雨没那么不识好歹，见主编这样坦诚地明说了，她也不再纠缠，低声道了歉，又道了谢，偃旗息鼓地开门走了出去。

她不再为喜欢的稿子拼命争取，眼里的灵气也一寸一寸褪去，迷茫不着痕迹地爬上来，乃至于让她生出退意。

在工位上呆坐许久，她拿出手机发了条朋友圈，没对任何人隐藏动态，仿佛丝毫不惮于被同事和领导看见。

“如果不能做自己想做的书，那么为什么要做书？以快乐为交换，以忙碌为代价，以对自己的质疑为结果，就为了拿到手的工资？没有这份工资，我会饿死？”

但最终她还是冷静下来了，即使自己有不满，也不应将这样的负面情绪传递给别人。她想，自己有意当个逃兵就算了，总不能还动摇军心。是以，她很快地删掉了那条朋友圈。

她本以为这事就这么过去了，连退稿邮件都发给作者了，谁知此事竟有了可喜可贺的后续——下班前，主编忽然将她叫进办公室。

“江听雨，你是真喜欢那篇稿子？”

她听见主编这话，仿佛事情有转机了，心底又不可抑制地冒出一点儿希冀，忙重重地点头：“嗯，喜欢，真的很喜欢！”

不待主编作出回应，她又瞬间做了一个决定，并诉诸于口：“您也知道，现在出版行业不景气，图书市场萎缩严重，所以我们才更要转型啊。主编，您就让我做那本书吧，就当是一次投石问路，好不好？如果那篇稿子能过，我宁愿不要一分钱，绩效全部用来做宣传、买赠品！”

主编直直地盯着她，良久之后才轻叹一声，她就没见过这么固执到愚蠢的人。

“仅此一次，下不为例。”

江听雨愣住了，显然没想到主编会松口：“主编……”

“但我要提前警告你，这只是一次尝试，在那本书证明另辟蹊径不失为出路之前，你找稿子，还是要以言情为主。另外，最近我联系了一位很优秀的设计师，那本书的封面，你就跟他对接吧，待会儿我把他的联系方式发给你。”

江听雨简直要开心得笑起来了：“嗯，好，谢谢主编！那本书我一定会好好做的，言情类的稿子我也会继续找的！主编，谢谢您让我有机会实现‘做一本自己喜欢的书’的梦想！”

见她这副喜形于色的样子，主编也没板着一张脸了，摆摆手道：“去吧，去按你的想法做那本书，圆你一个梦，以后就别老惦记着了。”

等江听雨出去后，主编打开微信聊天页面，上面是一个昵称叫“若白”

的人。

此人在设计圈内是出了名的有灵气、有创意，做出的封面往往能吸引一大批路人读者，又因为高颜值获取一众拥趸，能带动不少图书销量，被称为“图书的加冕者”。而与他的本事有着同样名气的，则是他不驯的野性、怪异的脾气。加上他出身豪门，钱对他而言是最多余而没用的东西，搞设计纯粹是爱好，因此一般的公司很难请到他，更别说他主动找上门提出合作了。

她早在半年前就加了他，却始终没能说服他与公司合作。而就在半小时之前，此人竟主动发消息给她……

“您好，我是设计师若白。请问贵公司是否有一个叫江听雨的编辑？如果有，我希望以下这些话您能保密，并同意。一、她似乎有一篇很喜欢的稿子被退掉了，请问如果我愿意出资垫付，贵公司能否出版那本书？如果那本书盈利，我分文不取；如果那本书亏损，我愿意一力承担全部费用。二、她负责的图书项目，请问能否都由我来设计封面？设计费按照新人设计师的标准就行。我会尽己所能，做出令贵公司满意的封面，相信贵公司对我的实力也有所耳闻，不然您以前也不会加我为好友，并多番邀请我来为贵公司设计封面。”

她打开成本预算表，计算了印刷费、稿费、校对费、运输费等各类费用给他，他估计连看都没看一眼，几乎是在一秒内就回复了几个字。

“贵公司账号。”

她将这件事报告老板，获得批准之后，将公司的账号发给了若白。很快，财务就发来消息，说汇款收到了。

等一切谈妥，她才叫江听雨进来。

很快，江听雨就收到了主编发过来的设计师联系方式。她点开“添加好友”，搜索那个微信号，却在一秒钟后发现，那个人竟早就躺在了自己的好友列表里。

白石楠。

任她看过多少不切实际的言情小说，想象力如何丰富，也想不到白石楠会出钱出力，圆她那个执拗幼稚的梦。

是以，她并未多惊讶，反而很冷静地点开聊天页面，简短说明来意后，便公事公办地聊起了封面。

白石楠也无意让她为了几个钱而感激自己，反而希望等到时候他将封面设计出来，再让她刮目相看，是以，出资做书这事就这样成为了一个永不被提起的秘密。

中秋节这天，江听雨开玩笑地问陆临渊："今晚，有时间一起看星星、看月亮吗？"

片刻后，陆临渊回复："不好意思，今天我爷爷来家里了，我要赶回去吃晚饭。"

其实这问题，江听雨不用想也知道答案，中秋佳节，他自然是要跟家人共赏明月的，怎么会与她待在一起浪费时间？

可当陆临渊真回答了，她又觉得不痛快起来，回过去一句"节日快乐"后，索性关了微信，没再打开。

她不是对陆临渊生气，而是气自己何时变得如此蛮不讲理，强人所难还觉得理所当然。

就算是她已经准备了节日礼物，没送出去也不必生气啊，那本就不是什么值钱的东西。

到五点半，江听雨手机响了，掏出来，发现是陆临渊。

电话接通后，陆临渊的声音传来，还是一如既往的平和与清淡："怎么不回复微信？"

"刚才把微信关了，没看到。"

"你离喜盈门影城近吗？就是我们俩第一次看电影的地方。"实际上也是唯一一次看电影。

"还好，不算远。"

"那你过来一趟。"

"干吗呀？"

"来不来？"

"来！"

实在无需片刻的犹疑，只要他需要，她纵然在天涯海角，也会打马而来。

到地方后，江听雨找到陆临渊的车子，敲了敲车窗。陆临渊摇下副驾驶座的车窗，见是自己等候已久的人，眼底浮起无人察觉的笑意，下车走到她面前。

两人静静地站着，一时都没说话——不知道说什么，暧昧而忐忑。

最后，还是陆临渊先动作了，递给她一个信封。

江听雨琢磨着东西不会太贵，便放心收下了，随即又将自己手里的纸袋递过去。

陆临渊自然不肯接。

江听雨也不知怎的，倏忽霸道起来，将纸袋从车窗里放进去，搁在副驾驶座上，转身就走，显得对这场见面浑不在意，只是手上的动作却暴露了她的心思，手指将信封捏得死紧，生怕陆临渊抢回去似的。

等陆临渊打开车门，将纸袋取出来，锁好车要去追江听雨，小姑娘已经躲进人群，寻不着踪影了。

陆临渊重新上车，打开纸袋，里面是各种小零食，还有一盆小小的向日葵。

向日葵中夹着一张小小的卡片，他拿起来，上面写着——

愿你有鲜活的喜悦，愿你有想要活成的自我。小零食可以在加班特别忙的时候吃，当然了，最好还是按时吃饭。好吧，要说的话就是这些了，陆临渊，中秋节快乐。——知名不具

当看到落款时，他眉梢一挑，似被那四个字撩拨到。

到下一个路口，他还在想着卡片上的内容，一个愣神，没看清路标，在非转弯车道掉头了，等开了许久之后，才意识到自己拿到驾照这么久，头一次违章了。

走出很长一段路之后，江听雨回头，没看见陆临渊追上来的身影，放下心来。

站定在原地，她打开信封，拿出里面的东西。在展开信纸之前，她忽然没来由地有些慌乱，既开心能有更多关于他的东西来收藏，来暖一暖她寂静且荒凉的时光，又担心陆临渊已经看穿她的遐想，在信里写了一些婉

拒的话，让她本就荒凉的时光雪上加霜。可再三思索之后，她又觉得能遇到他就已经很开心，如今能以朋友的身份和他互赠礼物则更加侥幸，实在很值得。

深吸一口气之后，她展开了信纸。

信纸上写着一首诗，是《诗经·小雅》中的一篇，名为《伐木》。最后则另起一行，写着这样一句：

江听雨，很高兴遇见你。另外，中秋节快乐。——陆临渊

江听雨对古诗词颇感兴趣，闲暇时也会研究，但这是陆临渊相赠，她不敢自行意会，担心是胡思乱想，当即掏出手机搜索。

网络上关于《伐木》的释义，原话是这样的：此诗第一章以鸟与鸟的相求比人和人的相友，以神对人的降福说明人与人友爱相处的必要。第二章叙述了主人备办筵席的热闹场面。第三章写主人、来宾和受邀而未至者醉饱歌舞之乐，末尾两句写他们再约后会。全诗从理想到现实，又回到理想，这三重境界的转换，既生动地表达了作者顺人心、笃友情的愿望，又形成了诗歌虚实相生的意境美。

江听雨看完，情绪跌到谷底，不禁苦笑，“顺人心、笃友情”……好一个顺人心、笃友情。

她失神地往住处走，到了楼下，一眼看见江淮南。

“哥，你怎么不上去啊？”

“等你。”

“有什么好等的，自己上去就行啊。你到底跟小浓怎么了？吵架啦？”江听雨很不解，江淮南似乎从清明节那天搬走之后就再也没来过这里。而当时他到底为何搬走，罗小浓和他极默契地三缄其口，她至今一无所知。

江淮南闻言莫名烦躁，竟有些想抽烟。

江听雨不再问，她尚且烦心着自己的事，也就无暇顾及别人刻意隐藏的秘密。

两兄妹一前一后进门，罗小浓看见江淮南，掏出几张钞票，伸向他的方向。

江淮南的脚步定在原地，江听雨则彻底云里雾里了，问道：“小浓，你这是？”

罗小浓看向她："之前我们俩不是疑惑为什么一直没断电嘛，今天我去物业取快递，就顺便问了下，你猜怎么着？"

江听雨稍加思索，说出了一个大胆的猜想："难道我哥偷偷往咱们电卡里充钱了？"

罗小浓斜睨江淮南一眼："你怎么看？"

江淮南不自觉往后退了一步，反正就很没出息了。

罗小浓被他这副老实样子逗笑："杵在门口干吗？站岗呢？快进来做饭呀！"

江听雨扯一扯江淮南的衣袖，自以为很小声地道："听见没？我嫂子让你快进去做饭！"有些事，当局者迷、旁观者清，她对自己的感情迷惑得一塌糊涂，却能一眼看出自家哥哥和罗小浓之间莫名的暧昧。

江淮南："……"不要胡说。

江听雨："……"没胡说。

江淮南："……"你个小孩子，知道什么！

江听雨："……"我看言情小说的时候，你还在捏泥巴玩儿。我一眼就能看出你跟小浓之间的关系不正常。哎哟，不错哟，我哥可是个有故事的男孩子哦！

江淮南："……"不理你了！我去做饭！

看着江淮南仓皇而逃的背影，江听雨觉得好笑，自家的傻哥哥这么大岁数了，还一点儿不开窍。

再看看目光一直跟着江淮南的小浓，江听雨灵机一动，朝着厨房喊道："哥，炒菜多放点辣椒，小浓喜欢吃。"

罗小浓撤回落在江淮南身上的视线，捏了江听雨一下："你想吃辣椒，扯我做什么？他又不会重视我的口味、喜好。"话虽这么说，她脸上却浮起娇羞之色。

饭菜上桌，一只烤鸭、一盘辣椒炒肉，再加上两素一汤，于他们而言算是大餐了。

三人端起可乐碰了杯，也不多说，埋头吃起来。

吃完，江淮南去洗碗，然后三人一起去楼下的凉亭赏月。坐了一会儿，吃了半块月饼，江听雨借给父母打电话为由，走出很远，将凉亭留给江淮南和罗小浓。

江淮南端正地坐着，双手搭在膝上，原本是跷了二郎腿的，看一眼罗小浓又放下去了。

罗小浓做了许久心理建设，蓦地开口道：“工地宿舍好睡吗？”问完，她又觉得好像哪里怪怪的。

“嗯，好睡。”江淮南如是答道，然后反问，“那你呢，睡得好吗？”

“嗯，客厅没人打鼾了，睡得很好。”

江淮南：“……”

“工作呢，累吗？干得怎么样？”罗小浓觉得自己在强行找话聊，但她就是想跟他说话，看他笨嘴拙舌的局促样子就会很开心，根本舍不得停下来。

“不累，干得还好。”其实一点也不好，包工头已经拖欠三个月工资了。

“我工作也不累，干得也还好。”罗小浓想了想，接着道，“我之前写的一本小说过稿了，明年三月可以出版上市。”

“到时候我一定要买。”江淮南觉得罗小浓很棒，想给她竖大拇指，但忍住了。

“谢谢。”

“不用谢，应该的。”

罗小浓听见这句话，内心泛起一丝涟漪，他下意识地说“应该的”，应该什么呢？怎么就应该了呢？她想问，但没问出口，怕自己来势汹汹，把这傻大个儿吓跑了。

把他吓跑了，她可就没处寻也遇不着下一个了。

坐了一会儿，江听雨打完电话，江淮南起身说要回去。

罗小浓将石桌上的月饼装好，让江淮南带回宿舍吃。江淮南正要习惯性婉拒，被罗小浓一瞪，收下了，提着月饼就跑，仿佛后面有女妖精追似的。

江听雨看着二人情形，更加笃定他们郎有情、妾有意，不禁为双方感到欣喜：罗小浓生性质朴，江淮南老实靠谱，很值得彼此托付。

回家后，两个姑娘各自洗漱、回房，绝口不提江淮南的事，怕尴尬。

江听雨打开书背单词，可又总忍不住去看陆临渊相赠的那封信。白天她只顾着纠结“友情”二字，到晚上才细想“很高兴遇见你”这一句。

他写的不是很高兴认识你，而是很高兴遇见你。

二者之间的微妙差异似乎不值一提，却又让人忍不住多虑。

辗转反侧，江听雨索性走到窗边，拍了一张月亮的照片，给陆临渊发过去。

“给你看我这儿的月亮。”

陆家阳台。

陆万生坐在上首，其余人围拥而坐，一家子乐呵呵地赏着月、话家常。

莫家鸣惯会讨人喜欢，殷勤地询问：“爷爷，您最近身体怎么样？”

陆万生慈爱地笑道：“都好，都好。你们好好忙工作，不必挂念我。”

陆园将一块咸蛋黄月饼放在陆万生面前：“爷爷，您尝尝这个，咸蛋黄馅儿的，味道很不错。”

陆万生笑呵呵地叉起月饼，正要往嘴边送，却被陆临渊一把抢过。而后，一块豆沙馅儿月饼放在他面前。

陆园疑惑道：“陆临渊，你这是干吗？”

“我想吃咸蛋黄馅儿的。”说完，陆临渊将那块月饼送进嘴里。

“你想吃，这里还有，抢爷爷的做什么？”莫家鸣给妻子帮腔。

陆临渊静静地咀嚼着，不再说话。气氛一时有些尴尬，陆园倒没觉得有什么，莫家鸣心里却不好受，觉得陆临渊是在爷爷面前争宠，故意打压他和陆园呢。总之，陆临渊除了对爷爷孝敬，对其他家人都冷冰冰的，甚至从未将他莫家鸣当过家人，他早已积怨。

陆万生活了这么些年，什么人没遇到过，早就看通透了。对莫家鸣这个孙女婿，他是疼爱的，也愿意在其有疑惑时提点几分。但怎么说呢，这人心思过重，往好了说是精打细算，往不好的说，就是城府极深、野心勃勃。

手心手背都是肉，一直以来，对于三个晚辈，他都是以同样的态度去对待，但陆园知书达理，莫家鸣深谋远虑，二者固然为人称赞，可到底还是陆临渊那份沉稳内敛、干净质朴才最得他的喜欢。

此时见莫家鸣虽脸色如常，嘴角却往下拉了一分，陆万生当即明白他心中所想。

略一思索，陆万生不愿孙子为自己背黑锅，只得说出实话：“你们不要说陆临渊，他是为我好。上个月他带我去做了体检，我被查出有胆囊炎，医生交代了许多忌口的东西，其中就有禽蛋类。”

莫家鸣听见陆万生的解释，耷拉的嘴角霎时提上去，关怀地问道：“爷爷，这么大的事，您瞒着我们做什么？”

陆知新则转头看向儿子陆临渊：“陆临渊，你怎么回事？爷爷身体不舒服，你为什么不告诉家里？你知不知道这件事情有多严重？一天到晚不着家，满门心思都是你那点儿工作，是不是忙糊涂了？”

黄梅将手伸到桌子底下，拉一拉陆知新的衣袖，提醒他对儿子的态度要温和一点。

陆知新握住她的手，等着陆临渊的回答。

陆万生瞪了陆知新一眼：“陆知新，我跟你说，你凶你儿子可以，但凶我孙子可不行！再说了，这事儿是我不让临临告诉你们的，告诉了，你们又要兴师动众，还会逼着我搬到这里来住，我不干。”

陆知新一愣，脸上浮现一丝不自在：“爸……您……”

陆万生将咸蛋黄月饼推远一些：“你们放心，该忌口的我都不会吃，今晚也就是园园给我递月饼，我才张口，平时我可自律得很。”

陆临渊听到陆万生这话，几不可闻地哼了一声，埋下头去，眼底尽是笑意。

陆知新拍桌：“陆临渊，你又干什么呢？！爷爷说话，你哼什么哼！”

陆万生看看在座各位，轻咳一声：“没事没事，陆临渊从小在我跟前儿长大，他笑他的，我不怪他。”

陆临渊抬头看着陆万生，笑意更甚：老爷子还挺会说呀，不吃？自律？不怪我？

陆万生：“……”这位年轻人，麻烦放尊重一点，我是你爷爷。

到了九点，一家人达成共识，尊重陆万生的意思，他仍然独自居住在凌城大学的老房子内，但必须给大家每人一把钥匙，谁都有权利随时去探望他。

谈妥之后，陆知新和黄梅进屋睡觉，陆园和莫家鸣打道回府，陆临渊则送陆万生回家。

上车后，陆万生嘟哝道："什么随时探望，分明就是随时监视嘛！"

陆临渊没搭话，打开音乐，是陆万生最喜欢的京剧《空城计》，于魁智版本的。

陆万生一听戏，就什么脾气也没了，浑身上下无一处不舒畅："还是陆临渊最懂爷爷的心、最疼爷爷啊。"

陆临渊嘴角带笑："那是，从小在您跟前儿长大的嘛。"说完，笑容却陡然僵住，而后渐渐淡去。

陆万生闭上眼，手指搭在膝盖上敲出节奏，一下一下的，就像秒针细数着时光。

回家路上，莫家鸣问陆园："你说，临渊都已经搬回家里住这么久了，怎么对我的态度一点儿改善都没有啊？"

陆园挽着丈夫："你别瞎想，我弟不是针对你。"

莫家鸣撇嘴："怎么不是针对我啊？你又不是没看见，他看我的眼光冷飕飕的，就跟我是他审讯室里的涉案人员一样。"

"那你见他对谁热乎过？"

莫家鸣细细一想："还真是，除了爷爷，他好像对谁都那样。"

"我弟从生下来就一直是在爷爷家养着，由爷爷一手带大。所以啊，他连跟爸妈都亲不起来，一是相处少，二是性格已经形成现在冷淡自持的样子，你就别胡思乱想、自找不快了。"

"不是我自找不快，而是我想跟你弟把关系搞好点嘛，这样你在中间也更好做人。"

陆园闻言，心下感动。到家后，她扑进莫家鸣怀里，踮脚想去吻他，却只触碰到他的嘴角——他将头侧开了。

她抬头，面带疑惑地看着丈夫。

莫家鸣低下头，俯身在她耳边轻声说："别亲了，今晚贪嘴，吃了几片你最讨厌的洋葱。"

陆园搂紧丈夫："没关系的。一直没跟你说，我讨厌洋葱，不是因为它的气味或味道，而是它惹人哭、让人动情，自己却没有心。"

莫家鸣身体一紧。

陆园感受到他那瞬间的异样，关心道：“家鸣，你怎么了？”

“没事，就是有点冷。今天降温了，衣服穿得不够多。”

陆园从他怀中出来，站直身体：“那你先去洗个热水澡吧，驱一驱寒气。我把明天你要穿的衣服整理好，换件厚外套。”

“嗯，你辛苦了。”

陆园笑一笑，辛苦什么，夫妻就是这样的。

车子开进校区，经过灯光篮球场时，陆临渊不经意地往窗外看了一眼。

大晚上的，那个摆台做兼职的姑娘自然不在，整个球场空空荡荡的。

陆万生忽地睁开眼：“看什么呢？”

“看我读了四年大学的地方。”同时，也是他度过整个童年的地方。

“今晚就歇在我这儿？你睡过的床铺，我一直给你留着。”

“好，听您的。”

当晚，陆临渊就睡在爷爷家。充好电后，他打开手机，看见江听雨发来的照片，和那句“我这儿的月亮”。

此时他已躺在床上，老房子隔音差，他甚至能听见隔壁房间传来的爷爷的鼾声。为免吵醒老人，他打着赤脚，轻轻地走到阳台上。

月上中天，又亮又圆。

他想起很多年前，自己还不认识月亮，非说那是奶奶梳妆台上的镜子，是爷爷在厨房装菜用的瓷盘。

陆万生当即抚掌而笑，直夸陆临渊有诗仙李白的风范，小小年纪竟能看透《古朗月行》的意境。

小小的陆临渊歪着头，小手指点着下巴，一脸好奇地问道：“爷爷，什么是《古朗月行》啊？”

陆万生便将诗背来：“小时不识月，呼作白玉盘。又疑瑶台镜，飞在青云端……”

“陆老先生，您这不是瞎说八道吗？我可没有瑶台镜，就一面陪嫁的玻璃镜，还是花样早过时的。”奶奶看一眼陆万生，又看向陆临渊，“来，临临到奶奶这儿来。”

小小的陆临渊颠颠儿地跑过去，步子还不稳。

奶奶一把接住他，抱起来放在腿上，用手指刮他的鼻子，给他念一首童谣。

“月亮粑粑，肚里坐个爹爹，爹爹出来买菜，肚里坐个奶奶，奶奶出来绣花，绣杂糍粑，糍粑跌得井里，变杂蛤蟆，蛤蟆伸脚，变杂喜鹊，喜鹊上树，变杂斑鸠，斑鸠咕咕咕，告诉和尚打屁股……”

陆临渊听不太懂，却觉得有意思极了，笑嘻嘻地咧嘴。陆万生见他这副讨喜的小样儿，便来挠他的胳肢窝儿，逗得他咯咯直笑……

是从什么时候起，他越来越少露出笑脸的？

是他拿到小升初的录取通知书，开心地回家报喜，却被母亲带到医院，去见奶奶最后一面的那天吗？

是他想多陪陪一夜之间仿佛老了十岁的爷爷，宁愿在凌城大学旁边的一所普通中学就读，却被父亲拖去了全封闭式重点中学的那天吗？

是他在那所寄宿制学校熬了半个月，终于抵不住对爷爷的挂念，半夜翻墙想去探望老人家，却被保安捉住关在保安室一夜的那天吗？

是他在黑灯瞎火中，错背了室友的书包，而保安想搜出他的书看看班级姓名，却搜出一本黄色小人儿书，第二天室友矢口否认，他不得不当着全校师生做检讨的那天吗？

还是……他后来终于下定决心，想要融入那个家里面，却发现自己根本没办法像陆园一样在父母膝下承欢，而他们对他也客客气气的那天？

一股凉意自脚心蹿上来，蔓延至四肢百骸，冻得他一激灵，回过神来。

他举起手机，拍下了月亮，给江听雨发过去。

“我这边的月亮跟你那边长得一个样。”

江听雨还没睡，看见陆临渊回过来的消息，笑了：“那可不就巧了嘛。”

陆临渊有些讶异她居然醒着，发了语音聊天过去，待接通后，他将嗓音压得极低，近乎呓语般问道：“还没睡？”

“月亮太好看，入了迷。”她自然不会说自己是没有等到他的回复才睡不着。

“是啊，真好看。”陆临渊望着夜空，无意识地呢喃道，“你说，天上挂着的，到底是玉盘，还是明镜？”

江听雨也从被窝里出来，走到窗前，看着那轮高不可攀的孤月：“你想吃东西了，那它就是玉盘，里边儿装着麻辣兔肉和桂花饼；你吃饱了，那它就是明镜，里边儿映着你的那张脸。”

“我的脸是什么样？”

电话里，陆临渊的声音轻浅至极，仿佛没有出声，也不在乎有没有人回应。

江听雨却当真细细回想一番，其实也不用细想，那张脸分明早已镌刻在她的心间。

“皮肤白皙，干净得很。”

“两道剑眉似乎要入鬓。”

“一双眼仿佛注了清泉、住着星星。”

“睫毛很长，鼻梁英挺。”

陆临渊听着这些话，发现它们竟还押了韵，不由得轻笑出声。

仿佛是黑夜给予了保护色，在这样寂静的夜月下，人总是很容易坦诚。江听雨清醒地任凭理智远去——

“嘴唇很薄，总是抿得紧紧的，让人想亲。”

可这话，到底只敢想一想，在嘴边打个转，就从此沉入心底了。

陆临渊却不想这样轻易放过她，连嗓音里也多了一分喑哑，似欲蛊惑人心：“你还没说我的嘴。”

“你的嘴啊，牙齿很白……嗯，牙齿很白。”说完，江听雨轻咳一声，朦胧的暧昧瞬间消失殆尽。

虽然她极力压抑，却还是让陆临渊听出端倪：“你着凉了？”

江听雨忙摇头，又意识到他根本看不见，开口否认道：“没呢，我体壮如牛，哪能着凉呀。”

陆临渊刚要信，忽然想到了什么，将语音聊天转换成视频聊天。

江听雨一惊，没敢接视频，手忙脚乱中竟点了挂断键，等反应过来，赶紧发回去。

接通视频后，陆临渊头一次用很严肃的语气对她说话：“江听雨，别告诉我你是站在窗前，而且很可能没穿外套。”

江听雨闻言，下意识低头往自己身上看去，的确没穿外套……而她这样短暂的迟疑，落在陆临渊那儿，自然就是心虚。

陆临渊命令道："去床上。"

这样不容置疑的霸道口吻，让江听雨……有点儿爽。她笑嘻嘻地道："哎，陆临渊同志你可真神啊，连我没在床上都知道哎！"

陆临渊却不吃这套，十分有原则地沉声道："去床上，马上。"

江听雨乖乖钻进被窝，一阵暖意袭来，就好像……被那人紧紧拥着。

"到床上了。"江听雨将脸靠在枕头上，轻轻摩挲着。

陆临渊也躺回床上，语气温柔下来，"嗯"了一声。他其实还想补上一句——"真乖"。

"陆临渊，我有点困了。"江听雨感受到自己的异样。

"嗯，我也是，睡觉吧。"

"晚安。"

语音挂断，江听雨将手机扔在一边，整个人蜷起来，埋进被窝。不一会儿，有闷闷的喘息声传出来，压抑、痛苦，又带着隐约的愉悦。

陆临渊打开朋友圈，发现江听雨在一个小时前发了一条动态：

接到你的信，真快活，风和日暖，令人愿意永远活下去。——朱生豪

陆临渊琢磨了下，觉得这有点像是写自己，却又不敢笃定。江听雨那样小太阳似的人，并不见得只收到他一个人的信。他想入非非，却不愿过早自作多情。

平躺着，他听见窗外银杏树叶落地的声音。可是很奇怪，此刻他内心竟无半分伤春悲秋，反而因为某个人的存在，对来年、对往后，充满了兴致和期待。

无论江听雨那条动态是写给谁看的，他其实都想说同样的话——

江听雨，接到你的信，真快活，风和日暖，令人愿意永远活下去。

谁可以看？仅自己可见。

第八章　心若无一物

一起活在这城市迷宫，提起你名字，心还跳动，却没重逢，只有想碰却又不敢碰的那种悸动。

——杨丞琳《匿名的好友》

难得睡到自然醒，陆临渊睁开眼睛时，天色已经大亮。

洗漱一番，他去给陆万生弄早餐。陆万生早上喜欢吃一口热乎的打卤面，这是多年来的老习惯。

水还没烧开，陆临渊倚着厨房门，打开手机，发现一条来自凌城交警大队的短信，通知他缴齐罚款。

果然，前一天他光顾着看江听雨送的小礼物，交通违章了。

他将短信页面截了个图，发给江听雨。

“昨天违反交通规则了。”

江听雨一惊：“啊？你这么沉着冷静、成熟睿智的人，也会违反交通规则吗？”

“很少去你那边，不熟悉路况。”

“对不起……”江听雨很内疚，都不知道怎么回复了。

正好锅里的水沸腾了，雾气袅绕，陆临渊忙将手机揣回口袋，去煮面条。等面条起锅，他盛了两碗拌好，放在餐桌上。

陆万生对陆临渊的手艺赞不绝口，吃得津津有味。

陆临渊正吃着面，想起自己忽然没回音，指不定江听雨怎么想呢，便掏出手机，想解释一下自己方才是在煮面。谁知他将微信打开，竟看见一个红包。

"发红包干吗？"

"违章的罚款……"

"不用的。"

"用的用的，要不是来给我送信，你也就不会被扣分和罚款了。"

陆临渊还是不肯领红包，直接将红包删除了。

江听雨灵机一动，直接用支付宝给他转了账。

陆临渊收到提示，又还了回去。

江听雨不气馁，又往他的手机卡里充了话费。

陆临渊照样收到提示，也往她的手机卡里充了值。

江听雨："陆临渊你住手……"

陆临渊："江听雨你别闹。"

"我没闹，我不想欠别人。"

"我没觉得你欠我。"陆临渊说得正气凛然。但其实，他心里想的是：我就是想让你欠我。

与江听雨相处这么久，他明知江听雨生活不易，又是不爱欠人情的心性，截图给她，自然不是想要她报销罚款，只不过是……内心忍不住想与她多些牵绊。

他有些不齿自己对江听雨的"算计"，又不是毛头小子了，竟然还动这种心，动心就算了，还耍上了小心机。

可是，他就是想跟她纠缠不清啊。相处得越久，他就想跟她相处得越深，直到她习惯他、喜欢他、接受他……

最后，陆临渊还是没收江听雨的钱。

江听雨无奈，便想着以后多送点有趣的小礼物给他。

吃完早餐，陆万生打开院门。

退休后，他闲着没事，就在家里组了一个书法班，教小孩儿们写毛笔字，不收费。

不一会儿，八个学生来齐了，齐齐向陆万生问好，又对陆临渊喊"大哥哥好"，而后端端正正地坐着，一笔一画地练字。

陆临渊在旁边看着，一时有些手痒，也执笔写了几个字——

一身正气，两袖清风。

陆万生走过来端详这八个字，连连夸赞：“不错，没荒废。”

陆临渊恭敬道：“爷爷传授，不敢荒废。”

陆万生拍拍他的肩，一脸慈爱地去指导学生了。

陆临渊将那八个字拍下来，发给江听雨。

江听雨：“呀，写得真好！”她其实并不懂书法，却觉得无论陆临渊写成什么样都好。

陆临渊挑眉：“这么惊讶？昨天的《伐木》，我写得不好？”

“都好都好。”江听雨稍作思索，“昨天的字迹清朗飘逸，今天这八个字则气势如虹。”

陆临渊乐了，忍不住嘴角上扬：“江听雨，为什么我无论干什么，你总有大把的话夸奖？”

江听雨：“呃……”

“请江听雨正面作答。”陆临渊正经起来连自己都怕！

江听雨被他打破砂锅问到底的气势逼急了，索性顶嘴说道：“你有本事优秀，没本事让人夸吗？我就是有大把夸奖的话啊，我乐意夸你，你管得着吗？”

陆临渊：“……”这回答分明逻辑不通，顾左右而言他，他却莫名觉得开心。

是，他管不着，她想干什么就干什么。

而他，都惯着。

接下来的两天假期，江听雨没怎么碰手机。距离考研只有三个月，她想静下心来好好看书。

证券开户的兼职已经没做了，工作流程也已轻车熟路，无须太费心思，她便将下班后的全部精力花在复习上。

她是铁了心要考研，而且不报其他学校，就非凌城大学不可。

陆临渊休息一天后，收到加班通知，又有一场硬仗要打。

这回，情况特殊，而且相当棘手——对方是个女贪官。

坐定在审讯桌前，监视器、录像机、笔记本电脑等皆已备齐，黄连与陆临渊对视一眼，按下呼叫器，涉案人员很快被带进来。

陆临渊看见周鑫丽的第一眼，就知道这人不简单。

虽然他早就看过照片，但面前的女人比照片还要好看许多。她很年轻漂亮，看起来不到三十岁，但根据调查，她已经四十出头。更令人不可小觑的是，她非常淡定。

作为一个走进监察委员会审讯室的涉案人员来说，她淡定得过了头。

陆临渊右手握笔，左手的拇指和食指轻轻搓着，这是他在专注思考时下意识的举动。

黄连与陆临渊搭档两年，早有默契，此时见他不说话，知道他是在思考，便也一句话不说，只面无表情地盯着周鑫丽，想给她造成心理上的压力。

三分钟过去了，陆临渊还是没有动作。黄连有些着急了，这人干吗呀？玩深沉也不必这么久吧！

周鑫丽被两位监察官这样直勾勾地盯了半晌，却没有半分不自在，目光在二人身上逡巡，最后落在陆临渊身上，与之对视，露出似笑非笑的表情。

没有刻意地暧昧，更没有露骨地勾引，她只是在对着陆临渊笑而已，知性且得体。

“姓名。”

陆临渊终于开口了，黄连松了口气。陆临渊要是再不开口，最先承受不住心理压力的，估计就是他了。

“小丽。”周鑫丽很配合地开口。

正目视笔记本电脑，打算敲键盘的黄连闻言顿了一下：周鑫丽的声音很柔，像十六岁的少女，像四月天边的轻云。

陆临渊却没什么异样，依旧直直地望着面前的女人，重复道：“姓名。”

“呵，陆监察官真会装，明知故问。”周鑫丽嘴角上扬了一下，笑道，“周鑫丽。”

黄连抬头瞥了女人一眼：“明知故问也比明知故犯强。”他可见不得有人欺负他哥们儿。

“明知故犯？是说我吗？”周鑫丽做出一副很讶异的样子，表情十分无辜。

“周鑫丽，1977 年生。

“2002 年进入凌城建筑工程集团分公司，在仓库打杂。

“2009 年，一夜之间被提拔为办公室主任，主抓经营，接着不断晋升，从分公司副总经理到分公司党委书记。

“2015 年 4 月，带职到中央党校学习；同年 9 月，被市委任命为凌城建筑工程集团总公司主管经营的副总经理。”

陆临渊将周鑫丽的底细一一道出。

周鑫丽不以为意，耸耸肩道：“嗯，是我本人。”说完这句话，她的态度又认真起来，“不过，您用了‘一夜之间’这个词，有什么用意？刺激我，还是讽刺我？”

“不好意思，实话实说。”

“实话？子虚乌有的传闻，哪里就是实话了？”周鑫丽对这份控告嗤之以鼻，“我现在所拥有的一切，都是靠我自己一点一滴打拼出来的，爬得太快，有人眼红、有人嫉妒也是理所当然。”

“周总很会爬，短短十三年，就从仓库保管员做到高级干部，可谓是芝麻开花节节高啊。”黄连抬头，学着周鑫丽似笑非笑的样子望回去，“而且，这朵芝麻花，仅有初中文化。”

文凭一直是周鑫丽心里的刺，她漂亮，人情练达，做事敢拼敢闯，唯独看不进书。而在 2013 年竞选总公司副总经理时，她本以为自己打点好了一切，对那个职位势在必得，连庆祝宴都订好了，最后却被竞争对手死咬住文凭不达标，错失了那次晋升，还在众人面前丢尽了脸。

虽然后来她报了成人自考，2015 年拿到本科文凭后就将已经上任的竞争对手挤走了，但这事儿一直梗在心里，成了一根碰不得的刺。

此时黄连说话没个把门的，竟意外拂到她的逆鳞。

周鑫丽情绪激动起来，朝着黄连大声反驳道：“谁说我初中文化！我是凌城科技大学的高材生！”

陆临渊打开文件夹，拿出一张试卷复印件：“你所说的‘凌城科技大学高材生’，是指这个吗？”说完，他让人将试卷送进去，放到周鑫丽面前。

黄连本还沾沾自喜，以为自己能够让周鑫丽露出破绽，没想到陆临渊一声不吭的，居然早把证据拿到手了！

周鑫丽瞟了一眼试卷，漫不经心道："没错，这是我参加成人自考时的其中一科试卷，有什么问题吗？"

"这不是你的试卷。我已经找凌城书法协会的会长陆老先生鉴定过，试卷上面的字跟你现在的笔迹完全不一样。"

"这有什么奇怪？两年过去了，我闲来无事练字，笔迹当然也变得不一样了。"

"所以，这份试卷是你自己所答，而不是找了枪手代考？"

"当然。我对学业是很严谨的，党也要求我们实事求是，我作为光荣的党员，怎么会找人代考？陆监察官，我可以控告你恶意揣测！"

"出去后，你如果想控告我，请随意。但现在，你必须回答我下一个问题。"陆临渊指指周鑫丽面前的试卷，"为什么牛头不对马嘴的答案得了满分？"

周鑫丽却不见半点慌张，反而笑了："这是我的问题吗？评卷老师心善，非要给考生打高分，我有什么办法？"

"问题就出在这儿，为什么评卷老师非要给你打高分，而且只给你一个人打高分？"

"那我也问你一个问题：为什么对于评卷老师的自主行为，我要做出解释？"周鑫丽做出委屈巴巴的样子，"你问我，我问谁去啊？陆监察官你不要欺负我好不好嘛……"

陆临渊不为所动，取出一张名片，放在黄连面前。

黄连定睛一看，瞬间会意，朝着周鑫丽笑道："要不，我打电话帮你问问凌城科技大学的王永海校长？"

周鑫丽咬紧牙根，脸上的笑容快要维持不下去。

她明白过来了，陆临渊早就知道她和王永海的交易。而他之所以"恶意揣测"她找了枪手，就是想提前让她自己保证是本人参考、作答，断了她将黑锅甩给枪手，说枪手和王永海有关系这条路。

见周鑫丽无言以对，黄连得意起来，并深深为自己的搭档陆临渊感到骄傲，简直想请他下馆子，拜师学艺！

陆临渊将自己带来的资料推到黄连面前——出于对证据安全的考虑，

在进审讯室之前，这些资料是不能对任何人泄露的，包括搭档。而此时，他已经撕开了本案的口子，接下来，这个案子就可以由黄连跟进了。

翻了翻陆临渊推过来的资料，黄连心中有数了，沉声问道："周总，贵公司的总经理梁学兵与你是什么关系？"

周鑫丽重新打起精神，她已经失去王永海这一条防线，不能再失去梁学兵。

"梁学兵是我的直属上司，他是总经理，我是副的。"

"你们的关系怎么样？"

"很不好。其实有件事我跟他都心知肚明——我一直都想转正，将他取而代之。"

黄连挑眉："哦？很不好吗？那为什么他的老乡王永海要给你打高分，他不拦着点儿？让你拿文凭、往上升，这不是给他自己增添绊脚石嘛？"

"这我怎么知道？也许他们俩关系不好，所以王永海不会听他的，反而乐意帮我。你知道的，同一个乡里出来的人难免攀比，梁学兵混得那么好，王永海想给他添堵也在情理之中。"

"好，先不论他们俩关系怎么样，根据我们掌握的证据，你和梁学兵的关系可不一般呢。"说完，黄连抽出一张照片，上面赫然是周鑫丽和梁学兵深情相拥，无比暧昧。

"这照片是假的！肯定是PS合成的！"周鑫丽看见照片，忽然激动起来。

"我们技术科的同事已经检测过了，照片是真的。"

"那我要控告你们跟踪偷拍、侵犯隐私权！你们知法犯法！"

"出去后，你如果想控告我们，请随意。"黄连学陆临渊之前说过的话，接着道，"但现在，你必须回答我这个问题：你和梁学兵，是否存在比拥抱更进一步的行为，是否建立了不正当男女关系？"

猜到周鑫丽肯定会说"不存在、未建立，只是拥抱而已"，陆临渊在心底叹了口气，恨不得揍黄连一拳——问这么笼统的问题，得到的肯定会是否定的答案啊，而且拥抱就已经很严重了啊！而在揍二愣子之前，他得先把正题拉回来。

"周鑫丽，请问，你为什么会与有妇之夫梁学兵如此亲密地拥抱？"

听见陆临渊的提问，正准备说“不存在、未建立”的周鑫丽没话说了。原本她是想通过否认的方式，将黄连那个笼统的问题从大化小。可偏偏陆临渊突然出声，这样一针见血地提问，还用上了“有妇之夫”“亲密”这样的词，让她无论怎么解释都没办法理直气壮！更何况，她本身就理不直、气不壮……

周鑫丽不自觉攥紧了手心，心中恨极，却又无计可施。面前两个小毛头，尤其是姓陆的，看着嫩生生，办案却老练得让人招架不住！

陆临渊不给她思考、辩解的时间，继续下重锤：“还有一件事，不知道你有没有听说过。”

周鑫丽不搭话。

陆临渊也不介意，接着说道：“在贵公司，似乎有这样一种传闻：梁学兵现在的位子，是你送他坐上去的。当年，他的业绩根本就没有达标，是你将自己手上的两笔大业务转让给他，所以后来他对你十分感谢，也颇为青睐。”

“我是他手底下的人，我的业务当然可以算在他头上。”转让业务给上司，让上司达标、升职，日后上司便会在其他地方对此人多加照拂，这是行业内心照不宣的秘密，顶多就是弄虚作假，根本不算大事，更不算违纪。周鑫丽放轻松了一点，之前因激动而前倾的身子，稍稍往椅背上靠了靠。

这不经意的动作，自然被陆临渊尽收眼底。他牢牢地盯着对面的女人，不错过她任何的微表情和动作，同时大脑也在高速运转。

或许在黄连看来，他在审讯时无比轻松，总能抓住对方每一句话中的要点，又总能一句话戳中对方的要害，但事实上，他知道自己不是天才，根本没办法做到运筹帷幄。

一切看起来的毫不费力，都是因为足够努力。

嚼透周鑫丽那句话后，再结合掌握到的证据和信息，陆临渊心中有了盘算，开口道：“当时梁学兵之所以那么顺利地当上总经理，就是因为在竞选前的一个月，忽然拿下了两个大项目。所以，你承认那两笔业务是你谈到手的？”

周鑫丽冷笑：“陆监察官可不要歪曲事实啊，我什么时候承认那两笔业务是我谈到手的了？况且，你未免太高看我，华隆和长康那么大的客户，怎么会是我一个弱女子能够拿下的。”

听到这儿，任黄连是块儿木头，也该明白问题的症结所在了。他内心得意一笑，插话道：“周总，我们可没说那两笔项目到底是哪两笔啊，你怎么会觉得我们是指华隆和长康？”

“梁经理的升职项目，整个公司的人都心中有数，我在他手底下干了这么久，自然也知道。”周鑫丽斗不过陆临渊，但对付黄连，她还是有把握的。

陆临渊闻言，面上不动声色，内心却再次长叹了口气。原本他是想接着周鑫丽的话，围绕“我一个弱女子”这几个字，反问怎么偏偏就是她一个弱女子拿下了那两笔几乎不可能拿下的业务，那她又是怎样拿到的呢。

拿下那两个项目时，她还没有进总公司任职，作为一个分公司的小负责人，她靠正常渠道和正当竞争那两个项目的可能性无限接近于零。而一旦打开这个缺口，那么无论她怎么狡辩、开脱，都避不开两种可能：以高额回扣为利诱，或者——以自己的身体为武器。

而此时，眼看黄连又给了周鑫丽一个岔开话题的机会，陆临渊觉得自己……真是想打人啊。

不过，他也并未过多苛责黄连，谁不是从新到熟呢。

由于周鑫丽的刻意回避，接下来的审讯一直不太顺利，就像围着龙卷风打转，却始终没办法进入风眼。

收到上级指示暂停审讯后，有人来押周鑫丽回看守所。经过陆临渊面前时，她借撩头发的动作挡住摄像头，丰唇微启，露出一个意味不明的笑容。

待周鑫丽被带出审讯室后，黄连嘟哝着“累死哥了”，站起来伸了个夸张的懒腰。

陆临渊没理他，率先走出审讯室，盯着周鑫丽的背影。

身形窈窕，摇曳生风。

黄连走出来，顺着陆临渊的目光望过去，正好看见周鑫丽的身影消失在走廊尽头。他内心一咯噔，连话音都打战了：“小……小渊渊！你看那条美女蛇干吗？你不会是看上她了吧？！”

陆临渊收回目光，瞥了黄连一眼，往办公室走去。

黄连站在原地，被陆临渊“我都不稀罕搭理你”的眼神伤害到了！好兄弟居然为了一条美女蛇就瞪他？好气哦！黄连双手抱胸，满心委屈，恨不得要嘟嘴！

走出办公楼，陆临渊只觉困意袭来，仿佛下一秒就能席地而躺。抬手看表，已近凌晨三点，出于安全起见，他决定不开车了，依旧步行回家。

黄连钻进车里，开到陆临渊旁边狂按喇叭，打开车窗嚷道："小渊渊快上来，好哥哥送你回家！"

陆临渊走近，一只手撑在车顶，一只手松松地叉在腰上，露出很温柔的笑："真要我上车？你打乱审讯节奏，我可憋着火儿没处发呢。"

黄连闻言，忙作势要将窗户摇上去，嘴里求饶："惹不起惹不起，渊哥您慢慢欣赏这夜色，小的先溜了……"

陆临渊被这声"渊哥"逗笑了，谁让黄连明明比他晚一批考进来，却比他大一天，整天"小渊渊""小渊渊"地叫，还老以"哥"自居。

"慢点儿开，注意安全。"陆临渊交代完，退后一步，让黄连开车先行。

看见黄连的车子驶远，直到融入夜色，再也看不见，陆临渊才卸下一脸的精气神儿，真切地显露出困意来。

他捂住嘴，打了个呵欠，眼睛几乎要睁不开。松了松领带，一阵夜风吹来，他才觉得清醒了些。

然后他掏出手机，翻到那个号码，却在按下去的前一秒，忍住了。

虽然很想跟她说话，但他担心她会厌烦自己的情绪却更加强烈。相处的时日越多，他就越舍不得她。

那她呢？是否对他有同样的感觉？还是说，她觉得他可有可无？

他很害怕，害怕自己只是短暂出现在她的生命中，来去自由、不被挽留的路人甲。

而她却已经是他贪恋的温暖、陪伴，如同太阳之于月、大地之于花。

之后很长的一段时间里，陆临渊都在忙周鑫丽的案子，调查，取证，审讯，审出一部分信息，将其抽丝剥茧，分析出新的线索，继续调查，取证，审讯。

最终，整个案件原原本本、完完整整地呈现出来，已经是两个星期后。

黄连等一众同事，望着桌上堆成山的证据、材料，再看看那长长的涉案人员名单，其人数之多、范围之广，令他们连连咋舌。

陆临渊感到惋惜和痛心，却并不震惊。

清官禁得住诱惑、耐得住寂寞，贪官则爱钱也好色。

男贪官好色是明晃晃的，用权和利来诱惑；女贪官却是暗暗的、颇具特色的，常常披着爱情的外衣。

周鑫丽的案子已经查实，至案发时，被周鑫丽的性贿赂击倒的各级干部达十三人，包括凌城建筑工程集团总公司总经理梁学兵、凌城科技大学的校长王永海、华隆和长康集团的高层等。

她和拜倒在她石榴裙下的权贵进行了一笔笔交易，以美色、媚言换取了近十亿元的工程项目和各项荣誉，用自己的业绩帮助情夫梁学兵爬上了总经理的位子，又借助梁学兵的权力操作，让自己当上了副总经理。

有了这张关系网，周鑫丽甚至曾夸口："在凌城，只要我愿意，就没有接不到的工程。"

可百密一疏，她怎么也没算到，自己原本只是想进行性贿赂，而且大家都心知肚明这只是交易。结果有个叫林至的单身干部，在尝过她的滋味之后，居然爱上了她。占有欲让他非要得到她，得不到就宁愿毁掉……

周鑫丽可以出卖自己的身体，却不愿背叛自己的所谓爱情。况且，梁学兵在五年前就跟她做过保证了，他一定会尽快跟妻子向晚晴离婚。

她一直对梁学兵的话深信不疑，即使五年过去了，他的太太仍然是向晚晴。

而在被周鑫丽拒绝之后，林至因爱生恨，投上了一封实名举报信。

监察委收到这封举报信，本以为只是摘片叶，谁知却牵出了一根藤。

捋清整个案件的脉络，办公室唯一的女监察官谷雨感叹道："呵，男人是骗子，女人是疯子，深陷爱情的人是傻子。"

几个男同事也觉得这话有理，点点头，末了发觉不对劲，并非所有男人都是骗子呀，他们瞎点什么头……

谷雨拿起林至的照片："真是人不可貌相啊，这林至看着一身正气，应该是个光明磊落的人，行事却这么极端。这下好了，周鑫丽毁了，他自己也混不下去了。”

陆临渊瞟一眼照片，上面的男人目光清明、神情柔和，浑身一股儒雅的书生气息，不像是会与周鑫丽产生感情纠葛的人。

他总觉得，林至投举报信这件事，另有隐情。

可到底是什么隐情，他一时也说不清。

周鑫丽的案子递交上去后，上级做出批复：将十三名涉案男性官员与周鑫丽并案调查，誓要查个水落石出。

陆临渊等人领命，各自分头行动，对多名涉案人员进行隔离、审查。

一时之间，与涉案人员利益相关的组织可谓人心惶惶。活生生的前车之鉴摆在这儿，大家行事老实了不少，唯恐自己怀着侥幸心理，在利益和美色面前把持不住，下一个被查的就是自己。

到十一月初，法院对周鑫丽等涉案人员做出了判决。不走正道的人，终将付出自由的代价。

庭审结束，周鑫丽即将被押往监狱。

走下被告席后，她忽然抬头看向坐在第二排旁听的陆临渊，仍然对他笑，却不再有半分引诱和暧昧：“陆监察官，你觉得，我会后悔自己走了这条路吗？”

陆临渊看着她，没动作，也没出声。

“在男人当权的社会，只有懂得开发男人价值的女人，才能算是真正高明的女人。”周鑫丽嘴角分明挂着笑，却显得凄苦无比，她一字一句道，“所以，我没输，也不后悔。”

被押上囚车后，周鑫丽强撑的笑容终于褪去。她闭上眼，回忆着自己接触过的男人，得意于自己半生的高明。

可最终，饶是她玩弄着众多男人，还是没逃过梁学兵的手掌心。那张用虚情假意和利益编织而成的网，早就勒紧了她的脖子。

最可怕的是，她早就看清梁学兵不会娶她，却仍对幻想中的爱情甘之如饴。

办完各项交接手续，又做了汇报总结，等坐回工位上，陆临渊抬手看表，已经是下班时间。

黄连在办公室里吆喝："哎，刚才主任说明天不用加班，要不咱们今晚聚餐，来一场不醉不归的狂欢？"

几个同事对视一眼，欣然同意。

而后，大家的目光齐齐落在陆临渊身上……

黄连向众人使了一个"看我的"的眼色，走到陆临渊办公桌前，特别神气地屈指轻叩。

陆临渊抬头看他，目光冷淡。

黄连忙收起神气的样子，笑得一脸灿烂，弯腰与陆临渊面对面，用只有两人听得见的声音嘀咕："小渊渊，一起去嘛，我都夸下海口，说我一定能请动你了……"

陆临渊挑眉，好整以暇地看着他："哦？你夸下的海口能不能圆，关我什么事？"

"哎呀，小渊渊你就答应嘛，不然我会很没面子哎！"说着，黄连还想去握陆临渊的手。

但谷雨的动作比他更快，她嫌弃地打开他的手："说话就说话，撒娇就撒娇，不许对我男神动手动脚的，什么毛病。"

黄连朝谷雨作了个揖："漂亮的谷小姐啊，你可别添乱了，如果不能把小渊渊叫上一起，那咱们的聚餐还有什么意义？他可是查清周鑫丽案的主力哎！"

众人附和："对啊对啊，如果陆临渊不去，我们也不想去了呢。"

黄连又对谷雨道："而且，只有小渊渊和你不喝酒，要是小渊渊不去，那等散场了，你送我们回家啊？"

众人继续附和："对啊对啊，如果陆临渊不去，那谷雨你就要送我们回家哦。"

谷雨看向黄连："成，看在你长得丑的分上，你爱咋地咋地。"

得到陆临渊头号粉丝谷雨的批准，黄连继续软磨硬泡："小渊渊……小渊渊你不能这样冷酷无情，我们可是亲如父子的啊！"

陆临渊不想再听他胡言乱语，拿起手机和车钥匙，率先往外走去："我可没你这么大个儿子。"

黄连看着陆临渊的背影，知道这就算是答应了，再看看同事们脸上佩服的表情，他觉得倍儿有成就感，开心得简直要跳起来——连陆临渊这座大冰山他都能暖化，还有什么事情是他干不成的？他是要走上人生巅峰的男人！

一群人浩浩荡荡地往外走去，到了大门口，正碰见苏合香急匆匆地往里走。

有认识的人停下脚步，与她打招呼："哎，苏检，都下班儿了，你怎么回来了啊？"

"有点东西忘拿了，回来取一下。"苏合香走近，回答这人的问题，眼神却直直地落在陆临渊身上，"你们是要聚餐？"

陆临渊静静地站着，没有开口。

黄连看看陆临渊，双手不自觉攥紧，旋即又松开，扬起嘴角回答道："对啊，我们忙了一个多月，今天终于把案子结了，所以今晚放松一下。你要不要来？"

其他人也热情招呼："苏检，一起吧。"

苏合香看着陆临渊："这不太好吧？你们科室内部聚餐……"

"嘿，这有什么关系，大家都认识，况且人多热闹。"见苏合香面上仍有迟疑，黄连继续劝道，"再说了，我们科室聚餐，向来是各付各的，以身作则嘛。大不了，你待会儿也付你自己的，只当是跟我们拼桌呗。"

陆临渊是真不想说话，不乐意沾染上桃花香。可苏合香就那样眼巴巴地望着他，其余人也都等着他发话，他再不吭声，就显得过分装腔作态了。将心底那份被逼迫的不快压下去，他开口道："如果苏检不忙的话，就一起吧。"说完，他也不看她，目不斜视地往前迈开步子。

苏合香忙举步跟上："不忙。"

众人走在后面，看着陆临渊和苏合香的背影，会心一笑，窃窃私语道："苏检和我们小渊渊真配呀，无论长相还是智商，都是天造地设的一双。"

谷雨点点头，她也觉得只有像苏合香这样家世优越、知性大方的女人，才配得上她的陆临渊男神。

至于她自己，平凡如斯，对陆临渊简直想都不敢想。

看着陆临渊沉稳的背影、苏合香窈窕的身姿，谷雨对聚餐的兴奋劲儿，忽然就有些淡了。

而她并不孤单——笑容渐渐消失的，还有走在最后面的黄连。

黄连握紧手机，将发件箱清空，嘴边只剩下一抹苦笑，真跟吃了黄连似的。

到了餐厅，众人抢先入座，还有男同事帮谷雨拉开椅子。

陆临渊望着留给自己和苏合香的位子，不知道该怎么说自己的这帮同事了，他们在起哄方面还真是天赋异禀。

苏合香站在原地，内心犹豫着要不要等陆临渊帮自己拉椅子，想了想，觉得还是别摆谱，自己坐下算了。

她施施然落座后，大家将目光搁在陆临渊身上。

陆临渊仍直直地站着，他不是个肆意妄为的人，更不是个刻意拂女人面子的人。可他实在无法在得知别人喜欢自己，自己却不喜欢别人的情况下，还做出一些不合时宜的行为，给人增添不必要的幻想和机会。

遇上喜欢的女人，他可能会因为手足无措而犹豫、而迟疑。但面对不喜欢的女人，他觉得不拖泥带水，就是对那份心动最好的回应。

环视一桌，陆临渊走到谷雨的座位旁，温声道："谷雨，去苏检那边坐，你这里是上菜的地方。"

谷雨也没多想，只当陆临渊为人绅士，便起身交换了座位。

陆临渊刚坐下，黄连放在桌上的手机亮了。他无意瞥过去，待看清上面发件人的名字，眸色一深，瞳孔微不可察地收缩了下。

谷雨坐定在苏合香旁边，苏合香正将手机放回提包，侧头对谷雨笑了一下，却透着股尴尬和勉强。谷雨回笑，寒暄几句后，她终于忍不住抬眸看向对面的陆临渊，只觉这人真是哪哪儿都好，长得好，能力好，更难得的是心也好，其他人再耀眼，在她眼里也黯然失色。

然而自知与他携手无望，谷雨妥帖地将自己的悸动藏好，只愿此生做他的战友，想必最长久。

上菜了，众人动筷。

黄连却没吃菜，一直端着白酒往口中灌。醉意很快涌上来，当目光触及满脸失望的苏合香时，他眼中的清明霎时被痛苦取代。

晃悠悠地倒满两杯白酒，黄连端起来，一杯放在自己嘴边，一杯递到陆临渊面前，连手都打战。

陆临渊抬手接过酒却不喝，将酒杯放在桌上，开口道："待会儿要开车送你们回家。"声音仍是风轻云淡的。

平日黄连极喜欢陆临渊的淡定，但此刻却觉得无比窝火："不用你开车送，我出钱给大家叫代驾。"

陆临渊放下筷子，瞥他一眼："你知道我不喝酒。"

"那你不喝酒，坐我旁边干吗？你就适合坐苏检和谷雨那边儿，跟她俩一起喝茶。"

陆临渊冷笑，行，臭小子仍惦记着这事儿呢，看来还没醉彻底。

黄连仍气鼓鼓地看着他。

酒鬼难缠，陆临渊无奈，心里也憋着气呢，倒了半杯茶，朝两位女士遥遥一敬，仰头喝下。

谷雨忙举杯，将茶饮尽。放下杯子，她觉得自己的男神真可爱，一杯清茶，愣给整出喝白酒的气势了。

苏合香却忽然泄了气，觉得没意思起来。她堂堂苏家大小姐，苏市长唯一的宝贝女儿，不过是喜欢一个男人而已，何须受这样的轻视？什么时候，她想得到一样东西，竟需要费这样大的力气？

把玩着精致小巧的茶杯，她轻轻抿了一口。那茶水分明很淡，她却觉得苦极了。

黄连见目的达成，自觉能做的都做了，心下一松，趴在桌上闭眼睡去，连手中酒杯倒了也未发觉。

众人面面相觑，黄连平时大大咧咧的，心里不藏事儿呀，怎么今天还酗起酒来了？

陆临渊将黄连手中的酒杯拿开，自己却沾了一手残酒。他起身去洗手间，打算清洗一下，然后送黄连回去，再折回来继续送大家。

他进了洗手间，里面有一个男人正在解手。听见脚步声，那男人回头看他。

陆临渊看了他一眼，径直走到水龙头边，细细地将手洗净，洗完手，想着既然来了便解决一下个人的问题，免得待会儿还要开很久的车，没地儿解决。

他站定在另一个便池前，伸手解开皮带。

监察委并非升官发财的地方，堪称清寒之地，所以今晚他们聚餐的这家餐厅并不高档，洗手间的便池都是连通的，连块隔板都没安。

先去的那男人不经意地低头，余光瞅见陆临渊的……内心羡慕得直呼“厉害厉害”，甚至还有一点嫉妒。

陆临渊原本是面无表情、直视前方的，但职业敏感让他觉得自己在被窥探，侧头一瞥，旁边的男人果然正盯着他看。

陆临渊觉得自己可能遇到了变态，轻咳一声算是提醒。

那人也感觉到自己失礼了，露出尴尬而不失敬意的微笑。

陆临渊没搭理他，整理好自己，拉拉链、系皮带、洗手等一气呵成，简直逃一般离开了这个令人窒息的地方。

被白石楠用异样的眼光盯了太久，他甚至有些慌不择路，到了前台，他本该往左走，偏往右走去……

苏合香坐在位子上，细细想了一番，终于下定决心。

“不好意思，我去下洗手间。”说完，她起身，往洗手间的方向走去。

她想，事不宜迟，既做了决定，就该打开天窗说亮话。她向来是一个爽快、敞亮的人，喜欢就放肆追，不喜欢就急流勇退。

洗手间在走廊中部，她从这头来，正要拐弯去寻陆临渊，却发现她要找的人站定在前台，静静地看着一个方向。

她顺着陆临渊的目光望过去，发现靠窗的位置坐着一个女人，未施粉黛，清汤寡水。

可陆临渊看那个女人的目光，分明透着缱绻和惊喜，无比深情……

陆临渊离开洗手间后，白石楠跟着优哉游哉地出来。经过前台时，他看见陆临渊，还略笑了笑，又很快往前台右边的餐桌走去。

他之所以会出现在这么穷酸的低档餐馆，全赖面前的女人。

下午，他做完封面，正准备发到江听雨的邮箱，不想她先发来了一条信息，提醒他今天是截稿日期。

江听雨很少主动找他聊天，这么好的机会，他自然不愿放过。灵机一动，他将正在编辑的邮件删掉，回复道："不好意思，封面我没有什么灵感。实际上，我连图都还没画出来。你这本书的书名太文艺，文风却又偏向现实，二者之间的平衡和取舍，我很难把握。"

看见白石楠的回复，江听雨只觉眼前一黑，《无意穿堂风》正是她之前竭力争取的那本书，原定计划是要在十二月上市，此时却连封面图都没有，接下来的流程会相当紧张。

她压下心急，一边将键盘敲得啪啪作响，一边提醒自己的措辞不能太咄咄逼人。

"那怎么办？今天是截稿日，按照合同，过了今晚十二点，您每拖稿一天都是要付违约金的。当然，这是您要考虑的事情，我只关心封面什么时候能交稿。"

消息发出去，她抿抿唇，觉得自己这话好像还是咄咄逼人了。

白石楠看着屏幕，"啧啧"两声，心道：无情无义的女人，都不体谅一下我想破脑袋、艰苦奋战的过程，就只关心封面做不做得成。

"如果有一天我头发掉光了，肯定是你们这群编辑害的。"

这要是其他编辑，估计就逗趣他几句，诸如"你头发掉光也是男神啦""你的样子我都喜欢"之类的，而江听雨却发过来一条链接。

白石楠面露疑惑，将链接点开，定睛一看，脸都绿了……

那是一家卖假发的网店，首页的广告语闪着耀眼的光，刺痛了他的眼，扎进了他的心——"祖传做假发，超乎想象的逼真"。

江听雨的消息随即而至："白师傅，满意您所看到的吗？满意的话，就不要有后顾之忧了，封面设计争分夺秒地做起来吧。"

去你的祖传，去你的逼真！白石楠磨着牙根，恨不得把网络那头的江听雨拎起来……可拎起来又能干吗呢？打又不舍得打，骂也不舍得骂，还不是亲亲抱抱举高高。

"想让我争分夺秒是吧？也不是不行，毕竟你白师傅是多么有创意、有天赋、有钱还长得帅的男人啊。"白石楠刻意地把自己狠夸了一通，再不经意地说出自己的小心思，"不过，你下班后要跟我一起吃晚饭，我请客，咱们聊聊书名和文风的结合问题。”

说完，他忽然觉得自己这话似乎有歧义，还有点儿猥琐，像是要潜规则女员工的那种人……

江听雨却无暇多想，她在工作上是个很认真的人，便应下了。

白石楠内心欢呼一声，虽然明知江听雨会拒绝，却仍尝试着得寸进尺：“那我五点半到你公司楼下接你。”

江听雨果然拒绝，并且提出吃饭的地点要由她来定。

白石楠瞬间明白了她的意思，这小妞才不会让他请客呢，估计又是找家平价餐馆，凑合着吃一顿，吃完还要跟他 AA。

讲定见面的时间、地点，江听雨就没再发消息过来。

白石楠拿起手机，两通电话打出去——推了七点一位主编的邀请、十点几个哥们儿的聚会。

不想再听哥们儿调笑自己重色轻友，白石楠挂断电话，握着有些发烫的手机，出神了许久。

他想，自己什么样的女人没见过，此刻为了跟江听雨吃一顿饭，竟然连放兄弟鸽子这事儿都做得出来，要不要这么贱啊？

他想，自己可真是……

呵，可真是被江听雨下了降头。

走到餐桌旁，白石楠重新坐定在江听雨对面。

“嘿，江刺猬，你带护手霜了没？”

“不好意思，不仅没带，而且从来就没有。”哈，她这么糙的人，怎么会有护手霜这种玩意儿。

白石楠失望地叹口气，将双手放在桌上翻来覆去地看，而后装模作样地道：“唉，不分白天黑夜地为某人赶稿，脸上长了颗痘不说，连双手都变粗糙了呢。”

“就您这手，还粗糙呢？细皮嫩肉得都不成个男人样子了。”江听雨实在忍不住呛声。没办法，她觉得，论睁眼说瞎话的本事，谁都比不过面前这人。

白石楠将手收回去，身体前倾，颇为兴趣浓厚地说：“刚才我去洗手间，旁边一哥们儿，那手才叫好看呢，整个都白玉无瑕了。”

江听雨闻言，脑中忽然不合时宜地想到了陆临渊。他的手，便如白玉无瑕……

白石楠还在喋喋不休：“而且你知道更有意思的是什么吗？那哥们儿，他不仅解决完要洗手，就连解决前还仔细洗了个手……”顿了顿，他感叹，“嘿，可真是个讲究人儿呀，精致。”

江听雨低头掐自己的手心，逼自己把心思收回来，正事要紧，可不能被陆临渊扰乱了心智。

等脑海中陆临渊的身影消失，她抬起头，想言归正传，跟白石楠聊聊封面设计的事情，却刚好看见前台有一男一女很亲密地面对面站着，相谈甚欢……

那男人，赫然是方才从她脑海中走出的人——陆临渊。

苏合香看着面前的男人，抿一抿嘴唇，小声道：“陆临渊，不好意思。”

“嗯。”无需更多言语，陆临渊已明白了苏合香的意思。

一个“嗯”字，足以让两个聪明人冰释前嫌。

“之前的日子，是我给你造成困扰了，希望往后我能克制住自己，你也不必躲着我走。”苏合香落落大方地站着，再不复以往局促和不安。

她不顾旁人眼光，将陆临渊单独叫到一旁，就是想说开这事。

其实，家里早就开始催婚了，凌城多少青年才俊等着登她的门。而她守着这份无望的喜欢，也已经足够久了。

若说之前她还抱有幻想、企图挣扎，那么今日一顿饭，他不肯与她并肩同坐，在黄连耍赖下才肯敬她一杯茶，方才又以那样的眼神望着一个女人，那样眷眷柔情，她心里便真的连一点儿希冀都不剩了。

她不是那种会为了一点小情小爱，就单枪匹马地赌上所有，连自尊也不顾的女人。她追也追过了，既已知他心有所属，而他又是那样专注的人，那么再纠缠下去也没什么意义，惹人生厌而已，不如与他握手言和，再潇洒地转身离去。

眼看陆临渊和那个女人的手相握，江听雨呼吸一滞，只觉心如刀割。

她想站起来挥手打招呼，想冲到他面前问那个女人是不是他的女朋友，甚至想向他讨一杯喜酒喝。

可她除了静静地坐着，什么都没做，因为无论是以网友的身份，还是站在暗恋者的立场，她都没资格。

那个握手很快结束，陆临渊和女人并肩往反方向走去，丝毫未注意到她的存在。可在江听雨眼中，这短短几十秒，似乎有一个世纪之久。

苏合香决定坦白之前，狠灌了两杯酒壮胆，这会儿事情说开，心下松快，醉意便涌上来，走路有些轻飘飘的。

正巧迎面走来一个壮汉，撞到了她的肩，她整个人便似弱柳扶风般，往陆临渊那边倒去。

陆临渊眼疾手快，稳稳托住了她的身子。

苏合香捂住额头，眼前直晃，嘟哝道："头晕。"

虽然他们已将话挑明，但陆临渊仍不愿与女士有任何亲昵的接触，便想叫谷雨来扶她。可大厅人多喧嚣，他喊了几声没人应，手机又放在桌上没拿，无奈之下，只得扶着苏合香往餐桌走去。

而他们相依偎的背影入了江听雨的眼，俨然是浓情蜜意、亲密无间。

"嘿，你看什么呢？"见江听雨直直地盯着某处看，白石楠叫了几声也没应，干脆将手伸到她面前挥了挥。

江听雨回过神来："干吗？"

"不干吗。"白石楠也回过头去看，"你刚才看什么呢，那么认真？"

"没什么。"江听雨拿出纸笔，"我们讨论封面的事吧。"

白石楠忽地站起来，走到她身边。

江听雨抬起头，不解地问道："怎么了？"

"我坐对面，哪能看清你写写画画了什么啊。"

"我可以写完、画完了再把纸双手捧到你面前。"

"这里太吵，我听不清你讲什么。"说着，白石楠伸手轻轻地推她的肩，"好了，别忸忸怩怩了，坐进去点儿。"

江听雨对这个无赖很无奈："白师傅，您的作品的确好，可名堂也是真多。"

白石楠得意一笑："这你就露怯了吧，但凡有才之人，都是有几分怪异脾气的，这才是我们天才的正常状态。”

江听雨撇嘴，轻轻“嘁”了一声，往里面挪了挪。

白石楠小心思得逞，十分愉悦地坐下来。身旁的姑娘正低着头在纸上画着，他闻着她身上隐约的冷香，只觉心旷神怡，仿佛整个餐厅都静下来了。

那边，陆临渊一行人也吃好了，在做回家的安排。

苏合香已经彻底醉了，家里会有司机来接，谷雨便在这里陪她等待。

虽然只有黄连醉得最厉害，但其余同事也多少喝了点儿，都是守规矩、不愿酒驾的人，便由陆临渊一个个送回家。

安排好之后，陆临渊搀着黄连起身，经过前台时，目光不经意往江听雨所在的方向投去。而这一瞥，让他的心倏忽难受起来——江听雨身旁坐着一个男人。

那男人放下手中的纸，掏出平板电脑，送到江听雨面前。江听雨原本平静的脸霎时间变得鲜活起来，抬头望一眼身旁的男人，目光又落回平板上，眼里是掩饰不住的惊艳。

她一向注重男女之别，所以平板上到底是什么？那男人的身份又是什么，值得她挨得那样近，与他言笑晏晏？

是……男朋友吗？

“小渊渊，怎么了？”后面跟着的同事见陆临渊停在原地不动，开口询问道。

陆临渊将内心情绪收敛，平淡地说了声“没事”，搀着黄连往门外走去，没再往回看一眼。

笨重的玻璃门被他费力推开，又悄然合上，连一粒尘埃都没惊落。

不多会儿，江听雨发现时间不早了，再晚就要赶不上回家的公交车了，便提出要走。

白石楠不以为意：“急什么，我待会儿开车送你。”

“谢谢，不用了，我住的地方离这儿很近。”

白石楠闻言，不禁想笑：很近？很近，那还急着赶什么公交车？不过他到底未拆穿她。从第一次遇见她，他就知道她是怎样的心性，不是吗？

他大大方方与她相处还好，若是试图稍微惹一惹她，她便逃命似的缩回自己的壳里。

“行，那今天就到这儿吧。不过，看在我做出的封面设计令你如此满意的分上，下回还得跟我吃一次饭哦。”白石楠打量一下店内装潢，有些嫌弃地道，“但是不许再挑这种简陋无比的店了！”

江听雨有些好笑地点点头，心想，简陋怎么了，刚才那香芋排骨您不是吃得挺欢嘛？还有那辣椒炒肉、农家一碗香，也不知道是谁一箸连一箸地往嘴里送呢。

结账时，白石楠虽然早有思想准备，但仍免不了心塞了一下：果不其然，江听雨又掏出了钱。甚至，她还打算将今晚的饭钱全付了，说是感谢他做出那般用心的设计。

白石楠受了夸奖自然很高兴，但对于江听雨付全款的行为还是不允许：各付一半已经是他能够做出的最大让步，让女人请客？不存在的，他白少爷就不是那样的人。

到门外，江听雨郑重地向白石楠道了谢。虽然他害她白紧张了一下午，还用这样的手段骗她出来吃饭，但他设计出来的封面稿，不仅完全满足了她想要的，甚至远远超乎意料，好看得惊人。

现在市场上的青春读物，大多喜欢画一男一女，固然言情感十足，可身在此山中，看多了就觉得千篇一律，很难再有眼前一亮的惊艳感。直到签下《无意穿堂风》这本书，由于作者的文笔实在美哉，她便不愿完全顺应市场喜好，更不愿敷衍。

为此她多番纠缠主编，好说歹说，几乎是抱着“这本书的绩效我一分不要，全部投入宣传”的决心，终于得到了主编的首肯尝试这一次。

身处市场，完全摒弃市场自然也不可能，她便想着言情和意境兼顾，只要白石楠的画稿上不要出现太明显的人物，排版设计不要太俗，她就很满足。

吃晚饭时，她画在纸上的草图是一个栽着花的小院、一间敞开门窗的木屋，屋前的台阶上坐着一个女子，神情安静，似是在思念着什么人，风则通过女子扬起的发丝来体现。

说到底，虽然她有心，思维却固化了，仍免不了画人物的窠臼。

而白石楠交的画稿，上面连一个人都没有。画上的全部，不过一间南北通透的木屋。

木屋正中，是一套桌椅，桌上晾着一幅未写完的字，还只写了一句“平生不会相思”，毛笔搁在上面，已经晕开了一团墨迹，椅子也胡乱摆放着，足见主人离开屋子前心中颇不宁静。地面上，有几片被风送进来的花瓣，红艳艳的，三两只蝴蝶在盘旋，闻香识人。

寥寥几笔，已将书名的意境、情感的基调，娓娓道尽。

坐上公车，江听雨将窗子打开，只见车如流水，夜色正浓。

几乎是在一念之间，她想起陆临渊，想起倚着陆临渊的女人，想起自己不自量力的追逐，想起自己愚妄的心动。

“陆临渊……”

你是无意穿堂风，偏偏引山洪。

第九章　终究染懵懂

真爱的第一个征兆，在男孩身上是胆怯，在女孩身上是大胆。
——雨果《悲惨世界》

第二日，陆临渊是被黄连的尖叫声闹醒的。

坐起来揉揉眼，打量四周，他想起自己是在酒店。

头天晚上，黄连醉得一塌糊涂，连句完整话都说不出，陆临渊不知道他家地址，只好送他到酒店开了间房。

连续加了一个多月的班儿，将黄连扔在床上后，听着他呼呼的鼾声，陆临渊自己也困了，又想到有话要对他说，干脆也在这儿歇了一宿。

这会儿被黄连吵醒，又想起昨晚的事，陆临渊的脸色便不是很好看。

黄连侧躺着，捂住自己的脸："天呐，没想到你是这样的小渊渊，你昨晚对我做了什么？！四舍五入，咱们这可就……嘤嘤嘤，我妈不让我夜不归宿的，而且我妈对儿媳妇的性别有硬性要求……"

听着黄连的胡说八道，饶是陆临渊好脾气，也被闹烦了，抄起手边的枕头砸过去，语气冷得如同数九寒冬里的冰："智商不达标，视力也不好？什么时候，监察委的门槛竟然这样低？"

黄连正要反驳"人家可是喝'六个核桃'长大的聪明孩子"，忽然发现陆临渊与自己并不在同一张床上，只是房间不大，两张床只是隔得比较近而已……

"呃……呵呵呵……"黄连坐起来，盘着腿讪笑。

陆临渊懒得理黄连，起身去洗漱。往脸上扑水时，他抬头看镜子，想起昨晚在餐馆洗手间遇到的那个男人。那人是谁？为什么可以坐在江听雨的身边，还和她那样亲密？

洗完出来，陆临渊面上平静无澜，走到桌前，拧开一瓶矿泉水，仰头喝了一口，将心中浮起的躁郁压下去。

黄连也洗漱好了，走过来，拧开了另一瓶矿泉水。

陆临渊侧头望着黄连，眼中闪过一丝不忍，但还是开口唤他的名字：“黄连。”

黄连“咕噜”一声将水咽下，差点呛到：“干吗？突然这样严肃地叫我名字，怪吓人的呐。”

陆临渊没有理他的插科打诨，沉声道：“你以后不要那样了。”

黄连愣住了，一头雾水地问道：“哪样啊？”

“昨天，苏合香分明下班离开了，却忽然往回走，是你通风报信的吧？”陆临渊无心委婉，索性将话挑明，道，“你手机放在桌上，我看到她给你发短信了，向你道谢。”

黄连张了张口想辩解，却发现自己无话可说，因为面前这人不是别人，是陆临渊，自己不想瞒他，也瞒不过他。

陆临渊往黄连身上轻捶一拳：“你喜欢就自己去追，不用顾忌我，更不用撮合我和她。”

“可她只喜欢你。”黄连的情绪落到谷底，他低下头去，既有被戳穿心思的尴尬，又有难以言喻的挫败，“况且，她那么好，我自觉配不上。”

陆临渊闻言，本想劝几句，临开口，才发现自己根本无从劝起。

他自己对江听雨，又何尝不是这样想？

江听雨活得那样精彩，她知道花生加香菜很好吃，她知道小巷里别有风味的酒肆，她会折很多小玩意儿，她对那些诗词信手拈来，她知道许多花草的名字，她还会用树叶当口哨。一花一草一尘埃，于她都是可爱的世界。

而他呢，心性冷淡无趣，忙碌起来没个完，还丝毫不懂浪漫，整日见识着人性的阴暗面，与失去信仰的人做博弈。权力、贪婪、欲望、欺骗、狡辩……这就是他所要面对的诡谲的世界，日复一日，年复一年。

她那么好，他自觉配不上。

陆临渊叹口气，忽然佩服起苏合香来，至少她敢于表达自己的渴望，单凭这一点，就比他和黄连这两个男人都强。

顾忌着江听雨已有男友，陆临渊再没主动给她发过消息。为了不让自己有时间想起她，他甚至还主动请求加班。

只有在那个逼仄、压抑的小房间里，他才不用面对自己的心猿意马。

而另一边，江听雨不愿意明知陆临渊有了女友还去招惹他，便也强迫着自己保持沉默，一心扑在考研复习上。

两个人在过去的大半年里已渐渐熟络了，如今关系又渐渐地冷却。

半个月过后，气温骤降，凌城迎来了又一个冬。

11 月 21 日这天，陆临渊起了个大早，先去监察委办了手续，连早饭也顾不上吃，又急匆匆地赶往凌城监狱，因与十三名男性干部产生权色交易而判刑入狱的周鑫丽又搞出事情了。

她入狱不到一个月，凌城监狱管理分局的生活卫生科科长段懿杰成了她的第十四个裙下之臣。

陆临渊和另一位叫周纬的监察官走进审讯室，坐定在审讯桌前。

周鑫丽弓着背，头深深地低下去，如同一尊死气沉沉的雕塑。不知道她在思考什么，听见来人挪椅子的动静也没反应。

周纬用笔敲敲桌子："周鑫丽。"

周鑫丽仍然没抬头，甚至将背弓得更厉害了。

"周鑫丽。"陆临渊开口了，声音不大，甚至称得上有几分温柔。

始终埋着头的女人先是愣了片刻，而后终于抬起头来，嘴边露出诡谲的一笑。

周纬见过各种各样的罪犯，有惊慌失措的，也有强装镇定的，有小声求饶的，也有大声放狠话的，可像面前这样笑着的罪犯，还是个女的，他是头次见，甚至觉得那诡异的笑容让人瘆得慌。

陆临渊却很平静，就像唠家常一样："真巧，又见面了。"

"陆监察官，您不用绕弯子，也不必嘲讽我。"周鑫丽又将头低下去了，不愿教人看清她的神情。

陆临渊轻轻摩挲着大拇指和食指："我无意嘲讽你，只是有些同情。"

周鑫丽没回应，可后背明显一僵。

陆临渊没有错过她这小小的细节，更加确认了自己收集到的信息和所做的推测没有错，继续说下去："据我所知，梁学兵的保外就医申请，昨天已经批下来了，最晚今天下午，他就能出去。"

周鑫丽弓着的背已经轻微发颤，像一只蓄势待发的猫。

"而梁学兵的罪犯保外就医审批表，就是本次涉案人员段懿杰审核通过、签署意见的吧？"

周鑫丽闷声道："什么段懿杰？我不知道。"

周纬盯着她，接过话："哦，那么容我介绍，段懿杰就是凌城监狱的生活卫生科科长，罪犯能否保外就医，很大程度上取决于他肯不肯签字。"

周鑫丽还想否认，却被陆临渊打断。

"一个不爱你的梁学兵，竟值得你将身体和灵魂通通出卖。你与人交易、拉回项目是为他，做出业绩、爬上高位是为他，现在他入狱了，他的妻子没有想办法捞人，反而是你想尽办法要送他出去。"陆临渊顿了顿，声音里忽然有了一丝迷茫，"爱情，真的那样厉害吗？"

周鑫丽抬头看向陆临渊，愣怔了很久，近一分钟过去，她忽地笑了，也无心辩解了。

世人或以为她天性浪荡，或以为她为了往上爬就不择手段，包括让她付出一切的梁学兵，也以为她只是逢场作戏，只是将他当作一棵可以攀附的树而已。

只有她自己知道，若不是为了他，自己从来就瞧不上那些色欲熏心的臭男人，更不会甘愿当一株众人眼里的菟丝花。

现下，能有一个人读懂她的爱情，哪怕这爱是肮脏的、罪恶的、为人唾骂的，她也很满意了，觉得自己的爱没有白费。她就像立于悬崖峭壁上，面对着空荡荡的山谷绝望地喊着，可是周遭永远寂静，而一晃这么多年过去，直到此刻，她终于听到了回音，虽然这回音来自一个彻头彻尾的局外人。

周鑫丽勾唇一笑："你觉得我好看吗？"

周纬闻言，露出莫名其妙的神色，看向陆临渊。

陆临渊扫了周鑫丽一眼，这么无关紧要的问题，他没心思回答。

“陆监察官，如果能早十年认识你，我一定不会喜欢上梁学兵。”周鑫丽脸上的笑容更深，只是再不复之前妖冶，而是纯粹得像个十六岁的少女，穿着校服裙子乘着风。

“如果此刻我是一个清清白白的、二十岁出头的女人，一定会使出浑身解数去追你，为你变好、为你素颜，就连为你学微积分都可以。”卸下心防，她一边表白着，一边还有心思开玩笑。

年轻、聪明、自持、正义、干净……这样的男人，没有人会不喜欢吧？谁遇上了，都是三生有幸。

周纬听了周鑫丽的话，也不顾审讯室应有的严肃氛围了，看向陆临渊的目光里多了一丝调笑：小渊渊你行啊，这么一条身经百战的美女蛇，都能被你俘获芳心。

陆临渊没笑，他想到了江听雨。若他真有那样好，怎么不见她喜欢上自己？

他全程平静，末了，也只是说了声“谬赞”。

此生没人知道，周鑫丽对陆临渊的喜欢到底是装的，还是真的。

一句“谬赞”，结束了周鑫丽的戏。

从监狱出来，陆临渊深吸一口气，只觉身心俱疲。

办案的过程，说是审讯，更像是在识人。

他知道人是这个世界上最复杂的动物，由无数神经元掌控着，内心瞬息万变，一念之间，可能一失足成千古恨，也可能改邪归正、浴火重生。

无论好人抑或坏人，总有万千理由去为自己开罪。

可说到底，那只是自我慰藉，兴许能让自己在独处的夜里不那么难过，避开内心道德上的自省与谴责，法律的制裁却无论如何都逃不脱。

陆临渊不再多想，大步走向停车场。坐进车内后，他捏一捏眉心，才发动车子。

待他到家后，一地冷寂。

陆知新陪黄梅去九寨沟了，天然胜景迷得老两口乐不思蜀，拍了许多照片发在朋友圈，陆临渊一一点赞。

不过他也只是点赞，没有别的了。

陆园倒是说要来家里陪他，不过被他以加班为由婉拒了——他不愿和莫家鸣打交道，总觉得这人虚头巴脑的，不够地道。而且，有一根刺始终梗在他心里，他想弄清楚却无从下手，便更加不愿意亲近那个人。

没吃晚饭，这会儿有些饿了，陆临渊按亮厨房的灯，打算给自己煮碗面条。

煮好面，他坐在桌前正要开吃，口袋里的手机忽然振动了一下。他一只手用筷子挑着面条，另一只手摸出手机点开，是江听雨。

整整十九天没有找过他的江听雨。

她用很轻松自然的口吻对他说："陆临渊同志，生日快乐呀。"

将这一句听了十来遍，陆临渊忽然没胃口了，心底似有一场海啸，卷起他这些天刻意回避的问题。一种说不清、道不明的情愫来势汹汹，仿佛拥有着摧枯拉朽的力量，将人的理智一寸寸吞噬。他放下筷子，直接打了电话过去。

"陆临渊？"那边的人很快接通电话。

他心神一凛，反而失了方才打电话的勇气，半晌没出声。

"咦，怎么没声儿呀？喂，喂？"江听雨以为信号出了问题，举着手机四处找角度。

"江听雨。"他叫出她的名字。

江听雨顿在原地不动了，抿抿嘴唇，逼自己用很自然的语气说话："在呢在呢。"

"你……"陆临渊顿了顿，"你……"却半天没"你"出个所以然来。

"我怎么了？"江听雨一头雾水，觉得今晚的陆临渊有点怪怪的。

陆临渊握拳，豁出去了："你为什么连续十九天没有跟我说话？"

江听雨愣怔片刻，末了又觉得这个问题真是好笑，不由反问道："你不也十九天没有跟我说话？"

陆临渊："我……"

"你什么？"

"我怕你男朋友吃醋。"

陆临渊说出这句话之前，设想过很多种江听雨的反应，她可能会觉得他小家子气，可能会觉得他杞人忧天，也可能会觉得他是在用言语玩暧昧……可他怎么也没想到她会笑。

事实上，江听雨笑得都快哭了："陆临渊，你听谁说我有男朋友的？"

"我看见了。"

"时间，地点。"大半年的耳濡目染下，江听雨学会了他的干脆。

"11月2号，湘府路的'下雪天'餐馆。"陆临渊脱口而出，丝毫不必费力思考。那一天那一家恰如其名、带给他刺骨寒冷的店，他可记得清清楚楚呢！

江听雨也想起来了，是她去找白石楠催稿的那天。

"你误会了，那只是一位工作上有合作的设计师。"江听雨不知道自己为什么要解释，可还是忍不住解释。挣扎不过自己的内心，她只好尽力让语气平淡，务必不要显得太殷切。

可饶是这样轻描淡写的话，落在陆临渊耳中，仍恍若天籁。

她说……她说那个男人不是她的男朋友？！陆临渊的心底，忽然近似疯狂地涌起一种猜测，这猜测让他欣喜若狂！他竭力稳住心神，又提起最开始的那个问题。

"那你呢？你之前几乎每天都会给我发好玩的段子，最近为什么突然不发了？"

"因为……"

"因为什么？"

"因为你有女朋友了，我不想当那种明知异性朋友有了对象还去亲近的人，这是我做人的原则。"江听雨担心陆临渊那样睿智的人看出她的小心思，竭力避免暧昧，只把性质往道德素质上引。

陆临渊方才片刻的喜悦，随着江听雨的话渐渐消散，无意识地呢喃道："异性朋友……"

江听雨觉得陆临渊的声音有点忧伤，可她更相信这是自己听错了，毕竟陆临渊的声音很小，小得几乎听不见。况且，他怎么可能因为她而忧伤呢？这比太阳打西边出来更荒唐，不是吗？

她不好看，没天分，家境贫寒，做着一份在外行人看来是夕阳产业、在内行人看来偏向于用爱发电的编辑工作，二十四年从未被谁喜欢过，没道理会被陆临渊看上。她手上有茧、身上有疤、心里有阴暗……能够认识他就已经是万幸，哪能再妄想更多。

傻姑娘自卑着，终于将自己的直觉归结于错觉。

陆临渊多通透的人，稍微一想，已明白江听雨口中的“女朋友”是怎么回事。想必那日，不仅他看见了她和白石楠，她也看见了他与苏合香。

即使知晓江听雨对自己无意，他仍不愿意被误会，平淡道：“你也误会了，那天在座的两位女士都只是同事。”

江听雨闻言一惊，一喜，又很快冷静下来——他是实事求是的人，所以只是在实话实说而已，绝非特意向她解释。

她故作轻松，调侃道：“陆临渊同志这样优秀，肯定很受女同事的喜欢。”

“那你呢，喜欢不喜欢？”陆临渊喉咙发紧，很想这样问，可最终什么都没问出口。

既然江听雨已经对两人的相处定了性，用“朋友”二字概括了所有试探与默契，他也只好依言而行、不敢逾矩。

虽然他深知，再怎么聊得来的朋友，也只是朋友，可能够有这样一程互相陪伴，于他已是难得。即使她那是无意之举，可会在凌晨四点陪他说话的，会让他乱了呼吸的，会让他心里念、梦里见的，全世界仅此一人。

那就，当朋友处着吧。

凌晨的路那样黑，风那样冷，就请你再多陪我走一段吧。

自从陆临渊生日那天，两人各自撇清内心的暧昧，交往便密切了许多，说话也更加肆无忌惮起来。

江听雨偶尔也会冒出不切实际的幻想，却又总是很快被她扼杀在心里。因为对自己本身的否定，她便连关于自己的一切也否定了。

虽然不安，虽然想弄个明白，为什么他最近找她说话找得这样频繁，她却仍能忍住。

雨果在《悲惨世界》中说：真爱的第一个征兆，在男孩身上是胆怯，在女孩身上是大胆。

可他到底不是女孩。

现实中，若女孩自觉不够好，便连面对自己也胆怯。

12 月，江听雨策划的那本《无意穿堂风》上市了。

因为作者文风较为小众，一直不温不火，所以这本书虽然文笔好、立意佳，但也只能当作普通书来做。谁知白石楠的封面实在设计得巧妙，引来大批拥趸购书。兼之机缘巧合之下，此书凭借本身的精彩内容，偶然入了一位知名博主的眼，博主还写了一篇长文来推荐，一时之间竟出乎意料地火爆，上市不足一周，便有不少书店脱销，经销商们纷纷补货。

主编在乍喜之后，和市场发行部一合计，决定干脆趁着寒假学生多，选了几座销量最好的城市，办一场巡回签售会，将作者打造出来，今后长期合作，让公司既有言情风图书，又有文艺范儿项目。

有一些作者，真的不是没才能，更不是没天分，缺的可能就只是运气吧。既然这位作者遇上这么个契机，那么此时谁都乐意锦上添花了。

签售会的行程定下来，江听雨作为责编，自然是要全程跟进的，故而这个星期一直在外省出差，家里只有罗小浓一人。

这天晚上，罗小浓已经入睡了，忽然被一阵敲门声惊醒。她看一眼时钟，心下有些慌了，这时候将近凌晨三点，会是谁来敲门？

敲门声还在继续，罗小浓深吸一口气，钻出被窝，打开猫眼一看，是江淮南，忙将门拉开。

江淮南心绪不平，没看清开门的人不是妹妹江听雨，只一把将人紧紧抱住。

罗小浓定在江淮南怀里，彻底愣怔了。这个她期待已久的拥抱，缥缈得仿佛一场梦，但江淮南身上传来的寒气提醒着她，这不是梦，这是真实的……

楼道拐角处的窗户没关，凛冽的风一股脑儿挤进来，站在门口的江淮南冻得浑身一哆嗦。

罗小浓此时已略微冷静了，将江淮南拉进屋里。

“南哥，你怎么了？”罗小浓倒了杯热水放在江淮南面前，看着他的脸问道。

江淮南见妹妹不在，本打算离开，不愿提及自己的事。但或许是罗小浓的目光太温柔，也或许只是这个房间太温暖，他竟鬼使神差般将今晚的事和盘托出。

我的
监察官
男友
册子

春节将近，有钱没钱都是要回家过年的，眼见工地拖欠的工资年前是不会付了，江淮南这么个大老爷们儿自然不肯两手空空地回乡，便琢磨着想其他办法赚点钱，找了份晚上送外卖的活儿。

他白天在工地上班，晚上送外卖，虽然身体辛苦，也受了许多冷脸，但大半个月下来，也存了笔小钱，至少能帮家里置办一些年货了。

今晚，他接了一个单，结果收货人的小区维修，他扛着一箱啤酒爬了整整二十楼。收货人已经有些喝高了，当着一群哥们儿的面骂江淮南："现在才送到，你属乌龟的？！"

江淮南解释道："不好意思，小区电梯坏了，我是爬楼梯上来的，所以晚了。"

那人愣住了，显然没料到江淮南会顶嘴。在他眼里，这些送外卖的人不过是贱民，苟活如蝼蚁。

"你这是什么态度？！我说你一句，你顶嘴一大堆，来劲儿了是不？"

江淮南无意争吵，再三说了"对不起"之后便想离开。

那人却不依不饶，觉得江淮南让自己在哥们儿面前失了面子，当场拿出手机就要给差评。

倚在门口的那群哥们儿也不拦他，好一点的只作壁上观，次一点儿的竟开始起哄："哥！这小子惹你生气，必须差评！"

那人见有人帮腔，更加得意，打完差评，又拨了个号码，扬言要投诉江淮南。

江淮南静静地站着，他能怎么办？

道歉吗？可他已经弯了无数次腰、说了无数句"对不起"了。

打架吗？打输住院、打赢坐牢，无论哪个结果，他都承担不起。

"如果你跪下来求我，我倒是可以大人有大量，饶你这一回。"那人看出他的无力，肆无忌惮地奚落着，"呵，穷鬼。"

江淮南嘴唇抿得死紧，眉宇间浮起一丝戾气。他想反抗，想不顾一切，想揍眼前的浑蛋，往死里揍！

那人看着忍而不发的江淮南，心里升起变态的快意。他有钱，他有资格游戏人间，他可以尽情蹂躏和践踏每一个不如他的人！下一刻，他按了拨号键，投诉了江淮南。

很快，江淮南收到了罚款通知，数额不小，相当于这两天都白干。

他看向那个笑得无比得意的人，心里第一次清晰地意识到——有的人是真的不会尊重别人，为所欲为。

他如同行尸走肉般走下楼，外面已经下起绵密的小雨，天气预报说今夜还会有初雪。

江淮南淋着雨往江听雨的住处走，此时他需要妹妹的拥抱和温暖。一路上，他混乱又清醒地审视起自己的人生——至此，一事无成。

罗小浓听完，眼底涌出浓得化不开的心疼——江淮南的痛苦，她感同身受。

说不清是被怎样的情绪支配着，罗小浓看着江淮南乱糟糟的头发、红通通的脸颊，竟不由自主地伸出手搁在他的头上揉了揉。

“乖。”她这样说。

江淮南起先愣住，而后眼底渐渐汇聚起雾气。

烧掉自己的高中录取通知书，他没哭；打工时因为手脚太勤快，被工厂里的老工人排挤，他没哭；下班走夜路去给家里汇钱，结果碰上抢劫的，他护住钱不肯给，被揍得鼻青脸肿还被捅了一刀，他也没哭。可现在，在生活的压力之下，在罗小浓满眼的心疼下，他终于扛不住了。

眼泪夺眶而出。

他坐在沙发上，将头埋进膝盖，没有哀号，只喉间发出困兽一般的低吼声。

那声音压抑，悲痛。

罗小浓坐在他身边，伸手抚摸着他的头，一下一下，无尽温柔。

她的指尖从他浓密的头发中穿过，拢不起、抓不住，似感受到他的蓬勃斗志也一点一点在流失。

她的那颗心脏怦怦地跳着，如沉寂了千年的火山，一夜复燃。

她站起来，蹲在江淮南面前，双手捧起他的脸。

江淮南闭着眼，睫毛上挂着泪珠。他不想睁眼，不想让自己眼里的脆弱被她悉数看清。

可眼泪是真实的，他怎样也压抑不住。

他的泪太烫，烫得她手软，烫得她心疼。

罗小浓什么都没说，那些安慰和鼓励的话，在这个落着初雪的夜里，显得无比苍白和讽刺。她想赋予面前这个人的，是更加珍贵的东西——如果他今后更努力，那便皆大欢喜；若他一蹶不振，那就当她满盘皆输、爱错了人。

双手蓦然收紧，罗小浓将他的头拉低。而后，她的唇覆在了他的眼上。

他的眼湿漉漉的，泪水不绝，她便轻轻啜吸着，将他的辛酸一一咽进去。

渐渐地，他不哭了，伸出手想推开她，可又使不上半分力气。她的唇在他的脸上游移着，从眉眼到脸颊，从耳垂到脖颈……如春风吹遍人间每一个角落。

最后，她的唇终于印上了他的。

江淮南欲开口阻拦，却给了她更加放肆的机会，那样热烈，那样令人无法抗拒。

这陌生的体验带来的极致的惊叹，令二人俱是一震。

此时事情已成定局，怎么都停不下来了。

这样的事，本就是无师自通，江淮南很快反客为主，罗小浓连呼吸都困难。

好不容易停下这个吻，罗小浓却觉得欲罢不能。几乎不用思考，她拉住江淮南，就往她的房间走。等走到一半，她才想到了接下来要发生的事情，忽觉腿软……江淮南见状，接住她软软的身子，扶着她走了两步后，一把打横抱起她。

怀里的姑娘被他突然的动作吓到，惊呼一声，双手勾住他的脖子，抬头看他。待看见面前男人英俊的脸、水汪汪的眸，她又羞得低下头去。

走进罗小浓的卧室，江淮南无暇打量周围摆设，将她轻轻放在床上后，他弯下身子，与她无比契合，仿佛是命中注定、天造地设。

罗小浓的脸红得更厉害，她看过那么多书，知道这是怎么回事。

可纵然到了这个关头，他仍不得章法。

她迷醉了，小声呢喃："江淮南，我教你。"

窗外的雪粒子更大了，敲打在玻璃上，啪啪作响。

罗小浓想将他推开，却又将他拉得更近……

今生，她爱江淮南，从第一次在火车站见面就爱，后来他在厨房做饭她爱，他往电卡里充钱她爱，他洗澡忘关门被她撞见她爱，他被她一瞪就立马老实的样子她也爱……

江淮南撑在上方，看着身下的姑娘，顿生一腔壮志，那是男人天生的责任感。

病树前头万木春，再多的苦，也有结束的时候。

从此，家是来路，她是归途。

第二日，是江淮南先醒。

他将窗帘拉开一条缝，外面已经是银装素裹的世界。

借着那一丝细小的光，江淮南回头看见床上的罗小浓，她正浅浅地呼吸着，脸上是微微的红。

不复之前绝望，江淮南此时已有了为之奋斗的归宿，只觉浑身上下充满了力量。他拉紧窗帘，让罗小浓继续安眠，昨晚可累坏她了。

轻手轻脚地捡起散落一地的衣服，为了不吵醒罗小浓，江淮南走到客厅了才开始穿衣，冻得牙都打战，心却是火热的。

从江听雨的房间拿出纸笔，他准备留张字条放在餐桌上，但想了半天不知道写什么。他天生嘴笨，不晓得说什么话才能哄姑娘开心，见自己上班快迟到了，索性写了句大实话——

“我会负责的。”

于他这个大木头来说，这自然已经是最实诚的情话了，可落在罗小浓眼里，又是另一番意味。

他轻手轻脚地离开，是落荒而逃，不想看见她；他写在纸条上的话，是明里暗里将昨晚的事归于冲动，将负责归于“道德绑架”。

下工后，江淮南急匆匆地往家里赶，到楼下还不忘买菜——他想为罗小浓做晚饭，如果她需要，他可以做一切。

他敲门许久，里面才传来拖鞋与地面摩擦的声音。

“是我，江淮南。”江淮南站在门外，有些兴冲冲地开口。

罗小浓站在门内，轻描淡写地问道：“你来干什么？”

“我……”江淮南有些蒙了，昨晚他们不是还好好的吗？一切都在往好的方向发展，罗小浓既温柔又主动，怎么这会儿却无比冷淡？

“你是来负责的吗？”罗小浓勾起嘴角，有些讽刺地问道。她是在嘲笑自己呢，把第一次给了一个根本不爱自己的男人，傻不傻啊她。

江淮南老实回答：“是……”

一个“是”字，彻底断了罗小浓最后的念想。

“江淮南，昨晚不过是成年男女的互相慰藉，你我心知肚明那件事无关痛痒、无关爱情，既然如此，负什么责？”罗小浓按住隐隐作痛的心口，继续说下去，“我又不喜欢你，你也不喜欢我，不用负责的，只要你保密就好。”

罗小浓的话传到耳边，江淮南只觉得自己的一颗心沉沉下坠，终于抵达最黑暗的深渊。

他把昨晚当作光明的开始，岂知这是最后一丝光明的结束。

“好，我会保密的，不会有其余任何人知道。”

“嗯，那就好。另外，以后见面就还是保持正常的相处吧，这里你也仍然可以随时来，免得听雨起疑心。”

江淮南点头，想到门里的人看不见，又轻声说“好”，末了却苦笑。他们还能正常地相处吗？他还会来这里吗？

“那如果没什么其他事，你就先回去吧，我困了，还想补个觉。”罗小浓给门外的人下逐客令。

“好，这就走。”

江淮南拎着菜，定定地站了一分多钟，而后头也不回地下楼了。

走到小区外的一个垃圾箱旁边，他将手里的菜，连同自己那颗被轻视的真心、那廉价的无能为力的爱意，一齐扔进去了。

一周后，江听雨回来了。

她对罗小浓和江淮南之间的事一无所知，拉着罗小浓坐在沙发上，绘声绘色地讲着签售会中的趣事。

罗小浓有些提不起神来，只能强撑着应付，笑得十分勉强，甚至反应慢了半拍。

江听雨很快察觉她的异样，关切地询问道：“小浓，你怎么了？好像有心事的样子。”

“没事，就是这几天赶稿子，有些没睡好。”

“你又熬夜了？我不说了，你先去洗澡，然后今晚早点睡觉，我监督你！”江听雨自己熬夜比谁都凶，却还关心着别人。

偏罗小浓吃这一套，心里的阴郁也去了几分，她抬手捏捏江听雨的鼻尖：“好，江大编辑都发话了，我岂敢不从？”

江听雨因为罗小浓这亲昵的动作，霎时眉开眼笑。

她想，她要和罗小浓当一辈子的好朋友，谁也拆不散。

当晚，她没在家里吃晚饭，而是约了白石楠，想要请客以作感谢。

《无意穿堂风》的畅销有各种各样的原因，作者本身的十年磨一剑，读者的口味转变，市场忽视这一类图书而引起的供应不足……如此种种，皆是契机。其中，白石楠的设计绝对是不容忽视的一个助力。人靠衣装马靠鞍，好的包装自然是更有吸引力的，就如同好看的皮囊总更容易讨人喜欢。

江听雨拿到的绩效不算少，因此也大方了一回，请白石楠吃了凌城最贵的自助餐。她无意去特意打听他喜欢吃什么，几乎是下意识就选择了自助餐，想着无论他想吃什么，都有得挑选了，多好、多省事、多体面啊！

白石楠则觉得江听雨一改往日节省作风，而且还是为了自己，心中便也高兴。

是以，这顿饭宾主尽欢。

转眼到了 12 月下旬，研究生考试在即，江听雨几乎将所有闲暇时间都用来看书。

考试前夕，陆临渊给她发了一个有趣的小视频过来。

江听雨点开视频，看得笑嘻嘻，拨通他的电话，热切地问候道：“陆临渊同志，恭喜你呀。”

“恭喜什么？”

“恭喜你周末不用加班，还有时间看小视频呀，没有重案让你忙，也没有贪官让你惋惜。”江听雨的声音清亮，透着实打实的欢喜。

陆临渊忍不住逗她，用正经的口吻说着故作委屈的话：“我不忙重案，就没有成就感；没有违纪的贪官，我就没事情干，很可怜的。”

“嘿，我不信呢。你这样的人呀，从事反贪，才不是为了升官发财，而是为了河清海晏。所以，如果真的没有案子要办，你肯定特别开心，哪怕会失业，哪怕去搬砖。”

陆临渊原是抱着开玩笑的心态来调侃她，不料她说出这样一番话来。他心内一震，她竟看穿了他、深切地了解他！

一个体制外的姑娘，如此笃定他的品德和信仰，到底是太轻信于人，还是……只这样信任他？

顿时一股强烈的情绪升腾而起，他忽然疯狂地想见她，他赖皮了，他想越界！

“江听雨，可以见一面吗？”

“可以呀。”江听雨一口应承，连为什么见面都不问。

陆临渊考虑一下，忽然说：“还是不了，等你考完后再见吧。”

江听雨觉得也行，答道：“好。”

“算了，还是明天见吧，明天我休息，送你去考场。”

江听雨本来不愿这样麻烦他，可又想到如果是他送自己去考场，那么考研这件事就变得更加有意义起来。片刻后，她答：“好。”

陆临渊又道：“好好考，考完带你吃好吃的。”

江听雨笑出声：“好。”

“我说什么你都说‘好’，能不能有点自己的主见？”陆临渊故作嫌弃地埋怨。

江听雨笑得更厉害，心底仿佛开出了成片的向日葵：“好。”

挂断电话，江听雨正准备继续复习，罗小浓忽然推门进来。

她回头去看，大吃一惊：“小浓你怎么了？脸色怎么这么差？”

罗小浓手里捏着手机，一看到她就哭了：“听雨，我外婆她……她……”

江听雨心中闪过一个不好的念头，忙道：“别急，慢慢说，你外婆怎么了？”

“我外婆中风晕倒了……”罗小浓泣不成声。

她的父母早亡，爷爷、奶奶又嫌她不是男孩儿，便不肯抚养，是外公、外婆将她一手带大的。此时外婆骤然中风，不知道两个老人在家是怎样凄凉的光景……想着这些，她的眼泪就更停不下来了。

江听雨一把抱住罗小浓，轻轻抚着她的背，竭力保持冷静："你先坐一会儿，我买票，今晚你就回去，我陪你。"

罗小浓攥住她的衣袖，眼泪汪汪地点点头。

江听雨买好票之后，又给陆临渊打了个电话。

"陆临渊，你明天不用过来接我了。"

陆临渊正准备关灯睡觉，闻言有些疑惑，问道："怎么了？"

"小浓家里出了点事，一个人应付不来，状态也不太好，我今晚要陪她赶回老家。"

"所以你要放弃明天的考试？"

"嗯，明年可以再战嘛。况且，明天去了也不一定能考过。"

"江听雨，不要拿这么重要的事开玩笑。这不仅是一次考试而已，更是你一年来的努力。而且，这也是诚信问题，既然报名了就要坚持到底。"

"没开玩笑。我知道严重性，可是小浓需要我。"

陆临渊沉默半晌，再开口时，语气十分坚定："她老家在哪里？地址发我。"

"啊？"

"我替你去。"

"陆临渊，你不必这样……"

"我必须这样。"陆临渊一字一句，郑重道，"江听雨，你说过的，我们是好朋友。所以你的事就是我的事，你在乎的人就是我要关心的人。"

江听雨呼吸一滞，再说不出半个字。

今生有幸，遇到这样的陆临渊，她何德何能。

纵然只能在朋友的位置上安分守己，她也觉值得花光一生。

12 月 22 日，江听雨走进考场。

她报考的，是凌城大学的硕士。

其实读什么专业并不是她看重的，一开始决定考研，就只是因为她觉得认识了陆临渊这样优秀的人，那么她也应该变得更好一点，方不负这一场相识。再者，如果有朝一日陆临渊喜欢上她，她也不至于一无是处，总有个硕士文凭在手，虽不是多么了不起，却也有了一点底气。

她就是这样矛盾的人，一方面对陆临渊渴盼无比，恨不得他立刻喜欢上自己；另一方面又厌弃自己，希望他对自己避之唯恐不及。可末了，她还是忍不住幻想着亿万分之一的可能。

她这要么是有病，要么是喜欢得太深。

第一天考完，她刚走出考场就收到陆临渊的短信，说罗小浓外婆已经醒了，暂无大碍，又问她考得怎么样。

她表示了一通感谢，又回复说考得还行，陆临渊便不再多问，只叮嘱她到家后早点休息，第二天再接再厉。

第二天考完，江听雨自觉超常发挥，想必通过笔试没多大问题。

这样想着，她内心不免激动，也不顾下着小雨，随着人流就往校门口走去。忽然，她停住了脚步，呆呆地站在原地，远远地望着那人……

那人走过来，撑着一把纯黑的伞，举到她的头顶。

“考完了？”

“考完了。”江听雨顿了顿，“你怎么来了……”

陆临渊笑得风轻云淡，仿佛这并不是一件多么值得询问的事，可眼神又分明透着宠溺：“罗小浓外婆的病情已经稳定，我没有继续留在那儿的必要了。况且……”

“况且什么？”

“况且之前说好的呀，等你考完，就带你去吃好吃的。”

“我……我以为那是哄人的玩笑。”

两人站在同一把伞下，离得太近，江听雨不好意思抬头，谁知道她最近熬夜复习，有没有黑眼圈、有没有长痘？故而，她也就错过了陆临渊此时眼底的笑、耳边的红。

陆临渊轻轻嗅着她发间的幽香，挑眉道：“我看起来像是开那种玩笑的人？”

“呃，大概……不像吧……”江听雨暗自腹诽：也许以前老实的陆临渊不会开玩笑，但现在的你可不一定！

陆临渊笑了，就爱看她被他说得一副敢怒不敢言的样子，跟只受惊的小兔子似的。

江听雨抬头看了一眼，见那人将伞全往她这边倾斜，自己淋湿了半边肩还未知觉，心下自然舍不得，不再纠缠了，小声道："走吧。"

陆临渊点头。

两人挤在同一把伞下，并肩走在雨里，身体偶尔会不经意地碰到，各自沉迷，只希望这条路永远走不到头。

但十几米的距离，还真能走到天荒地老去？二人很快到了车子边。

江听雨原要伸手去开后座的门，却被陆临渊拦住了。

"坐副驾驶座吧。"

江听雨这样内心戏丰富的人，自然又免不了多想，副驾驶座哎，这一般是女主人的专属座位吧……

"进去。"陆临渊打开副驾驶座的门，以不容反驳的口吻命令道。

雨开始变大，噼里啪啦砸在伞上，溅起大大小小的水珠，如同争相雀跃的潮湿的心事。

江听雨看一眼他湿透的肩，收起忸怩，乖乖坐进去。

陆临渊绕到另一边，坐进来，收了伞递到后座。他侧头时，余光瞥见江听雨没系安全带，正要出口提醒，又止住了，探身过去想亲手帮她系上。

江听雨抬起头，看见的就是陆临渊近在咫尺的脸庞。

有多近呢？她甚至能听见他轻浅的呼吸声。只要她再往前一点，稍稍嘟嘴，就能亲到自己日思夜想的人。

可不争气的她忽然想到了什么，下一秒，她已经扭头离开了陆临渊的呼吸范围。

陆临渊也如梦初醒般，猛地坐直身子，面无表情道："系安全带。"

江听雨反应过来，低头将安全带系好，不再作声。

车子行驶着，外面雨声潺潺、世人喧嚣，车内却陷入长久的寂静。

虽然生气方才江听雨逃命似的躲开，但陆临渊还是担心江听雨会不自在，于是伸手打开车载播放器，咿咿呀呀的声音传出来，是上回他送陆万生回家时，放到一半的《空城计》。

江听雨听着熟悉的旋律，下意识地哼出一两句。

"你也听戏？"陆临渊的声音里透露出一丝讶异，毕竟现在听戏的年轻人不算多。

江听雨的手指尖轻轻地打着拍子：“闲暇时听一听，得宁静。”

“这是我爷爷爱听的于智魁版本，要不要给你搜马连良老师唱的？”

“不用，于智魁老师唱的也很好呢。”

“似乎爱听马版的人比较多。”

“郭德纲老师有一句话，不知道你听过没有。”

“说来听听。”

“原话记不清了，你稍等，我搜索一下。”江听雨拿出手机搜索，念道，“郭老师说：‘有些位看戏表演技术家，通过痛心疾首的逞能、像真事一样的点评来抒发展示自己的专业技能，要理解但不必理睬。天天解释这些，还唱不唱戏了？这些人其实不是爱戏，他爱的是逞能，一定要表现出自己比唱戏的还明白，不接受他的理论就是不谦虚。话说回来，一天都没学过就敢指手画脚，到底谁不谦虚啊？’”

“这个言论倒很新颖，不愧是相声界大家。”

“总之，内行看门道，外行看热闹，我不懂也不装懂，既然听这个版本觉得愉快，那我就听这个版本喽。”

恰逢十字路口，陆临渊侧头看她。

江听雨被他盯紧了，不禁脸红，曲起食指搁在鼻尖上，慢慢说道：“你看我做什么？”

陆临渊自然不会说诸如“你好看”之类的漂亮话，他深深地望她一眼，笑一笑，将车掉头，往一家听戏的梨园开去。

江听雨发现车子方向改变，虽好奇，却不多问。

有什么好问的？总之，陆临渊带她去哪儿，她就去哪儿呗。

一周后，江听雨接到罗小浓的电话。

“听雨，我可能要搬出去住了。”罗小浓的声音有点沙哑，想必她为了老人的事没少操心。

“啊，为什么啊？”

“我外公、外婆就我一个亲人了，我实在不放心他们在老家相依为命，尤其现在我外婆行动不便，我外公又不会做饭，俩人连填饱肚子都成问题。”

“所以你想租个大点的房子，然后把他们接到凌城？”江听雨即刻明白了。

“嗯。”

江听雨思忖片刻，道：“还是我搬出去吧，这个房子本来就是你租的。”

罗小浓不肯：“这样很像我将室友赶出去。”

江听雨笑道：“哎呀，你别多想，哪有‘赶出去’这么严重啊！我只是看这个房子在二楼，不用爬太高，周围环境也好，植物多，正适合老人休养。所以，你就别挪窝啦。”况且这里的房租远低于别处，此时的罗小浓比她更需要这个房子。

罗小浓还是不同意，江听雨继续劝道：“你如果要搬出去住，还得先找好房子，才能将外公、外婆接过来，那你不在老家的那几天，谁来照顾他们？”

很显然，这一点确实有理，罗小浓顿时哑口无言。

江听雨打断沉默：“好啦，你就别操心房子的事了，等你外婆出院，你就收拾一下，直接将两位老人带来凌城吧。在你回来之前，我会搬出去，并且把房间打扫干净哦！”

“听雨，不好意思啊……”

江听雨一笑：“这有什么不好意思的，我才不好意思呢，没能给你帮上忙。”

“你帮我谢谢你那个叫陆临渊的朋友，他帮了大忙……”

听见陆临渊的名字，江听雨面上一红，也不知红个什么劲儿。

挂断电话，江听雨又打给江淮南。

“哥，我要搬出去了，到时候我找好房子，你过来帮我搬家啊。”使唤起哥哥，江听雨一向不手软。

江淮南晾好毛巾，走出宿舍，看到之后问道:“怎么要搬出去？跟小……跟室友吵架了？”

江听雨没注意到他临时改变称呼的异样，答道：“才没吵架呢，我跟小浓那么要好！是她外婆中风了，所以她想将两位老人接到身边来照顾。现在的房子只有两室一厅，所以我就要搬出去啦。”

“什么，她外婆中风了？严重吗？”江淮南心下一紧。

“哥，你怎么这么激动啊？”

“……”江淮南没作声。

她心里忽然生出一个大胆的想法，小心翼翼地问道：“江淮南同学，你不会是真对你妹妹的室友，有什么非分之想吧？”

话音刚落，她就听见电话那头的人“嗯”了一声。

江听雨彻底惊了：“哥……你厉害了……悄无声息就给我找好了嫂子……”她本以为她哥那样的闷骚性子，就算真有什么心思，也会嘴硬不认，谁知他竟承认得这么痛快……

“能把她老家的医院地址发我吗？”

“哥，你不会打算去找她吧？”

“那天我最难受的时候，是她陪我，现在她有事，我也应该陪她。”

“那天？哪天？为什么你最难受的时候，没来找我，却找了她？”江听雨一连问了好几个问题，她实在太过震惊，听她哥的口气，似乎他跟罗小浓早就两情相悦了？而她竟然毫无察觉，白看那么多言情小说了啊！

“具体情况我以后再告诉你，你先把地址发我，我去找她。”

将地址发给江淮南后，江听雨久久未能平复，最后也不知是抱着什么心思，给陆临渊打了一通电话。

手机铃响时，陆临渊刚忙完工作，正准备下班。他按熄办公室的灯，拎起包一边往外走，一边道：“这么晚了，还没睡？”

电话那头的声音带着掩盖不住的雀跃：“睡不着！”

“什么事这么高兴？”他低眉一笑，听见她活力满满的声音，仿佛一天的疲惫都散尽了。

江听雨将方才的事原原本本地告诉了他。听完后，他笑道：“恭喜！虽然我和罗小浓接触不多，但我能够看出她是个孝顺又善良的人，她又是你的好友，以后你不用担心自己跟嫂子脾性不合。”

“小浓孝顺又善良，那我呢？”

她忽然有此一问，陆临渊始料未及，一时竟答不出话来。

江听雨又道：“其实最让我吃惊的，不是我哥跟小浓互相喜欢，而是我哥那样的木头，居然干干脆脆承认了。”

他心念一动，琢磨着她说这话究竟是无意的感叹，还是有着什么其他的心思……他如同行走在黎明的光线中，拨开迷雾，早已萌发的念头渐渐清晰起来，难言的情绪几欲喷薄而出。

“你……”他刚说出一个字，忽然听见保安室的李大爷同他打招呼。

“小陆又加班到这么晚啊？快过来，我这儿有好吃的！”

他对着手机低低地说了声“稍等”，而后走到保安室外面，微笑道：“李大爷，您今天值晚班？”

李大爷笑着点点头，从抽屉里拿出一个袋子，献宝似的从窗子里递出来：“尝尝，老家亲戚带过来的红薯，你李大妈做成红薯干，可甜了，都不知道怎么会那么甜，一点糖都没放哎！”

“无论李大妈做什么，您都觉得甜。”说着，他拿起一根红薯干放进嘴里，确实又糯又甜。

李大爷笑意更盛，探身将袋子往他怀里塞：“你李大妈特意交代我拿给你，让你带回家吃。”

未待他婉拒，李大爷又说：“你可不许拒绝，上回我晕倒，是你将我送到医院，你李大妈可感激你呢！再说了，这又不是什么值钱玩意儿，坏不了你们的规矩！”

陆临渊无奈一笑：“好好好，我收下了，劳您帮我道谢，说我有空就去看她。”

“行，一定带到！她要是知道你去看她，不定怎么开心呢！”

与李大爷道别后，陆临渊走出几步，重新将手机放回耳边：“不好意思，我没想到会聊这么久。”

“没事，也没多久。不过，我刚才听到你们的谈话了。看不出来，你还挺热心呀！”

他挑眉反问道：“真看不出来？我热心得不明显？”

江听雨失笑：“好吧好吧，看得出来，是我胡说了！陆临渊是我心里最……最热心的人了！”

陆临渊扬起嘴角，心中忽然冒出一个想法，下一秒便脱口而出：“那我就再热心一回。你刚才不是说要重新租房子嘛？别四处找了，我这儿有现成的。”

“啊？”

“对了，你会下象棋吗？”似是没听见她的疑惑，他又问了一个莫名其妙的问题。

“会一点点，但不精通……”

“会就行。等我消息。”

陆临渊来到陆万生家，发现老爷子还开着盏台灯，坐在电脑前下象棋。

他按开客厅的灯，走过去敲了敲桌子：“不是说好了保证了十点之前一定睡觉？”

陆万生侧头见孙子来了，还一脸兴师问罪的表情，忙打哈哈：“哎呀，临临你怎么不打声招呼就来啦？我正准备下完这局棋就去睡觉呢！你可千万别跟你爸说啊，不然他肯定会把我接过去跟你们一起住……”

“医生说了，您不能熬夜。”

“可是电脑有魔力啊！”陆万生一边说着，一边起身往茶杯中添水。

“这时候喝茶，还打不打算睡觉了？想等我走了之后继续挑灯夜战，再杀个二十回？”陆临渊伸手抢过茶壶，放在书柜最上面的一层。

陆万生踮了踮脚，还是没够着，不由得叹气：“临临，我觉得你变了，变得越来越不尊重你敬爱的爷爷了。”

陆临渊抿出一个冷淡而不失得体的微笑：“我只尊重我敬爱的爷爷，而不是那个半夜不睡觉、玩电脑下象棋的小老头儿。”

陆万生：“……”

“鉴于您表现不佳、屡犯不改，我决定对您实行监督。”

“怎么突然有这个想法，你要搬过来跟我一起住？这里离你单位可有一个小时路程呢。”

“我不过来，我一个朋友代我监督。”

“朋友？什么朋友？先生还是女士？”陆万生一下抓住重点。

“后者。而且她在下象棋方面……”陆临渊脸不红心不跳，说出后面四个字，“颇有造诣。”

“哦？”陆万生来了兴致。他一生最爱书法与象棋，然而晚辈里面，陆园只爱看书，陆临渊钟情书法。后来家里添了孙婿莫家鸣，虽然颇通棋艺，却总是故意给他喂棋，他明里暗里敲打了几次，莫家鸣始终改不掉这习惯，仍下意识地取悦他，他便不大爱跟这个孙婿下棋了。可莫家鸣又孝顺，时不时跑过来说要陪他下几盘，他只好找了个借口，说自己年纪大了，不爱动脑筋，以后不再下棋。莫家鸣往这边跑得勤，他担心自己下棋被莫家鸣撞上了尴尬，无法再邀好友来家里下棋，可老去别人家也不是个事儿，最后还是陆临渊心疼他，给他买了台电脑，又手把手教他使用，谁知他竟上了瘾。

“我那个朋友临时需要租房子，所以我就想让她来这里住，一是解她燃眉之急，二是能帮她省一笔房租，三嘛，她能帮我实时监督您，一到晚上十点就拔网线。另外，她的品行您是可以放心的，她绝不会给您添麻烦。她心性成熟，可谓知书达理、多才多艺、幽默风趣、善解人意，名字也好听，叫江听雨。总而言之，这个人……极为可爱。”陆临渊原本只想略说几句好话的，谁知脑海里想着她，嘴里情不自禁地夸赞着，竟一口气停不下来。

陆万生听得愣住了，他这孙子可是鲜少夸人啊！片刻后，他笑道：“照你这夸法，家里怕是要来位仙女了。”

陆临渊抿嘴一笑，很快又恢复原样，努力保持平日严肃冷静的样子，一本正经道：“嗯，差不多。”

“……”陆万生觉得自己可能快抱曾孙了。

“你嘴上说着人家只是你的朋友，其实心里想让她当你女朋友吧？”

“爷爷，您多大的人了，别开玩笑。”

“真是开玩笑？那等她搬进来，我可就在态度上冷淡对待她，在生活上严格要求她了啊。”

“爷爷……”陆临渊脸上浮现一丝局促，一声儿“爷爷”喊得百转千回，竟是长大后头一回撒娇，还是为了个女人。

陆爷爷先是一愣，而后笑出声，拍拍陆临渊的左肩，拂去上面并不存在的灰尘：“看来临临是真遇到对的人了，竟然连性子都变了。”他转身指了指陆临渊小时候住过的房间，“你的房间一直有在打扫，随时可以住人，择日带她过来吧。”

“爷爷，谢谢您。”陆临渊诚挚道谢，这位养他育他的老人，总是如此疼他。

“你我祖孙，有什么好谢的？只要你跟那姑娘早日修成正果，让我享一享四世同堂的天伦之乐，便是最畅快之事。”说到这事，陆爷爷无比正经。

陆临渊无奈苦笑：“我也想如您所愿，可我无用，无法让她心动。”

“怎么会！我孙子这么优秀。”

“这又不是优秀就能决定的事情。总之，交往的决定权在她手上，只要她没开口提起这事，我就会一直尊重她的意思。”

“所以你跟她还八字没一撇，就这么巴巴儿地给她找住处？老实交代，她是不是家境一般、前景一般，而你担心你父母会不同意，所以想让我先了解一下她，以后我就能在你父母面前帮着说话？”陆万生多通透的人啊，几乎片刻间就想到了孙子这一安排的深意。

陆临渊咬唇一笑，也不作答，走过去关电脑。

陆万生望着他的背影，笑道：“别扭的傻小子，还挺会疼媳妇儿。”

第二日，陆临渊一早就在江听雨楼下等，吃了早饭后便与她一同去陆万生家。

他想得周到，早上陆万生会去公园晨练，家里无人，能免去江听雨初次上门的尴尬。

进了院子之后，不出他所料，江听雨果然喜欢这里，尤其望到围墙边那排植物时，连眼睛都亮了。

他走过去，指着那些植物为她介绍：“都是多年前我和我奶奶栽的，有春天开花的梨树，有夏天开花的石榴树，每年都会结果子，熟透之后可以摘着吃。中间这两棵是金桂，开花时我爷爷收了一些，你要是爱喝，我去他的茶柜里帮你偷，如果他问起来，你只当不知道就行。最右边这两棵是蜡梅，一棵开黄花，一棵开红花，花期快到了，你要是搬进来，大约再等两周就能看到它们开放，开了之后暗香浮动，在屋子里都能闻到，特别香。”

江听雨笑道：“春夏秋冬，四季全了。”

“唯独少个观景之人。”他抬手揪了一片梅树叶子，轻声道。

“嗯？你说什么？”她没太听清。

“没什么。走吧，我带你进屋看看。”

进屋之后，陆临渊没关门，而是大敞着。孤男寡女，他在这些事上一向有分寸。

江听雨走进次卧，看着墙上那些奖状问道："这里以前是你的房间？"

陆临渊"嗯"了一声，出去给她倒茶。

江听雨打量着屋内景象，装潢并不奢华，陈设也很简单，就是一张单人床、一张书桌、一个衣柜，都是未刷油漆的实木制成，并不显眼，而唯一吸引人目光的，是那个占了整面墙壁的书柜。她走过去，指尖抚过书柜里的那些书，就像触摸到她喜欢的少年。

她的内心狂喜着，因为他的热心相助，因为自己的"登堂入室"。她终于越来越接近他，有机会了解那些她未能见他的岁月。

陆临渊走进来，端着一杯冒着热气的茶。她有意与他产生一点小小的肢体接触，正要抬手去接茶，却未能如愿。

"有点烫，凉一下再喝吧。"那人将茶杯轻轻搁在桌上。

她不着痕迹地收回手："好。"

"怎么样，喜欢这里吗？"

"喜欢。"这是他住过的地方啊，她怎么会不喜欢。

"那要不要住这里？"

"租金呢？"

"不用租金。"

"嗯？那我不住了。"

陆临渊一笑，就知道她会如此。多固执的一个姑娘啊，可他就是喜欢。他道："你免费住在这里，每天晚上十点拔一下网线就行。"

"啊？"江听雨不解，这是什么奇怪的交换条件啊？

"我爷爷不能熬夜，但他一坐在电脑面前下象棋，就容易忘乎所以。"

江听雨明白了，点点头，但还是觉得这个交换明显不对等。

他继续道："电脑辐射大，如果你能学习一下象棋，时不时陪我爷爷下几盘就更好了，但记得一定不要刻意让他，你能赢就尽管赢，输也要输得竭尽全力。事实上，你越赢他，他越开心。"

江听雨闻言笑了："你爷爷好可爱。"

"没我可爱。"

"……"江听雨一脸讶异的表情，"陆临渊，你刚才说什么？我是不是幻听了？”

“嗯，你幻听了。”

江听雨：“……”

“对了，如果你愿意的话，还可以跟我爷爷搭伙吃饭，他的厨艺一直很好。”

“听来听去，似乎都是我大受其好，却无法回报。”

“老人不肯跟我们同住，实际上孤独又寂寥。你住进来，能跟他说说话、下下棋，他一定很喜欢。”

“你就这么笃定我能跟你爷爷愉快相处？我性格很不好的。”

“你还记得，我第一次在凌晨四点给你打电话时，你给我念过的一段话吗？”

“嗯，是鲁迅先生的《热风·随感录四十一》，‘有一分热，发一分光，就令萤火一般’那段。”

“对，就是那段。那你知道我入职的前一晚，我爷爷给我的信上写着什么吗？”

“什么？”

陆临渊走到书桌前，望着自己与陆万生的合照，而后缓缓拉开抽屉，拿出一封信。

“临渊：雨雪初霁，雏换新羽翼，可施展翱空。俯视饕餮层叠，阴霾隐身常存。我忆华夏千古，外侵内夺，多灾多难，民困水火，何能生焉！望怀冰壶之高洁，能守山林之寂寞，恪守谆训，严正己，修钢身。万语千言不赘述，谨记，临渊羡鱼不如退而结网，勿负国之重托，诚信于民生，微光成星火。”

江听雨静静地看完信的内容，内心无比震撼，纸上分明只是一些静止而无声的文字，她却感受到气势。

那应该就是信仰的力量吧，明晰而磅礴。

陆临渊背对着她，近似呢喃地说：“旁人都告诫我‘在其位，谋其政’，既然来到这个岗位上，就要做好自己的工作。只有你和爷爷，不仅要我干好这份工作，还要我守好信仰。你们让我感受到的是，就算我不在这个岗位上，也可以并且应该为反腐事业发光发热。”

“所以，你觉得我和爷爷有共同语言？”

“不仅有共同语言，还有共同境界。”

“我能与爷爷有一样的境界？这你就讲得太过了啊，严重失真、失实，堪称捧杀。”江听雨义正辞严地说完，又小声嘟哝道，“哄人也不是这样哄的。”

陆临渊闻言轻笑，转身盯着她的脸颊，觉得小姑娘无一处不可爱，令他很想亲下去。

江听雨目光灼灼地看着他，有些期待他下一步的动作，内心隐约渴望着什么……

他却定下心神，淡淡地道：“走吧，我送你回去，然后帮你搬家。”

“嗯。”江听雨转身去拿包。

陆临渊拿起车钥匙，率先往门口走去。走出几步后，他深深呼出一口气，苦笑。他向来不是会被欲望左右的人，对情事既一无所知也不上心，刚才望着她，却似着了魔，差点克制不住自己。

年底最后一天，江听雨和陆临渊又见了一面。

两个岁数加起来过半百的人，混迹在一群十六七岁的学生中，排队去吃江听雨心心念念了许久的花生香菜冰激凌。

此时凌城已入寒冬，但这家冷饮店的生意仍好得出奇，队伍排得老长。

江听雨站在陆临渊前面，原先还时不时回头与陆临渊说上几句，可在室外站久了，鼻尖冻得通红，说话也总是哈出白气，自觉傻得可以，她便不再回头了。

江听雨跟着队伍慢慢往前移，忽然，她感到脖颈间袭来一阵暖意，而后眉眼下面的大半张脸都被什么东西裹起来了。

是陆临渊的围巾……

江听雨吓了一跳，正要抬手解开围巾，却被背后的人低声喝住。

“好好围着，不许解。”

那人的声音就在耳畔，她便不再动弹了，只将一张脸往围巾里埋得更深，然后她嗅到了他的味道，淡淡的，有点像冷冽的松香，分明是极淡极冷的气息，她闻着却觉得脸热……陆临渊的一切，于她而言都无比诱人。

而站在后面的陆临渊看不到面前之人的表情，也猜不出她有没有脸红，心中只因为这样费尽心思的亲密，以及她无比的乖巧，生出隐秘的、恍若偷来的欢喜。

两人谁都没再开口说话，孰知心底道尽了千言万语。

许久之后，终于排到他们了。

这回，江听雨没再跟陆临渊抢着结账，她不愿把头抬起来呢。

然而，冰激凌到手，想要吃就必须解开脸上的围巾，江听雨犯了难，她知道自己的脸此时有多滚烫、有多红。

陆临渊没看出她的异样，疑惑地问道："怎么不吃？"

她想了想，决定还是撒谎："先前确实想吃，但这会儿吹了冷风，便不想吃了。"

"那回车上再吃吧，车上有暖气。"陆临渊没多想。

江听雨："……"

坐进车里后，江听雨决定先发制人。她一把扯开围巾，叠好放在腿上，动作看似粗暴，实则小心。而后，她咬了一口冰激凌，略为含糊不清地开口："你这围巾不错，厚实暖和，脸都热红了，差点没把我捂出一场高烧。"

陆临渊愣了一秒，末了失笑，虽不知她怎么突然有此一说，但他很爱听她莫名其妙地胡说八道。

吃完香菜冰激凌后，江听雨抬头很认真地问他："味道怎么样？"

陆临渊也很认真地回答："极好。"

江听雨便笑了。

陆临渊望进她的眼底，那里一片清亮，如同山间潭水，倒映着几颗忽闪忽闪的星星。

没人知道他费了多大的力气，才忍住没去亲她亮晶晶的眼睛。

第十章　心中有山岳

天地有正气，杂然赋流形。下则为河岳，上则为日星。
——文天祥《正气歌》

到了小年这天，公司中午聚餐、发年终奖，下午便放了假。

江听雨先回了住处一趟，因为江淮南工地的包工头拖欠了工人的工资、厂商的材料钱，到了年底没办法，索性拍屁股跑路了。所以，那工地干不下去了，江淮南得把行李寄放在江听雨住处，年后再来找活儿干。

临走前，她又做了几道菜放进冰箱，陆万生热一热还能吃两天。

深夜十二点，江听雨和江淮南在老家县城下了火车，回村里的班车早已停运，得等到清晨七点才能坐车回家。

虽然江听雨做了一本畅销书，其他书的码洋也不错，年终奖还算丰厚，但她是预备存钱给父母修房子的，此时便舍不得拿出来随意花掉。

小县城管得松，是不必凭票进候车室的。兄妹二人对望一眼，相视而笑，得，也别住旅馆了，就在火车站的候车室待一晚上吧。

不仅他们，事实上，整个候车室都快坐满了，多的是在外打拼一年、雪夜而归的人。

没人爱吃苦，但只要有所求、有所守，谁都能吃苦。纵然风雪扑面，顽强的人仍然会披星戴月地歌唱。

江听雨抬眼打量四周，夜已深了，风越来越猛，雪越来越大，靠着行李酣睡的人越来越多。

掏出手机，她将候车室的景象拍下来，发给陆临渊："人生亦然，众生皆苦。"

至于陆临渊回不回复，她并不过多思考。今天是小年夜，他总不至于还要加班吧，想必早已安枕，这风雪夜最是好睡。

谁知，手机竟很快收到回复。

图片是《凌城晨报》发布的最新消息：凌城公安局原党委委员胡康国受贿案一审公开开庭审理。

陆临渊还在后面附了八个字，是钱钟书先生答丰子恺先生的话——"目光放远，万事皆悲。"

江听雨倏忽一笑，她哪有丰子恺先生的半分洒脱与成就，他言重了。

"火车站冷不冷？"

"不冷，小县城还挺人性化，在候车室里放了好几个炭火炉子。而且我告诉你哦，旁边已经在修新的火车站，明年回家，候车室就有空调了。"

"真好。"

"那你呢？"

"官和民的反腐共识越来越强烈，从一开始的备受阻力，到现下已经顺利了许多。严抓严打，砥砺前行。"

"真好。"

"是的。"

……

他们你一句我一句，小姑娘尽说些生活中的琐事，大男人听得乐呵；大男人说着家国情怀，小姑娘也听得认真。

二人身处完全不一样的世界，所思所想分明相去甚远，却也自得其乐、相得益彰。

除夕夜。

上级在年前交办了一起反贪大案，前期已展开了大量调查，此时正值案件攻坚克难的关键节点，陆临渊所在的部门自愿放弃春节休假，全员加班，忙得连喝口水都怕耽误时间。

偌大的会议室内，几箱子财务账册、凭证满满当当，他们要从中抽丝剥茧，通过查找、比对、审核，找到关键线索和证据。

“战机稍纵即逝，我们必须争分夺秒。”

大年夜叫不到外卖，整个办公室的人基本靠泡面和面包充饥。黄梅心疼儿子连过年也不能歇一歇，打包了许多热菜，让陆园送过来。

陆园驾照还没考到，打算步行。正坐在沙发上看电视的莫家鸣闻言，放下手中的南瓜子，起身接过陆园手中的保温盒：“外面冷，我去吧。”

陆园点点头，没多客气。

黄梅看着这一幕，内心无比欣慰。对莫家鸣这个女婿，她是千万分满意的，觉得一众晚辈中，就数他最能干又识大体，还会疼人。

在陆园给莫家鸣递围巾时，莫家鸣忽然攥住她的手，不轻不重地捏了捏，颇有些难以言喻的暧昧。

陆园的脸便一下子红了。

她向来在工作岗位上张弛有度、游刃有余，唯独在莫家鸣面前有些放不开手脚。结婚近两年，他们也有过肌肤之亲，她却仍如小女生般羞涩。

莫家鸣松开她的手，俯身到她耳畔，轻声说道：“今晚……”

陆园轻轻推开他，抚了抚自己的耳垂，低下头去。

莫家鸣勾唇一笑，转身出门，去给小舅子陆临渊送年夜饭。

到了监察委办公楼下，莫家鸣抬头望着楼上灯火通明的某间办公室，摸出手机拍了张照，发给自己的一个好友。

“我小舅子大年夜还在加班，厉害吧？”

对方很快回复：“辛苦了。”

莫家鸣收起手机，拎着保温盒上楼了。

办公室的门没关，莫家鸣抬手敲了敲门。

办公室里面的众人抬头看过来，待发现是莫家鸣之后，纷纷打起了招呼。公检法一家，大家是一个系统内的人，平时开会、学习时免不了碰面，又是同龄人，是以对莫家鸣这个新晋的公安局副局长并不陌生。

莫家鸣举起手中的保温盒，晃了晃，极得体地笑道：“能进去吗？”

十分钟前，陆临渊发现了一个疑点，拿着账册去监察委主任王饮泉的办公室了，是以这会儿并不在位子上。

按理说，监察委的办公室，闲杂人等是不能进来的，但众人相视一眼，琢磨着这人是系统内的人，又是陆临渊的姐夫，应该没什么不妥，竟让他进来了。

莫家鸣也没刻意规避什么，径直走进去。

忽然，门外响起了一道清越无比的嗓音。

“谁让你进去的？”是刚从主任办公室回来的陆临渊。

纵然身后是铺天盖地的风雪，室外温度极低，这人仍站得挺直如峭壁上的青松。

莫家鸣脸上闪过一丝不自在，说不清是因为尴尬，还是因为别的什么。

“谁让他进去的？”陆临渊转而去问自己的同事。

一个同事走过来，揽住莫家鸣的肩膀，笑道：“临渊，这是你姐夫嘛，我们不得给张好脸儿招待一下啊？”

另一个同事帮腔道：“对啊，而且外面天儿这么冷，你姐夫特意来给你送温暖，总不至于让人家站在外面吧？”

他们知道陆临渊是一个极其重原则、守规则的人，同时也是一个面冷心热的人，是以与他说话并不十分注重上下级关系，都很随意。

陆临渊不在乎他们说话的口吻随意，他在乎的是他们对这件事不以为意的态度。然而他还没来得及出声反驳，就被王饮泉的声音打断了。

“哎，不是查案子嘛，怎么忽然闹哄哄的？”王饮泉是出来上洗手间的，恰好经过这间办公室。

陆临渊回头叫了声“主任”。

王饮泉朝陆临渊点头示意了一下，然后走进办公室，语带狐疑道：“这位是？”

莫家鸣忙将保温盒放在桌上，大步跨过来，伸出手：“主任您好，我是凌城公安局副局长莫家鸣。”

王饮泉伸手与他轻轻握了一下，旋即松开手：“哦，你就是近期势头最猛的青年干部莫家鸣？你们颜局常在我们这群老伙计面前炫耀，说你这么个优秀后辈的前途不可限量。”

莫家鸣忙欠身恭敬道：“承蒙颜局的栽培与厚爱，也承蒙主任您的关照，我今天的成绩都是因为各位领导的……”

王饮泉淡然摆手，打断莫家鸣这套打着官腔的说辞："这些话都不用说，你的一切收获都源于你自己的努力。再者，颜局于你有栽培之恩，我跟你却是头次交谈，堪称素昧平生了，哪有什么关照不关照？"

莫家鸣闻言，便不再继续说那些哄人开心的场面话，只连连点头称是："是是是，是我说话欠考量，犯脱离实际的错了……"

王饮泉原还耐心听着，此时已忍不住在心里翻白眼。他这人喜欢直截了当，凡事追求精准，实事求是，最烦这些话，不然也不会入官场二十余载，最后被分配到监察委这个清水衙门来。而莫家鸣的喋喋不休，在他看来真是假大空极了。

"莫副局，"王饮泉念到"副"字时，不知是有意无意，语调高了些许，"如果你是想寻求关照，那么你是找错地方了，我们这里不会对任何人有所关照，只会有所关注。而被我们关注到，实在不是一件好事。"

莫家鸣面上的神情有一丝微妙的变化，但不甚明显，而后讪讪地笑了笑："感谢王主任的一席话，受教了。"

王饮泉不再应话，叠一叠手中的卫生纸，走出办公室，往走廊尽头的卫生间去了。

其他人觉出气氛有些不对，站在一旁连大气都不敢出，心底纳闷着：王主任向来严肃正经，却很少这样句句不给人留余地……

陆临渊平日虽不喜欢莫家鸣，今日也因他贸然闯进办公区域而不太爽快，但这到底是自己姐姐的男人，只好出言打破这尴尬："莫局，麻烦你来这一趟了，我们去旁边的会客厅吧。"

知道莫家鸣这人好面子，他还特意省去了那个"副"字。

果然，莫家鸣的脸色好了些，并立马就坡下驴，冲在座各位说道："不好意思，让各位见笑，是我在警局散漫惯了，今天过来也把这儿当自己家了。你们都是陆临渊的兄弟，也就是我的兄弟，走吧，咱们去会客厅，大家一起吃。"

其他同事都挺识趣，没有兴冲冲答应，而是看向陆临渊。

陆临渊开口道："一起吃点儿吧，吃完认真做事。"

一群人浩浩荡荡往另一头的会客厅里走去，进去后，将食盒呈一字摆开，赞叹着色香味俱全。

吃饭的声音此起彼伏，一时间，办公室内的阴郁和森严少了几分，多了人气与热闹。

陆临渊给莫家鸣倒了一杯热水，想了想，又往里面放了几片茶叶，很普通，不是什么好茶。

莫家鸣浅酌一口，便不太想继续喝了，于他而言，这茶叶实在很糟糕。然而当他的余光瞄见陆临渊在看自己，为了舅郎关系着想，他还是端着水杯继续小口品着，似乎杯中是绝世好茶。

片刻后，陆临渊吃饱了，打了个招呼，便率先回办公室。

莫家鸣端着水杯，起身跟上去，从背后拍了拍陆临渊的肩，心中暗叹：这小舅子无论是气质还是身形，看着都像个书生，没想到肩膀倒还挺厚实的，身体里还蓄着一股劲儿，仿佛大草原上的一只时刻防备着危险的狮子。

陆临渊突然被这样一拍，脑中紧绷的弦仿佛被触碰了。他下意识地猛然转身擒拿，却碰翻了莫家鸣手中的那杯热茶。

莫家鸣丝毫没理会自己是否被烫到，忙不迭地拍打着陆临渊的胸口，将沾上去的茶叶拂去。

“没事，我自己来就好了。”陆临渊握住莫家鸣的手腕，不着痕迹地推开他，语气是一如既往的平静，仿佛丝毫没有因为这件事影响心情。

“嘿，也不知道我今天是怎么了，老是给你添乱……”莫家鸣面带愧色。

陆临渊将手中的账册放在窗台上，一只手扯开制服，不让水渗到里面的白色衬衣上，另一只手拨弄掉制服上的茶叶：“可能是因为今天北风过境，天气冷，人也容易心神不宁。”

莫家鸣抬手将水杯扔向三米开外的垃圾桶，陆临渊漫不经心地掀起眼皮，看见那只水杯直直地落进了垃圾桶。

这臂力不是一朝一夕可以练就。莫家鸣出身山村，五岁就开始拎着一只木桶去溪边提水，到十岁时，已经可以一只手拎一只桶了。

“莫局一身好力。”

“临渊，你这可就客气了啊，现在又没有外人，你该叫我姐夫。”莫家鸣说着走到陆临渊身后，帮他理了理被扯乱的衣服领子，又掸了掸他肩上并不存在的灰。

陆临渊回头去看，目光触及自己方才搁在窗台上的账册，便伸手将他它拿了回来。

不知是不是错觉，他似乎在那一瞬间感受到身后莫家鸣帮自己掸灰的动作慢了一拍。

陆临渊还未来得及细想，同事们已经出来了，将食盒递给莫家鸣，热情地感谢他在这样冰天雪地的天气里还亲自跑一趟来送饭。

莫家鸣应付惯了这样的场面，甚至很迷恋这种众星拱月的感觉，那些道谢的话让他百般舒爽愉悦。

大家客套得差不多了，莫家鸣便道："既然大家吃得开心，那我就可以圆满地回家去了，我爱人和岳父母还在等着我回去吃年夜饭。这大过年的，各位辛苦了啊！"

眼看着大家要开始新一轮的"不辛苦""不客气"，陆临渊沉声道："莫局，慢走不送。"

莫家鸣这回便真的走了，直到走出大门，坐进了自己的车，他才回头去看那间办公室。

平平无奇的一间小屋子，却蕴含着巨大的能量和权力，可能只需一句话、一张照片，便能让整座城市的官场格局在一夜之间翻天覆地。

他掏出手机，给之前的那位好友发去一条信息："小舅子很优秀，是干这一行的好材料。"

字里行间，像是在炫耀似的。

好友回复："优秀是好事，但枪打出头鸟，还是希望年轻人知进退、懂分寸，戒骄戒躁。"

莫家鸣看过之后将这话咂摸好几遍，末了回复一句："我会将这些道理教给他的。"

之后他等了许久，那边一直没再回复。

莫家鸣将手机放好，发动车子往外驶去，甚至显得有些迫不及待。

他不喜欢这里，人太死板，建筑太刚硬，连花草都挺直了腰杆，在冷风里纹丝不动，而这些都让他觉得压抑，乃至心生恐惧。

车子即将转弯时，莫家鸣想起了那条短信里所说的话，不禁有些真心实意地担心起陆临渊来。

向来木秀于林，风必摧之。

莫家鸣离开后，陆临渊拿着那本账册端详了好一会儿，而后再次走进了王饮泉的办公室。

王饮泉没吃莫家鸣带来的饭菜，这会儿饿狠了，正端着一桶泡面吸溜着，见到陆临渊进来也没觉得不好意思。

“主任……”

“打住，我知道你要说什么，没戏，本主任不批。”

“为什么？我们已经连续加班两天了，这是目前为止找到的最大疑点。主任，如果你不让我去查，那请给我一个足够充分的理由。”陆临渊并非不知世故的毛头小子，他知道为官之道，但面对着有可能成为关键证据的线索，他选择了坚持自己的原则。

王饮泉喝了一口面汤：“年后再去。”

“什么时候，我们查案还需要将就假期安排了？”陆临渊挑眉，一点儿也没有因为王饮泉是领导就犯怵。

事实上，任何一个人在被喝醉的领导拉着掰手腕，结果还把领导比下去了之后，都会有种打破职位尊卑的释然感吧……

“陆临渊同志，注意你的言行，这是跟领导讲话该有的态度吗？”王饮泉说完这句话，又狠狠吸溜了一口面。

陆临渊：“……”恕他直言，面对这样一个吸溜泡面的领导，他现在的这种态度，已经是他能够给出的最正经的态度了。

“我有一种预感，这个案子的水很深，所以我希望大家能够趁春节陪陪家人，年后开工再全身心投入，打一场艰苦而漂亮的大仗。”王饮泉已经决定再加班一小时就去宣布下班、放假三天了。

陆临渊听到这儿，自然明白了王主任的一片心意。事实上，他也已经看出不少人有些心不在焉了。这并非他们不够敬业，而是举国欢喜的团圆日子里，自己却不能陪在家人身边，难免心中有愧。

“那让他们休息几天吧，我还是要申请外出调查。”看出王饮泉嗫嚅着正要再劝，陆临渊沉声道，“主任，你知道的，有些线索是有时效性的，可能稍纵即逝。”

王饮泉陷入了沉思，他知道陆临渊的话是无比正确的，也知道一向冷静理性的自己有些感性了，可他实在舍不得陆临渊这样一个优秀的好孩子，在这样热闹的日子里独自涉险。

“主任，让我去吧。”陆临渊打断王饮泉的思考。

王饮泉抬头。

“不然，我可能会因为自己的调查申请没有被批准，想查案子的野心没有得逞而情绪失控，一不小心就说出了一些不该说的事情……”陆临渊轻描淡写，一点也不像在威胁人。

王饮泉抬眸看他，眼神陡然变得危险，很凶。

陆临渊笑得一脸无害，不自觉歪头道：“比如，主任上次喝醉后，非拉着我掰手腕，还没掰赢的事。”

王饮泉：“……”一喝酒成千古恨啊！

“没掰赢就算了，还哭。”陆临渊正色道。

王饮泉：“……”陆临渊你这样是会被我穿小鞋的你知不知道！

最终，陆临渊还是开着车，踏上了调查的征程。

他是已经出了市区，即将上高速了，才想起来给家里打电话说一声。

黄梅很心疼儿子：“临临啊，你们领导也太霸道了，大过年的加班就算了，好歹人就在市里，现在倒好，还把你安排到外地去出差加班了，这什么领导啊！你们领导是叫王饮泉吧？我看他确实是水喝多了，连脑子都进水了。中国的过年传统就是团圆，全家要整整齐齐啊，他知不知道？！”

陆临渊先在心里向脑子进水的王饮泉道了歉，而后向念叨的母亲解释道：“是我自己主动申请出差的，案子隐约有一点眉目，我不想节外生枝。”

陆知新声音冷硬：“你就光想着案子不要节外生枝，就没想过家人会遗憾一家人无法团圆？”

陆临渊扬眉，嘴角勾起一道弧度，笑意却未达眼底。啧，他没有担心、没有想念，就只是遗憾？好，好得很。

陆园拿过陆知新手里的听筒，温声道：“弟，那你路上注意安全，大晚上的，又是冰天雪地，开车慢点。真查到什么，也不要太明目张胆地对着干，先想办法拖延，等假期结束有同事支援了，再一鼓作气将案子拿下。”

陆临渊：“好的，谢谢姐。”

座机的听筒继续传下去，轮到莫家鸣了。

谁知一向会在岳父母和妻子面前讨巧卖乖、表现出懂事一面的莫家鸣，竟只交代了一句“注意安全”，就再没说其他的话了。陆临渊有些讶异，因为往常他去加班查案，莫家鸣一定会叮嘱许多话，从擒拿术到野外生存，从跟踪法到暗地打听……有的没的，总会说一大堆，然后收获陆园崇拜的眼神。

恰逢车子开上高速，陆临渊挂了电话，不再想这些，心无旁骛地开车。

到了午夜十二点，车子经过一座小城，提前摆在河边的烟花齐齐绽放，霎时间，夜空里仿佛开出了整个春天。

陆临渊心念一动，减慢车速，掏出手机拨通了一个号码。

接到陆临渊的电话时，江听雨正跟江淮南坐在灯下守岁，红泥小火炉里烧着炭，江光明跟刘晓玉已经先去睡了。

江听雨瞄一眼正在看本科自学考试教材的江淮南，轻咳一声，而后开口道：“哥，我想喝姜糖水……”

江淮南闻言放下教材，揉了一把江听雨的头：“大半夜喝什么糖水？就会折腾你哥。”

然而嘴上虽这么说，人却起身朝厨房走去。

江听雨朝他吐了下舌头，然后扒拉两下自己被揉乱的头发，才按下了接听键。

“陆临渊同志，新年快乐呀。”她竭力克制自己，不让自己的声音太过于兴奋。

“新年快乐。”他也竭力克制自己，不让自己的语气太过于轻软。

然而足够安静的夜晚，却还是让这样简单的问候有着藏不住的浪漫。

“你还没睡？”陆临渊打破沉默。

不知从何时起，向来寡言少语的他竟学会了率先挑起话题。

只是他自己尚未意识到这一点，她也没有。

江听雨往炉子里添了一块炭，答道：“嗯，跟我哥守岁呢。你呢，也在守岁？”

陆临渊的嘴角勾起一个弧度，竟泛起些嘲讽的意味，守岁？自从搬出爷爷家，与父母同住之后，他就再也没有做过这样的事情了。

“没有，我在开车，”不待江听雨追问，他已自觉补充，“有点事要去临川县办一下。”

一听他是去办事，江听雨就不多问了，只交代：“那你注意安全，开车是，办事也是……”

虽然这只是再简单不过的一句叮嘱，陆临渊却觉得心里的某个角落似有春天融了冰的溪水流过，暖暖的，还冒着袅袅的烟儿，若掬一捧饮尽，想必是无法言喻的清甜。

“你可一定要好好的啊。”江听雨一只手攥紧手机，一只手握着火钳去翻烧红的炭，心里免不了担忧，却又无力为他做点什么。

“嗯，好。”陆临渊这样回答着，似是安慰她，又像是承诺。

炉子里的炭一经翻动，烧得越来越旺，偶尔发出“哔剥”的细小声音。

俩人静静的，不说话也不尴尬。

片刻后，江听雨的视线忽然落在桌上，那里摆着一碟瓜子儿。鬼使神差似的，江听雨开口道：“我想嗑瓜子了，你介意吗？”

陆临渊差点失笑，只听说男人问女人介不介意抽烟，还真没见过女人问男人介不介意嗑瓜子儿的。

“你嗑吧，我听着。”

江听雨：“……”我只是忽然嘴馋而已啊，并不是为了让您听声儿！

探身抓了一把瓜子，江听雨嗑得十分迅速利落。饶是陆临渊这样冷静理智的人，也忍不住为这样的速度啧啧称奇……

江听雨收到陆临渊的敬意之后，一点儿也没谦虚：“如果我嗑一粒瓜子，你就给我一块钱，我能嗑完本地瓜子工厂的所有库存！”

陆临渊：“那您可真是厉害了啊。”

江听雨得意一笑，她没说完的另一句话是：如果我嗑一粒瓜子，你就给我一个吻，我能嗑遍全世界的葵花地。

十来分钟后，后面厨房传来“吱呀”一声，是江淮南煮好糖水，将木门合上了。

江听雨停止嗑瓜子：“我哥要进来了。”

陆临渊会意，说了句“早点休息”便挂断了电话。

江听雨将手机放好，接过江淮南递来的糖水，小口地喝起来。

大年夜这样特殊的日子，零点准时打来的电话，到底是有意为之，还是纯属巧合？一切但凭她肆意臆测，真实答案除了陆临渊自己，无人得知。

凌晨两点，高速要封路了，陆临渊将车停进服务区，打开手机。上面弹出了许多新的微信消息。

消息虽多，内容却千篇一律，无非是“祝你在新的一年，业绩创新高，官途更顺利”之类的套话，谁知道这些短信被复制粘贴了多少遍，被发给过多少人。

心底忽然烦闷，他只觉当下的冷清冗长无比，让人无处躲、无处避。他将车窗打开，冷风争相灌入，虽得片刻的清醒与爽快，可时间稍久，便多大的热气儿都没了。

按亮手机，他退出微信，打开了QQ，点开那个熟悉又陌生的灰色头像，发出“新年快乐”“我喜欢你”这样的字句，却一如既往收不到回应。

人在山间喊，山间无回声。

醒来后，天边已经有了一丝晨光，陆临渊将这样那样的小心思收好，行走在世间的，又是那个成熟理智的清朗男子。

这回他要办的案子说起来比较清晰，内容也不算新鲜：2012年至2018年间，凌城国土资源局局长田凯旋收受当地一家房地产公司的贿赂。

那家房地产公司的董事长叫林石，在当地具有不小的知名度，一是因为这个董事长不仅自己开公司，还在商业谈判界占有一席之地；二是因为他算是白手起家，却异军突起，在短短半年内连续以最优价格拿下凌城的多块地皮，并且仅仅比竞标对手所报的总价高十万元。

商场如战场，大家都是在这一行混的，谁能看不出其中的猫腻儿？那个林石，要么是自身有后台，要么就是抱了棵大树当后台。如果林石只是拿了几块地便收手，那么竞标对手们也就认了，谁也不想得罪人，尤其是林石后面的那位。可谁知林石人心不足蛇吞象，居然想大量囤地，再以高价卖给急需地皮来拓展业务的竞标公司。这完全就是不给人家留活路啊，谁受得了？于是，各家房地产公司的负责人愤怒了，一合计，索性收集了林石非法竞标的证据，往监察委投上实名举报信了！

可是举报信里的证据并不全面，顶多证明林石公司掌握着一些获取竞标公司报价的非正常渠道，可能是行贿了土地竞标某一环节中的公职人员，但也不排除收买了竞标公司的内部员工，因此监察委并不能直接以行贿的罪名逮捕他。

为了尽快查清这个案件，不让国土流失、国家利益受到严重损害，凌城监察委从林石的房地产公司调来了公司成立以来的所有财务账册、凭证，连续奋战，年底也没休息。

通过查找、比对、审核数据，监察委找到了一条关键线索，即财务账册中的招待费有些异常，虽然每一次的支出不多，但是频频支出，合计起来竟是一笔巨款。

虽然招待费的收款方是各种各样的店，有饭店、酒店、KTV、农家乐、棋牌室，甚至还有景区门票和加油站的原始发票，但陆临渊去税务局一查，发现大部分收款方的缴税金额与林石公司的招待费支出并不一致。

陆临渊的心里忽然冒出一个大胆的推测，在获得王饮泉的批准之后，他暗里进行了实地调查，又用自学的财会技能对数据加以比对分析，最后发现那些收款方果然有一个共同的客户：金碧 KTV。

通过连续几天的蹲点，他发现经常在金碧KTV出入的人，正是热情好客，时常招待老同学、老朋友，又好一展歌喉的凌城国土资源局局长田凯旋。

出于保密原则，他没对除了王饮泉以外的任何人说他查到的东西，所以除夕那天同事们仍在翻看的资料，其实是他早已翻完并得出答案的。

而莫家鸣去监察委办公室送饭时，陆临渊之所以不在，就是在向王饮泉汇报已经查到的线索——金碧 KTV 向凌城公安局报警，称总经理谢晋元的办公室丢失了贵重财物，根据监控视频显示，嫌疑人是店内一个叫杨洁柔的陪唱小姐。虽然谢晋元做笔录时所说的贵重财物是戒指，但陆临渊几乎是下意识地觉得不对劲：谢晋元未婚，也没有恋爱对象，日常行事作风粗鄙，不像是会在办公室放戒指的男人。

他装作看热闹的客人，在包厢里一边不经意地掏出几张人民币当小费，一边随口提起了这件事。陪唱的小姐见多了出手大方的男人，却是头一次见这样气质矜贵的俊朗男人，立马像炫耀一般地说起了自己听到的八卦：

“监控视频里进谢总办公室的女人是杨洁柔没错，但谢总的保险柜是摄像头死角，因此摄像头根本拍不到办公桌里有些什么，更别说杨洁柔偷走什么了。鬼知道是戒指还是项链，是现金也说不定。谁知道呢？”

陆临渊和王饮泉一合计，至少有 50% 的概率可以认定林石、谢晋元、田凯旋存在行贿、受贿行为。如果他们推测正确的话，那应该是田凯旋在谢晋元的店里消费，林石通过公司账目来买单，且数额高达 120 万元。而谢晋元对丢失的东西那么紧张，在自己店里有私人保镖的情况下仍然选择报警，说明杨洁柔拿走的东西非同小可，很可能就是他们行贿、受贿的第一手有力证据！

陆临渊问了在警局工作的朋友，杨洁柔还没找到，已经失去音讯 72 小时了，通讯工具定的位是垃圾站，没有回老家，也没有任何身份证购票信息。

推己及人，陆临渊觉得杨洁柔可能会回老家过年，并在过年后再次离开老家。若她有意隐姓埋名，是很难被追寻到踪迹的。因此，他不愿错过这样一个机会，决定放弃春节假期，除夕夜独自出差。

此时，他按照调查到的地址，来到了杨洁柔的家门口。

眼前是一栋红砖房，四周用钢筋栅栏围起来了，院子里码着农具、稻草垛，还有一个干涸不久的水泥堆。

陆临渊看出这栋房子是新修的，便更加确定心里的猜测。他正要抬手去敲院门，忽然看见一个女人推开房门走出来，拎着大包小包，像是要出远门的样子。

女人身穿大红色的羽绒服，下面是一条黑色的小短裙，渔网袜裹住她修长的双腿，及膝的长款皮靴在地上踩出不小的动静。

陆临渊往她身上看了一眼就很快挪开视线——这个女人有着村里人所没有的时髦，也有着与这个淳朴村子格格不入的风尘气。

女人也看见他了，转身走回屋内，大力关上了门，发出“砰”的一声巨响。

陆临渊抬手敲门，力道恰好，足够让屋内的杨洁柔听到，又不至于引起旁人的围观。

杨洁柔的母亲正在厨房内烤糍粑，听见敲门声便推开窗子，探头来看。见是陌生人，她有些疑惑地问道：“小伙子你找谁啊，是不是走错门啦？”

陆临渊对老人向来尊敬、周到，此时嘴角抿出一个礼貌的微笑，温声问候道："您好，新年快乐。我是杨洁柔的朋友，请问她在家吗？"

杨母一听他是女儿的朋友，忙出来迎接，一边跑还一边朝杨洁柔房间的方向喊："柔儿，你朋友来啦，快出来！"

杨洁柔还没来得及阻拦，杨母已经一溜小跑过去，打开了院门。

陆临渊往前迈了一步，双手递上礼盒套装："新年快乐，给您拜年。"

杨母头一回看到这么精美贵重的礼盒，一时间有些愣住，没敢伸手接。

陆临渊看向倚在门边的杨洁柔："过来拿一下啊。拜年还不乐意？"

杨洁柔隐约猜到此人来意，但猜不出此人身份，便不想搭理，甚至十分想躲。奈何人家已经找上门，杨母也已经"引狼入室"，她只好决定兵来将挡，水来土掩，索性大步走来，接过礼盒。

杨母热情地拉住陆临渊的手臂，招呼他进屋："外面冷，快进来喝杯热茶！"

到了客厅，杨母让杨洁柔给陆临渊倒茶、陪陆临渊说话，自己仍去厨房烤糍粑了。

杨洁柔也不给他倒茶，翻了个白眼，朝桌上的礼盒努了努嘴，没好气道："来就来，带什么东西？黄鼠狼给鸡拜年？"

陆临渊不以为意，淡淡地道："大年初一，总没有空手上门的道理。"

"你还挺讲究。"杨洁柔觉得他是在故弄玄虚，反正没安好心，又何必假模假样地装绅士？

"我的车停在外面，我们是在这里聊，还是去车里？"陆临渊察觉到杨洁柔方才是打算悄悄离开，并未告知杨母，想必是报喜不报忧的那种人，此时便不愿当着老人的面戳破杨洁柔的事，更不愿让老人担惊受怕，于是刻意压低了声音。

杨洁柔看了一眼正给糍粑翻面的杨母，知道今天这场谈话是免不了了，不再挣扎，配合道："去外面吧。"

陆临渊点点头，率先转身往外走去。

杨母听见开门的声音，回头看见他往外走，忙追上来："哎，小伙子你怎么就走啦？糍粑马上就烤好了，你吃了再走啊！"

陆临渊笑得很乖："您先烤着，我跟她在外面谈点事，谈完之后就进来吃。我已经闻着香味儿了，肯定特别好吃。”

杨母听见这话十分受用，眉开眼笑地说：“你可真会说话，一看就是有知识的人！那你谈完事情，可一定要进来吃啊！”

陆临渊笑着应承了。

坐进车内，他还没说话，杨洁柔先开口了：“谢谢你没有吓到我妈，也没把我在外面的事告诉她。”

陆临渊看着面前这栋新修的房子：“这房子，是你出钱修的吧？”

到这会儿，杨洁柔从陆临渊待人接物的态度里，差不多已经看出他跟谢晋元不是一路人了，但仍不敢放心，便不肯应话。

陆临渊知道她在担心什么，掏出监察官的证件。

杨洁柔细细看了证件上面的字，得知他是公职人员后，松了一口气，问道：“你来找我，是为了我从谢晋元办公室偷走的戒指吧？”

“恐怕不是戒指。”

杨洁柔闻言笑了，既然大家都是明白人，她也不再讳言：“对，的确不是戒指。那么，陆大监察官猜不猜得出是什么？”

“可能是林石向田凯旋行贿的证据，即田凯旋在谢晋元的店内消费，林石负责买单；也可能是谢晋元直接向田凯旋行贿的记录，比如银行转账的原始凭证、网上转账的截图、行贿过程的录像视频等，都有可能。而在金碧 KTV 这样的娱乐场所，只是唱歌、喝酒的话，想必花不了太多钱，除非还有别的什么消费。你懂我的意思吧？”

杨洁柔闻言，眼底闪过一丝惊愕和慌乱，被陆临渊敏感地捕捉到了。

他保持着面无表情的样子，既无嘲讽，也无骄傲，沉声道：“看来我的推断大致没错。”

杨洁柔低下头，好半晌没出声。虽然在上这辆车之前，她就已经做好了开诚布公的准备，但她以为他们会循序渐进、周旋良久，谁知陆临渊三言两语就戳中要害。临到头了，她到底还是有些抗拒在这样一个清朗如玉的男人面前，把自己最不堪的疮疤揭给他看。

陆临渊打开储物架，拿出两块大白兔奶糖，一块递给她，一块含进自己嘴里。

杨洁柔接过那块糖，却没剥开，只是攥在手心。

她从小不爱读书，兼之看多了“王子爱上灰姑娘”之类的电视剧，脑袋里便总是天马行空，想要去外面的世界闯荡。辍学后，她跟着一个小姐妹出去打工，最初是在一家工厂里踏实干活，省吃俭用攒了些钱，结果生了场病，全给花光了。

她的心就是在那时候蠢蠢欲动的吧？她想找个来钱快的工作，也不需要赚多大一笔，只要足以保证今后的生活。恰逢金碧 KTV 即将开业、高薪招聘，她心一横，又仗着上天赏的好皮囊，玩儿似的走进那欢乐场，自以为能克制住日渐增长的欲望。

日夜颠倒的生活拉开帷幕，她陪过千千万万人唱歌，但天性泼辣，加上谢晋元对她有好感，明里暗里地护着她，便从没被谁占过肢体上的便宜。然而就在她觉得钱赚够了想走的时候，谢晋元和田凯旋搭上线了。

田凯旋来KTV寻欢作乐，离开谈判桌、准备进军房地产行业的林石买单，谢晋元则全程陪同。原本她是在另一个包厢陪唱，不太可能碰上田凯旋的，可田凯旋喝多了，上完洗手间回来推错了门，一眼看见了坐在高脚凳上高歌的杨洁柔。

彼时杨洁柔正将一首《甜蜜蜜》唱得甜如蜜，身上穿着一条将将盖过大腿根的紧身裙，大长腿就那样交叠着，两串银铃耳环随着身体的颤动而摇晃，叮叮当当。

对于田凯旋这个走错房间的不速之客，杨洁柔并没有多搭理，甚至因为他太过赤裸的眼神而觉得不爽，似娇似嗔地瞪了他一眼，眼波流转间透着无限的风情。

田凯旋当下看直了眼，他喜欢她的丰乳肥臀，喜欢她媚劲横生的眼角眉梢，也喜欢她身上那股爽利劲儿。

回到自己包厢之后，他立马板起脸，一屁股坐在沙发上：“谢老板不够朋友。”

谢晋元闻言一震，连忙坐直了身体，有些忐忑地问道：“田局这是说的哪里话？是我哪里招待不周吗？”

田凯旋见谢晋元这样紧张自己的态度，心里舒坦了，靠向沙发背，似笑非笑地摇着杯中的红酒。

林石是能跟阮旭在谈判桌上一较高下的人，当即猜出田凯旋这是醉翁之意不在酒，便投其所好："谢老板，咱们三个大老爷们儿能有什么话说？不知道的，还以为我们三个不正常。你这儿有什么好看的姑娘，叫进来一起聊聊天、喝喝酒、唱唱歌啊。"

谢晋元听见林石的提点，恍然大悟，也有些懊恼。盛传田凯旋与爱人极为恩爱、夫妻情深，他便特意没有让姑娘进来陪唱。眼下看来，这倒是他自作聪明，而田凯旋也没有传言中那么洁身自好。也是，能来他这个地方消费的男人，又有几个是正人君子呢？

想通关节之后，谢晋元拿起手机打给经理，交代道："选几个机灵点儿的人进来，要漂亮的，这里有贵客。"

田凯旋抿了一口酒，漫不经心地说了一句："刚才出去，听见有人唱《甜蜜蜜》，老歌居然还蛮好听，看来我是真的年纪大了，已经开始怀旧了。"

谢晋元忙在电话里补上一句："要会唱《甜蜜蜜》的，而且要唱得好听的！"

到这时，田凯旋才真的笑了，举起酒杯示意。

林石与谢晋元忙双手端起酒杯，先干为敬。

不到五分钟，十来个年轻漂亮的女孩儿齐齐走进包厢。田凯旋眯眼一看，站在最中间的人赫然便是自己方才相中的人。

他按捺住内心的欲望，状似不经意地抬手一指："就你吧，唱首《甜蜜蜜》。"说着，他又从钱夹里掏出一沓现金，放在桌上，"唱得好，这些就都是你的。"

其他女孩儿朝杨洁柔投去羡慕的目光，那些钱至少有两千块。

杨洁柔已经认出田凯旋就是刚才走错房间的人了，此时也知道自己被叫过来是套路，但望着那些钱，她想，唱就唱呗，反正也不会掉块肉。

她唱的时候，田凯旋就坐着打拍子。一首唱完之后，他又第一个拍手叫好。

田凯旋都做得这么明显了，谢晋元再看不出田凯旋的意思，那就是白混了。见田凯旋对杨洁柔表现出浓厚的兴趣，他便生了别样的心思。

金碧 KTV 向来就不是只做唱歌的生意，甚至可以说唱歌只是掩人耳目罢了，真正赚钱的大头其实是另一样，这也是熟客才会知道的。一直以来，谢晋元还算有原则，不干强买强卖的事，店内的女孩想陪唱还是想陪酒，或者陪其他别的什么，他都不强迫，但凭自愿。

然而这会儿，他觉得有必要推翻自己所谓的原则了。林石成立房地产公司，他也入了股，而田凯旋就显得尤为重要，可能三言两语就决定他们能不能顺利赚到第一桶金。

谢晋元看向杨洁柔，她来金碧快一年了，会打扮了，捯饬得越发勾人。说实话，自己还没尝到她的滋味，就要拱手送给别人了，他有点不舍。但成大事者不拘小节，他很快想通了，心底如壮士扼腕般悲壮。

其实，他能有多不舍、多悲壮呢？不过就是说服自己，粉饰自己的龌龊心思罢了。

大家在包厢内唱了许久，宾主尽欢，临走时，田凯旋趁人不备，捏了捏杨洁柔的手，暗示她跟他走。

杨洁柔想都没想就拒绝了，扭着小蛮腰就下班了。

田凯旋看着她袅娜的背影，越发心痒难耐，看向谢晋元。谢晋元会意，点头哈腰地承诺："田局，您先回去陪嫂夫人，这边有我搞定，保证下次您来时，更加尽兴。"

谢晋元的话说到这份上，态度也诚恳，田凯旋相当满意，也不避讳了，先是伸出两根手指头，接着又比了个五。

谢晋元与林石交换了一下眼神，顿时喜笑颜开，又是拱手，又是作揖。

一周后，凌城老城区的一块地以两千五百一十万的价格售出，竞标成功的正是林石的公司。值得一提的是，林石公司的报价，仅比报价排名第二的公司高出十万。

当晚的庆功宴，田凯旋没有出现在宴会厅，毕竟是那样敏感的身份，再加上做贼心虚，不能公然与商人来往。但他得到了应有的回馈，谢晋元安排了杨洁柔在一个总统套房里等他，单独与他庆祝。

原本她是百般不肯的，却遭到了谢晋元的毒打。之后谢晋元又来找她说好话，还承诺会给她一大笔钱，让她风风光光回老家。

对美好未来、静好日子的渴望，对金钱的欲望，让她最终选择了妥协，而有了第一次，也就有了第二次、第三次……久而久之，她有了足够的钱寄回老家，也习惯了逢场作戏，顶着一张巧笑倩兮的面具，在欢乐场中游刃有余。

田凯旋对她的痴迷并没有持续太久，他那样的人就是喜新厌旧。但她又有什么资格鄙夷田凯旋呢？她自己不也是贪得无厌，才会深陷泥淖、难以逃离吗？

她前不久才幡然悔悟。那天，她想去为自己争取更高的分成，偶然听到了谢晋元和林石的谈话，才知道田凯旋并非她猜想的富商，而是国土局局长。而且，田凯旋已有家室。

也就是说，她本来只是想赚钱，却无意间参与了行贿、受贿，还成了小三。

要说后者还只是个人道德问题，前者就是实打实的违法犯罪了。

之后，她又听到谢晋元扬扬得意地说："田凯旋这人，唯利是图，道貌岸然，指不定哪天找着比咱们更大方的金主，立马就甩手而去了。所以你上次交代我防他一手，我已经办妥了。"

林石猥琐一笑："拍了照片？"

谢晋元颇为骄傲："照片能有多大效果？我录了视频，高清无码！有这个东西在手上，不怕田凯旋不听我们的话。"

林石来了兴趣，道："拿出来，我也欣赏欣赏。你别说，你们店里的姑娘确实长得好看，要不是颜妍那丫头管得严，连我都想试试了，哈哈哈！"

谢晋元起身从保险柜里拿出一个硬盘，插进电脑，点了几下。

很快，里面传来了视频的声音，林石一边看一边点评着里面的每个女人，更是令人无比恶心。

杨洁柔几欲作呕，逃也似的离开了。回到宿舍，她一刻不停地收拾东西，临走时忽然心神一动，又往谢晋元的办公室走去。

待谢晋元与林石看完视频出来，送林石去停车场时，杨洁柔小心翼翼地走进办公室。果然不出她所料，谢晋元没想到会有人敢闯他的办公室，再加上林石刚才收到颜妍的查岗电话，急着赶回去，因此他急匆匆将硬盘拔下来放进保险柜，却还没有上锁。

杨洁柔朝桌上啐了一口，拿了硬盘拔腿就跑。她怕拎着大包小包离开会引人注意，因此就只揣了手机和身份证，连宿舍的行李也不要了。

担心被谢晋元查出行踪，她也不敢用身份证买票，取了一大笔现金，又给老家的杨母打钱之后，就包了辆私人的车躲去邻省了。

直到腊月二十九，她实在不忍心让杨母一个人孤苦伶仃地过年，便心存侥幸，包车赶回来，想着陪母亲吃顿年夜饭，大年初一立马离开。

谁知她刚推门要走，就碰见了正要敲门的陆临渊。而此时后面有陌生车辆渐渐逼近，很可能是谢晋元的人也找上门来了。

将那些不足为外人道的阴暗秘密说完，杨洁柔忽然释然了。彼时觉得水深火热，如今回看，似乎也没有多复杂，无非就是各取所需，为财色着迷。

陆临渊听完，脸上依然没有什么变化。红尘滚滚，最不缺的就是形形色色的人，和或许看起来不可思议却又真实发生着的故事。

"您瞧不上我这样的人吧？"杨洁柔说这话时脸上带着笑，嘴里却泛着苦。

陆临渊看着车窗外被风刮得摇摇晃晃的芦苇，没说话。

也没什么瞧得上、瞧不上，各人有各人的活法儿，都是可怜人。

但他还是规劝："既然已经是往事，就不用去想过去了，多想想未来。"

杨洁柔苦中作乐惯了，顷刻间便赶走阴霾，粲然一笑："嗯，我已经决定重新去打工了，可能会去邻省找个服装厂或者电子厂之类的。"

陆临渊忽然想起阮旭不久前有一笔谈判业务，是帮凌城的一个服装厂搞定违约的订购商，赢得非常漂亮。当晚阮旭出席服装厂的庆功宴，散场之后死活不让人家送，要让陆深深去接。结果陆深深头一次拒绝了他的要求，不仅没去接，还挂断了电话。

阮旭握着暗下去的手机屏幕，也不知道在执拗什么，非不打车，也不问路，硬生生在服装厂的大门口冻了半宿，直到终于扛不住了，才打电话给陆临渊。

能见到阮旭这样日常精致的男人的窘状，陆临渊当然乐意之至。到了服装厂门口后，他出于职业习惯还观察了一下四周，看到了贴在墙上的招工启事，也看到了站在暗处抽烟的男人。

男人看到他之后，走过来问道："你是来接阮先生的吗？"

陆临渊"嗯"了一声，又反问他是谁。

男人答道："我叫池昌林，是这家服装厂的老板。阮先生喝了点酒，硬是不让我们送，说是会有人来接他。我不敢放他一个人在这里等，他又不肯让我们靠近，我只好躲在暗处守着。”

陆临渊望了蹲在不远处的阮旭一眼，视线又落回池昌林的脸上：“费心了，多谢。”

池昌林咧嘴一笑：“我做的这点事不足挂齿，倒是阮先生帮了我们大忙，让恶意找借口违约退单的客户付了尾款，才使服装厂得以摆脱滞销危机，全厂上下都很感谢他。”

说着，池昌林掏出烟盒，抖出一支烟，给陆临渊递过来。

陆临渊摆摆手。

池昌林把烟收回去，放进自己嘴里，掏出打火机点燃：“不抽？还是抽过，戒了？”

“不抽。”

“不抽好，这玩意儿容易上瘾，而且抽完身上会有味儿，怪熏人的，尤其是穿皮袄时抽烟，简直能臭到十八里外去。”

“嗯。”

没有与池昌林多交谈，陆临渊扶着有些昏昏欲睡的阮旭坐进车子。车子驶出很远之后，池昌林还站在原地挥手。

想到这儿，陆临渊看向旁边的杨洁柔，开口道：“别去邻省了。”

杨洁柔一时有些愣怔，眼里写满了狐疑：“啊？”

“就在凌城做事吧，有一家服装厂正在招人，我观察过，工厂环境和待遇都不错，老板也是性情中人。去邻省太远，不方便回家看老人。”说着，陆临渊打开手机，在网上找出池昌林工厂的招聘启事。

杨洁柔霎时笑了：“您真是个好人。”

不知不觉间，她已经称呼他为“您”。

陆临渊也注意到了这个细节，但他没应话，实际上也没什么好说的了，现在视频在他手上，多一事不如少一事，谢晋元那群人自然犯不着再大张旗鼓地为难杨洁柔，只会将精力用来对付他。不出他所料的话，回凌城的路，应该不会太好走。

杨洁柔隐约也察觉出凶险了，有些不舍地下了车，站在原地望着不远处的那辆陌生越野车，又望一望陆临渊，欲言又止。陆临渊朝她安慰地笑了笑，让她赶紧回家，就发动了车子。

十多分钟后，车子驶出村子，开上了山路，前方是个一百八十度的急弯，里侧是陡峭的山壁，外侧是悬崖，崖下是一条看似平静的河流。陆临渊看着后面渐渐追上来的车子，眸色一深，加快了车速，想要把后面的车子甩掉。

山间雾重，就在陆临渊即将转过这个一百八十度的弯时，前方视野里忽然出现一个提着鞭炮的老人。老人似乎有些耳背，听到鸣笛声也不躲避，仍然走在路中间。

陆临渊只好减速，想将方向盘往内侧打，绕过老人开过去。不料后面跟随他已久的越野车看准时机，竟疯了一样冲上来，擦着山壁撞上他的车，将他往外侧的悬崖逼。

车身被撞得猛烈一震，轮胎与地面发出刺耳的摩擦声。老人这时才反应过来，转身一见这阵势就慌了，手中的鞭炮也被吓得掉在地上。

越野车上钻出来两个蒙面的壮汉，虎背熊腰、步伐稳健，一看就是练过的。他们拎起老人的衣领，一边拍打着老人的脸，一边示威似的看向车里的陆临渊。

他们料定陆临渊不会袖手旁观。

陆临渊知道这是挑衅，也知道手中的视频有多重要，但此时此刻，别无他法。他往外侧看了一眼，车子已经被挤到悬崖边了，没办法下车。他解开安全带，长腿一伸，跨到副驾驶位上，敲了敲车窗。

越野车的司机朝后座的领头人望了一眼，在得到指示后，将车子往内侧开。山路狭窄，越野车上的人急着办事，就没好好倒车，车尾紧靠着内侧峭壁停下，只在两辆车之间留了个开门的空隙。

陆临渊推开车门，一步一步走到那两个壮汉面前。

“陆监察官？”其中一个壮汉问道。

陆临渊没有回答，只说了三个字：“放他走。”

壮汉闻言，往地上吐了一口唾沫：“你是在命令我？你有什么资格命令我？”

陆临渊又说了一遍：“放他走，其他的我们单聊。”

壮汉狞笑：“你们读书人有句话是怎么说来着，‘人为刀俎，我为鱼肉’对吧？现在是我拿捏着你，你少跟老子狂！”

陆临渊面不改色，语气寡淡地说：“你们只是受人所托，想拿到我手上的东西，犯不着伤害一个无辜的路人，搭上自己的命。”

两个壮汉交换着眼神，一时间有些犹疑：如果真的弄出人命，确实不值。

但他们的迟疑并没有持续太久，为首的壮汉很快做了决定。人为财死，鸟为食亡，他既然出来混，就没打算全身而退。

他将老人的脖子勒得更紧，老人有些喘不过气来，一张脸涨得通红。

陆临渊面色一沉。

壮汉恶狠狠地说：“东西拿出来，不然我就弄死这个老家伙。你知道的，我们这种人说到做到。”

说话间，越野车里的其他人也下来了，清一色穿着黑色西装，还戴着头套，手里把玩着锋利的军工刀。

而他们下车后做的第一件事，就是刺破陆临渊车子的轮胎。

陆临渊简直要笑了，对付区区一个他，对方竟派出这么多人，也真是看得起他了。同时，他更加确认，如果深究这个案子，绝对能挖出更多的人，一个田凯旋闹不出这么大动静。

见陆临渊没反应，那个壮汉不耐烦了，抢过旁边人手里的刀，往老人的肩上一划，瞬间将衣服划开一道口子，露出了里面泛黄的棉花。

“陆监察官，咱们互相体谅一下。我们不怕背上人命官司，但这种事能免则免，而你也不想看见白刀子进，红刀子出，对不？”他一边说着话，一边手上使力，老人的棉衣彻底被划破，已经能看见里面的毛衣。

晨雾逐渐散去，日光依稀透进来，却没有温度。山间风大，空谷的回音似百鬼夜啼。陆临渊攥紧手心，又渐渐松开了。

如果没有老人忽然出现，也许他能顺利转弯、拉开距离，然后一路飞速开回凌城。就算没能甩开尾巴，他也绝对不会交出硬盘，硬碰硬也在所不惜。

可是没有如果，这一生总有些局面令人措手不及。

无辜之人的性命，成了对方掣肘他的最好武器。

片刻后，他从上衣口袋里掏出一个东西递过去。

旁边的一个黑衣人接过硬盘，插进电脑。但他只是打开文件夹，然后将里面的视频文件发给了雇主，自己并没有点开看。对他们这一行来说，知道得越少越好。他们只管拿钱办事，不管黑白是非。

时间仿佛静止了，老人已经被吓得双腿直打战，陆临渊则站得愈发笔挺，如千百年的青松一样顶天立地。

2019 年的初一不复以往风雪，是难得的晴天。

江淮南一大早陪着父母去拜年了，江听雨来了例假，不愿走动，就懒洋洋地坐在院子里，一边晒太阳，一边吃着江淮南出门前给她剥好的柚子。

柚子是自家种的，春天开花时她哥还特意往树根下浇了红糖水，因此结出来的果子酸酸甜甜，格外可口。江听雨心想，过几天回凌城的时候，要给罗小浓带一个，给主编带一个，给房东夫妇带一个，还要……给那人带一个。

管他爱不爱吃呢，她就是想带。若是他运气不好，碰上一个酸的……那就……大不了再送他一包大白兔奶糖喽。

想到陆临渊吃到酸柚子之后委屈皱眉的样子，江听雨不禁笑出声。分明十多个小时前才通过电话，可这会儿，她忽然又想听一听他的声音了。

十来分钟后，黑衣人的手机响了。他往不远处走了几步，接通了电话。

电话那头的雇主说："硬盘里的文件没错，现在你把硬盘的型号拍下来发给我。"

黑衣人按照指示取出硬盘，拍照发了过去。

陆临渊见对方竟这样谨慎，确认文件之后还不忘确认硬盘型号，脸色不由得更沉。

不知道电话里的人又说了些什么，黑衣人开始频频往陆临渊的车上看，而后示意旁边两人去搜车子，任何电子物品和存储器都不要放过。

陆临渊的车里本就简洁，很快，里面的笔记本电脑、摄像机、U 盘都被搜出来，只剩下储物架上的一颗大白兔奶糖，以及前挡风玻璃上挂着的一个木雕挂饰。巧的是，两样东西都是江听雨送的。

两人拿走陆临渊车里的东西后，又从陆临渊身上搜出了录音笔和手机。但他们并没有将这些东西放进越野车，而是按照雇主的指示，将它们放进一个不锈钢的铁桶，浇上汽油当场焚烧。

陆临渊不着痕迹地眯了眯眼：这背后的人到底是谁，连自己请来的人都不信，生怕他们将硬盘里的东西流传出去，竟当场焚烧？而且看样子，那两个壮汉和四个黑衣人还不是一帮人，应该是雇主特意安排，用以互相监督的。

想到这儿，他的心一沉，这样强的反侦察能力，不是常人能有的。

黑衣人朝老人看过去，向电话里的人报告着什么，之后又不经意地瞥了陆临渊一眼。

陆临渊面上不动声色，大脑却飞速转动，看来对方不只要拿到硬盘，还害怕他已经查出更多线索，要做掉他这个“多管闲事”的人。

见其中一个壮汉的视线落在自己身上，陆临渊心念一动，忽然打了个摆子，上半身缩成一团，边哈热气边搓手。

壮汉望着陆临渊这副怕冷的样子，鼻腔里发出嘲讽的一声冷哼。不过他自己也嫌天冷，想速战速决，见铁桶里的东西烧得不够旺，干脆松开老人，从旁边折了一根长树枝，大步走过去开始拨弄。

陆临渊目不转睛地盯着那个铁桶，隐隐期待着什么。

大约一分钟后，铁桶里忽然发出“嘭”的一声。笔记本电脑的电池在高温炙烤下，终于炸了！

正弯腰拨弄电脑的壮汉躲避不及，脖子的裸露处被火花溅到，身上也燃起了火苗，疼得哇哇直叫。

始终抓着老人的另一个壮汉松开手，走过去一边拍打着同伴身上的火苗，一边气得直骂：“蠢货！不知道电池会爆炸吗？！”

陆临渊看准时机，几个箭步跑到落单的老人面前，紧紧抓着他的手臂，同时迅速捡起鞭炮，精准地丢到了铁桶里。鞭炮霎时噼里啪啦地炸开了，两个壮汉又被炸了一身，黑衣人也因一时心慌意乱，纷纷退避。

找准两辆车子之间的空隙，陆临渊拉着老人跑过去，将他一推：“使劲跑，无论发生什么都不要回头看！”

老人此时也明白自己拖累陆临渊了，半点不敢再耽误，拿出年轻时的冲劲，不顾一切地往村子里跑。

陆临渊提起一旁没拧盖的汽油桶，迅速洒在空隙之间，又甩腿将铁桶踢翻，地上的汽油很快燃烧起来，瞬间拦住了通往村里的路。

一个黑衣人跑过来，想将挡路的越野车挪开，车门却烫得他无法触碰。眼看着老人的身影越来越远，再追就进村子了，他只好不去管，一心对付面前的陆临渊。

陆临渊起先只防不攻，以守住身后的空隙为主，便挨了几下。待老人差不多进村之后，他才全身发力，一记帅气的重拳挥出去，面前的黑衣人瞬间倒在地上，鼻腔中血如泉涌。

另外三个人见同伴受伤，目眦欲裂，手中军工刀挥舞得愈发快。

陆临渊动作干净利索，拳拳到肉，一时间竟和那三个黑衣人打成平手，甚至在高抬腿又踢翻一个之后，隐约占了上风。

然而那两个壮汉扑灭身上的火苗之后，很快加入进来。

局面顿时又成了陆临渊以一敌四。

江听雨坐在太阳底下看书，结果没多大会儿就觉得眼睛有些难受，只好合上书本。

她将衣袖挽起一小截，露出纤细的手腕，以及手腕上那条红绳手链。本命年已经结束了，可她仍舍不得取下来，因为……这是他送的啊。

阳光照在手链的小骨头吊坠上，反射出耀眼的光芒。江听雨心痒难耐，终于掏出手机给他打电话……

只是呼叫音刚响了一声，她又忙不迭将电话挂断了。因为她蓦地想到陆临渊之前说了今天要办事，而她并不想因自己的私心去打搅他。

陆临渊纵然能打，以一敌四还是有些吃力，在又一次打倒一个人之后，他体力不支，渐有颓势。

那三人也发现陆临渊撑不住了，彼此交换眼神，旋即齐齐举刀往陆临渊身上刺来！

受伤躺在地上的一个黑衣人正哼哼唧唧，忽然隐约听见了手机的振动声。他辨别了一下方向，侧头往山路外侧的草丛看去……

陆临渊的攻击越来越慢，连防守都有些力不从心，又见刀锋避无可避，一时竟有些灰心的意思。然而当他用余光望见地上黑衣人的动作，瞳孔猛地一缩，身体里仿佛又有了一股力量。他往车上一蹬，身体借力从地上滑过去，停在那个正准备往草丛方向爬的黑衣人前面，双腿锁住黑衣人的头部，狠狠一绞。

黑衣人之前本就被陆临渊踢成重伤，此时又被制住脖颈，挣扎几下便昏迷过去。

另外三人本以为自己胜券在握，对陆临渊突如其来的动作始料未及，刀子落空，丢脸至极。他们七个打一个，结果人数折了过半，顿时心头火起，很快掉转方向，再次齐齐举刀袭来。

陆临渊从地上站起来，算准三人刺来的角度。待三人到了面前，他侧身抬腿踢中最可能刺中自己身体要害的人。那人被踹中心窝，仰面倒在地上，半天没动弹。同时陆临渊的手也没有闲着，又狠又准地扣住第二个人的手腕，狠命一扭。那人手上脱力，刀瞬间掉在地上。

只是第三个人的刀子已至身前，陆临渊却再也没有多余的力气去对付其他人了。

既然避无可避，那就……他嘴角抿出一个微笑，那就让这一切结束吧。

刀口刺入了他的胸口，黑衣人犹嫌不解气，又往他的腹部捅了一刀。

骤然的疼痛袭来，加上连续几个通宵看资料、查案、开夜车，陆临渊摇摇欲坠，终于支撑不住往地上倒去。他趴在地上，看见之前点燃的那个火堆越来越小，越来越小……直至彻底熄灭。

眼睛闭上的那一刹那，他只觉自己如坠深海，不断地往下沉，四面八方的浪潮涌向他，裹挟而来的寒意终于将他吞没殆尽。

江听雨挂断电话后，并未放下手机，而是再一次看起了陆临渊的朋友圈，或许这样能让自己安心。

看完那些她已经能背的动态之后，她又翻出了他的照片，认真而深情地摩挲着。

她轻轻戳着屏幕上他的脸，心想，他也没多好看啊，可她怎么就……看不腻呢？

黑衣人望着手上的刀，刀尖上还滴着血……他慌乱了一阵，但很快回过神来，将刀扔进越野车，一边招呼尚有意识的同伙消除现场痕迹，一边将彻底昏迷的人拖进车里。

忙完这一切后，他看向仍然躺在地上的陆临渊。

“大年初一就沾血，真晦气！”他狠狠地骂了几句。

不过骂归骂，既然他收了雇主的钱，事就还是得处理。

他叫了伤势较轻的两个人过来：“赶紧戴手套，然后把他抬上他自己的车，放在驾驶位上。对了，把他的手表取下来，钱和银行卡也拿走，钱包留在里面。”

那两人先是面面相觑，而后明白过来，这是要伪装成抢劫的样子，然后弄死这个监察官……

黑衣人闹出人命，心里也不痛快，见两人犹豫的样子，心里更加不耐烦，恶狠狠道：“今天这事，我们谁都脱不了干系。不弄死他，事情败露了，死的就是我们！”

两人不再犹豫，取了手套戴上，抬起陆临渊就往车里送。将陆临渊放进驾驶位后，黑衣人撑在陆临渊上方，深深地看了他一眼，压低嗓音道：“兄弟，别怪我心狠手辣，是你自己得罪了不该得罪的人。”

说完，黑衣人双手使力，弓着腰往车外退。仰头时，他碰到了挡风玻璃前的木雕挂饰，也没在意，随手拨弄了一下，整个身体就从车里退出去。站直身体后，他将车门狠狠关上，招呼那两个人过来推车。

山路上本就有很多小石子，因此车子推起来并不费力，很快，整个车子就在悬崖边摇摇欲坠。黑衣人一不做二不休，手上使出最后一点力。

顷刻间，车子往悬崖下面栽去，划出一道流星陨落般的痕迹……

“轰！”

悬崖下面传来一声巨响。黑衣人探身往下面看，却因过多芦苇遮挡，一眼望不见底下的境况。

车上还有好几个重伤员急需救治，待会儿说不定会有很多村民上山祭祖，再耗下去实在不是明智之举。于是黑衣人也顾不上亲自去悬崖下面检查了，只想着这么高的悬崖，陆临渊掉下去不死也得变成植物人，便不再耽搁，扫视一圈地面，觉得没有什么异样之后，开车走了。

陆临渊眼皮动了动，挣扎了好久，才缓缓地睁开眼睛。

撕裂般的疼痛遍布四肢百骸，陆临渊觉得自己浑身像散了架一样。巨大的撞击让他从昏迷中醒过来，恢复了一丁点儿意识，但是他使不上半分力气。

此时他的身体倾斜着，腿卡在驾驶位与车头之间，动弹不得。额头伤口处的血淌下来，打湿了他长长的睫毛，也让眼前的景象蒙上了一层鲜红，像极了去年清明节他与江听雨去烈士公园看过的映山红。

他掀起眼皮，看向从储物架掉上下来的一块大白兔奶糖。然而只是这么一个小小的动作，就耗尽了他全部的力气。

山间的晨雾至此已彻底散尽，阳光一层层地从芦苇丛里筛下来，陆临渊感受到自己身体的温度在渐渐流失，可他就是舍不得闭上眼睛。

奶糖是去年中秋节江听雨送给他的，他舍不得太快吃完，往往好几天才吃一块。可就算他这样省着吃，时至今日，奶糖也只剩这一块了。

他笑了笑，扯动了唇角的伤口，却丝毫未觉疼痛，只心里有一处在疯狂叫嚣着，真是……舍不得呐。

风和日暖，令人想要永远活下去，和你一起。

第十一章　我有所念人

当你爱上一个人的时候，你就该说你爱他。
——珍妮特·温特森《守望灯塔》

到了中午十二点，江听雨再次掏出手机按下了陆临渊的号码——她从来不翻通讯录，那串数字早已烂熟于心。

之所以刻意等到中午，是因为她想着这样就算万一打扰了他办正事，也能借着“提醒你按时吃饭”的由头。

然而电话响了许久，始终无人接听，直到自动挂断。

江听雨忽然有点莫名的担心，但又猜测他可能是在忙，想继续打，又不敢打。

就在她发呆的时候，去拜年的江淮南回来了。他惦记着江听雨，连饭也没吃就赶回家，父母则留在亲戚家吃午饭。

“妹，中午想吃什么菜？”

江听雨没什么胃口，随口道：“都可以。”

“那我就煎块豆腐，再弄个萝卜丝炒腊肉。”

“嗯。”江听雨跟着江淮南走进厨房，“我烧火。”

灶里的火很快燃起来，江听雨有些出神，一连往里面添了好几根木柴。

江淮南一边快速翻炒，一边喊：“妹，别添柴了，菜都快煳了啊！”

江听雨这才回过神来，发现灶里的火已经很旺了，她身上也被烤得发烫。可不知道为什么，她打了个寒战，还是觉得很冷。

陆临渊的工作特殊，他经常忙起来就没日没夜，以前也有过好几天不联系她的时候，可从来没有哪一回像这次一样令人不安。

她站起来，回自己房间拿起正在充电的手机，继续拨打那个号码。

这一回，的话竟接通了。

“喂，你好，你认识这个手机号的主人吗？”不过接电话的人并不是陆临渊。

“您好，我认识。请问您是哪位？”江听雨忽然没来由地有点慌。

电话那头的人沉声道：“我是临川县人民医院的医生，现在这个手机的主人正在我们医院。”

江听雨顿时愣住，不自觉握紧拳头，再开口时，连声音都有些发抖：“在医院？他怎么了？！”

那边回答了四个字：“重伤，昏迷。”

江听雨闻言，无意识地重复了一遍：“重伤……昏迷……”

话音落下，她呼吸一滞，寒意自脊背升起，传至胸腔。那一刻，她忽觉自己的世界——天塌地陷，再无日光。

她几乎花了所有力气逼迫自己镇静，才听清了医生的话语。

医生的声音不无焦急：“病人伤势很重，有多处骨折，并且头部也有外伤，很可能引起脑震荡，更严重的是他身上还有两处刀伤，情况十分危急，多耽误一分钟，就多一分生命危险。”

江听雨话里带了哭音：“医生，求您救救他……”

“不是我不救，而是病人现在需要动手术，将刀伤缝合起来，以免失血过多，另外骨折的地方也要处理，并且不排除有脑震荡的可能。”

“那就动手术啊！”

“医院有规定，动手术必须要有病人家属签字。但是病人昏迷，我们根本联系不上他的家属，打电话叫救护车的人也没有出现，号码也打不通了。”医生不是不想救人，看见陆临渊脆弱的样子，听见江听雨的哀求，他也动容，但规定就是规定。

“求你了，医生，求你了，先救人好不好？我一定会签字的！”江听雨感受到医生的强硬态度，霎时泣不成声。

医生陷入两难。

江听雨捂住双眼，可泪水还是源源不断地溢出来，她哭喊道："医生！动手术需要多少钱？我现在就把钱转给您，您帮我交一下，然后马上给他动手术好不好？还有签名，我赶到医院后一定会补的！"

她又报上了自己的身份证号和公司名称："医生，这些都是我的真实信息，如果我说话不算数，您尽管去曝光我！这场手术我负全责，如果出现什么意外，我去坐牢都可以！请您救救他，好不好？我给您磕头，您多福长寿！"

这时，她已经不管自己所说的话对不对、有没有道理了，只知道苦苦哀求，并愿意一命抵一命。到后来，她果真跪下来……

医生终于无法拒绝，咬咬牙，沉声说道："我去给他动手术！"

"谢谢您！医生，真的谢谢您！我现在马上赶去医院，您放心，我一定会签字的，绝对绝对不会给您造成困扰。求您一定要救他！"说着，江听雨将头磕在地上，虔诚得如同古时求雨的信徒。

泪水倒流，没入她的发间，打湿了她的整片天。

挂断电话，江听雨已完全顾不上省钱了，花双倍的价钱包了辆车，按照医生所说的地址，赶往五百里之外的另一座县城。

冬日天黑得早，到了下午六点就已经不见日光，江听雨坐在后座是，看着余晖一点点退去，对大地的挽留丝毫不理。

她已经不哭了，脸上的泪痕干了之后，有些痒，有些紧绷的疼。

去年今日此时，2018年正月初一，她从农大草莓园回来，在那间小小的出租房内换衣服、化妆，想用最好看的样子去见网友。后来她怎么打扮都不好看，也想通不必太介意给网友留下什么样的印象，索性只换了件不那么灰扑扑的外套，脸上的东西则全部清洗干净。折腾个把小时，最后她出门时仍是平日里的样子，素面朝天，土得踏实。

而在电影院门口，他回身的那一瞬间，她后悔了。

若早知陌生网友不陌生，若早知本以为的初遇是重逢，若早知那人是他……她本该打扮得连美颜相机都自愧不如。

后来坐在电影院里，她也没有多认真地看电影，心里一直在责怪自己懒怠。什么最真实的样子，不，她只想让他看见她最美的样子。

一年后的今天，她在装扮方面依然无所长进，脸上也仍是粉黛未施，甚至还有歪七扭八的泪痕，可她丝毫不顾及什么美不美了。她只想尽快见到他，心痒难耐、片刻难等。

她握紧双手，指甲深深地掐进手心，却一点也感觉不到疼。这一刻，她做了一个决定，见到陆临渊之后，她要坦诚，就以他醒来时看见的样子。

无论那一刻的她，是什么样子。

进入临川县时，已经是晚上八点，整座县城张灯结彩，透着浓浓的年味儿。而这样的喜气，衬得那些哭泣着的人愈发悲伤。

江听雨本以为自己会方寸大乱，可越靠近医院，她反而越冷静下来。走进医院后，她深吸一口气，去找护士补签手术同意书。

无比干脆地写下自己的名字后，在后面的“与病人关系”那一栏，她迟疑了，放下笔，双手捂住了自己的面颊。

小护士轻声问道：“怎么了？”

江听雨摇了摇头，闷声说：“没什么。”

良久之后，她重新拿起笔，郑重地写下了三个字。

小护士看着纸上的“准情侣”三字，又看看她，似乎明白了什么，笑着鼓励道：“加油，提前恭喜你。”

江听雨有些勉强地弯了弯唇角：“谢谢。”

这样的决定今生是第一次，说是破釜沉舟，但她心中到底不无忐忑，不过她难以自制。

陆临渊还在手术室急救，杨洁柔垫付的钱很快用完，一张张缴费单如雪花般飞来。

江听雨花光了所有积蓄，又找江淮南、罗小浓和其他朋友借了钱，但仍然不够。

焦头烂额之际，她忽然想到了一个人——白石楠。她看到过他开的跑车，没有几百万下不来，平时的穿衣打扮、购物吃饭也都是高消费，如果他愿意借钱给她，应该足够缴费了。

她其实知道这通电话不该打的，既然自己与白石楠并无关系，也无法回应他的喜欢，就不该滥用他的心意。

可缴费单握在手里如同烫手山芋，她到底还是打了这个电话。

人在困顿之际，除了向自己妥协，似乎别无他法。

接到江听雨的电话时，白石楠正在跟几个哥们儿打牌。

未待江听雨开口，白石楠先说了一大串："江刺猬，你终于给我打电话了！我跟你说，我准备了压岁钱给你，但我是个有原则的人。如果你今天没给我打电话拜年，我肯定是不会随随便便给你的。我就是这么有原则的男人！"

坐在一旁看电视的邵言闻言勾起嘴角，发出了来自灵魂深处的嘲笑。

白石楠余光看见了，往邵言的肩上捶了一拳。而后，他又对着手机说："哎，江刺猬，你怎么不出声儿？赶紧说'祝帅气的白石楠小哥哥新年快乐'，说完我就给你发压岁钱哦！"

手机那头仍旧没声音，许久之后，才传出四个字，不是"新年快乐"，而是"借点儿钱"。

白石楠忍俊不禁，他以为这是江听雨傲娇的冷幽默，于是配合地笑出声了："哈哈哈，江刺猬，你要不要这么逗？！"

听见手机里传来的笑声，江听雨咬紧嘴唇，感受到一阵难堪。但片刻后，她再次出声："白石楠，我有急事需要用钱，你能不能借钱给我？"

白石楠这时才意识到江听雨是认真的，这不是傲娇，也不是冷幽默……

他止住笑，追问道："江刺猬你怎么了，出什么事了？你告诉我。"

江听雨原本不想说太多，但这毕竟是找人借钱，况且她也不想骗白石楠，他有权在知情的情况下决定要不要借钱给她，于是她坦承道："我喜欢的人住院了，但我没有足够多的钱。"

白石楠的脸色顿时有些难看，声音也严肃起来："他住院，为什么要你出钱？江听雨，你别被人骗了。"

以往他都是叫她"江刺猬"，这回罕见地喊了她的名字。

江听雨低下头，看见棉衣的下摆脱了一根线。她一边无意识地用那根线绕着手指尖，一边用平淡的口吻说："我没有他家人的联系方式，他昏迷了。你放心，我不会被他骗的，借了你的也会还。”

白石楠见她如此，知道再劝也没用，问道：“需要多少？”

江听雨说了个数字。

白石楠开了免提，打开支付宝：“账号报一下。”

一分钟后，他重新开口：“钱转过去了，你查收一下。我还多转了两万，你先拿着用，不够就再给我打电话，不要去找别人借了。”

“谢谢你肯帮忙，我会尽快还钱的。”江听雨郑重地做出承诺。

听到江听雨这样说，白石楠赶紧道：“别，不用急着还，你尽管慢慢还。”

他是知道去年江听雨预支了兼职工资、每个周末都拼命去赚钱还债的，后来有一次她因为低血糖晕倒了，还是他把她抱着送去医务室的。那是他第一次看见活生生的人倒在自己面前，至今想起来都心有余悸，更不愿意这样的情况重演。

江听雨再三道谢后，挂断了电话，白石楠却没有心思再打牌了。

晚上十点，陆临渊被推出手术室，送入重症监护病房。

医生摘下口罩：“你就是之前跟我通电话的人吧？”

“是，是我。”江听雨恭敬、虔诚地向他鞠躬，“感谢您，在没有家属签字的情况下，还愿意为他动手术。”

医生是个很和蔼的大叔，温声道：“其实按规定，是必须有家属签字了才能动手术的，但你当时哭成那样，吓到我了。”

江听雨又鞠了一躬：“对不起，是我失态，给您造成困扰和麻烦了。”

“但如果回到那一刻，即使知道自己会失态，你依然会哭着央求我，对吧？”

“对。”江听雨站直身体，毫不迟疑地回答。

医生哈哈一笑，觉得这小姑娘还挺有意思，但他的表情很快变得凝重起来，看向躺在病床上的陆临渊：“不知道他遇到了什么事，下手的人挺心黑，刺了他两刀之后，还把车推下了悬崖。也就是小伙子命大，身体素质好，手术也及时，万幸捡回一条命。”

听着医生的话，江听雨半点也不敢想象当时的情景，泪意很快积聚在眼底。

医生继续道："但现在还不能大意，今晚很关键，如果他能在十二小时之内醒过来，才算是真正脱离危险期。"

江听雨沉默着点点头，走进了病房。

来到病床前，她颤抖着伸出手，想摸一摸面前这人，却发现他浑身是伤，根本无处下手。

江听雨的眼中又起朦胧泪意，心底疼得快要窒息，恨不能自己替他经历这一切。

这一晚，江听雨水米未进，一直守在病床前，目不转睛地盯着沉睡的陆临渊，生怕错过他任何苏醒的迹象。

然而到了凌晨四点，陆临渊开始发烧，额头上起了一层绵密的汗。江听雨急得不行，手足无措地叫来医生。

医生测了体温后，说："现在他的情况还没稳定，不能贸然用药，但这样高烧下去也不是办法，只能靠物理降温。这里有棉签和酒精，你给他涂抹，千万注意要避开他的伤口。"

江听雨用力地点点头，等医生出去后，她拿起棉签和酒精坐到床边，小心翼翼地往他身上涂抹着，温柔、深情。

清晨七点，天还没有亮透，陆临渊的眼皮忽然动了动。

江听雨忙凑过去，轻声问："陆临渊，陆临渊你醒了吗？"

陆临渊却没有反应，仿佛刚才只是她的错觉。

江听雨简直要哭出来："陆临渊，你什么时候醒啊？你快点醒过来啊。"

到后来，她真的忍不住哭了，越哭越凶，比小时候摔掉一颗牙还哭得厉害。

许久之后，她终于止住哭泣，一边打嗝一边用手背抹掉眼眶中的泪水。擦干眼泪之后，眼前的世界瞬间变得清晰，她忽然定定地望着面前，连打嗝都停了——

陆临渊醒了。

他那双仿若盛着深泉的眼睛虽不如往日有神，但正直直地望着她，她甚至能在里面清晰地看见自己的身影。而为了这，她仿佛已等了一生。

陆临渊药劲未退，纯粹是听见有人哭着叫他的名字，潜意识里强逼着自己醒来。医生的检查还没做完，他再次沉沉睡去。

江听雨见他的眼睛又闭上了，心里一紧，看向医生。

医生做完各项检查，站直身子看着她，安慰道："不用太担心，这一关他算是熬过去了，接下来就好好休养吧。这里有一张单子，上面是他本身的过敏源，以及休养期间要忌口的东西。"

江听雨接过单子，直到这时，她才真正地松了口气。她已经整整十九个小时没有进食，她的胃早就开始发疼，脚步也有些虚浮，此时听见医生说陆临渊熬过去了，她顿时卸了全身力气，差点站不稳，身子往一旁倒去。

医生一把接住她，将她扶到旁边的空病床上："你也要保重自己，躺一会儿吧。"

江听雨道谢，极为乖巧地点头。然而当医生出去之后，她又坐回了陆临渊的病床前。

她想一直待在陆临渊身边，以尽可能短的距离、尽可能长的时间。

到晚上九点，陆临渊再次睁开了眼睛。

"陆临渊，你醒了？"江听雨轻声询问道。

陆临渊惊诧地望着眼前的人，没动，也没作声，似是不明白她为什么会出现在这儿，又仿佛根本不记得她是谁。

"你现在是清醒的吗？"江听雨再次询问。

沉默良久，陆临渊眼中的不解渐渐散去，但仍旧望着她，片刻后眨了眨眼，声音哑哑地"嗯"了一声。

江听雨得到他肯定的答复之后，忽然起身走到窗边，望着外面的万家灯火。

她背对着他，深吸一口气，而后开口道："陆临渊，我有几个问题想问你。"

"去年除夕夜，我在网上约人看电影，你回复了。第二天在电影院看见你的那一瞬间，我很惊艳，我没想到那个人会是你。那你呢，当时看到长这样的我，是不是很失望？

"看完电影后，你借给我一把伞。你不知道当时我有多开心，因为那时我还不是个主动的人，做不到无缘无故地继续纠缠，而那把伞给了我再次约你见面的理由。那你呢，借伞给我到底只是因为热心，还是也想把还伞当成再见的契机？

“初七，我在步行街买了两只棕榈编的小喜鹊，一只自己留着，一只想送给你。我发了条朋友圈，只有你评论了，实际上也只有你能看见，因为那条朋友圈，以及之后的很多条，我都设置了仅你可见。你评论说你也在步行街，并且刚好快到地铁站了，五分钟之后你来到我面前，我问你为什么大喘气，你说外面忽然下雨，就小跑了几步。但出了地铁站，我发现根本没有下过雨。所以，到底是凌城分区域下雨，还是你并非刚好出现在地铁站，而是刻意？

“后来我以还伞为由，约你去农大摘草莓。陶老师问我是不是考到了教师资格证，又问我想不想回老家教书，当时我有点激动，说话的声音不算小，你其实听到了吧？那你呢，有没有一点点紧张我会回老家，从此再也不得见？

“你送我那条红绳手链，说是你姐姐买东西抽中的，找不到其他人可以送出去。其实，那是你自己花钱买的吧？

“在西餐厅里，我点了一份牛排，说要全熟，你紧跟着点了一份相同的，说也要全熟。其实，以你的见识，你不可能不知道牛排没有全熟的吧？

“以前我不知道你不能沾酒，所以清明节逛烈士公园的那次，我带你去了小酒馆。但你是知道自己不能喝酒的吧？那我给你敬酒的时候，你为什么不拒绝？

“中秋节那天，你给我送了一封信，上面写着《诗经》里的一首诗歌，网上对那首诗歌的解读是‘生动地表达了作者顺人心、笃友情的愿望’。那你呢，默写那首诗的时候，想表达的愿望是友情，还是别的什么？

“除夕夜当晚，你在零点零分跟我说‘新年快乐’，是刚好碰上那个时间了，还是特意选在那个时刻？

“还有那些标记着‘陆临渊群发’的晚安短信，其实不是群发，而是只给我一个人发吧？”

不给自己任何迟疑和退缩的机会，江听雨在这一刻说了所有想说的话。

差点失去陆临渊的恐慌太过真切，想时时刻刻陪着他、照顾他的渴望无比热烈，她的胸腔被各种情绪盈满。而那些被忽视太久的细节，到底是她胡乱的臆测，还是真实的存在，她想听到他的回答。无论他是承认还是否认，她都迫不及待。

如此种种，如同被时光掩埋的秘密，亟待水落石出、真相大白。

陆临渊的眼中有各种各样的情绪，意外、难堪、难以置信……

最后，他闭上眼睛，一一作答，声音湿润得如同三月的烟雨、天边的轻云。

“初遇，我也很讶异。”

“那把伞，也是我想再见你的契机。”

“喘气的确是因为跑了五分钟才到地铁站，见到你之后，我花了十五分钟走回去。”

“在草莓园里，你讲电话的内容我听到了，无比紧张你会离开凌城。”

“手链是我买的，因为想到你戴上后一定会很好看，也希望你的本命年顺利。”

“我不管牛排有没有全熟，你怎么说，我就怎么做。”

“坐在面前举杯的人是你，我偶尔喝点小酒没关系。”

“默写那首《伐木》的时候，心里想的不是友情。”

“准点说‘新年快乐’，是因为去年和过去的很多年里，都没能对你说过，所以我很抱歉，想在今后补给你。”

“至于那些标记着‘群发’的短发，收件人是……”

陆临渊忽然停住了，只觉心口如同沉寂千年的火山顷刻爆发，火热的感情喷薄而出，而有些话，一旦说了就再也收不回了。

“收件人是谁？”

“江听雨。”

三个字，他说得掷地有声，如同诗里雨滴砸在芭蕉上的声响，如同千年琵琶弹出的乐曲。

听到他的答案，江听雨愣怔了数十秒，忽然轻叹道：“说了这么多，似乎我们认识了好久一样……其实也不过三百六十五天而已。”

陆临渊望着她的背影，没有出声，思绪却翻涌如万千浪潮，难以平静，生怕自己吓到她，生怕坦诚换来的是她的离去。

“一开始我们是网友，接着我们是普通朋友，后来日子久了，我们成了好朋友。但实际上，我最想成为的，是你的女朋友。”江听雨转过身，目光灼灼地望着他，如同呓语般问道，“陆临渊，那你呢？”

陆临渊刚醒，反应还有些迟钝，他眼里先是有片刻的不解，待想明白江听雨的意思之后，霎时盈满了狂喜。

“你……”他只说了一个字，便再也说不出其他了。

“我喜欢你。陆临渊，我喜欢你。”

话音落下，她一步一步地走近他，站定在床前，缓缓地俯下身来。

就在她的唇即将碰到他时，他忽然将头侧开了。江听雨撑在他的上方，有些疑惑又有些受伤地望着他。

陆临渊抿了抿嘴唇，才说：“可不可以先欠着？我很久没洗脸。”

江听雨愣了两秒，忽然笑了。她一直守着他，担惊受怕、通宵未睡，此时的状态真的很糟糕，却也实实在在是她的样子，至少是她许多样子的其中之一。

而陆临渊一身是伤，脸色苍白无比，嘴唇因发烧脱水起了皮，也全然不似往日清朗如玉。

可这又有什么关系呢？喜欢你就是喜欢你。

多日涓滴意念，一朝侥幸汇成河，江听雨的内心分明是满涨的欢喜，却有一层雾气自眼底升起。她闭上眼，藏住那些不足为人道的缱绻心思，低头轻轻地吻住他。

她的眼泪滴在他的眼睛里，有点涩，有点疼，可他一动也不敢动，生怕眨一眨眼睛就会吓跑她。

他的睫毛长且浓密，平日里如同一只振翅的蝴蝶，此时却毫无动静。江听雨察觉他的异样，抬起头来，才发现他的眼里盛满了她的眼泪。

“傻瓜，你眨眼呀。”她小声地提醒他。

陆临渊却还是没反应，他经历过太多次梦醒后的失落，这一刻，他不想再去尝那滋味。

他呓语道："这是梦，对不对？"

听见这话，江听雨觉得有些好笑，难得主动又俯下身子，只是这一次吻住的，不是他的唇，而是他的眼。

他终于开始眨眼，睫毛又变成蝴蝶，在她的吻里振翅，飞过秋千，飞过岁月，飞过万水千山。

结束这长长的一吻，江听雨略微直起身体，撑在他的上方，有些不好意思地问道："现在相信这不是梦境了吗？"

陆临渊闭着眼睛，小声道："不相信。"

江听雨又俯身吻住他的唇，许久之后再次询问："现在呢？"

陆临渊的声音更小了："还是不相信。"

江听雨看穿他了，这会儿胆子也大起来，冷冷地一笑："哦……其实你没猜错，这就是梦。"

陆临渊："……"

虽然多日相处后，两人变得默契与熟络，可两人一朝坦承心意，仍免不了羞涩，哪怕只是共处一室也暧昧丛生。

江听雨在床边坐了一会儿，越来越不自在，索性拿起水盆和毛巾："我去打热水，待会儿给你洗个脸。"

陆临渊也有些不好意思，点了点头，忽然又想到了什么，叫住江听雨："稍等，能麻烦您给我拿一下手机吗？"

江听雨闻言，差点一跟头摔在地上！小说里不是写，表白之后会有大事发生，再正经的男生也会变得不正经吗？就算没有干柴烈火，至少两人也会迅速亲近起来吧？可到了她这儿，怎么连亲都亲了，陆临渊还跟她客气起来了？

腹诽归腹诽，江听雨还是走回去拿手机，解锁之后，又拨打了他念的电话号码。猜到他可能是要谈工作，因此将手机放在他耳边之后，她便自觉避嫌，临走还掩上了门。

陆临渊一直凝望着她的背影，直到门彻底被关上了才收回视线。

电话接通了，那头的人问道："喂，哪位？"

陆临渊压低声音道："主任，是我。"

王饮泉忙放下茶杯，跟家里的客人打了个招呼之后，走进书房，急切地问道："陆临渊？你没事吧？"

"我没事。"

"那你电话怎么打不通了？"

"我手机被对方毁了，这是之前找杨洁柔借的。"

"怎么回事？你给我说清楚一点。"王饮泉担心得不行，恨不得立马知道详细的前因后果。

"初一我坐在车里询问杨洁柔这个案子的情况的时候，对方派了一车人来拿硬盘。我找杨洁柔借了这个不会被定位追踪的老人机，电话卡也是我的私人号码。之后，对方将我困在山路上，我在下车之前将老人机扔在了旁边草丛里。对方抢走了硬盘，还搜出我所有的存储设备，当场焚烧。"

"然后，你们交手了？"

"不交手不行，对方先挑衅，手上还扣了个老人。"

"老人现在怎么样？"

"应该没事，当时我拦着，没人去追老人。而对方蒙着脸，老人根本不知道他们的长相，事后也不足以威胁他们，他们犯不着再去自找麻烦。"

"那硬盘呢？"

"他们抢走了。"

"唉。"王饮泉叹了口气。

"但硬盘里的东西，我复制了一份。"

王饮泉大惊："啊？"

"除了对方，就只有杨洁柔知道我去榆杨村的事情，所以应该是她在悬崖下面发现了我，将我送到医院，还付了费用，签了手术同意书。至于为什么她没有现身，应该是不想再蹚这趟浑水。她是个聪明人，救我已经算是冒险了，肯定不会去报警，不然她自己也会成为证人被传唤。所以……"

"所以，你的车子应该还在悬崖下面，并且没被警察发现。"王饮泉补上陆临渊没说完的话。

陆临渊随口说："王主任宝刀未老，睿智不减当年。"

王饮泉闻言，笑骂道："你都被干趴下了，还开玩笑。"

陆临渊不以为意地吐了口气，接着道："主任您安排几个同事，让他们去杨洁柔的老家榆杨村，找到我出事的地方，然后去车子里找一个木雕挂饰。”

“大过年的，派出那么多人就为了去给你找个小玩意儿？你小子逗我玩儿呢？”

陆临渊叹了口气：“所以说主任不经夸，我刚说您睿智，您就犯傻。木雕看着是挂饰，其实是个U盘。”

王饮泉乐了：“嘿，有点意思啊，木雕挂饰居然是个U盘！看不出你还会往车里放这么可爱的东西。”

陆临渊也笑了，轻声说：“嗯，是很可爱。”

那个木雕挂饰是江听雨在去年平安夜送给他的，里面有她最喜欢的二次元配音男神“将进酒”的作品。他是第一次接触二次元的东西，觉得新鲜之余，也渐渐喜欢起来，开车时会打开听上几段。

除此之外，那里面还有她自己录下的各种音频。音频内容也丰富，有刑侦探案书籍，有好玩的小段子，还有十几首唱跑调的歌——她的嗓音是江南女子的温柔与轻软，说话也字正腔圆，唯独在唱歌方面毫无天赋、五音不全。

她那么有趣，为他刻板的人生带来活力，而那些声音陪伴他熬过无数难熬的时刻，是以，他将它挂在挡风玻璃前，一进车子就能看见，宝贝得不行。

王饮泉没挂陆临渊的电话，用座机打给黄连和另外几人，让他们尽快出发去榆杨村找U盘。

等王饮泉交代完了之后，陆临渊又开口道：“对了，主任，还有个事需要您费心周旋。”

王饮泉哪能不懂他的心思，有点生气地问道：“怎么还要向家里隐瞒行踪？伤势是有多严重？你不是说你没事吗？”

陆临渊风轻云淡地道：“确实不严重，您就当我是想偷懒一阵子吧。”

王饮泉受不得他这副大事化小的样子，激动得直拍桌子，用主任的身份压他：“瞒瞒瞒，你瞒得住我？命令你如实报告医院名字，本主任这就亲自去看伤员！”

陆临渊一点儿不怵他，淡淡地道：“您别来，现在是我的休假时间，我并不是很想看到与工作有关的人。”

王饮泉：“……”臭小子，眼里还有没有领导了啊？目无尊长，简直猖狂！他要好好措辞，用科学的理论去批评指正这种行为！

就在王饮泉还在措辞的时候，陆临渊忽然用很凝重的语气说：“主任，还有一件事。”

王饮泉见他这么认真，立马也端正态度，特别严肃地说：“什么事？你尽管说。”

“我手机被那帮人烧了，您看，到时候是单位报销一下，还是您个人慷慨解囊，给晚辈送个新年礼物？”

“信号不大好……哎，你说什么……陆临渊，陆临渊，喂？”

声音戛然而止，王饮泉将电话挂断了。

陆临渊躺在床上，闭着眼笑了。此番虽经历了一场生死劫，可一觉醒来，身边仍有与自己并肩作战的伙伴，还多了一个与自己处处合拍的心上人，他觉得甚好。

电话刚挂断没多久，江听雨端着空水盆回来了，进门就说：“忘了拿水卡。”

陆临渊看着她：“没带水卡，还去了这么久？”

“我去找苏医生聊了聊，让他把大大小小的护理注意事项都跟我讲了一遍。”说完，江听雨拿了水卡，再次出去了。

接了热水回来后，她小心翼翼地给陆临渊擦着脸，忽然发现他的脸越来越红了。

她不禁好奇，问道：“陆临渊，你脸红什么？就是擦个脸，我又没亲你。”

初次恋爱，她不知道该怎么个相处法，于是故作坦荡地说话，想着或许能化解尴尬，然而这话问出口，她自己也脸红了。

陆临渊闭着眼，眼睛眨呀眨，一本正经道：“水太烫了，所以脸红了。”

江听雨：“……”

擦完脸之后，陆临渊睁开眼看着她，温声说：“请个护工吧。”

江听雨挑眉：“我照顾得不好？”

“没有，你照顾得很好。”

“那为什么要请护工？我告诉你哦，春节期间护工可贵了！”

“钱不是问题。”

“问题是我不同意。”她才不肯让别人来照顾他，这可是她等待了好久的机会。

“我……”

“你什么？”

陆临渊其实很不好意思开口，犹疑许久才道：“我身上不舒服。”

“你身上不舒服？你怎么不早说？我去叫医生！”江听雨顿时急了，站起身来就要去医生办公室。

陆临渊叫住她，本想就此罢了，可他自小就有洁癖，这几天受伤没洗澡，身上实在难受，只好紧紧闭上眼，咬着牙说了几个字：“我想擦身。”

“……”江听雨站定在原地，半天没回头。

许久之后，陆临渊发现她是在背对着他笑，顿时羞恼：“你不要笑了，快去帮我请个护工啦！”

江听雨还是不肯依他，擦身这种事情……当然得她来啊！

不多会儿，她又接了一盆干净的热水回来，伸出手轻轻解开陆临渊的衣扣。

“嗯……”当热乎乎的毛巾触碰到腹部皮肤的那一刻，陆临渊一时没忍住，发出一声舒服的喟叹。

江听雨抿了抿嘴，小声说：“陆临渊，我可以麻烦你个事儿？”

陆临渊：“嗯，你说。”

“你能别呻吟不？”她怕自己把持不住。

陆临渊：“……”

为什么他感觉自从表白之后，两个人的相处模式好像换了一种奇奇怪怪的画风？

听从她的话，他紧紧抿住嘴唇，不让自己再次出声。但她再小心翼翼，偶尔也会触碰到他，再加上她过分灼热的目光，既令人心生愉悦，又使人身体难受。

“江听雨。”他终于忍不住开口了。

“嗯？”江听雨被他漂亮的腹肌迷得挪不开眼，无意识地应了一声。

“你看得有点久。”

"……"江听雨赧然，忙往后退了一点，嘴硬道，"我是在观察你的伤口，看看它的愈合情况……"

任她胡乱狡辩，陆临渊一句话也没说。他才不会告诉她，不是她看得太久，而是他被她看得起反应了。虽未经人事，但他知道那反应意味着什么。

好不容易擦完了腹部，江听雨再接再厉，将他病号服最上面的两颗扣子也解开了。

趁江听雨低头拧毛巾的时候，陆临渊狠狠咬了咬自己的嘴唇。

他胸口的伤口不深，但很长，此时周围的皮肤被热毛巾一敷，伤口便有点发疼，加之江听雨仔仔细细地盯着他的胸口，他不由得皱了一下眉。

"疼吗？"江听雨抬头看向他，很小声地询问着，语气里是浓得化不开的担心。

疼是疼，但陆临渊是个很能忍痛的人，此时皱眉其实是不自在居多，可他又不能说自己是害羞，便胡乱答道："嗯，疼。"

江听雨一听他这样说，顿时心疼得不行。他往日从不诉苦，是个多么坚强的男人啊，眼下如此坦诚地喊疼，想必是疼到极点了！

于是，她几乎是未经思考，就做了一个让陆临渊彻底愣住的举动——对着陆临渊的伤口，轻轻地吹了吹……

陆临渊之前从未与任何女人交往过，又何曾有过这样近距离的接触，被江听雨盯着胸口本就赧然，此刻江听雨这样一吹气，不像是安抚，倒更像是刺激……

江听雨仍旧一边擦洗一边轻轻吹着，也不知是丝毫未察觉他的异样，还是察觉了却忍不住调戏。

帮陆临渊擦完身子后，江听雨去倒水，再回来时，身后跟着一个陌生小伙儿。

"陆临渊，我昨天来得仓促，什么都没带，所以要回去取。这是我找的护工，今晚他会照顾你。"

陆临渊不太同意："晚上不安全，明天再回去。"

"没事，有个朋友开车送我，取了衣服之后我会连夜赶回来。"

陆临渊还是觉得不放心，追问道："什么朋友？男的女的？你怎么知道这人在临川县？这人又怎么知道你在找司机？”

“陆先生，您这是在审讯我吗？”江听雨挑眉笑道。

有外人在，陆临渊不能说得太直接，趁他斟酌语句的空当，江听雨已经拿起手机往病房外走去。

到了医院的停车场，有人招呼她：“丫头，这边。”

江听雨走过去，极为有礼地打招呼：“苏医生，抱歉，让您久等了。”

苏医生拉开副驾驶座的车门：“走吧。”

片刻后，车子发动，却根本不是去江听雨的老家，而是往榆杨村的方向开去。

车里无人说话，显得有些沉闷，江听雨不由得心想：真奇怪，与陆临渊不说话时，她就从来不会感到尴尬，只有种偷得浮生半日闲的欢愉感。

不过此时是她麻烦别人，她自觉有打破尴尬的责任，便主动找话说：“谢谢您愿意送我，耽误了您的休息时间，万分抱歉。”

苏医生侧头看了她一眼：“举手之劳。”

“还是谢谢您。”

“我比较好奇，是什么东西让你这么着急，连天亮都等不及，非要连夜去取。”

江听雨避重就轻：“是我之前送他的一个小礼物，全世界独一份儿。失事的车子指不定明天就会被警察处理，我舍不得它被销毁。”

苏医生笑了笑，感叹了一句：“你们小年轻的爱情啊，真是迷人。”

一个多小时后，苏医生将车子停下，看了看旁边的人。

江听雨已经将近四十个小时没睡觉，此时有些昏昏欲睡，头时不时往窗户上磕。

苏医生轻轻地拍了拍她：“丫头，到了。”

江听雨猛然醒过来，坐直身子后望望窗外，问道：“这里就是陆临渊出事的地方？”

苏医生“嗯”了一声，又认真地补上一句：“我经常跟我女儿叮嘱一句话，现在也叮嘱你，你以后跟任何男人在同一辆车里，都不要打瞌睡。”

江听雨回过头看他，片刻后笑了：“苏医生，您真的是个好父亲，也是个好人。”

苏医生从后座拿出提前买好的手电筒："下车吧，我陪你去。"

江听雨却没动。

"怎么不走？"

江听雨轻咳了一下，才委婉道："苏医生，外面冷，我自己下去找就好了。"

苏医生愣了片刻，旋即明白了她的意思。他知道每个人都有自己的秘密，因此也不生气，将手电筒递给她："行，那我先把车掉头，然后就在车里等你。路不好走，草木也多，你注意安全。"

江听雨点了点头，接过手电筒就推门下车了。

手电筒的光并不是十分亮，加上路窄难行，她走得十分艰难，时不时还要用手隔开旁逸斜出的芦苇、枝蔓。

"啊！"她深一脚、浅一脚地走着，忽然被一根草藤绊倒，发出一声短促的惊呼，实打实地摔在地上。

站起身后，她感到手掌心有点火辣辣的，但也无暇多想，拍了拍手就继续往悬崖下面走。

等她找到陆临渊的车子，已经是半小时后了。她用手电筒照了照周围，发现车子幸好是落在一片极为茂密的芦苇丛里，加上临近河边，沙石松软，坡上又时不时有草藤勾住车子，减缓了车子下落的速度，陆临渊这才得以生还。

她走到车边，抚摸着车子上的凹陷和刮痕，不难想象陆临渊当时身陷何种险境。心里的难受稍微平复之后，她从打开的车窗里伸手进去，摘下那个正被风吹得轻晃的木雕挂饰。

木雕上刻着几个字，"临渊之境"，她亲手刻的，刻意学了他的字体。

天寒露重，江听雨回到车里时已经冻得连话都说不利索了。

苏医生见她这副惨样，将暖气调到最大，问道："想找的东西，找到了吗？"

江听雨粲然一笑，一边牙齿打战一边说："嗯，找到了！"

"那咱们现在回去？"

"嗯！"江听雨重重地点了点头。

之前她去接热水，等到了开水房才发现自己忘了带水卡，回病房取时，无意间听到了陆临渊的话。她计算了一下，他的同事从凌城赶到临川县，然后赶到榆杨村，差不多是七个小时的路程，再加上晚上高速会封路，等同事们去车里拿东西，最早也得明天上午十点了！在这段时间里，对方很可能忽然警醒，趁着天黑派人去确认陆临渊的生死，同时彻底毁掉车子，以绝后患。而如果她直接赶去榆杨村，则只需要一个多小时……

握紧手里的水盆，江听雨心里忽然涌上了一个无比强烈的念头：她要帮他拿回那个存着证据的木雕挂饰！于是，她去找了苏医生，求他送她去陆临渊出事的地方。

苏医生热心，也隐约猜到陆临渊受伤并非因为偶然的抢劫事件，又实在喜欢这个跟自己女儿有几分相似的丫头，稍作考虑就答应了。

现在东西到手，苏医生发动车子打道回府。车子刚驶出去没多久，就有两辆奔驰车与他们擦身而过。

苏医生随口道：“看来这村子的人都富裕了，好车还挺多。”

江听雨“嗯”了一声，回头望去，发现那两辆车忽然停下了，心里顿时一紧，隐约意识到那两辆车有些可疑，否则为什么大半夜出现在这里，还偏偏停在苏医生车子刚刚停过的地方。

想到这儿，她更紧地攥住那个木雕挂饰，心里是不胜欢欣的，因为觉得自己能为他做些什么，而不是全然无用。

回到医院已经是凌晨三点了，江听雨极为诚恳地说：“苏医生，很抱歉又给你添麻烦了，很感谢您又帮了我一次。”

苏医生摆摆手：“天冷，你赶紧上楼吧，我也要回家了，这时候回去还能睡个好觉。”

江听雨点点头，下车后退一步，看着苏医生的车子开远了才上楼。

到了病房门口，她放慢脚步，蹑手蹑脚地推开门走进去。她生怕吵醒陆临渊，谁知走近了却发现他根本没睡，护工也不在。

“你怎么还没睡？”

“白天睡多了，晚上睡不着。”他不想告诉她自己是在担心她。

“护工大哥呢？”

“我凡事能自理，就让他先回去休息了。”大过年的，他体谅每一个想陪伴家人的人，因为陪伴是他曾经求而不得的东西。

不过，他现在有她了。

想到这里，陆临渊不由得笑了。

“你笑什么？”江听雨不解地看着他。

“我觉得现在这样很好。”

“哈？”江听雨还是没懂。

“有你，真好。”他说。

俩人有一搭没一搭地聊了几句，没多大会儿，陆临渊就睡着了。

受重伤的人，哪有不困的呢？不睡，不过是因担心而强撑着，又因那句“我会连夜赶回来”而等待着罢了。

第十二章　我知寒山意

我们的生命被琐碎消耗至尽。
——亨利·戴维·梭罗《瓦尔登湖》

当第一缕晨光洒进病房里，陆临渊醒了。

虽然他凌晨三点多才睡，但这是他睡得最香的一觉，一夜无梦。

在过去的十多年里，他几乎每晚都做梦。有时候，他梦见群山环绕，自己在谷底的水塘里赤身裸体地站着。他不能上岸，因为没有衣物蔽体。山上有人在对着他指指点点，那种感觉……就像当年他翻墙想去看爷爷，却被保安抓住，保安从他的书包里搜出不良书籍，后来他当着全校师生做检讨的那次。而更多时候，他梦见自己在一片雾霭中行走着，却无论如何都寻不到归处，直到从近乎真实的梦里惊醒，醒来像被掐住脖子拎出水里的鱼。

奶奶刚过世的那段时间，虽然陆万生看起来没什么异样，但陆临渊感到陆万生心中对这个世界已没有太多挂念，像是做好了随时都可以离开的准备。后来他被父亲逼着去读全封闭重点中学，没能在爷爷最难熬的那段日子里陪伴在爷爷左右，成了他一生最遗憾之事。

日子久了，陆万生渐渐走出悲痛，整日仍然乐呵呵的，可陆临渊觉得自己没能尽孝，心里揣着无限愧意，竟再也无法回到当初对爷爷撒娇耍赖的样子了。

陆万生察觉到他的变化，夸他成熟懂事了，似乎也对当初调皮的他毫无想念。才十二岁的他把自己关在房间里，心想，既然养了他十多年的爷爷喜欢他沉稳的样子，那他就要让爷爷满意。此后，他便逼着自己沉稳，再也没有天真过了。

无论是在现实中还是在梦境里，这么多年，他的灵魂一直踽踽独行，直到江听雨出现，予他陪伴，予他喜欢。

此时，江听雨就躺在隔壁的病床上，蜷着身子面对着他，睡得极沉。他望着她，忽然很想伸出手摸一摸她的脸颊。

情之所至，身不由己，他鬼使神差地动了动手臂，结果骨折的地方迅速传来剧痛。他咬紧牙关，不想发出声音吵醒她。

然而或许世上真有心有灵犀，睡梦中的江听雨似乎感受到陆临渊的疼痛，眼皮动了动，竟醒了过来。

她很快发现陆临渊的异样，忙起床裹上大衣，询问之后叫来医生。

陆临渊的视线一直落在她身上，一秒钟都舍不得挪开。等医生离开后，他忽然开口问她："你昨晚回家取的衣服呢？"

江听雨顿时愣住，片刻后猛拍一下脑袋说："啊，下车后有点腿麻，就在医院大厅里坐了一会儿，结果上楼的时候忘记拿了！"

陆临渊温声道："忘了就忘了，拍自己做什么？"后面他还有一句话没说出来：拍疼了怎么办？

江听雨嘟哝道："这不是怪自己忘性大嘛，谁知道这会儿下去，衣服还在不在。如果真找不回来了，我可不是要心疼一会儿嘛。"

陆临渊笑了笑，示意江听雨去拿他的手机。

江听雨探身拿到手机："你要打电话？说号码，我给你按。"

陆临渊忽然脸上一红，有些不好意思地说道："你把里面的手机卡取出来吧。"

江听雨不解："啊？把手机卡取出来干什么？担心对方查到位置，或者窃听机密，所以要销毁这张卡吗？"

陆临渊脸上更红，这小姑娘都快比他想得还周到、还细致了，私下到底看了多少关于刑侦的书啊？也不知道是不是因为他才看的……

"你快说话，到底是不是啊？！是的话，我就赶紧掰断这张卡，再扔得远远的！"江听雨可着急了。

陆临渊本来是想一步步指引江听雨操作，营造神秘的氛围，最后再浪漫一把的，可按当下的情形来看，他觉得自己不能再慢吞吞地说下去了，不然这小姑娘指不定怎么着急呢，说不定还真把手机卡给掰成八瓣儿！

佳人不解风情，他只好全盘托出自己设想的"小浪漫计划"，温声道："这张卡是我的私人号码，只有极少数人才知道。你把里面的手机卡取出来，安到你的手机里，收短信验证码，登我的支付宝账号，然后……拿去花。"

江听雨："……"她没想到他是这样的监察官先生。

陆临渊："……"他是不是说错话了？她为什么不说话？

江听雨喊他的名字："陆临渊。"

陆临渊忙回答："嗯，怎么？"

江听雨轻叹一声："你这个人啊。"

陆临渊抿嘴一笑，深深地看着她，挪不开眼。

江听雨将他的手机放回原处，又看了看时间，发现即将到八点了。

"我下楼去买衣服，然后从食堂带早餐回来，你有事就喊护士，病房离前台近，护士听得见。"

陆临渊点了点头，看着江听雨离开的背影。然而等她将门关上之后，他的笑容渐渐隐去。

江听雨下楼后并没有往服装店走，而是站在医院大门口，像等着什么人似的。

约莫过了二十分钟，有个高大英俊的男人走到她面前，询问道："你好，请问你认识陆临渊吗？"

江听雨抬起头，警惕地盯着他，没作声。

男人掏出证件，压低声音道："我是陆临渊的同事黄连，还有三个同事在车上。"

江听雨却还是有些迟疑。

男人觉得这姑娘还挺有反侦察意识，笑了笑，从口袋里掏出手机，打开了一张照片。

江听雨凑过去看，发现那是一张合照，在一群穿着监察官制服的英俊男人中，她一眼看见了挺直如青松的陆临渊。

男人笑道："这下信了吧？"

江听雨顿时松了一口气："你们终于来了。"

话音落下，她将右手从大衣口袋里拿出来摊开——上面正躺着一个精致的木雕挂饰。

黄连接过挂饰，妥帖地放进西装贴身的口袋里。正事解决，他突然起了八卦之心："你是陆临渊的……朋友？"

江听雨微不可察地笑了笑，没否认，也没补上那个"女"字。

黄连见她不答，也不再问了，道："你等我一下，我把U盘给同事，让他们先带回去办案，然后我跟你上去看看他。"

江听雨却拒绝了："你待会儿单独上去吧。按照路程，你从榆杨村赶到医院，应该是中午十二点左右，到时候你再打电话给他，问他病房号。"

虽然她未明说，但黄连当即明白了，笃定地陈述道："你不想让他知道U盘是你取回来的？"

江听雨点了点头："这是你们的机密，我不该知道，更不该插手。"

"那你还自讨苦吃，连夜去取，取了还不直接给他，非要在凌晨四点打我们主任电话，让主任通知我们不必去榆杨村找了，直接来你这儿拿？"黄连挑眉道，"其实，你不把U盘给他，是担心又有什么变故，而你不想他再有危险，宁愿自己拿着，对吧？"

江听雨瞥了他一眼，不说话。

黄连忽然贱兮兮地一笑："你是不是喜欢我们家渊渊啊？那他对你什么感觉？怎么样，要不要哥帮你出谋划策，早日拿下他？"

江听雨嘴角抿出一个微笑，不接他的话茬："工作为重，快把U盘让你同事带回去吧。十二点钟你给陆临渊打电话，然后再上楼。"

说完，江听雨就去买衣服了。

与此同时，杨洁柔出现在陆临渊的病房里。

那天她将硬盘交给陆临渊，人也有了妥善的去处，却始终坐立难安。林雾散尽之时，她站在院子里望着渐渐明朗的天，终于拿起手机出门寻人。

她走在山路上四处打量，不停拨打着陆临渊找自己借手机时报上的手机号码。电话通了，却没人接。心里越来越慌，她仔细搜寻着道路两旁，不放过任何角落。

忽然，两米外的草丛里传来手机振动的声音。

她跑过去蹲下身子，一把拨开草丛，里面赫然躺着自己借给陆临渊的手机！她探身往前看，果然有一道草木趴伏的印子，直通山下。

在山下找到昏迷的陆临渊后，她打电话叫来自己的两个堂哥，让他们将人抬上来之后，又找了个理由，百般叮嘱他们不要报警。

她不想担责任，所以将陆临渊裹上被子放在路边，还放了一叠钱，自己则躲在树丛里不敢出现，直到亲眼见到陆临渊被救护车接走之后，她才拍拍身上的泥土离开。

今天，她是来道歉，也是来道别的。

她将补品和水果放在桌上，低着头小声道："对不起，我今天才出现，不够有勇气。"

"你交出了硬盘，就是最大的勇气。"陆临渊顿了顿，接着道，"手术费也是你交的吧？"

杨洁柔以为他是指自己放在他身上的那叠钱，也没多想，点了点头。

"把你银行卡账号写下来，等我女朋友回来了，我让她转给你。"说到"我女朋友"四个字时，他的语气明显一软，格外温柔。

杨洁柔摆摆手，不以为意道："不用啦，只是很少的一笔钱。况且你还给我介绍了工作。"

陆临渊却不在任何事上占便宜，坚持道："抽屉里有纸笔，你写一下。不要逼我违反规定。"

听他说到"规定"这么严重的词，杨洁柔无法，只好依言写下账号。

"待会儿离开医院，我就要坐车去凌城了，到你说的那家服装厂上班。"

"嗯，以后好好生活。"

杨洁柔抿唇一笑，见陆临渊脸色仍然苍白，不再久留，起身道："你好好休息吧，我不打扰了。"

陆临渊却叫住她，问了最后一个问题："当初你从谢晋元的办公室拿走硬盘，是为了不让里面的视频曝光，保护自己的名誉，同时脱离他的威胁和控制，对吧？那我可不可以猜测，这里面还有一部分原因是你看不惯他们贪腐的行为，所以在力所能及的范围内参与反腐？不然，你大可以直接将硬盘销毁，而不是将这个定时炸弹保留那么多天，最后还交给了我。

你明知道里面的视频一旦公开，对你的名誉会有多大的损害，甚至你一生都会受到冷眼与嘲讽。”

杨洁柔转身往病房外走去，无所谓地说：“随你怎么想吧，反正在我自己心里，我已经跟过去两清，能做的也做了。”

陆临渊脸上浮起一点笑意，不知道为什么，他觉得杨洁柔和池昌林这两个有故事的人，如果在服装厂遇到，可能会有新的故事发生。

中午十二点，黄连提着水果和补品来探望陆临渊，江听雨倒了杯热茶给他，便找个借口出去了。

黄连一边吹着茶水，一边好整以暇地望着陆临渊：“陆监这是‘粉身碎骨浑不怕，要留清白在人间’呀。”

陆临渊不作声，没心思搭理他。

黄连见他不理自己，端着水杯坐到床边，气呼呼地埋怨道：“小渊渊你也太不仗义了，居然一个人跑到这边当英雄，也不叫上我！”

陆临渊掀起眼皮瞥他一眼：“冲我喊没用，你找王主任说去。”

黄连立马变脸，然后委屈巴巴地道：“小渊渊你太过分了，老是拿主任压我……”

陆临渊微笑着看他演戏，怎么办？又是想打死同事的一天呀。

聊了一会儿，黄连有些困了，说：“哎呀不行了，我除夕夜加班，初一晚上跟哥们儿打牌，昨晚又通宵开车，现在急需睡一觉。小渊渊你好好休养，我先去找酒店开个房啊。”

陆临渊挑眉：“开房？你今天不回凌城？”

黄连笑嘻嘻道：“谷雨他们开车带着U盘先回去了，我没有交通工具可以坐，又穷得没钱打车，所以就只能等着谭湘哥和阮哥来这边，然后蹭一下他们的顺风车了。”

陆临渊皱眉：“你把我受伤的事告诉他们了？”

“没办法，今天已经初三了，再过四天就是我们每年的‘初七之约’，他们联系不上你，就来问我……我想帮你瞒着，他们就拿我涂口红玩儿的照片逼我，说要发到朋友圈热闹一下，还要发给我的小合香……”

饶是陆临渊这么淡定的人，闻言也惊住了，异常艰难地问道：“所以你为什么要当着他们的面涂口红？你们三个在玩什么？”大男人有着这样一个癖好，不该藏着掖着一个人玩吗，居然还被别人拍下照片留了证据……

提起这事，黄连是真的想哭，委屈地诉说着：“就前天大年初一，阮哥想给深深嫂子送个新年礼物，谭湘哥便说女孩子都喜欢口红。正好我也想给小合香送个礼物嘛，就和他们一起去了专柜。后来顾客们都在嘴唇上试颜色，阮哥非说我的嘴唇和深深嫂子一样娇嫩，对，没错，他真的看着我的嘴说了‘娇嫩’这个词！”

陆临渊：“……”

黄连继续哭诉：“我真的很没用，我被那个词迷住了心窍！然后，我任凭阮哥拿起好多种型号不一样，但在我看来真的一模一样的口红，在我娇嫩的嘴唇上疯狂地试颜色，涂涂抹抹……而谭湘哥就真的过分了，从头拍到尾……”

饶是陆临渊冷静惯了，此时也忍不住吐槽：“其实你当时可以把他的手机抢过来的，谭湘只是个手无缚鸡之力的文弱书生，而你是从警察学院毕业的……”

黄连这下真的快哭了：“我当时站在镜子前，光顾着欣赏涂了口红的自己，忘了……”

陆临渊：“……”他为黄连在智商上的缺陷感到悲伤。

黄连讲完自己的悲伤故事，只觉心力交瘁，更想好好睡一觉了！

陆临渊敛起笑意，叫住正要起身的他，似不经意地问道：“我出事的地方有一棵百年的大树，枝叶繁茂，要不是它在半山腰拦了一下，减小了车子下坠的力道，我估计就活不成了。救命之恩没齿难忘，但我对植物并不了解，到现在还不知道它是什么树，你知道它是什么树吗？”

黄连先是愣了一秒，旋即状似遗憾地挠了挠头：“我就猜到是那棵大树救了你，还特意朝它拜了拜呢！不过我生物也不好，读书时就这一科老不及格……所以，我也不知道它是什么树哎。”

陆临渊闭上眼睛：“嗯，没事，你先去酒店休息。”

黄连走出病房后，看见走廊尽头的江听雨。他走过去打了声招呼，又说：“辛苦你照顾他。”

江听雨笑了笑：“谢谢你过来看他。”

简单几个字，四两拨千斤地挑明了身份，意味已明。

黄连笑道："以后你就跟他一样，叫我连哥吧。"

到了晚饭时间，陆临渊可以进食了，江听雨从食堂买了粥回来。

一次性的塑料碗不够隔热，温度传递到她的手上，刺激得伤口有点疼，她的手不由得一颤。

"你的手怎么了？"陆临渊注意到她短暂的异样，视线忽然落在她的左手上。

江听雨朝自己的手瞥一眼，往回缩了缩："没怎么。"

"伸出来。"陆临渊命令道，语气难得地带了点严厉。

江听雨还想躲，却见陆临渊挣扎着要抬手来牵她，扯得输液管摇摇晃晃。她担心他晕针，忙将粥放在桌上，右手按住他的手臂，左手则乖乖伸出来。

那只手完完整整地呈现在陆临渊面前，不够白皙，胜在指如削葱根，纤细、修长，只是此时却多了许多不合时宜的伤口，细碎、泛着红，一时竟有些触目惊心。

望见她手上的惨样，陆临渊双眼一眯，既生气又心疼："你不知道自己手受伤了吗？刚才还碰水！"

江听雨低着头，嘟了嘟嘴，有点委屈："看来小说里写的都是真的。"

陆临渊还气着呢，紧紧盯着她这副不服气的小样儿，知道她是在转移话题，便不大愿意配合。

江听雨等了半晌也不见他追问，有些疑惑地抬起头，一双水汪汪的眼睛望着他，目光灼灼。

被她用这样的目光盯着，陆临渊多大的火气都发不出了，极无原则地顺着她问道："小说里写什么了？"

"男人一旦得到了一个女人，就不珍惜了！哼，男人都是大猪蹄子！"

陆临渊又气又觉得好笑，随口接话道："可不许冤枉我，我还没得到。"

江听雨先是蒙了一下，而后不知是想到了什么，脸上泛起了红晕，又低下头去。

陆临渊见她这副模样，片刻后也反应过来自己方才那话的歧义还真挺大的……

不过他也只是短暂地被她带走了思路，很快便找回正题：“你的手怎么回事？”

江听雨笑着打哈哈：“热水间地滑，不小心摔了一下。”

陆临渊的神情顿时一冷：“地砖平滑，能摔出这种细碎的伤口？”

江听雨微微张嘴，却说不出话来，显然没想到他连这样的细节都能看出来。

“手掌心的皮，应该是石子路才能挫伤的，而食指指尖的细长伤口，则像是什么植物的锋利叶片划出来的。”陆临渊逼视着面前的小姑娘，“真巧，榆杨村正好有条石子路，还有漫山遍野的芦苇丛。”

江听雨低下头，没说话，摆明了不愿承认。

话已说得这样明白，她却还是不肯据实已告，陆临渊有些生气了，声音也变得冷硬，竟有了些审讯时的样子：“江听雨，昨晚你不是回家拿衣服了，而是去了榆杨村，是不是？”

虽然他连他在审讯室里的十分之一威严都没有拿出来，可江听雨毕竟是个女孩子，这几日受了惊吓，又无比操劳，此时被他这样逼问，再也扛不住，强忍着泪意道歉：“对不起，我不是故意偷听你讲电话，也不是故意要插手你工作上的事情，我只是希望自己能够做点什么……”说着，泪水已掉下来了。

她将头埋得更低，又往另一侧偏去，不愿让他看见自己的眼泪。

陆临渊叹气，有些后悔自己吓到了她，温声道：“对不起，我不应该这么凶的。”

江听雨无声地哭着，没回应。

小护士走进来换药瓶时，看见的就是这对年轻男女陷入沉默的情景，调笑道：“怎么，小两口闹别扭啦？”

江听雨摇了摇头，躲到阳台上擦眼泪去了。

陆临渊倒很感谢护士打破尴尬，回答道：“不是小……是小两口，但没有闹别扭。”

他几乎是在一瞬间就习惯了两个人关系的转变，并为自己能够与江听雨以这样的方式被提及，感到十分的惬意。

“你可不能欺负人家啊！”小护士换好药瓶之后，一边调节输液的速度，一边轻声说道，“人家求苏医生给你动手术，补签了手术同意书，还给你缴了手术费。这么好的姑娘，你得对人家好点儿啊！”

陆临渊呼吸一滞，愣怔片刻后问道：“你说什么？手术同意书是她亲自签的？”

小护士点了点头：“对呀，有人打了急救电话，当我们去接你的时候，你是躺在山路边的，身上虽然盖着一床被子，还放着一叠现金，但并没有人陪你来医院。要不是她正好打电话给你，得知情况后哭着哀求苏医生，还用自己的身家性命担保，说是一切意外和后果都由她来承担，苏医生绝不会在没人签字的情况下破例为你动手术的。”

“那手术费……”

“虽然当时你身上有一些现金，但动手术是远远不够的。那天你在手术室里，她就一直守在门外，不停地打电话找人借钱。”小护士叹了一声，“那时候你们俩还不是情侣吧？扪心自问，我肯定是不会为了一个没确认关系的男人，做到这份儿上的。”

陆临渊屏气凝神，半晌后说了一句：“多谢。”

小护士笑了笑，给他掖了一把被子，出去了。

江听雨在阳台上吹了一阵风，渐渐冷静下来，知道他无意凶自己，大约是担心。想通之后，她推开门，进门之前忽然回头望了一眼。

此时夜幕四合，千万盏灯火似在一瞬间亮起，她不由得心想，如果经历太多不如意的人生，也能这样豁然开朗就好了。

感受到门缝里吹进来的冷风，陆临渊微微偏头，看向她走进来的方向。

“对不起，我刚才不应该那么严厉。”他率先开口。

她摇了摇头，表示自己已经没事了，在他的示意下坐回床边。片刻后，她有些好奇地问道：“不过，你是怎么发现我去了榆杨村啊？”

陆临渊挑眉看她：“江小姐不是干‘坏事’的料，撒起谎来漏洞百出。”

江听雨：“……”

“我就说最显而易见的三点。”

“洗耳恭听，请陆监察官不吝赐教。”

他一笑，丝丝缕缕地为她分析：“第一点，你是特意回家拿衣服的，却没有带衣服回来。”

江听雨不服气："单凭这点事，就推断我去了榆杨村，也太草率了吧？况且我也说了，衣服是我放在大厅忘拿了，这个理由还算合理吧？"

料到她是如此反应，陆临渊不紧不慢地继续道："第二点，你昨晚十一点出发，凌晨三点回来，而临川县到青阳古城那么远，往返不可能只要四个小时。"

江听雨恍然大悟，咬了咬下唇，后悔不迭：自己光沉迷在能够帮上忙的欣喜里，竟然忽略了这个细节，早知道就该在医院大厅里坐一夜了。

看着她懊恼的样子，他忽然觉得莫名的愉悦，连声音中都带了点笑意，继续道："第三点，我问黄连知不知道我车子旁边的树叫什么名字，结果他说不知道。"

听见他直呼黄连的名字，她想起黄连说的那句"以后你就跟他一样，叫我连哥吧"，本来想问他为什么不叫"连哥"，但转念一想，或许是为了让她听得更明白吧。她笑道："你太过分了，连同事都诈，车子周围全是芦苇丛，根本就没有树！"

"谁让他先骗我！"他望着她，无比郑重地道，"这世上，我顶多允许自己被你骗，而且次数也不能太多。"

鲜少听见他用这样傲娇的语气说话，江听雨粲然一笑，感受到他的改变，又忍不住猜测：或许这原本就是他的本性，只不过掩藏得太好？

他望着她的笑脸，好半晌没说话。许久之后，他忽然开口喊她的名字："江听雨。"

她应道："啊？"

"我嘴角有点痒，你帮我挠一挠。"

她信以为真，果真伸出手要去挠。

他却道："不要这只手，要另一只，就用你被芦苇划伤的那根手指。"

江听雨撇嘴："……您奇奇怪怪的要求还挺多。"话虽这样说，她还是伸出了左手的食指。

谁知她的手指刚触及他微凉的唇，就忽然被裹入温热之中——他竟侧头含住了她的手指。

"陆临渊……"她被惊得除了喊他的名字，再也说不出其他的话了。

陆临渊轻轻地含着她的手指，舌尖感受着那道细长的划痕，微微卷起的皮在他的舔舐下服服帖帖。

这动作分明没什么，甚至还比不上接吻来得亲密，他却觉得此刻透着无比的缱绻，就好像已经在内心将这样的相处排练过千百遍。

就在二人情深暧昧之际，病房门忽然被推开了。

来人探身进来，看见这一场景，先是大吃一惊，而后憋着笑道歉："不好意思，虽然我们什么都看到了，但还是请你们放心大胆地继续。"

江听雨被吓了一跳，极不自在地抽回自己的手指，结果刮到陆临渊的牙齿，刚被他抚平的那块皮又被扯开，一阵刺痛瞬间传来，她微不可察地皱了下眉。

陆临渊看见她皱眉，瞪向门口看热闹的两人，冷声道："不速之客往往不讨人喜欢。"

谭湘拎着果篮走进来："没事，我和你阮哥能理解，你的喜欢都给了面前这位小姐，对吧？"

跟在后面的阮旭也笑道："没事，不用你喜欢，我有我家深深喜欢。"

江听雨："……"

陆临渊："……"

这时，睡了一觉的黄连也恰好赶来了，听到谭湘和阮旭的话，忙维护自己的好兄弟："一个金牌律师，一个首席谈判官，合起伙来欺负小渊渊这个病号，你们还是人吗？！"

江听雨闻言，觉得还是连哥好，是真的在疼他家小渊渊……

谁知下一秒，黄连接着道："也不叫上我！这么难得的机会能够欺负小渊渊，你们怎么可以不叫上我！"

江听雨："……"

陆临渊："……"

江听雨给三人倒了茶，称呼谭湘和阮旭时都只喊"先生"，唯独将茶递给黄连的时候叫了一声"连哥"。

陆临渊眼皮一跳："你叫他什么？'连哥'？"

江听雨以为他是不乐意自己这么叫他的朋友，毕竟他们才确认情侣关系没几天，估计他还没想将自己介绍给朋友们，忙解释道：“是连哥说我可以跟你一样叫他连哥的……”

陆临渊看向黄连，似笑非笑道：“跟我一样叫？我几时这样叫过？嗯？连哥？”

黄连身子一抖，不怕死地道：“嘻嘻嘻，你刚才这样叫了……”说完，他起身提着椅子往后退，确认到了安全范围之后才停下。

谭湘：“……”这真的是监察委的人？

阮旭：“……”这真的是个顺利完成九年义务制教育的人？

江听雨：“……”啊！怎么办？连哥好可爱！

陆临渊：“……”不可以！听雨宝贝怎么可以用那种发光的眼眸望着其他男人，就算黄连是个精神病人也不行！

众人正聊着，黄连的肚子忽然叫了一声。

他一只手捂住肚子，一只手挠后脑勺：“嘻嘻嘻，还没吃晚饭，饿了。”

江听雨笑了笑，道：“阮先生和谭先生远道而来，也还没吃吧？我去食堂买点吃的。”

她起身要走，却被陆临渊叫住：“外面冷，他们自己去就行。”

谭湘：“……”为什么外面冷，就得他们自己去啊？不，他们不行！

阮旭：“……”没有别的，此时就是想念陆深深，非常想念。

黄连：“……”从来没想过小渊渊谈起恋爱会是这副样子，从来没有。

虽然陆临渊舍不得，但最终还是江听雨去买了，她乐意将关于他的一切都照顾妥帖。

江听雨出去后，谭湘看向床上的陆临渊，忽然开口问道：“这个女生，好像就是上次你叫我去开户，现场负责收集资料的人？”

木已成舟，陆临渊也没什么好否认的了，直言道：“嗯，是她。”

阮旭和黄连如坠云里雾里，忙让谭湘讲明白。

谭湘勾起嘴角，将那桩旧事娓娓道来：“去年的一个下午，他突然给我打电话，让我去凌城大学找一个证券开户的台子，然后开个账户。当时他跟我说的是帮一个哥们儿冲业绩，如今看来，哪是帮什么哥们儿啊，分明就是帮妹子。”

弄清来龙去脉之后，阮旭“啧啧”两声：“相识多年，竟不知陆监在撩妹方面造诣颇深。”

陆临渊失笑，哪是什么撩妹，实在是动了心。

黄连的反应就很奇怪了，他气冲冲地质问：“小渊渊，你为什么只叫谭湘哥帮忙开户，而不叫我去？！”

陆临渊云淡风轻地道：“因为我那是给自己人谋私利，你不合适。”

阮旭未在体制内待过，不解道：“有什么不合适？”

谭湘帮陆临渊解释：“他不当公职人员，也可以随时叫我帮忙，因为我与他本来就是发小的交情。但他是因为入了公职才认识黄连，所以叫黄连不合适。”

黄连听完这个解释，很开心，很满意。

阮旭则竖起大拇指：“陆监你厉害，追女人都不忘理智和公私分明。”

陆临渊淡然一笑，看向窗外：“因为我喜欢的人，就喜欢我理智和公私分明。”

当晚，陆临渊睡不着，江听雨便下楼买了本书，轻声地给他读。

深夜万籁俱寂，本应是好眠的时候，他却毫无睡意，直直地盯着面前的姑娘看。

江听雨将书合上，抬起头：“你是不是有话想问我？”

他点点头，他是有一个问题百思不得其解。他迫切想走进她的世界，真实而不留余地地。

“你问。”她将书放在膝上，双手交叠，一副乖巧的模样。

“我可能会问得比较直接。”

“没事，我还希望你直接呢！要不是你过分委婉，说不定咱们俩早就明修栈道，暗度陈仓了。”

“……”陆临渊面上一红，轻声咳了咳，而后道，“去年你在大年夜找人看电影，见面时你的表情并不愉快，当时是遇到什么事了吗？”

江听雨始料未及，她以为他会问些诸如“你什么时候喜欢上我的”之类的问题，谁知竟是这个。

他看着她，等待着她的回答，就像等待她将自己的悲喜交付于他的手中，由他免她之悲、添她之喜。

江听雨笑了笑，片刻后作了回答，平实而具体。

她的父亲江光明原是铁路上的巡道工，虽只是合同聘用，老了并没有保障，但十多年来，每个月拿着一笔固定的工资，闲暇时再给办酒席的人兼职下个厨，在老家那样偏僻的乡村，已足够维持生活，加上儿子江淮南初中毕业后便去外面找活儿干，一家人齐心合力，竟将江听雨培养成了村里少见的大学生。

江听雨毕业后，找了份跟大学专业毫不相关的工作，还是在一家民营私企。起初江光明和妻子刘晓玉死活不答应，但江听雨从小就倍儿有主意，两口子二百来斤呢，俩“大腿”硬是没拗过江听雨这个“小胳膊”。

一年半过去，江听雨在工作上有了起色，职位上没什么大动作，底薪却涨了千把块，向家里报喜时，也确实是有些骄傲的。

江光明和刘晓玉嘴上夸了几句，叮嘱女儿再接再厉，但心里到底还是不看好女儿的工作，整天琢磨着把女儿弄回去教书，觉得那才是正当的铁饭碗。

此时一家四口都成了劳动力，且近几年都不会再有负担，江听雨便盘算着大家省一点，存点钱好修房子，毕竟嘛，红砖黑瓦的老房子住了二十多年，屋顶都铺了厚厚一层青苔，下雨天还回潮，家里的地面滑溜溜的。

眼看着日子就要好起来，一家人从温饱直奔小康而去，江光明却在这时下岗了。

那些监控器仿佛是一夜之间长出来的，通上电的那一刻，四个合同制巡道工就被工长叫去：“您老几位，不分白天黑夜地守着铁路，这些年辛苦了！现在，监控器竖起来了，看见了吧？只要通上电，它们二十四小时都不停歇，所以……”

所以，四位将大半生托付给这条铁路的巡道工，可以歇了。

由于没有正式编制，单位辞人也就是一句话的事。什么失业保险，什么退休保障，这些七七八八的玩意儿，没读过书的江光明也不太懂，就没去管，又顾着面子不肯跟江听雨讲，等江听雨知道时，江光明已经下岗个把星期了。

江听雨埋怨江光明有事不跟自己讲。

江光明用筷子拣着盘里的花生粒，抿了一口酒："跟你讲了，除了让你更焦躁，还能怎样？"

"……"江听雨无言以对。

是，除了更焦躁，她还能怎样？她无能，她什么都做不了。

江光明将杯中酒一饮而尽，才缓缓开口："让走就走呗，扯皮撒泼也没意思。就说老李，他眼泪涟涟地跑到工长面前，嘴里喊着'我今年五十了，我的中年都交给铁路了，我现在啥也不会，年纪大了也学不了什么东西了'，有用吗？没用，该走人还是得走人。那闹这么一场，还让人看笑话，有意思吗？没啥意思。"

酒让他冷静，冷静得可怕，冷静得好似看破红尘。

可束手无策的人啊，真看破红尘又怎样？难道逃得开吗？逃不开的。

我们这一生，只要活着，就在红尘中。

那晚结束通话后，江听雨傻坐了很久，脑子里不断盘旋着江光明最后的那句话。有意思吗？是，没什么意思。

可再没意思，也得继续活着，大不了就把活着的全部意义归结为活着本身。

下岗颓迷小半个月后，江光明开始想法子谋生。因为少年时干重活儿，腰椎劳损太严重，此时年过半百的他已然做不了来钱快的工匠，便决定将下厨当回正事做。

三个月过去，江光明接了不少承包酒席的单子，甚至还有其他村的人来请，江光明便更有干劲，置办了一整套乡下办酒席要用的东西，从桌椅篮筐到锅碗瓢盆。

年底，在外打工的年轻人陆续回来了，寻了各种由头办酒席，既能收回散出去的份子钱，也能与分别太久的亲朋好友聚一聚。

从腊月初一开始，江光明几乎每天都有活儿干。

到小年前一天，终于只剩最后一单，江光明喝了一杯酒御寒，等身上发热了，便骑着摩托车往办酒席的人家赶去。

江光明喝的是刚酿的新酒，没想到酒劲会那么大，中途忍不住加快了车速，没注意到马路边忽然有只狗窜了出来……

江光明猛转车头，想避过那只狗，然而车速太快，车头往左一转，整个车身都跟着偏过去了，硬生生轧在他的左腿上，惯性下还往前擦了一段距离。

刘晓玉打电话给两个孩子时，已经哭得慌了神。

江听雨正在电脑前噼里啪啦敲键盘，听见江光明出事的消息，整个人都蒙了……等问清了前因后果和具体伤势，她反而冷静下来，决定等两天后公司放了春节假再回去。

在这一方面，哥哥江淮南确实更仁义厚道——他二话不说，当场就要请假。

车间组长以为江淮南是急着回家吃肉过年，不愿意批假，夹着烟道：“小江啊，年底赶产量，是最忙的时候啊，这假我批不了。而且这个星期是双倍工资呐，你还是再坚持几天比较划算。”

江淮南担心江光明的伤势，心里着急，一不做二不休，干脆辞职了，卷起铺盖拎着包就跑，大半个月的工资也不要了。

事后江听雨埋怨他冲动，他正在给江光明擦脚，半晌才说了一句话。

“在我心里，爸妈和你，比钱，比工作……比什么都重要。”

到了年底，医生多少有些懈怠，亦有各自的节假日安排，便不愿动手术，以江光明的腿没消肿为由，将手术时间拖到了正月初四。

于是这个年，一家人是在市医院过的，吃的是刘晓玉从家里打包带过来的饭菜。

下午五点多，早早吃完年夜饭，刘晓玉就拎着锅碗瓢盆坐车回村里了。她有很严重的风湿病，怕冷，没法儿睡医院的薄铺盖。

江淮南在给江光明捏脚趾，医生交代的，说必须多按摩，不然怕神经坏死。

虽不知按摩脚趾和神经死活有什么关系，但依江淮南的为人，既然医生那么说了，事关父亲健康，那他就会一丝不苟地照做。

江听雨则陪着江光明闲话。

“小雨啊，真没谈对象啊？”江光明对女儿的终身大事十分操心。

江听雨觉得好笑：“前年我毕业，班级聚餐，你们还千叮咛、万嘱咐，叫我不要跟男同学有亲密举动。结果我这才毕业多久？两年不到吧？你们就想让我带个对象回来，真当两条腿的男人比三条腿的蛤蟆好找呢？”

江光明被女儿怼得没话说，转头看向江淮南：“南南啊，那你呢？”

江淮南：“……”

看着半天说不出个所以然的儿子，江光明叹气。女儿太伶俐，他管不住，儿子太老实，他不会管。

儿女成家还是八字没一撇的事，江光明干脆不去想了，他有一件更紧急的事想做：“小雨，昨天你张叔叔来医院看我，我觉得他说的一句话很有道理。”

江听雨正盯着手机发呆呢，闻言漫不经心道：“什么话？”她并不觉得好赌、贪杯、四十多岁还没娶到媳妇儿的张叔叔，能说出什么至理名言。

江光明憨厚一笑：“他说啊，我这次出车祸都是摩托车造成的，因为摩托车是两个轮子的，当然不安全了。如果换成四个轮子的车，就不会翻车了，那肯定稳稳当当的啊……”

江听雨回过味儿来了，敢情江光明是盘算着买车呢？

“我不同意。”江听雨断然拒绝。

江光明脸上的笑意霎时褪去，忙问为什么。

江听雨一一道出自己心中所想，以为家中此时并无闲钱，首要任务是存钱修房，江光明却并不理解，到后面，父女俩吵了起来。

不知是被说中了心事，还是被女儿反驳失了面子，江光明恼羞成怒之下，气急败坏地冲着女儿大喊：“过年你没给我一分钱，医药费也都是你哥付的，现在我自己的钱你都不许我花，我这是养了个白眼狼啊！”

江听雨气极，顶嘴道：“我是白眼儿狼？那也是你生的！”

江淮南闻言，对着江听雨低声吼道：“妹！怎么跟爸说话呢？”

有了儿子帮腔，江光明得意起来：“你看你哥就比你懂事得多，我真是白生你了！”

江听雨从来没被哥哥凶过，又一心为家里考虑，却不被家人理解，此时愤怒和委屈一齐袭来，只觉生活重担压在身上，使她喘不过气。

她强忍眼底涌起的泪意：“白生了？那你当初别生，也不是我非要你生我的啊！”

江光明左腿膝盖以下粉碎性骨折，整天躺在床上不能动、不能挪，受着病痛的折磨，虽然嘴硬，但心中也知道自己给家里增加了负担，这段时间难免抑郁烦躁，此时被女儿一激，也是真的动怒了："好！那就当我没生过你，你滚出去！"

"滚就滚！"江听雨拎起箱子冲出病房，简直一秒钟都不肯再待下去，连阳台上晾着的衣服也没去收。

江淮南正要去拦，江光明一把拉住他的衣袖，呵斥道："不许去！"江光明觉得女儿只是一时赌气，过不了多久就会自己回来。

等江淮南将父亲安抚下来，江听雨已经气冲冲出了医院，拦了一辆出租车往火车站去了。

而后，她坐上回凌城的火车，在车上遇到了白石楠，在网上遇到了陆临渊。

从回忆里走出来，陆临渊还未来得及作出反应，江听雨自己先笑了。

她低着头说："时隔一年，如今细细想来，那似乎也不是多么大的事情，但当时是真觉得四面楚歌，仿佛赤手空拳面对这个世界的只有自己。实际上，世界哪有时间理会我啊？都是我自寻苦恼，过分矫情。"

然而她越是这样轻描淡写，将往日郁结与苦楚一笔带过，他就越觉得心疼。

很多时候，我们都只是平淡地活着，不会经历太多值得上新闻报纸的苦痛。可生活里那些鸡毛蒜皮的事情，那些妄图改变现状却不得章法的仓皇无力感，才最消磨一个人对自己的珍重，以及对这世界的热情。

他的声音无比温柔，认真地说道："比之当日，你豁然了很多，也勇敢了很多。"

江听雨一直是人群中最普通的那一个，此时骤然被夸，竟有些手足无措："你忽然夸我，我不太习惯……"

陆临渊将脸扭向一旁，不让她看见自己的表情，而后道："建议你还是尽早习惯，毕竟以后我的肉麻话还会有很多。"

江听雨先是一惊，接着一愣，之后便是满腔的欢喜，只觉"幸福"二字也就是眼下的光景了。

或许是日子难过才会觉得漫长，如意的日子则很容易度过，接下来的一段时间里，一切事情都似坐上了飞速行驶的列车，顺畅得让人有点不敢相信。

二月底，凌城监察委将陆临渊拿到的视频作为关键证据，又收集了其他线索，将这个案子上交法院。法院经审判，作出判决如下：

根据《刑法》第三百八十六条（对犯受贿罪的，根据受贿所得数额及情节，依照本法第三百八十三条的规定处罚）、第三百八十三条（贪污数额巨大或者有其他严重情节的，处三年以上十年以下有期徒刑，并处罚金或者没收财产），田凯旋以他人代付嫖资的形式，收受贿赂一百二十万元，涉案金额巨大，受贿罪名成立，一审获刑八年，并按照实际消费额上缴受贿财产。

根据《刑法》第二百九十四条（组织、领导黑社会性质的组织的，处七年以上有期徒刑，并处没收财产；积极参加的，处三年以上七年以下有期徒刑，可以并处罚金或者没收财产；其他参加的，处三年以下有期徒刑、拘役、管制或者剥夺政治权利，可以并处罚金）及其他条款，谢晋元涉黑、组织卖淫、强迫卖淫罪名成立，处十三年有期徒刑，并处没收财产。

根据《刑法》第三百九十条（对犯行贿罪的，处五年以下有期徒刑或者拘役；因行贿谋取不正当利益，情节严重的，或者使国家利益遭受重大损失的，处五年以上十年以下有期徒刑；情节特别严重的，处十年以上有期徒刑或者无期徒刑，可以并处没收财产。行贿人在被追诉前主动交待行贿行为的，可以减轻处罚或者免除处罚），林石向公职人员行贿，涉案金额达一百二十万元，处十年有期徒刑。

三月底，陆临渊出院，因不愿让家人知道自己受伤的事情，便继续使用“执行封闭式秘密任务”的理由，在江听雨的建议下来到青阳古城养伤。

江光明使出全身本领，做了一桌好菜招待女儿的男友。

开饭前，陆临渊拄着拐杖来到桌子边，刚坐下，江光明端着一碗特制的酱汁从厨房出来，嘴里喊了句：“蘸着吃。”

闻言，他手忙脚乱地站起来，却发现江家一家人正讶异地望着他。愣怔片刻，他当即明白过来，人家说的是“蘸着吃”，不是“站着吃”，脸上顿时一红……

席上，江光明和刘晓玉十分热情，不停地招呼小伙子多吃菜。这于陆临渊而言，是十分别样而温暖的体验——陆家讲究食不言、寝不语，且习惯只吃八分饱，饭桌上基本不会有这样的情景。

而那盘由江听雨挖、择、洗、切、拌的凉拌香菜，他更是食指大动。

一顿饭吃得热热闹闹，竟是他二十多年来从未有过的畅快体验。

第十三章　春心泛秋意

我必须是你近旁的一株木棉，作为树的形象和你站在一起。
——舒婷《致橡树》

四月，春衫更薄，江听雨收到研究生复试通知。

去凌城的前一晚，她来到刘晓玉的房间，让刘晓玉照顾好陆临渊。回去经过陆临渊的房间时，她有意放轻脚步，将耳朵贴在门上听里面的动静，其举止……很有几分痴汉的样子。

房间内一点声响也无，她直起身子，心想陆临渊大约是睡着了。她心里说不上失落，但考研于她而言毕竟是件大事，临行没能得到他的鼓励，她总归有几分遗憾。

就在她准备转身离开的时候，门忽然开了，陆临渊一只手拄着拐杖，一只手握着门把手，站在门后看着她。

她压低声音问道："还没睡？"

"睡不着。"

"怎么了？"

"因为还没有说临别赠言。"

"不说也没关系，我又不是那样小气的人。"

"不是你小气，是我一有机会就想跟你多说几句。"说这话时，他的表情无比认真。

闻言，江听雨虽极力忍耐，可眼角眉梢都透出笑意。

“你明天一早就走？”

“嗯，早上六点坐班车去镇上，再到县里坐火车去凌城。”

“对不起，不能陪你一起。”

她灿烂一笑：“不用陪，在家等我好消息。”

“肯定会是好消息。”他站得有点腿疼，身子略微晃了晃。

担心他站太久会累，她道：“不邀请我进去？”

“不邀请了，这是其他男人的房间。”

“喂！”她讶异于面前男人不同于往日的霸道，忍不住小声反驳，“这是我哥的房间。”

他目光灼灼地望着她，一字一句，掷地有声：“除了陆临渊，其他任何男人都是‘其他男人’。”

江听雨后悔不迭，所以前几天自己为什么要埋怨陆临渊不会说情话还大力推荐他看言情小说啊？

五月，梅子黄时，江听雨的研究生复试成绩出来了，她以高分被凌城大学录取。

六月可闻蝉鸣，陆临渊年轻底子好，积极复健，再加上江家照顾得周到，已经能放下拐杖行走了。

七月，夏意正盛，江家院子里开满了凤仙花。

江听雨跑出去采了一堆，用纱布包好碾碎了，挤出汁水，趁着陆临渊睡午觉，偷笑着用花汁涂他的指甲。

感受到指尖的凉意，陆临渊醒了过来，一眼望见干坏事的小姑娘。

不知他会醒得这么快，江听雨像个偷糖吃却被发现的小孩，咬着唇瓣讪笑道：“你怎么不多睡会儿，这么快就醒了呀？呵呵……”

他抬起手，看了看她未完成的杰作，语气平淡：“好玩？”

江听雨下意识点头：“嗯，好玩……”

他将手伸到她面前：“那你接着玩吧，当我没醒。”

江听雨：“……”

十根手指被涂完之后，陆临渊看也没看就直说好看。

江听雨嘟哝道：“大骗子，看都没看就说好看。”

陆临渊闭着眼摸摸她的头：“乖，别为难我了，一个大男人涂红色指甲的画面太美，我不敢看。”

江听雨：“……”

摆弄了一会儿，又拍了照，江听雨让他自己去洗手。

他耍赖：“一人做事一人当，你要负责。”

江听雨无奈，只得带他到院子的水龙头边洗手。水花轻溅，她轻轻揉搓着他的手指，觉得这手指可真白、真软，比她的手细嫩多了，心下嫉妒，下意识道：“你的女朋友真白真软。”

从背后环住她的陆临渊闻言一愣，怎么个意思？她这是变着法儿夸她自己呢？不过嘛，作为“江听雨至上者”，他秉着女朋友说什么都对的原则，接话道：“嗯，是很白。但软不软，还有待考究。”

江听雨心下疑惑，回头想问他怎么回事，他的手指软不软，难道他心里没点数嘛？

然而她还未开口，嘴巴已被那人用双唇封住。

“唔……”江听雨一慌，生怕被旁人看见，忙伸手去推他。

陆临渊却将她揽得更紧，双唇挪开半分，极轻地诱哄道：“别乱动，我就亲一亲。刚才睡了一个小时午觉，整整六十分钟不见你，好想你。”

他未经人事，说这样撩人的话也不过是情之所至，此时的吻全凭一腔爱意在摸索，生疏而热情。

江听雨不动了，任凭他亲，甚至试着回应，陪他一起探寻，羞涩又坦诚。

八月，稻谷熟了，翻起金黄的浪。

陆临渊恢复如初，江听雨也要着手准备开学事宜，是以决定第二日同回凌城。

那晚，陆临渊与江光明聊了许久，可究竟聊了些什么，他只道是两个男人的秘密谈话，别的便再不肯对江听雨多说。

江听雨坐在床上，摩挲着自己的银行卡。里面的钱是她从读大学就开始存的，每月固定存入，到现在已经有五万了，之前无论发生什么事都不肯挪用半分，就为了有朝一日能够修新房子，直到给陆临渊交手术费的那回，她才拿出来用。后来陆临渊知道手术费的金额后，执意将钱还给了她。

经历了陆临渊的生死劫，她忽然意识到摧毁生命的危险是不期而至的，一生看似漫长，却也可能比流星还短暂。意外和明天哪个先来，谁能说得清呢？与其像葛朗台似的守着那笔钱，她还不如在能够尽孝的时间里，尽可能让父母开心满足。

另一方面，她看着江光明渴盼车的眼神，就好像看见了小时候渴盼着糖葫芦的自己。

很小的时候，她就知道家里穷了，所以无论遇到什么喜欢的东西，从来不会开口提。唯独糖葫芦，她实在太想尝一尝是什么滋味，眼光便总是忍不住往卖货郎的背影看去。卖货郎扛着一根草垛，草垛插满了红彤彤的糖葫芦。

刘晓玉精打细算，恨不得一分钱掰成十分花，即使看出江听雨想吃糖葫芦，也不会狠下心去买。但江光明心软，每次发现女儿的眼神之后，都会从自己少得可怜的烟钱里拿出一点，买串糖葫芦递到女儿手上。

思及此，江听雨将银行卡放好，决定等起床后交给江光明，满足他买车的夙愿。

嗯，就这样吧。钱没了，她可以再赚，而那种为了阻拦家人花钱而发生的争吵，她此生不愿再经历一遍。

第二日，江光明起了个大早，天还没亮就在厨房忙碌，见江听雨走进来，忙抬手抹掉了脸上的泪水。

他低头从口袋里掏出一本存折，递到江听雨面前，却发现她拿出了一张银行卡。

江听雨有些惊愕，问道：“爸，您这是？”

江光明将存折塞进她的手里：“你在凌城工作，现在又考上了研究生，无论今后与临渊那孩子的结果是什么，都不可能回老家了吧？既然要在凌城发展，那就好好安家。这里面的钱，你拿去在那边买套房吧。钱不多，应该买不了太大的房子。我和你妈妈的本事只有这么大，以后的路，就只能靠你自己好好走了。”

“以前我想买车，其实是想吸引你回来，真买了也是给你开，因为我跟你妈想把你绑在老家，一是觉得女孩子在外面容易变坏，二是怀着私心，不希望两个孩子都不在身边。但昨天临渊来找我讲了很多话，可能……终究你还是在外面闯荡，这一生的出息会大些。”

“爸……”江听雨有些哽咽。

大多数与家人、与自己、与世界的矛盾，都可以因为理解而解决。

而那小部分无法和解的，愿你我都侥幸避开，无须挂怀。

回到凌城后，陆临渊先送江听雨去陆万生家，谁知刚打开门就看见陆知新和黄梅也在。

察觉到他停下步子，江听雨从他背后探身来看，便望见坐在沙发上的人。她心下一慌，想抽出自己的手，却被他攥得更紧。

陆临渊牵着她走进去，平淡地打招呼：“爷爷，爸，妈。”

江听雨站在他身旁，跟着小声地叫人：“陆爷爷，伯父，伯母。”

黄梅的目光落在二人牵着的手上，脸上先是闪过一丝惊愕，而后便是十足的喜悦：“临临，这位是……”

“是我女朋友。”

黄梅还没做出反应，陆知新先冷哼一声：“你倒是出息了，交了朋友也不跟大人说一声，还瞒着我跟你妈，把人引到你爷爷家住了小半年，要不是今天我们正好撞见，你是不是要继续瞒着？”

陆临渊面不改色：“没刻意瞒，是您不常来看爷爷才没发现。”

“你……”陆知新又要发火。

陆万生打断儿子的话，沉声道：“好了，有什么话，你们回自己家再说。听雨是我家里的客人，是我当亲孙女疼着的，陆知新你别无礼。”说着，他伸手招呼江听雨，“丫头，过来，这么久没见，让爷爷看看你瘦了没。”

江听雨走过去，站在陆万生面前，弯腰将茶杯添满之后双手奉上。

“丫头，跟我家临临在一起啦？”

江听雨点点头：“嗯，是的。”

陆万生笑道：“临临这个木头，亏你看得上，可难为你了啊。”

陆知新不乐意了：“爸，您怎么这么说？我儿子哪里不好了？他仪表堂堂又知事懂礼，最优秀不过了。”

陆万生瞪他：“连你自己都说临临优秀，那你刚才怎么还训话，一副要吃人的样子？”

“我……”陆知新语塞。

黄梅隔岸观火，少见丈夫吃瘪，捂嘴直笑，陆临渊也朝他投去意味不明的一瞥。

之后，家长们又问了些关于陆临渊半年没回家的事情，陆临渊全以“封闭任务，不宜透露”的借口搪塞了过去。

到了下午五点，其他人还在聊天，江听雨趁无人注意，起身溜到厨房，又轻手轻脚地关上门，准备做晚饭。

陆临渊却时时刻刻关注着她，见她独自去厨房，说了声“失陪”就跟了过去。

江听雨刚从冰箱里拿出食材，忽然听见开门的声音，回头一眼便看见那人。

“一起吧。”说着，他极其自然地接过她手中的菜。

她甜甜一笑：“嗯，好。”

客厅里的陆万生将他们的举止看在眼里，颇为欣慰——不愧是他陆万生的孙子啊，知道疼人。

菜上桌后，江听雨招呼众人吃饭。

陆万生乐呵呵地坐在上座，笑道：“好久没吃到听雨做的菜，我都犯馋了。陆知新、黄梅，你们快尝尝，这姑娘的手艺可了不得。”

“现在的年轻人连油瓶子倒了都不知道扶，她一个娇滴滴的小姑娘，做出来的菜的味道能有多好？”陆知新仍然板着脸，他觉得儿子从未忤逆自己，却将江听雨这事儿瞒着自己，又莫名其妙消失了大半年，此时心里自然不爽快，甚至认为江听雨带坏了自己的儿子。

黄梅在桌子下面扯扯他的袖子，而后夹起一块苦瓜送进嘴里，本只是礼貌性地尝一尝，并未抱多大希望，谁知那苦瓜入口酥脆，竟连一丝苦味也没了！她也不顾往日家里食不言、寝不语的规矩，惊叹道：“听雨，你这苦瓜是怎么做的？好吃哎！”

江听雨还没说话，陆临渊先开口了，替她作答：“医生让爷爷多吃苦瓜，但爷爷嫌苦，总是不听话，听雨就特意学了这道菜。将苦瓜切段，挖空之后塞进肉糜，然后蒸熟，再裹上一层薄面粉下锅油炸，爷爷都快馋哭了。”

黄梅拿起公筷，往江听雨的碗里夹了一箸菜：“听雨有心了，来，你自己也多吃点。”

江听雨忙双手端碗，微微欠身道：“谢谢伯母。”

“雕虫小技。”陆知新一边颇为冷淡地说着，一边又夹了一块苦瓜往嘴里送去。

一顿饭吃得很沉默，但气氛也还算好。饭毕，江听雨要收拾饭桌，却被陆临渊拉住了。

“我来。”

“还是我来吧……”

“你坐着。”

黄梅看见儿子这么疼人，瞪向丈夫——你爸疼你妈，你儿子疼你准儿媳，就你不知道疼人！

陆知新无辜被瞪了一眼，朝妻子傻傻一笑，暗暗埋怨儿子，没事在父母面前秀什么恩爱啊！

陆万生看向江听雨：“听雨，你坐着，让临临洗。他从小就喜欢洗碗，谁敢跟他抢，他就跟谁急。”

江听雨：“……”这还真是一个怪异又优异的嗜好啊，陆临渊不愧是她喜欢的男人。

黄梅：“……”真的假的？我怎么不知道我儿子这么勤快？

陆临渊：“……”爷爷，您夸张得有点过分了啊。

陆万生朝着孙子一笑：你就放心洗碗吧，你爸妈这边我来搞定。

他让江听雨坐到自己对面，故意当着陆知新夫妇的面问道：“听雨，你什么时候开学呀？”

未待她答话，陆知新先惊住了，震怒之下拍了一下桌子，大声道：“什么？她还是个学生？陆临渊疯了吗！”

陆万生瞥自家儿子一眼：“都多大的人了，这么沉不住气？还是故意想在你父亲面前装可爱？”

陆知新：“……”

气氛霎时有些怪异，见没人说话了，江听雨忙道：“陆爷爷，我九月一号去学校报到。”

“导师选好了吗？学术成就、教学口碑怎么样？”

“嗯，选好了，一个师兄引荐的，是一位德高望重的教授。”

陆知新已经明白小姑娘是研究生了，但一听到“师兄”两个字，又忍不住替自己儿子紧张：“师兄？什么师兄？他平白无故为什么要帮你？”

“他是我做兼职时认识的一个人，在证券公司上班，很善良，对兼职的学生们颇多照顾，知道我报考他母校的研究生之后，就向我推荐了他读书时的导师。”

“你还做过兼职？”陆万生追问道。

“嗯，之前读大学的时候，周末会用来兼职。”

陆知新脸上闪过一丝讶异，装作漫不经心地插话道：“似乎现在的大学生，要么专注于学习，要么侧重于恋爱，很少有人会把时间用来做兼职，尤其是女孩子。”

江听雨闻言，琢磨着陆知新这话到底是表面意思，还是有什么其他的深意，比如暗指她家境差，配不上陆临渊之类的。稍作思索后，她决定还是据实以告，语气平淡地说：“我父母都务农，家里不是很富裕，但每个月会固定给我一笔生活费。不过除了吃饭，有时候还有其他需要花钱的地方，我不想再额外伸手向他们要，索性就去兼职。”

在座三位家长都注意到江听雨说起家庭情况时的态度，既不是破罐子破摔的认命，更不是深以为耻的抗拒，而是进退有度、不卑不亢，心下不禁对她多了几分赞赏。

不过江听雨丝毫未觉，沉默片刻，又有些羞愧地摸了下鼻子，坦诚道：“偶尔也会因此逃课，现在想来得不偿失。”

“是。”陆知新点点头，语气已经比之前和蔼多了，“逃课去兼职，看似获得了经济利益，但与之交换的是宝贵的学习时间，因小失大，的确有些不值。”

“彼时目光短浅、心性不足，加上经济困顿，就无暇顾及那么多。”

“我倒觉得你这姑娘看着柔柔弱弱，实际上性格沉稳，思想也成熟。”此时已经不用陆万生费心张罗话题了，陆知新自己就打开了话匣。

“是遇到他之后才变成这样。以前我矫情又敏感、怯弱又冲动，不撞南墙不回头，非要碰壁之后才能认识到自己的不足。”

听到她以这样的方式提及自家儿子，陆知新心下无比受用，语气也愈发和蔼起来：“你还年轻，能有自省、上进的心，已经很不错了，所以不要将自己说得这样不堪，也不要将所有好的改变都归功于陆临渊。”

在这一点上，陆万生倒是十分赞同儿子的说法，抿了一口茶，道：“这话不错，听雨你若一味捧着临临，将他看得太高，反而容易令他生骄生躁，时日久了，你也会在两人的相处中处于下风，甚至渐渐迷失独立的人格。”

“是，今后的路那么长，两个人还是需要互相吸引，才能一起进步、砥砺前行。”陆知新说完，忽然含着笑看了黄梅一眼。

在厨房洗碗的陆临渊一直注意着客厅的动静，听见这话后背脊一僵。陆知新说这话，其实就相当于同意了他与江听雨在一起。

虽然就算有人不同意，他也不会与江听雨分手，但能够得到来自长辈的肯定与支持，总还是一件令人开心的事。

我们都想把自己活成不受束缚的个体，行为不以他人的意志为转移，然而享受孤独之余，仍或多或少地期待着爱，哪怕只是一个拥抱、一个肯定的眼神，都可以。

第十四章　夜来风雨声

我也并非全然悲观，如果不满怀希望，那么满怀什么呢？
——木心《哥伦比亚的倒影》

到了自家小区楼下，陆临渊正要与陆知新、黄梅一道进去，忽然接到一通电话。

他按下接听键，听见电话那头的人说：“你回来了。”

这不是疑问句，而是肯定句，仿佛在陈述一个亲眼所见的事实。

陆临渊闻言，转身看向对面单元的某一层楼，果然望见窗户边的一个身影。

那身影也发现陆临渊在看自己了，挥了挥手。

挂断电话，陆临渊朝两位家长说：“爸、妈，你们先回去休息，我去看看姐。”

“是，姐弟俩是该见一见。你这么久没回家，电话也打不通，你姐可想你了，隔三岔五就过来看看你回家了没。”黄梅顿了顿，“不过最近她倒是没怎么过来了，也不让我们过去看她，说是请了假在考什么证，要专心复习，不想被打扰。”

陆临渊将手里的菜递给陆知新，转身往陆园家走去，也不知想到了什么，眉间竟罕见地多了一丝苦恼。

进了电梯，他盯着不断跳跃的楼层数字，就像审视着不知道什么时候便会无端起风浪的人生。

“叮”的一声，电梯门打开。他收回视线，跨出电梯便看见房门正敞开着。轻叩了两下门之后走进去，他一眼看见坐在沙发上的陆园。

陆园回过头，脸上竟戴了副墨镜。

他想起之前谭湘受伤的事，隐约猜到了什么，伸手要去摘下墨镜，却被她抬手拦住。

“你猜到了吧？那就别看了。”

“我想亲眼看。”

眼镜被取下后，映入他眼帘的，就是陆园眼角处的伤痕。

陆临渊握手成拳，指甲狠狠地掐进手心，再开口时，声音已寒似二月的霜花：“他在哪里？”

陆园重新戴上眼镜，轻声道：“我们想各自冷静一下，他搬出去住了。”

“这伤有段时间了吧？”

“十六天。”陆园低下头，十六天，惊惶、失望、难以言说的怨，度日如年。

“这十六天，你就一直自己撑着，如果我不回来，便预备一个人承担？”

“嗯。”

“你明知道爸妈不是一味劝和不劝分的人，如果你告诉他们，他们一定站在你这边。”

“没必要让他们跟着担心。”她不愿闹得大家都不安生，也不想让其余人看见自己婚姻的惨状，仿佛当初的爱情从未存在，易碎又不堪。

“那现在我回来了，你要不要听我的想法？”

陆园点点头，特意叫他过来，自然是想听一听他的意见。局中人最容易看不清自己所处的局面，往往还抱有不切实际的幻想，和本不该再有的留念。

“一旦动手，纵然事后粉饰，彼此装成没事人的样子，到底心中会有罅隙。此外，对方痛哭流涕也只是悔恨上一次，而没办法保证下一次。最后，对女人动手的男人，很大程度上不值得托付。”

话音落下，陆临渊盯着陆园，她却始终没作声，也不知到底听进去了没有。他叹口气，生活冷暖自知，各人有各人的考量和选择，他能做的也不过是竭力劝一劝。

“你吃晚饭了吗？”许久之后，他打破沉默。

陆园摇摇头：“我不饿。”

“虽是老生常谈，但还是那句话：人是铁，饭是钢，身体是自己的。”说完，他起身往厨房走去。

片刻后，他在厨房里喊：“土豆削皮器在哪儿？”

“菜刀的旁边。”

“我没看见，你过来帮我找找。”

陆园走进厨房，在异常显眼的地方拿起削皮器：“很难找？”

“嗯，不是很好找。”陆临渊接过削皮器，一边削皮一边随口道，“是给你做饭吃，你总不至于半点不帮忙吧？把辣椒洗一下，再舀点炒米出来，待会儿给你炒个酸辣土豆丝，开胃爽口，再弄个你最爱吃的炒米煎蛋。”

陆园闻言，心里霎时一酸。她一直以为陆临渊生性不喜与人亲近，又因父母从小把她带在身边却将他寄养在爷爷家而存有心结，谁知他竟连她最爱吃什么这样的小细节都记在心里。此时，她自然明白了自家弟弟的心意，他是希望她回到人间烟火中来，而不是守着爱情的灰烬过活。

“那炒土豆丝的时候，你要多放一点辣椒。”

陆临渊微微一笑：“嗯，我知道你无辣不欢，所以会多放。哪天你要是吃辣椒上火了却又不舍得扔就叫我，我会帮你把辣椒全扔掉。”

陆园愣愣地望着他，片刻后也笑了。是，爱吃辣就多放辣椒，可若是因此上火难受，那就远离它。

第二天，陆临渊重回工作岗位，一点儿也没生疏，凡事仍有条不紊。

到了下班时间，众人都走了，王饮泉从走廊上经过，发现他还在，走进来笑道：“这么认真，回来第一天就加班？”

他抬起头，叫了声“主任”。

王饮泉拿起桌上的资料翻了翻：“田凯旋的案子？”

“嗯，想再看看。”

“有新发现？”

“一点点。”

“说来听听。”王饮泉来了兴趣，也不急着下班了，坐在旁边的工位上。

“当时在榆杨村，攻击我的有两拨人，且互相监督。我一直以为他们分别是谢晋元和田凯旋派去的，谢晋元是为了拿回视频、继续威胁田凯旋，田凯旋则是为了不让视频里的自己曝光。但我刚才看了庭审记录，当视频被作为最后的关键证据呈上去时，田凯旋似乎颇为震惊。”说着，陆临渊将电脑显示器转过来，屏幕上的人正是坐在被告席上的田凯旋。

王饮泉凑近仔细观察了一会儿：“瞳孔放大，嘴部微张，不像装出来的，应该是真的不知道视频的存在。”

“当时我会以为其中一拨是田凯旋的人，还有一个原因：他们的身手不是武术班教出来的，也不是一通乱打的野路子，而像是经过警校或者军队正规化训练的。我下意识觉得那是田凯旋派过去的，因为在三个涉案人员之中，只有他是公职人员，能够接触和请来那批人。”

“那如果不是田凯旋，就只剩下林石了，可如你所说，林石并非公职人员。”

“林石是我一个朋友的同学。刚才我找他问了问林石的情况，了解到一个细节——林石在追他们班的班花。”

王饮泉几乎一下子抓住重点：“而班花身份特殊？”

“姓颜名妍。”

“颜局长的千金？！”

陆临渊拿起手机，打开一个短视频软件，按照阮旭所说的，搜到一个用户，点进主页，递到王饮泉面前。

王饮泉接过手机，看见用户名叫颜妍，发了自己和一个中年男人的大量视频。而那个中年男人，正是他多年的老熟人——颜局长。

颜妍似乎很喜欢在这个软件上分享自己的生活日常，几乎每天都会发一条，除了有她父亲颜局长，一些穿便装上门拜访的警察、来往密切的同龄人也会时不时入镜，这其中就包括了莫家鸣和林石，甚至有一条视频里，还有她偷拍的阮旭。

“她的父亲是从业多年的老警察了，侦查和反侦察都是一把好手，谁知他女儿却毫无隐私观念，也没有危机意识，什么都往网上发。”

“听我朋友说，在外人面前，颜妍的家人对她要求严格，暗里实则极其溺爱，给她吃的用的都是最好的，只要她开心，做什么也都由她，连她读书时曾对一个女孩子实行校园暴力，也轻易就被摆平了。这样被保护在温室里、当作小公主一样宠大的孩子，自然不会考虑那么多。”

王饮泉将手机还回去，思考了一会儿，又联想到上个月收到的匿名举报信，心里渐渐有了一个大概的想法。他掏出一支烟含进嘴里，打火机却打不燃了，于是抬眸看向陆临渊。

“别看我，我没有。”

王饮泉叹口气，将烟从嘴里拿出来，扯张纸擦了擦，又放回盒子里。虽然只是十块钱一包的便宜货，他也舍不得浪费任何一根。

陆临渊余光瞥见王饮泉的动作，眼皮子不禁跳了跳，脸上有了些难以置信的神情，道：“我也不知道该佩服您节俭，还是该鄙视您不讲卫生。”

王饮泉也不生气，反而被他一句话逗乐了：“你该佩服就佩服，千万别心软。”

陆临渊：“……”

王饮泉拿起桌上的食品罐，打开盖子，倒出几颗腰果丢进嘴里，言归正传道：“那现在你的推测是，那帮人应该是林石派去的，而他接触到那帮人，很有可能是通过颜维康？”

“嗯。但现在我的发现还只是一点皮毛，并不能当作证据。此外，我的推断也可能是错误的，而颜维康身处高位，如果仅凭臆测就贸然去查，容易造成单位之间的不和睦。所以，如果真要查，还挺棘手的。”

“巧，真的巧。”王饮泉忽然说了一句没头没脑的话。

陆临渊抬头：“什么？”

“本来是打算明天再说的——快下班时，我收到一封匿名举报信。”

“关于那位的？”

“嗯。不过和林石的案子不相关，而是举报颜维康用他人的名义，购置了多处房产，还有生活作风问题。很巧，对吧？正愁没有调查的由头，由头就来了。”王饮泉顿了顿，又说，“你姐夫在颜维康手底下做事，是他的左膀右臂，如果有必要，可以向他旁敲侧击，打听几句。”

“不了，我们先自己查吧，以免打草惊蛇。”

“听你这意思，你姐夫可能对这事儿知情，甚至是参与者？”

陆临渊关电脑准备下班：“我没这么说。”

王饮泉起身："你是在暗指我过多揣测、捕风捉影？"

陆临渊有点心累："我也没这么说。"

王饮泉还想开几句玩笑，却被他打断。

"主任，你知道吗？沉默是金。"

王饮泉气笑了，往这个自己最喜欢的年轻人头上揉了一把："那我说最后一句。"

陆临渊一边抬手理好自己的头发，一边看向王饮泉，示意他说下去。

王饮泉神情沉重："去做吧，把林石的案子往深里查。"

两人并肩往外走，半晌后，王饮泉似是忍无可忍了，开口道："我还想说一句话。"

陆临渊侧头看他。

"你那个腰果在哪儿买的？味道不错。"

陆临渊收回视线，笑了："等回去之后，我问问我女朋友。"

"好，你问到之后就告诉我一下。"隔了一会儿，王饮泉才反应过来，难以置信地反问道，"什么？女朋友？！"

陆临渊笑意更深："嗯，女朋友。"

吃完晚饭，陆万生与几个老友去公园散步了。

江听雨在楼上房间写了会儿小说，觉得有些热，于是去浴室冲了个凉，谁知洗完澡出来，打开房间门，竟发现书桌前坐着个人，一时愣住了。

陆临渊听见门被打开的动静，回头看去，也愣住了……

此时正值盛夏，即使到了晚上也没凉快多少，是以江听雨只穿了一条轻薄的睡裙。洗过的头发还没来得及擦干，湿湿的，凝聚到发梢成了水珠，晶莹透亮。小小的水珠似乎有着千钧的力量，终于挂不住，从发梢滴落下来，无声地滑过她诱人的锁骨，汇入那道若隐若现的阴影中。

而那些剔透的水滴，足以唤醒化成心事躺在湖底的鲈鱼。

陆临渊觉得自己心底的某根弦被拨动，疯狂地叫嚣着，想要奏出前所未有的乐章。

房间里一片寂静，倒是窗外的树上趴着几只知了，热热闹闹的，发出欢快的叫声。

二人对视着，似是过了一个世纪那么久，其实统共也不过短短几秒。

陆临渊回过神来，站起身往门口走去："我先下楼。"

江听雨声如蚊蚋地"嗯"了声，低着头微微侧身让他出去。

门框并不宽，擦身而过的那一刻，陆临渊闻到她身上淡淡的香味，像五月的栀子一样清甜。

换好衣服，江听雨站在镜子前拍了拍脸，竭力让自己镇静，然后才慢吞吞下楼。

陆临渊正坐在沙发上，微微弯腰盯着茶几上的棋盘，上面是一盘没下完的棋局。

她走过去坐在他对面，轻声问道："怎么这么晚还过来？"

他抬起头看着她："想爷爷，就来了。"

"哦。"

"也想你。"

话音落下，陆临渊看见江听雨的脸几乎是在一瞬间泛起了红。他喜欢看她这副样子，心间为此盈满了欢愉，清朗的眉宇间也染上了笑意："江听雨，你脸红了。"

江听雨简直想掐自己，明明已经跟他谈了大半年恋爱，可每次听见他不经意间说出的情话，她还是会情不自禁地脸红。

"干毛巾呢？我给你擦一下头发，湿着搭在肩上不舒服。"

"在阳台上晾着……"

他起身取了干毛巾回来，站在沙发后面，轻轻地给她擦着头发，动作温柔得就像在抚摸春天枝头的一朵桃花。

江听雨仰起头，下巴和脖子之间绷直，拉出一条纤长的线。她看向上方他的脸，嘴唇轻启，似想说什么，又像是无声的邀请。

陆临渊捧住她的头，弯腰吻住她，背脊弓起蓄势待发的弧度。

这个吻湿润而绵长，到后面甚至带了一丝情欲的意味。

最后是陆临渊拴住已乱的心，结束这个吻。

"你自己擦吧，我去煮碗面，没吃晚饭，饿了。"陆临渊大步走向厨房，有点落荒而逃的味道。

江听雨甚少见他这样狼狈，视线紧紧跟着他的背影，手上胡乱擦着头发，片刻后笑出了声。

其实她做好了准备，可他如此有原则，那她也不介意晚点再发生关系，反正她认定了他，并坚信墨菲定律——该发生的总会发生。而在此之前，她很乐于多调戏他几回。

接下来很长一段时间内，陆临渊专注于深究林石、田凯旋的案子，而黄连则针对那封匿名举报信对颜维康展开调查。

这天，俩人查到的东西有了一个特殊的重合点——当初查田凯旋的案子时，查出他不仅收受了林石的贿赂，在林石投身于地产行业之前，还与其他三个房地产老总有过不正当的金钱往来。而现在黄连查到颜维康以他人名义购置了大量房产，其中至少有三处所属的楼盘正是由那三个房地产老总投资开发。

陆临渊与黄连交换了一下眼神，默契十足地拿起资料，往王饮泉的办公室走去。

听完二人的报告，王饮泉概括所得的信息："所以现在我们可以大胆推测：三个房地产老总除了向田凯旋行贿，以此换取竞标成功，还有可能出于某种原因，以房产的形式向颜维康行贿。"

黄连沉吟片刻，道："但也可能只是巧合，颜维康恰好买了那三个楼盘的房子而已？"

"不大可能。你想想，与田凯旋案子相关的楼盘总共才四家，其中三家都有颜维康的房产，至于正在建的那个，则是林石的项目，而林石正在追颜维康的女儿颜妍。四家都跟同一个人有关联，这种巧合出现的概率有多大？"

黄连听完，认真地想了想这个问题。

陆临渊敲了敲桌上的资料，继续道："此外，我朋友认识房地产行业的资深人士，他们每个季度都会做专门的房地产市场调查。我看了资料分析，跟那三个涉案楼盘同期开盘的项目有不少，无论是容积率、绿化面积、设计理念和创意，还是建筑材料的质量，以及后期在业主群里的口碑，那三个楼盘都可以说是次等的选择，唯一的优势估计就只有价格便宜、能够满足年轻人刚需了，因为三个开发商本来就只是想趁着房地产行业的兴盛捞一笔，赶一赶房地产投资的风潮。那么，是什么原因才会让一个人不买好的，专挑差的？而且这个人已经解决了刚性需求，并不急于购置房产，也足够有钱，不必过多被价格因素影响。”

黄连这下是真的听愣了，王饮泉的眼神里也多了一丝赞赏，显然他没有想到陆临渊会细心到连房地产市场都分析。而经过陆临渊抽丝剥茧般的调查，以及可能性的排除、逻辑性的推理，几乎可以认为那三处房产，是三个涉案开发商送给颜维康的礼物。

“那三个开发商为什么要向颜维康行贿？他一个公安系统的人，还能在房地产行业搅弄风云？”

“所以说，得继续查。”见黄连有点挫败，王饮泉点了支烟，又鼓励道，“不要泄气嘛，至少我们已经搞清楚那封举报信并非空穴来风——颜维康确实以他人名义购买了房产。我都只抽得起十块钱一包的烟，他的工资能多到哪里去？除非他有点石成金的奇妙能力，不然怎么买得起那么多房。”

黄连嘟哝道：“也许是家里有矿？”

陆临渊喝了口茶：“不会，我查了，颜维康出身寒门，妻子娘家也不是大富大贵之家。可能正因为这个，他才极其宠爱女儿，因为他要把自己年轻时没能享受到的东西，全都给他的孩子。”

王饮泉点点头：“不错，颜维康的原生家庭确实没能为他提供帮助。他能坐到现在这个位置，全凭他自己的经营和本事。”

总不乏这样的人，有一腔抱负，有一身本事，本可以在正道上走出铿锵的脚步，偏囿于名利，误入歧途。

陆临渊看向王饮泉：“主任，我想去监狱找林石聊聊。”

“嗯，去吧，或许会有收获。”

从办公室出来，黄连问道：“要不要我开车送你？”

陆临渊拿出车钥匙晃了晃：“不用。”

“哎？这么快就提了新车？”

“我爷爷送我的。”

他经常要在外面调查、取证，没车不方便，而之前的车子已经在榆杨村毁了。得知他的车子坏了之后，陆万生也不多问，没多久就送了他一台新车。陆知新知道这事后，还埋怨了几句，说陆万生太宠着他。

想到这里，陆临渊低头笑了笑。陆知新从来就不喜欢他干这份工作，就像从来没喜欢过他。他从出生开始就被陆知新夫妇交给爷爷、奶奶照顾，既然他们并没有期待过他的到来，又将他生下来做什么？

黄连用手肘戳了他一下："你笑什么？"

"笑你脸上有一颗饭粒。"说完，陆临渊大步跨入电梯。

到监狱后，陆临渊见到了林石。

林石始终很沉默，反而是他说了很多，说外面天气很热，但众人都在不辞辛苦地劳作；说七夕节快到了，到时候凌城河边会放"挚爱"主题的烟火；说颜妍找了第一份工作，不想再在父亲的庇护下生活；说涉案人在被追诉前主动提供线索的，可以减轻处罚。

见完林石，他又顺道去见了周鑫丽。

她的大波浪卷发早已没了，如今她蓄着齐耳的短发，看起来更精神。

"最近怎么样？"

周鑫丽微笑道："挺好。"

她没撒谎，也没故作坚强，是真的挺好，此心澄定，亦无苦楚。

出了监狱大门，强烈的日光刺得他眯了眯眼，门里、门外仿佛是两个世界。

车子刚发动，手机忽然响了，他接通电话，却并不说话。

电话那头的人笑笑，道："不叫人？"

他叫了声"莫副局"。

"连一声姐夫都不叫了？"

他对这个问题避而不答："有事吗？"

"没什么事，就是想见见你。你姐不在家，你过来吧。"

陆临渊挂断电话，掉转车头。

门是开着的，他推门走进去。

莫家鸣听见脚步声，回头看见他，放下茶壶招呼道："你来了，快坐。"

陆临渊走过去，坐在他对面。

"本来早就该与你见一见的，但你我工作都忙，始终没找着时间，一直拖到今天。”莫家鸣将面前的茶杯斟满茶水，笑了笑，“你姐一跟我提离婚，我就猜到你回来了，不然她自己是不会萌生这种离谱的想法的。”

陆临渊端起茶闻了闻：“茶不错。”

“正宗的武夷山大红袍，托了好几个朋友才买到一点儿，知道你要来，才特意拿出来。待会儿你回家时拿一罐，让爸妈也尝一尝。”说着，莫家鸣从茶几下面拿出一罐茶叶。

陆临渊将茶杯放回去，茶虽好，他却不想喝。

莫家鸣笑笑，自己喝了一小口：“你执行什么秘密任务，竟然大半年没回来？我问遍你同事，他们都只说不知道。”

“奉命养伤。”

“你受伤了？怎么我们都不知道？”

“我还以为，以你的本事，你能够未卜先知。”

“开什么玩笑？”莫家鸣笑了，又问，“现在养得怎么样了？”

“托福，恢复如初。”

“那就好，你姐可一直担心着你呢。”

“我也担心我姐。”

“担心什么？”

“担心她离婚不顺利。”

莫家鸣仿佛没听懂他话里的深意，掏出一个包装精美的盒子，推到他的面前，自顾自地说下去：“刚认识你姐时，她是高高在上的女神，我是低到尘埃的穷小子。后来也不知道是不是我命中交了大运，与你姐走到了一起。刚结婚那会儿，你姐看到这款钻戒，喜欢得不行，我便想买了送给她，可她考虑到我刚开始工作，每个月还要给老家的父母打钱，就没舍得让我买，还说她其实也没那么喜欢。但你知道的，只要是为了她，我不在乎花钱。现在我有了足够的钱，所以我买了，却还没找到机会送给她。”

陆临渊拿起那个盒子，钻戒是真的，或许曾经的爱也是真的，却也只是爱过而已了。

“所以，对不住，可能真的要麻烦你担心了。”莫家鸣眯了眯眼，点燃一支烟，优哉游哉地吸了一口，吐出一个如梦似幻的烟圈，“我不会离婚的，我爱她。”

陆临渊厌倦他这副运筹帷幄的样子，丝毫不留情面地戳穿他的龌龊："不，你不是爱她，你只是需要她。你需要一个从校服到婚纱的爱情童话，来满足你那贫瘠而市侩的内心。你需要一个出身良好的贤惠妻子，来点缀你赤手空拳、无所依傍的人生。"

陆临渊没心思继续打哑谜，不待莫家鸣恼羞成怒，他将衬衫下摆从裤腰中扯出来，撩了一截上去，露出漂亮的腹肌，美中不足的上面有一道疤。

"这道疤右边浅、左边深，如果是正常人的手法，那么其造成的伤口应该是左浅右深。而刺伤我的那个人除了善用左手，还有一个特征——虽然会刻意隐藏自己的身手，但交手的节奏一旦加快，就还是免不了使用自己最熟悉的招数。如果我没记错的话，你跟我姐结婚的那天，来了一帮你的警校同学，其中就有一个人善用左手，夹菜时还不小心撞翻了旁边客人的酒杯。"

"你这话是什么意思？"

"没什么意思，就是觉得挺巧的，以及没想到自己的记忆力会这么好。"

"哈。"莫家鸣冷笑一声。

沉默片刻后，陆临渊接到陆园的电话，说是家里的饭已经做好了，问他下班了没有，回不回去吃晚饭。接完电话，他站起身来："你慢慢享用这杯大红袍吧，我得回家吃饭了。"

"不等你姐回来？"

"不用等，她不会回这里来了。"说完这句话，陆临渊已经走到门边，开门离去。

门被轻轻地关上，却仿佛受到了极大的力道，震落了几粒尘埃，连岁月都蒙上了一层灰。莫家鸣狠狠地吸了一口烟，呛到自己也在所不惜，咳啊咳的，咳得眼睛都红了。

虽然莫家鸣销毁了婚礼当天有嫌疑人入镜的照片，又竭力说自己与之断了联系，多年没来往，但陆临渊还是查到了那个人的行踪，又上门做了调查，得知嫌疑人果然在吃完年夜饭之后就借口出去打牌，整整两晚都没回家。

与此同时，陆临渊按照林石提供的人名，经过多番排查，最终确定了一个人。那人名叫于伟，虽名下拥有房产，但根据林石所说，房产实际上是颜维康的。而于伟迁户口之前，其老家恰好是莫家鸣的老家。

陆临渊捏着资料，深吸一口气，又重重地呼出来，看来陆园的离婚进程必须加快了。根据目前查到的东西来看，无论莫家鸣自己有没有受贿，他帮着上司颜维康贪污渎职是毋庸置疑的。

重新打起精神，他正准备去找王饮泉申请调查莫家鸣，却先接到了王饮泉的电话。

这个电话来得太巧了，巧得他措手不及，巧得他连苦笑都觉得多余。

莫家鸣称偶然在他的房间看见一盒大红袍茶叶及一枚价格不菲的钻戒，觉得这并不是陆临渊消费得起的东西，于是在再三思索之后，决定不包庇上司和小舅子，实名举报他收受贿赂，向颜维康通风报信，且有实物为证。随后，几个监察官按照莫家鸣提供的线索去到他的房间，果然搜出了大红袍和钻戒，跟莫家鸣所言别无二致，完全对得上。

陆临渊被放了一段时间的假，这个假期具体有多长，得在案件调查明白之后才能知道。

走出王饮泉的办公室，他打电话给陆园，果然听到她已经与莫家鸣离婚的消息。他笑了，为她欣喜，为她往后的新生。

为了不让陆园再与莫家鸣有任何瓜葛，也为了不让家人担心，他没有将莫家鸣狗急跳墙，算计自己的事情说出来。

他向来不惧风霜扑面，可以临渊听雨。

坐进车里之后，他忽然好想见她，疯狂地想。

车子如同离弦的箭一样驶出去，连保安室的李大爷挥手跟他打招呼，他也没理会。

停稳车子后，他近乎手忙脚乱地从车上下来，等走到院门口，才惊觉自己连钥匙都忘了拿。他三步并作两步，回车上拿了钥匙，他的心跳很快、很快，手也无法抑制地颤抖着，试了好几次才将钥匙插进去。

钥匙轻轻一扭，院门开了，他想见的人终于出现在他的眼前，让他知道她就在他的身边。

江听雨和陆万生各自一把摇椅，正在睡午觉，他轻手轻脚地走过去，甚至能听见老人细微的鼾声。

此时已经到了夏天的尾巴上，暑气渐渐消退，院里最早一批的金桂已迫不及待地开好几天了。清风拂来时，有桂花落在她的唇上，他心神一晃，不由自主地吻下去。

江听雨嘤咛一声，睁开眼睛，看见陆临渊就弯腰撑在离她不到五厘米的地方。

细碎的阳光从满树桂花里筛下来，两人也不说话，就安安静静地瞧着彼此。忽地，江听雨微微张口，正要叫他挪开一点儿，他却再次以吻封缄。

那一刻，小院里的时光仿佛静止了，不知今夕是何年。

上楼之后，陆临渊率先走进屋子，江听雨跟在后面关上门，想了想，又不动声色地反锁上门。

陆临渊将椅子提过来，与床上的江听雨面对面坐着。

他将自己在面对诸多烦恼时的无力与倦意、长久走在迷雾中而寻不着出路的惊惶，以及曾被寄养、从此害怕不被喜欢的不安，还有那漫长的羞于说出口的孤独，全部告诉了她，毫无保留，而这样全身心地信任一个人，并将自己的心事和盘托出，于他今生是第一次。

江听雨弯下腰，一把抱住他，用她全部的力气，紧紧地抱着："我在这里，我会永远在这里，在你的身边。"

许久之后，陆临渊冷静下来，江听雨坐直身子，直直地盯着他："陆临渊，你知道我和你爷爷最大的共同点是什么吗？"

陆临渊也看着她："什么？"

江听雨抿嘴一笑，一双眸子里似有星光："是我们深爱着同一个人，一爱就是一生。"

陆临渊一愣，只觉自己的一颗心似被她攥在手里，温暖、湿热。再也忍不住，他俯身吻住她的唇瓣，不得章法，近似恶狠狠地与她厮磨着。

江听雨热切地回应她，试探着伸出舌尖。

陆临渊觉得浑身发烫，而那些热意最后统统往小腹汇去……他一把将江听雨抱起来，放在自己腿上。

很快，江听雨感受到他身体的变化。

陆临渊感受到她的紧张，将她抱起放在沙发上，自己起身要往浴室走。

江听雨脑袋一热，扯住他的衣袖：“要不……我帮你……”说完，她的另一只手已经往他身上探去。

陆临渊反手攥住她作乱的手，沉声道：“不用。”话是拒绝的话，可那话音已有一丝沙哑，连眼底都泛起红，估计是被欲望折磨得够呛。

也是，他毕竟是二十多岁且未经人事的青年小伙子。

陆临渊说完，佯装镇定地冲进浴室，只是那脚步已经有点凌乱。不一会儿，里面传来阵阵水声，若仔细听，还有压抑的喘息声。

然而，江听雨无暇仔细听。

她有些分不清，陆临渊宁愿洗冷水澡，也不愿意与她……这到底是对她的尊重，还是他对她根本就没有欲望？

第十五章　爱于尘埃处

疾风骤雨一般，她只觉得无处可逃，却又放任自己甘心沉溺。
——明开夜合《于尘埃处》

赋闲在家后，陆临渊并没有自怨自艾，更没有借酒浇愁之类的举动，反而过了一段自在的日子。

从读书时起，他就一直很严格地要求自己，等考上了大学，更是一点都没有松懈，每天往返于宿舍、教室与图书馆之间，偶尔才去球场打一会儿篮球。

他在江家养伤时，虽然也不用做事，但举止不便带来的束缚感还是让他没那么舒服。

而此刻，他倒是真正自在了，相信清者自清，一点儿忧愁也没有。

这天，江听雨去上课了，陆万生也不在家，他在客厅看了一会儿电视，觉得没什么意思，便上楼打算找本小说来看。

当初为了照顾他，江听雨请了一个月的假，后来要续假时，公司就不乐意了，不肯批假。彼时两人刚开始恋爱，浓情蜜意，自然难舍难分，所以纵然他不同意她为了他辞掉工作，她还是辞掉了。后来有一天夜里，两人闲聊时，她才告诉他，辞职并非单单因为他，更不是一时冲动，而是深思熟虑之后的选择。也是从那时候起，他才知道她对于现实与梦想的权衡和取舍，是早在心中做了打算的。

他走到书柜前，指尖抚过那些书，眼底盈满了笑意。这是他从出生住到小学毕业的房间，后来考到凌城大学后，他没有住学生宿舍，而是搬回这里，是以柜中摆的都是他看过的书，全是学习资料和厚重的法典，一眼望去就让人觉得乏味。可自从她搬进来之后，这柜里就多了许许多多新鲜的书，再不复往日枯燥与单调。

他一本一本地数着书，蓦地笑了。她那样节省，却对买纸质书有着特殊的情结，倒真舍得。

忽然，他的手指停住了，一本白色的书吸引了他的注意力。这本书被置于众多书中，其实并不显眼，可独特的是，书脊上的字并非常规的宋体、楷体，而是介于行书与瘦金体之间，有点像是……他的笔迹。

他食指一勾，拿出这本叫作《我和你的 36500 天》的书。在翻开书封的前一秒，他还在想，36500 天是什么意思？一百年？我和你的 36500 天，就是我和你共度百年？这书看起来就很有趣的样子……而下一秒，当他轻轻翻开书，当即整个人都愣住了。

一个男人的照片，一个男人的名字，一个男人的一切，就这样猝不及防地映入他的眼帘，以沉默且郑重的姿态。

原本出于礼貌和修养，当他得知这是江听雨的日记本时，他就应该给予足够的尊重，不动声色地将它放回去，往后装作什么都没有看到过。可不知是被什么力量牵引，虽然他的指尖正微微颤抖，但他还是一页一页地翻着日记。

日记本里的内容太多了，多到他手足无措，只觉那是岁月都承载不起的重量。

深吸一口气，他竭力想让心头翻起的情绪平息下去，末了却发现这是徒劳。

江听雨上完课，回去的路上遇见一个卖棉花糖的小摊，不由自主就停下了步子。

其实她自己不怎么会在这样的东西上花钱，觉得买这个还不如多买本书，支持一下传统出版行业，或者干脆攒起来呢，可转念想到陆临渊曾撒娇似的跟她说棉花糖好吃，但作为一个大小伙子又太不好意思吃的事，就想着买一个回去让他尝尝。

举着棉花糖从人群中挤出来，江听雨咬着嘴唇笑了，想象着陆临渊面无表情地舔棉花糖时的样子，那该是无比的撩人与诱惑吧。

打开院门，她发现树下的木头椅子上已经积了厚厚的一层桂花，似是好几个钟头没人坐过。

她有些疑惑，以往陆临渊都喜欢坐在树下看书，怎么今天没来？不过她也没多想，举着棉花糖兴冲冲地跑上楼，仿佛一秒都不愿多等。

虽然她与那人谈恋爱已经有很长一段时间，但她的热情与新鲜感却一点儿也没退却。

跑上楼之后，江听雨稳住心神，这才抬手推开房门。

“哎，陆临渊，看我带了什么……”后面她没说完的话，无论如何都说不出来了。

她仿佛被什么无形的东西钉住，直直站在原地，往后是峭壁，往前是深渊。

被翻开的日记本在桌上随意地摊着，最上面的照片里是一个拿着书走远的白衬衣少年，背影竟与陆临渊有九分的相像，余下的一分区别，大约是面前的陆临渊更有岁月历练后的力量。

斜照的夕阳温柔地洒满房间，墙上还映着他们的影子。室内两人都陷入长久的沉默，如同雪原林海一样静谧。

最后是陆临渊先开口打破了沉默。

他将日记本轻轻合上，想当作什么都没发生过，温声道：“下课了？”

话一问出口，他自己先在心里懊恼了一下，这不是明知故问吗？傻不傻啊！

他想重新找一个话题聊一聊，即使毫无意义也行，总好过此时两人静默。可不知怎么了，他越着急就越找不着话题，支支吾吾半天也没说出个所以然。

他尝试几回未果，头回感觉到一种有负所托的挫败，眉头不自觉地拧紧，暗骂自己居然这么沉不住气，平时能说会道的自己呢？主导局势的本事呢？为什么见了她，就一点也施展不出来？

站在两米开外的江听雨自然不知道他心里天人交战，只一味陷入被他窥破秘密的惊恐里，此时见他皱眉，则更加慌乱。

她就像个等待末日审判的罪人，而陆临渊，就是那个决定她余生幸与不幸的神。

江听雨的日记本里，有她全部的秘密。

那场电影、那把伞，并不是故事的开始。在那之前，他们早就有过不为人知的相遇。

从大一开学到大二，她一直做着发传单、当餐厅服务员之类的兼职。她读大三时，教证券投资学的老师建议他们开个证券账户，在实践中学习知识，之后她去开户，认识了刚研究生毕业、在证券所实习的刘岩兵。

刘岩兵有考核任务，通过之后才能转正，江听雨正好得知班上有不少同学也想开户，于是特意将他们介绍给了刘岩兵。

后来刘岩兵成功转正，要请江听雨吃饭，她拒绝了。刘岩兵一直惦记着这份好意，得知她经济上有困难之后，就介绍了一份兼职给她。

原本刘岩兵为了照顾她，是想将她安排在她自己学校摆台的，因为她就读的是财经类院校，有理财意识、愿意开户的学生多。但这边已经有了固定的学生兼职，她便主动说自己愿意去凌城大学摆台，实际上是不愿意在这样的小事上找关系，更不愿意鸠占鹊巢，挤走别人的兼职机会。

凌城大学是偏向理工科的高校，有意向炒股的人并不多，加上周末学生都出去玩了，因此她算是比较闲，还有时间去看来往的学生。

就是在那个时候，她见到了正在凌城大学读书的陆临渊。

那才是他们真正的第一次遇见。

事实上，像陆临渊那样的男孩子，很难不被女生注意到——总是穿着纯白的衬衣和黑色的长裤，简单又禁欲。

江听雨在心里想，他到底是怎么将白衬衣洗得那样干净，天天都像穿新衣的？

摆台就在球场边的主干道上，时间久了，她算是摸清楚了陆临渊的假期安排。他很少出去玩，几乎每个周末都会早早地拿着书去图书馆，十一点半就空着手出来，去食堂吃午饭。下午一点，他会再次经过这条去图书馆的路，其间一个半小时想必是吃完饭睡了个午觉。下午六点，他会出来吃晚饭，有时候吃完就马上去图书馆，有时候会去球场上打会儿球。

江听雨很喜欢看他打球，他跳起来投篮的样子像阳光下的植物一样舒展，引来众多女生的尖叫。而他离开球场前，总会望一望四周，像是在寻找着什么。

有时候江听雨觉得他是在看自己，因为他的视线停留时间最长的方向，明明就是她所站的地方。

当然了，她也只是这样想想而已，末了笑一笑，笑自己白日做梦，怕是言情小说看太多，想男人想疯了。

有一天，他经过她面前时，钱包掉了。

她捡起钱包，追上去叫住他："请问，这是你的钱包吗？"

他回过头，看看她手里的钱包，视线又落到她的脸上，伸出右手："嗯，是，谢谢。"

江听雨低头看去，他伸出来的那只手骨节分明，就如他一样修长、干净。

她正要将钱包递过去，忽然又收了回来，像是想到了什么似的，说："不行，我不能随便就把它给你，你得证明一下它是你的。"

其实她是亲眼见着这钱包从他身上掉出来的，因为自他远远地出现在她的视野里，她就一直借着刘海的遮掩，自以为很不明显，实则明目张胆地窥视他。而此时按照她的本意，她只是想借机多与他说几句，毕竟他这样一张脸，光是能近距离多看几眼都很值啊！

谁知陆临渊还真思考了一会儿，末了认真地说："里面有我的图书证和饭卡，还有六十六块钱，以及一张三十四块钱的书店小票。"

未待她说话，他接着道："你可以打开钱包数数里面的钱，看我的话是不是属实。"

江听雨真没想数钱包里面有多少钱，但她还是打开了钱包，因为她想知道图书证上的名字——他的名字。

陆临渊。

江听雨如获至宝，将这三个字揉进心里，仔细而隐秘。

或许是她拿着图书证看的时间太久，又或许是他急着去食堂吃晚饭，在一只蝴蝶从二人身边蹁跹飞过时，他忍不住轻声催促道：“你好，能将它给我了吗？”

她忙将图书证放回去，又将钱包递到他的手上。

他抽出里面的现金：“聊表谢意。”

她摆手拒绝。

如此几番，他也不好再坚持：“那我先走了，这个，”他晃了晃手中的钱包，“谢了。”

道完一声谢，他蓦地笑了，眼睛里映着光，是夜幕降临前最美的余晖。

江听雨被他的笑容晃了眼，忙低下头，有点心虚，又有点窃喜，只觉他的笑胜过她所见过的万千风景，连这再普通不过的一天都因此变得惊艳。

又有一天，她照常与另一个兼职的女生轮流去吃午饭。

以往她都是在食堂的小吃窗口吃面，因为那里的面比面馆便宜，又不用刷饭卡。然而这天，她看见有学生端着的饭盆里有梅菜扣肉。那是江光明最拿手的一道菜，也是她最爱吃的菜。

她走到供应饭菜的窗口前，望着里面那盆色泽诱人的梅菜扣肉，简直挪不开脚步。

食堂大妈问她吃什么菜，她摆摆手，说不用了，就在她准备离去的时候，一转身竟看见了陆临渊。

陆临渊也看见她了，温声道：“怎么没买饭菜？”

她老实道：“这个窗口只能刷饭卡，我不是这里的学生。”

他的脸上漾起浅浅的笑意：“没事，我带了饭卡，你想吃什么？随便点，我请你。”

她望着他突如其来的笑，愣了两秒才反应过来，忙道：“哎？不用不用，我怎么可能让你请我？！”

陆临渊听见这话，笑容顿时僵在了脸上，一时不知道换成什么表情才合适。

她也意识到自己的反应似乎过于激烈，想了想，出言补救：“那你让我借一下饭卡，然后我付现金给你好不好？”

他答应了，将饭卡递给她，忽然又说："微信转账也可以。"

她不好意思说自己用的是非智能手机，所以没有微信，只道："没事，就现金吧，我刚好带了现金。"

他点点头，没再说什么。

江听雨用他的饭卡买了一份米饭和梅菜扣肉，其实这已经超出她的伙食消费标准了，可她不想显得自己这么寒酸，只吃一道菜，于是加了两个素菜。

将等额的现金塞进他手里之后，江听雨简直是迫不及待地端着盘子走了，坐到一个最不显眼的角落。

陆临渊买完饭菜，随意找了个空位子坐下来，很快吃完饭后就将盘子送到回收处，阔步走出去了。

江听雨一直小口小口地吃着饭，简直像数米粒玩儿似的，直到看见他的身影消失在食堂之后，才埋头狼吞虎咽起来，将饭菜吃得一干二净。

回到摆台处，与她一同兼职的女生问她怎么去了这么久，她既不想说实话，又懒得撒谎，只好道歉并承诺下次让女生多休息一会儿，女生脸上的表情这才好看了一些。

到这时，她与陆临渊看似已有了几次交集，可以让她在深夜里回味。然而那些小小的插曲，并没有带来任何实质性的改变，江听雨仍旧过着在读书与兼职之间奔波的生活，并常常顾此失彼，将自己囿于困顿的现状。

但她自己知道，有什么东西悄然地改变了。

那是一种说不清、道不明的情绪，缠着她，让她快乐，又让她不好过。

临近期末时，学校的书店不打算开了，赚不了几个钱，于是老板想把书全部处理掉，下学期转行卖奶茶。

若不是凭着一腔磨不掉的情怀，若不是打从骨子里热爱纸质书，有几个人乐意守着夕阳产业，当一个执拗的苦行僧？

江听雨一边惋惜着纸质书的没落，一边走进店里挑了许多书，诗集、画册、言情小说……喜欢的、不喜欢的，都往怀里放。一本书摆在那儿，可能她不喜欢，但它能够摆在那儿，当初就一定有被摆上去的理由。如果它找不着去处，那就让她从牙缝里省点钱，带它走。

给她结账时，老板有些惊到了，一边扫条码一边说："同学，买这么多啊？"

她不想说自己心中的那些怅惋，随口道："因为便宜，反正也花不了多少钱。"

"但你看，我这些书都打到三折了，还是少有人上门，除了考证的资料，其他书几乎无人问津。其实就连买资料的人都不多了，网课到处有，一部手机在手，仿佛天下都归你我所有。"老板笑笑，随口说的几句话还挺有文化。

江听雨也笑了笑，没再接话。

待她付过钱之后，老板将那些书装进袋子，又从柜台上拿了个本子放进去。

江听雨忙道："老板，我没买本子，也没付本子的钱。"

"送你的。我记得你，是熟客了，经常来买书，还有每期不落的《文苑》杂志。"老板耸耸肩，"况且再过几天，这里面的东西都会处理掉，放着没人要，还占地方。"

"您是要开奶茶店吧？可以将本子放在店里，让大家留言，写一些祝福语或者小秘密。书就摆在墙壁的隔板上，让进来喝奶茶的人自行取阅。"

"啊，这倒是个好主意。"

"是我多嘴了，您既然打算转行，肯定是做了功课的。"

老板又笑了，将一袋子书递给她。她接过书抱在怀里，说了句"祝您生意兴隆"就离开了。直到毕业，她再也没进过那家店，一是买不到书了，二是奶茶并非她有闲心去消费的东西。

抱着袋子回到宿舍，她将里面的书一本本拿出来，在桌上摆得整整齐齐。最后，袋子里只剩下那个本子。

室友结伴出去逛街了，宿舍里只有她一个人。以往她独来独往惯了，彼时却忽然觉得有些孤寂。似是为了遥相呼应她的郁结心境，窗外很合时宜地下起了雨。

她起身关窗，看着渐渐密集起来的雨幕，和忘了带伞而只能在雨中狼狈奔跑的人。回到书桌前，她拿出那个本子摊开，想随便写点儿什么，什么都可以。

屋内静静的，只有笔尖在纸上划过的声音。

许久之后，她抬起头来，又伸了个懒腰，才重新低头去看自己写了些什么。

她呆住了。

——中毒啦，想到就忍不住笑，赖床玩手机笑，起床对着镜子刷牙会笑，整理宿舍也笑。

——有人跟我说女孩子只要变美就好，变美了，男生自然就会喜欢。可是，我也不是因为你长得好看才喜欢你啊，虽然你的确长得很好看没错。

——反正我觉得内涵挺重要的，至少在我心里很重要，希望在你心里也是……不然你只看外貌的话，我真是一点优势也没有，还没开始就该知难而退了。

——遇到你很高兴，想到你就开心。嘴馋忍不住想花钱买薯片、辣条的时候，我就想，它们有你可爱吗？当然没有呀。于是，我就什么都不吃啦。

——感觉好可怕，我真不是黏人的人，尤其不怕孤单，可是现在好想好想跟你说话，时时刻刻跟你说话，或者只是看着你对我笑也很好。

——你那么优秀，那么善良，又那么好。

——以前说些风花雪月的话，只是无病呻吟而已，并无真实确切的人来对应，故而成了“信口开河”。直到遇到了你，那些话才落到了实处。这大概就是，情话终有主。

——认识你，觉得以前想好的择偶标准、条条框框不值一提。而想到那些现实的东西，诸如外貌、家世、经济条件等，我又觉得自己的喜欢不值一提。

纸上分明就是她的字迹，她却无论如何都不敢承认那是自己写的，不敢，也不能。

春天里刚萌发的新芽，是最容易被毁的，风吹一吹、雨淋一淋，它们就会瞬间蔫掉，失了精神。

江听雨决心要心无旁骛地挣钱，不要去幻想摘那些不会开的花。可是当她在又一个周末去兼职时，这样的心理防线几乎轻而易举就崩塌了。

当时已经到了六点半，与她一起兼职的妹子已经回去了，刘岩兵也带人收了帐篷走了，江听雨还撑着一把伞站在原地。

豆大的雨珠从树叶中穿梭而过，砸下来，在地上溅起小小的水花。

下午她是看着陆临渊去图书馆的，他空着手，没拿伞。而他一向是个有时间观念的人，已经定好了六点出图书馆去吃晚饭，就从来没有改变过。可是那天，他晚了半个多小时。江听雨心想，他怎么也不知道在图书馆放把伞？

等了一会儿，还是没有见着想见之人的身影，江听雨望着渐渐暗下来的天色，担心他会饿着，于是去旁边超市买了一把新的雨伞，钻进雨里，往图书馆的方向走去。

她有想过不买新伞——两人在一把伞下同行，该是怎样浪漫又温情的一件事情！

但思及自己可能又会不争气羞红的脸，她心想，还是离他远一点比较安全。

挤在图书馆门口的人不少，全是饿着肚子在等雨停，而她却一眼在人海里看见陆临渊。

他站在人群中，犹如一株能抵风雪的青松，笔直、静默。

她简直是有些雀跃地往他的方向走，谁知再抬头看时，却忽然愣住了——他的身边多了一个女生。

女生烫了很好看的大波浪卷发，五官极其精致，再加上薄施粉黛，看起来气色极好，与陆临渊站在一起，相配得就像婚礼上被置于众多鲜花中的娃娃。

江听雨垂眸往下看，地上已经积了大大小小的水坑，那倒影映出她的灰头土脸。

女生撑开了手里的伞，很好看，伞上还有一圈蕾丝边。她笑意盈盈地邀请陆临渊一起走。

江听雨听不见陆临渊的回答，她也不想听见。那一刻，她与陆临渊之间隔的只是十几级阶梯，却像注定的命运一样，一个高高在上，一个低到尘埃里。

她竭力让自己心脏的某个位置不要那么疼，至少也要等回去以后再释放情绪，可是咬紧的牙关戳穿了她伪装的冷静，骨子里的自卑在那一刻疯狂冒头，势要让她清醒。

片刻后，她清醒了。

将手中那把纯黑的长柄雨伞随意塞给一个路人之后，她往校外走去，甚至不禁要为自己的理智鼓起掌来。她早应该认清现实，就等着有一天去相亲，跟一个同样差劲的人搭伙过日子，互相嫌弃、互相挑剔，实在忍无可忍了就离婚。或者，她一开始就不要入“围城”，干脆孤老终身。

像她这样的人，哪有什么资格幻想爱情。

她大步往前走着，将这绮丽的心思留在了那天的大雨里。

然而，人不是说不喜欢就不喜欢这样简单。

虽然之后她再也没有去凌城大学兼职，也刻意让自己更加忙碌起来，可内心疯长的迷恋就如同野火烧不尽的草原。

情绪过度压抑后一朝释放，反而变本加厉。

买了电脑之后，她开始想方设法收集他的信息，翻遍了凌城大学官博、贴吧的内容，还加了凌城大学法律系的QQ群，想在里面寻找他的身影。

可他似乎将全部时间都给了书本，没有分一丝一毫给网络，仿佛人生不需要娱乐。

她点开群成员的列表，一个一个地点进那些人的QQ空间，看那些人的相册，想着也许会有他的同学上传班级照片呢。

许多个夜晚，她就靠寻找度过。在进了将近三百个人的QQ空间之后，她终于看见了他的脸。

QQ空间的主人是个男生，上传的照片并不多，她翻看、保存之后，又点进评论区那些人的空间里，如饥似渴地想收集更多。

毕业前夕，群里的人都在依依不舍地道别。现在交通发达，各人自然知道以后想见面并不多难，可走出校门，从此要真正地面对生存，前途似锦也好，不尽如人意也罢，都换了一种心境，也都会有一个全新的圈子，纵有心思再喝一杯酒、叙一叙同学之情，也是有心无力了。

很多人胡乱添加着群好友，却是各怀心思：有的是想今后多个朋友多条路，有的只是想在这离别之际应一应景，有的则是放任自己肆意一回，听从一次内心的声音，加那个早就想加的人。

江听雨也收到了好几条好友申请，她原本是觉得没必要加的，可又不想在这时候给人家添堵，就都同意了。

一届人疯狂过、努力过，哭过、笑过也爱过的青春，就这样与不知是谁扔在路灯下的酒瓶里的半瓶酒一起流尽了。

毕业典礼的当天，江听雨上午领了毕业证、学位证，下午就去面试了。

她的文笔还算拿得出手，面试的HR和主编点头的那一刻，她这个金融专业的毕业生就成了一个敲键盘的文字工作者了。

这可以说是为梦想，似乎也不是；说是为赚钱，那就更没道理了。谁还指望干编辑这一行能赚钱？可若二者都不是，到底是为了什么呢？她自己也说不清了。

渐渐地，她之前放在收藏夹里的网址都打不开了，或许是那些QQ空间的主人都真正长大了吧，谁还会将自己的心思与日常发在网上，袒露给别人看？

她最后一次得知陆临渊的消息，是一个男生发了一条道喜的动态，恭喜班上有两个人考到了凌城市检察院。

那条动态下面有很多人评论，她一个一个点进去，除了空间设置为仅自己可见的人无法确认身份，其他的人都不是，都不是他。

她转而去市检察院的官网、官博，将每一条动态、每一篇文章、每一张图片都细细看了一遍，又将一切提及他的文字、有他入镜的照片收藏进那个日记本里。

她写她对他的痴念、她对他的遐想，甚至还将他作为幻想对象，自导自演了各种缱绻纠缠的场景，企图在这个本子里与他共度余生、相约百年。

她本以为她自己痴迷着、幻想着，这一生也就这样过去了，可那场电影打乱了一切。

当她在电影院重新见到那人时，她的心如同微带寒意的风吹落池边的桃花，水面漾开丝丝涟漪，死寂的池水忽地又活过来。

她开始自我拉扯，一面想保持远观的原状，一面又想更加靠近他。最后，她向自己的内心妥协了。很奇怪，清醒的大脑与理智居然拗不过胸腔内的那颗心。

遇到喜欢的人是多么不容易啊，而重逢又因内心的暗示显得更加有缘有分。

有意地撩拨，刻意地取悦，小心翼翼地试探，她越来越得心应手，终于谋得一个朋友的名分。

而其间种种犹豫与拉扯、种种幻想与不堪，她都写在那个日记本里了。

一字一句，皆用时光堆砌而成。她日复一日做着梦，想从尘埃里开出花来，末了去触碰，却只摸到一手潮湿的青苔。

落日的余晖已经开始一寸一寸地消散了，墙上的影子也变得越来越淡，像一朵稀薄的云随时要被风吹散。

江听雨一只手举着棉花糖，另一只手垂在身侧，指尖紧紧地攥进手心，静静地站在那里。

她一早就知道自己这样的行径有多卑怯、多耻辱、多变态，她没有在怕，既然白纸黑字地写了，就没畏惧过天下大白。她只是忽然觉得累，那么绵长的心事，一字不落地摆在眼前，回头望，竟似一阵无意穿堂风，做了一场不醒的梦，梦里草草与他度完了余生。

陆临渊望着她这副样子，内心深处涌起一阵细密的怜惜，为她，也为自己。

他深刻地了解自己。在本质上，他其实是个缺乏安全感的人，虽然只是寄养在爷爷陆万生家，两位老人对他极其关爱，可是一出生就被寄养的这件事情，到底还是成了他心中的一根刺，让他认为自己是被抛弃、不被爱的。黄梅和陆园似乎也觉得他们亏待于他，于是在他十二岁那年，将他接回去住之后，对他的态度过分殷勤，反而令他觉得不自在。而陆知新一向是慈以待女、严以待儿，一碗水没怎么端平，又让他感觉不到亲切，觉得父亲到底是对自己一手带大的孩子偏爱一些。

随着年龄的增长，那根刺不仅没有消失，反而因为他的隐忍更深地扎进心里，平时无异样，疼起来却是真疼。

因此，江听雨偏执、疯狂的爱，不仅没有让他觉得自己被冒犯，反而让他觉得无比安心，那些无处安放的不安也落到了实处。原来有人那样深地爱着他，这是多么难得的一件事情，不是吗？

没来由地，他的眼里忽然几乎要溢出泪水来，湿润得就像雨后的山水世界。

就这么一转念间，他放弃了装聋作哑的想法，不愿再粉饰太平。

他说："江听雨，你过来。"

江听雨不知道他要干什么，很想听话地走过去，却无法动弹。

陆临渊叹了口气："算了，你别动，我走向你。"

话音落下，他踩着一地暮色，一步一步地朝她走过去。

然后，他一把抱住面前的人。

"江听雨。"

江听雨，我怎么会那么晚才重新遇到你？

接到阮旭的电话时，陆临渊正搂着怀里的江听雨亲个没完。

他起先不理会手机，谁知好不容易等到铃声停了，还不到一秒，手机又响了。

声音越来越大，江听雨推了推他，让他去接电话。

陆临渊盯着她被亲得有些发红的唇，极不情愿地接通了电话："有何贵干？"

那边的阮旭闻言立马笑了："怎么，打扰你干正事了？"

陆临渊又忍不住了，凑过去在江听雨的唇上轻轻啄了一下才说："知道还问？"

"这不是有件事要告诉你嘛！"

"颜家的事？"

"算是吧……"

"我知道你和颜妍是青梅竹马，但我不接受求情。"谈到工作，陆临渊的语气变得严肃起来，放在江听雨手上不安分的手也停止了动作。

"喂！陆临渊你可别瞎说啊！谁跟颜妍是青梅竹马？我没有！我不是！她读书时欺负过我老婆，我讨厌她还来不及呢！"阮旭的声音忽然停了一下，然后传来一道吃痛的呻吟声，接着是解释的声音，"深深！你听我解释！虽然颜妍以前老跟在我后面，但我真的从未觉得我跟她是青梅竹马！我的眼里只有你，过往是你，余生也是你！”

陆临渊听到这话，顿时明白自己捅娄子了。他就那么一说，谁知道阮旭的老婆陆深深在边上呢？怀着对阮旭的歉意，他的脸上露出了“大仇得报”的满足笑容……

好不容易哄好了孕期脾气怪异的陆深深，阮旭重新将手机放到耳边，随即听到了陆临渊的笑声。他气得牙痒痒，对着手机低声吼道：“你也太心胸狭窄了！我不就打扰了你跟江听雨亲密嘛！再说了，我打这通电话可完全是为了你的事，嘿，这可真是狗咬吕洞宾啊！”

陆临渊漫不经心地随口道：“那你为什么要咬我？”

愣了两秒，阮旭才反应过来陆临渊这是拿自己开涮呢，咬牙切齿道：“早知道就不帮你查那盒大红袍茶叶和珠宝的来源了，哼！就该让你被莫家鸣冤枉！”

陆临渊笑得更厉害，事实上，自从跟江听雨坦诚相见之后，他笑的次数就越来越多了，因为那个小姑娘动不动就对他说一句话：“陆临渊，你笑起来可真好看啊，怎么会这么好看呢？看不腻似的。”

阮旭心想，他们幸好是在打电话，而不是面对面坐着谈，不然陆临渊此刻为一个女人着迷的样子，他简直没眼看！他轻咳一声，道：“那盒大红袍的来源我查到了，是茶市出了名的一个中间商卖给了林石，林石拿了一多半去讨好颜维康。我猜林石这样做，是因为他追了颜妍这么多年，却始终没有成效，于是转变思路，从她的家人入手，让颜维康觉得他能力强，从而将女儿托付给他。”

“嗯，有可能是这样。”

阮旭又道：“至于那枚钻戒，里面就有点意思了，因为那款戒指是好几年前的造型，专柜早就下架了，所以那根本就是一假冒伪劣产品。但戒指上面的钻石又是真货，造型也与下架的产品一模一样，所以排除莫家鸣买到假货的可能，那应该是他找人定做的。你瞧，他这么用心，对你姐还挺好的嘛。”

“送枚钻戒就叫对我姐好？”陆临渊挑眉，况且那枚戒指自始至终没拿出来，最后还用来陷害她的弟弟。

“也是，如果物质能够代表爱情，那这爱情也没什么迷人之处了。”

莫家鸣出此下策，也实在是狗急跳墙了。

他咬牙切齿地憎恨着，觉得陆临渊实在是狠啊，劝自己的亲姐姐当个离婚女人，硬生生拆散了他与陆园，又查到了他找人帮颜维康购买房产并参与林石受贿一案的证据，毁了他精心筹谋的大好人生。

有的人总是这样，将一切遗憾与错误归结于除自己以外的所有人。他们认为，别人对他好是天经地义的，对他不好就是该死的。

自知天网恢恢，疏而不漏，莫家鸣选择了玉石俱焚，陆临渊不让他好过，他也不会让陆临渊活得太顺心。

于是，他趁着陆家没人时，拿出备用钥匙，悄悄将大红袍和珠宝放进陆临渊的房间。他算计好了，就算有一天监察委查出了这是他栽赃的，还陆临渊清白，在不明真相的人眼里，这到底还是一桩丑闻，背地里的议论够他出这口气了。

无关人等有时候并不需要知道真相，甚至下意识地逃避、屏蔽真相，他们只会无止境地嘲笑、怒骂，并企图挖掘出当事人更多的“龌龊”“罪恶”，以此满足自己的猎奇心，而一点也不担心这样的行径会不会将一个好人逼成坏人。

他没想到陆临渊已经有这样的修为，居然丝毫不为所动，反而以静制动，漠视深渊的凝视，身临绝境而不崩。

到底是不甘心，在被逮捕之前，他做了最后一件事：在离陆万生家不远的地方，堵住了下课回来的江听雨。

江听雨抱着一摞书，面无表情地看着拦住自己的莫家鸣。

莫家鸣看着眼前这个有着明亮眼眸的姑娘，露出了痛心疾首的表情：“你跟我一样，也是从山村里考出来的孩子吧？”

她不知道他的来意，依旧没什么表情，也没作声。

“你知道有不少女人喜欢陆临渊吧？那你知不知道他为什么选择你？你既不漂亮，也不富裕，也没有多了不起的才艺，更不能对他的事业提供任何帮助，可是他偏偏选了你。你很得意，也很享受这种甜蜜吧？但这不过是有钱人的游戏，他不过是在玩弄你，玩弄你的感情，享受被你追逐的过程！”

他忽然变得激动起来，有些失控地吼道：“你以为自己高攀了陆家，就能高枕无忧，过上安稳幸福的人生？我告诉你实话吧，陆家人是没有感情的，是冷血动物！他们自诩为书香世家，但对我们这样出身的人从不会正眼相看，陆临渊对你也只是一时的意乱情迷。当有一天他发现自己没那么爱你，或者你不足以与他相配的时候，他就会毫不犹豫地抛弃你，毫不犹豫！”

江听雨的脸上终于有了点表情，如果早几个月听见这话，她或许真的就被说动了，选择离开也说不定。可到了这时候，她是真的一丁点儿想退缩的念头都没有。

她望着面前这个歇斯底里的男人，蓦地笑了：“是，也许有一天他会发现自己没那么爱我，然后要跟我分开，但这本来就是我先动的心，能与自己喜欢已久的人在一起，无论期限是多久，都是一件值得写进日记本里的事情；也许我在一些方面不够好，不能与他匹配，但我会努力让自己变得更好，然后奔向他的世界，而不是像你对待陆园姐一样，企图将他拉入我的世界毁掉。至于无法对他的事业有所帮助这一点，并不是所有男人都像你一样卑劣又目光短浅，整天想着走捷径，恨不得一步登天。他那样上进又认真的人，并不需要也不会想要一个女人的帮助，他会变得越来越优秀，我也是。我跟他都会越来越好，谁也不会配不上谁。我享受这个与他一起努力的过程，我想他也是。”

“你已经被爱情冲昏了头脑，这些话也不过是你的一面之词，谁知道他心里怎么想的？你能拥有他一时的爱，难道能笃定拥有一辈子？”

“是，我不能笃定我能一直拥有，但‘或将失去’并不足以成为当下不去拥抱爱情的理由。”

江听雨的回答，掷地有声。

到了晚上八点，江听雨还没有回来，电话也始终无法打通。

陆临渊来到教学楼，一间一间地找完了所有教室，但仍旧没看到人。

就在他渐渐有些手足无措之际，手机响了，铃声在空荡荡的教室里显得有些尖锐。

他按下接听键，将手机附在耳边。

莫家鸣的声音传来：“喂，陆大监察官吃晚饭了吗？是在看电视还是在找人啊？”

陆临渊几乎是一瞬间猜到了什么，心中的担忧化成质问，脱口而出：“是不是你把她带走了？！”

莫家鸣也不打哑谜，光明正大地承认了：“是，我请她来我这里坐坐。你也可以过来，别带什么值钱东西，咱曾经是自家人，不用客气。”

“查你的人是我，你冲我来。”

“我舍不得冲你来啊，你可是我前妻最宝贝的弟弟。至于江听雨，她明明跟我是一个世界的人，却企图进入你们那个高贵的世界，真是不自量力！在被你送进监狱之前，我就再做件好事，帮你教训教训这个女人！”

“莫家鸣，”陆临渊的声音似在冰雪极地里打了个滚，裹挟着森然的寒意，“你敢动她一下试试看！”

“要我不动她也行，但我的怨气、怒气，必须宣泄出来才舒服啊……”撕去了往日的伪装，莫家鸣的声音竟显得有几分邪气。

“你在哪里？我现在过去。”

莫家鸣报了一个地址，是他背着陆园买的一处房子。他自小家贫，遭受过无数冷眼与欺辱，以致除了对自己，对谁都有戒心。

陆临渊几乎是用冲刺的速度跑下楼，在发动车子之后，一脚油门踩到了底。

莫家鸣将手机揣进口袋，走到沙发前。沙发上躺着一个女人，是江听雨。她之前被他用乙醚手帕捂住口鼻，这会儿还没有醒过来。

他望着她，近似呓语地问：“你说，他会不会来？他们那样的人，到底对我们有没有真心？”

他与陆园是从校服到婚纱，他也曾觉得三生有幸遇到她、娶到她。结婚后，陆园始终没能怀孕，于是他们一起去医院做检查，结果查出陆园有不孕不育症。纵然如此，他也不曾苛责过她，仍旧用最好的态度去对待她、对待她的家人。可是她呢？明知道他一生最大的夙愿就是成家立业，娇妻稚子在怀，却无论如何不肯配合治疗。

他按捺着性子忍了三年，终于忍无可忍了，问她是不是不愿意与他生儿育女。她当时愣怔地望着愤怒的他，一时没做回答，他苦笑着心想，她这就是默认了吧？爱情的热切消散，她发现他配不上她了吧？后悔嫁给他了吧？想与谭湘那小子暗度陈仓吧？！当脑海里浮现出谭湘的名字时，他脑中的一根线忽然绷断了，理智在一瞬间消失殆尽，他对她动了手。

之后，他又去找了谭湘的麻烦，将谭湘揍了一顿。可是，陆园仍旧不肯去医院，并开始抗拒与他有任何亲密行为。

他想，这就是不爱了吧？她不爱他了，一点也不。

他陷入偏执的疯狂，想要大把大把的钱，和大把大把的女人。他开始与颜维康沆瀣一气，干些行贿受贿的勾当，然后拿那些钱去女人堆里消费。陆园不肯为他生孩子，多的是女人愿意，只要他有钱！

然而陆临渊的调查让他失去了林石和谢晋元这两棵摇钱树，他恶狠狠地想，陆家姐弟就是害人精，陆临渊断了他的财路，陆园毁了他想要的平凡而圆满的人生！

门铃响了，他站起身去开门，是时候做个了结了。

陆临渊进门之后，迅速扫视了房内的状况，当目光落到沙发上的人身上时，他一把撞开莫家鸣，冲过去蹲在沙发前，轻轻地拍了拍江听雨的脸颊。

莫家鸣站稳之后走过来：“不用拍了，她就是闻了点乙醚，一会儿就醒。”

陆临渊稍稍松了口气，那颗高高悬起的心终于落回了原处。他站起身，凉凉地道：“莫家鸣，别以为我是什么大善人。没有伤到她，是你做过的最正确的决定。”

对付贪官、坏官，往往需要清官、好官比他们更有手段。

莫家鸣无所谓地笑了：“拜你所赐，我已经惶惶如丧家之犬。颜维康已经被你们控制起来了吧？说不定一觉醒来就轮到我了，也没什么好怕的了。来吧，打一架吧！我知道从我娶你姐那天开始，你就一直看我不顺眼，觉得我高攀了你们家。”

“我没觉得你高攀，我只是觉得你不够爱我姐。”

“可爱不爱也不是你一个局外人说了算。”

“所以我从来没有干涉过你们的婚姻，也没有在我姐面前挑拨离间。”

“但你姐还是跟我离婚了。”

“那是你咎由自取，没有人逼你跟颜维康沆瀣一气，也没人逼你对我姐动手！”

“不！是你们逼的！”莫家鸣变得激动起来，大声吼道，“是你们逼的！你姐生不了孩子，心里还想着其他男人，就连离婚官司都是那个男人帮她打的！还有你，你从来没对我热情过！”

陆临渊简直要被他的话气笑了：“除了沙发上的这个女人，你见我对谁热情过？”

话一出口，他自己也怔住了，原来他所有的热情与温柔都给了她吗？

就在他愣怔的瞬间，莫家鸣忽然冲他的脸上重重挥了一拳，力道很大，嘴角很快渗出血来。

他抬起手背抹了一把嘴角，看了看上面的血迹，而后，狠狠出拳砸向莫家鸣。

两人缠斗在一起，拳拳到肉、招招见血。房间太小，陆临渊不仅要对付莫家鸣，还要护着沙发上的江听雨不受波及，时间一长，莫家鸣渐渐占了上风。

最后阻止这一切的，是陆园。

她是莫家鸣叫来的。自从离婚后，她请了长假，对他避而不见。她没想到莫家鸣会迷晕江听雨，用这样卑劣的方法逼她出现。

当她看到自己的弟弟全身挂彩也要护着沙发上的女孩儿时，泪意忽然铺天盖地地涌上来。读书时，有一次她在学校后门的巷子里被几个男人围住，是路过的莫家鸣挺身而出。当时，莫家鸣也是这样，明明身手极好，却为了护着她而被揍得浑身是伤。

“莫家鸣。”她喊他的名字。

莫家鸣背脊一僵，举着的拳头慢慢放下来。他缓缓转过身，望着陆园，想叫她，却发现一个字也喊不出来了。

“莫家鸣，你对我动手、跟我冷战，不就是想知道我为什么不肯去医院吗？好，我告诉你，那是因为我根本没有病！”

陆园的话仿佛晴天里的一道惊雷，让莫家鸣彻底愣住了。当初他和陆园一起去医院做检查，陆园的那张诊单上明明写着输卵管阻塞！

“是我的疏忽大意，也是我的过度自信。我以为，就算我不能生孩子，你也会一直爱我，所以，我愿意为你承担这份压力，谎称没有生育能力的人是我。”陆园的眼泪源源不断地流出来，“如果早知道后来事情会变成这样，我就不应该撕毁你的诊单，让你亲眼看看到底是谁破坏了这场圆满的婚姻！”

莫家鸣还处于极度的震惊中，连眼神都是涣散的。

陆园狠狠地抹掉脸上的眼泪：“你不是还想知道我心里有谁吗？我心里，在离婚之前，自始至终都只有娶我的那个人。”

莫家鸣的双肩无力地耷拉下去，明明她的声音那么轻，可是字字句句都如一把刀，硬生生剜走了他的灵魂。

在占尽风光又风光不再之后，他恍然记起自己最开始的梦想，不过是吃得饱饭、养得起家、爱得起她。

他得到了她，又亲手丢了她。

他终于痛哭出声。

陆临渊将陆园送回去，看着楼上的灯亮起之后，才开车去陆万生家。

车子进了凌城大学的校门，江听雨嘤咛两声，醒了。

她还没搞清怎么回事，更没来得及撒个娇，陆临渊就将车子停在了路边，一言不发地看着她，黑眸里的情绪如水墨一般，浓得化不开。

她被盯得有些不自在了，捏了他的脸一下，这是她最近迷上的小动作。

“喂，你怎么啦？”

不知道是不是车里氧气不足，陆临渊忽觉胸闷，他打开车门，走到路旁的一棵树边，深吸了一口气。

江听雨跟着下来了，她看出他有话要说。

陆临渊的目光落在树干上，斑驳的纹路杂乱无章。他似下了很大的决心，才开口道：“江听雨，你觉不觉得，我们好像没那么适合？”

江听雨听见这话，霎时明白他的意思了，反问道：“那什么才叫适合？你觉得什么样的人才和你适合？”

陆临渊不说话，他也不知道。

江听雨气极，说了句“如你所愿”之后扭头就走，也不管方向有没有走对。

陆临渊听见她的脚步声越来越轻、越来越远，他爱的人正一步一步撤离他的世界。

他竭力让自己不要追上去，他宁愿和她分开，也好过像今晚这样的事再发生。他的工作伟大、正义，却危险。他意识到自己的忙碌，也意识到自己的渺小，根本无力时时刻刻护在她身边。

路灯的光有些昏黄，影影绰绰的树影落在他的身上，被风吹得摇摇晃晃，也不知是劝诫般的敲打，还是安慰性的抚摸。

他忽然很想抽烟，或者喝酒，看片也行，总之，一切能够让他快速成瘾，从而戒掉江听雨的新奇事物，他都可以尝试一遍。

然而他还没来得及挪动步子，背上就突然多了一份温暖的重量。

江听雨冲过来趴在他的背上，伸手搂住他的脖子，双腿也提起来缠住他的腰。

陆临渊还没反应过来，就听见背上的人说：“喂，我快掉下去了，托我一把！”

他依言而行，双手往后背，稳稳地托住她的两条腿。

“陆临渊，你这个傲娇的浑蛋，觉得我今晚因为你陷入险境了，是吧？想跟我一刀两断，是吧？觉得你是为了我好，对吧？”

他沉默以对，因为她说的都对。

可她并不满意，双腿在他的腰上一夹，又伸头在他的脸颊上啄了一下：“喂，说话。”

可能连她自己都没意识到，她越来越有幸福小女生该有的样子，不那么自卑，不那么讨好，想什么就说什么，有点俏皮，又有点娇纵。

他喜欢她这副凶巴巴、恃宠而骄的样子，不禁得意起来，这都是他惯出来的啊。这样想着，他倏忽笑了，诚心诚意地道歉：“对不起，我道歉，不应该自作主张，不应该想松开你的手，不应该……”

他还没说完，她忽然双手用力，扳过他的头，就着趴在他背上的姿势，用潮湿的吻堵住了他喋喋不休的嘴。

他的嘴唇有些干燥，还带着细小的伤口。

她存心惩罚他，有意使坏，往他的伤口处舔，时不时还用牙齿咬一咬。

伤口受到刺激，陆临渊倒吸一口冷气，却只吸入更多她的气息，于是甘之如饴。

她收回身子趴好，在他耳边轻轻地说道："你不要担心我。你知道的，我以前就很宅，除了上班、兼职和见你，几乎不会出门。现在我不用工作，不用兼职，也不用特意跑出来见你，每天除了上几节课，就是待在家里陪爷爷下棋，或者写小说，根本不会让坏人有可乘之机的。"

"刚才我走远之后，给一个叫谢可欣的朋友打了电话，让她教我防身术。她以前当过特种大队的教练，可厉害了呢！以后我不会再随便跟人说话，一看见可疑人物就远远地躲开。总之，我会好好保护自己，不会让今晚这样的事情再发生。"

"况且就算以后真遇上什么危险，也好过离开你身边。"说到最后一句时，她俨然有了哭音，"所以，陆临渊，你不要再推开我好不好？"

陆临渊也不管车子了，踩着一地树影和月色，稳稳地背着她，一步一步地往家的方向走去，温柔的嗓音在这样的夜里反而显得掷地有声。

"江听雨，我以信仰起誓，除非有一天你不再爱我。"

否则，这辈子我不会再放开你了。

第十六章　寂于钟情时

我可不是愁容骑士，我一点也不会相思、叹息、吟诗、唱小夜曲。

——王小波《爱你就像爱生命》

转眼到了十二月，院子里的蜡梅一夜之间全开了，暗香浮动，沁人心脾。

江听雨从睡梦里醒来，打开手机想看看时间，却赫然发现上面有一条新短信。

“早，醒了之后打开窗子。”

她跳下床，打着赤脚跑到窗边，刚将窗子推开一条缝隙，蜡梅的暗香就一股脑儿地涌进来，幽远绵长。

双手支在窗棂上，她闭着眼睛深深吸了一口气，只觉自己要醉在这幽幽的花香里。

忽然下面传来打招呼的声音：“早。”

她吓了一跳，忙探身往楼下的院子看去。

陆临渊正站在椅子上，手里拿着一枝梅花，可纵然是这样的姿势，仍长身玉立、气质超然。

她笑道：“随意攀折花草，罚款五百元。”

他也笑了，又挑了一枝折下来：“先赊着行不行呀？”

“小本生意，概不赊账。”

“那以身抵债行不行呀？”

江听雨摸着下巴，道："看你身高一米八，宽肩细腰窄臀，眉目间还透出旺妻相，那我就勉为其难同意吧。"

谁知他听完这话愣住了，而后从花叶间抬起头看她："旺妻相？"

她也反应过来，忙说了句"你听错了"，就"啪"的一声将窗子合上了。

片刻后，她听见楼梯那边传来急促的脚步声，接着，门被人打开了。

她还没来得及回到床上，仍赤着脚站在窗边。

他将手中的几枝蜡梅胡乱往桌上一放，阔步走过来，弯腰一把将她抱起，轻轻地放回床上，然后用被子裹住。

而后，他问道："你刚才说什么？"

她耍赖皮："我什么都没说。"

"你说了，你说我有旺妻相。"他难得地有些不依不饶。

她被他搞得有些不好意思，索性道："对，我是说了，但那跟我有什么关系？"

他近乎引诱般捧住她的脸，在她的耳边轻声道："当然跟你有关系，你可是既得利益者。"

江听雨能感受到他呼出的温热的气息，烫得她连耳根子都红了。他这话是什么意思？求婚吗？有这么潦草的求婚吗？只是在闹着玩儿吧？

见她装傻，他笑了："江听雨，你等着。"

你等着，我旺你。

陆临渊去上班以后，陆万生就在楼下客厅教学生们书法，江听雨则打开电脑继续码字。

一连写了好几个小时，敲出"全文完"这三个字时，她重重地按下了空格键。她人生中的第一本小说，二十万字，到这一秒终于完结，简体出版版权也已经签了，实在是一件值得她沾沾自喜一会儿的事。

她伸了个懒腰，眼睛瞥向电脑右下角的时间，腾地一下站起来。糟了，她写得入迷，居然忘了时间，还没给陆万生做午饭！

她合上电脑，穿上拖鞋就往楼下跑，谁知到了楼下一看，餐桌上已经摆满了热饭热菜。

厨房里传来锅铲翻炒的声音，她忙走进去，伸手去拿陆万生手中的锅铲："陆爷爷，不好意思啊，我刚才在写东西，不小心忘了时间……以后我再忘记，您就上楼叫我嘛，不要亲自下厨了。厨房油烟味大，您身体要紧。"

陆万生笑呵呵地说道："没事儿，我这把老骨头还硬朗着呢，炒个菜还是可以的。另外我告诉你哦，其实这些菜不是我炒的，我只是在锅里热一热。"

"咦，那这些菜是谁炒的呀？"江听雨心想，难道陆万生请了一个钟点工？或者这是陆临渊母亲打包送过来的菜？

"可能是一个姓陆的田螺姑娘吧？田螺姑娘说你最近在写一个故事，已经写到了尾声，担心做饭会打扰你的创作，所以早早就起床将饭菜做好了，让咱们俩热一热就能吃。真是想不到啊，看似冷冰冰的田螺姑娘，居然这么会疼人。"说完这话，陆万生笑得眼睛都眯起来了。

江听雨脸上一红，也笑了。

吃完午饭，江听雨陪着陆万生下了一盘棋，等陆万生睡午觉之后，她回到楼上房间，打开电脑想看一看读者的评论。

因为担心自己的思维会受他人言论的影响，所以她一直忍着，刻意逼自己不去看评论。现在作品已经完结，她就有些迫不及待地想看看读者的评价了。

她从写文第一天的评论开始看起，前面基本都是一些灌水性质的留言，一天还不到十条。之后，出现了几个读者夸她写得不错，也渐渐有人开始催更，并在微博上进行打分和推荐。她的心里升起了喜悦，但这喜悦并不长久，三分钟后，她的情绪忽然跌到了谷底。

抄袭。

这两个对于写作者来说最为可耻的字，出现在了她作品的评论区里。那个读者放出了两篇作品的对比，引起了其他读者的热议，并形成了两个派别：一个是说江听雨确实抄袭了，另一个则是说江听雨的作品不是抄袭，而是更为巧妙的融梗，即吸取别人作品的精髓，注入自己的作品之中。而这样融梗出来的作品，外行很难看出门道，内行也很难对其是不是抄袭进行界定。

但无论是哪个派别，都在指认江听雨的作品并非原创。

江听雨按捺住心中强烈的委屈与愤怒，仔细看了两篇小说的对比，发现无论是职业、性格等人物设定，还是初遇、误会等情节走向，甚至连人物癖好、表白场景这样的小细节，两篇小说都存在高度重合的地方。

她忽然不委屈，也不愤怒了，而是惊诧，惊诧于怎么会有这么不可思议的巧合。她自己内心明白自己绝没有抄袭任何人的任何作品，那些灵感是她早在读大学的时候就有了的，只是一直懒惰没有写，如今才正式下笔。那么，到底是多么相似的两个人，才会想到这么相似的梗？

但没过多久，她的惊诧分崩离析，转而生出可怖的寒意——那篇“被抄袭小说”的作者“寒光暖暖”出现了，还发了一段感人肺腑、文采斐然的话。

寒光暖暖先是阐述了创作的喜悦、身为创造者的成就感；接着表示听到读者说有人抄袭她的作品，她去看了，果然发现自己的作品被江听雨抄袭；然后，她对江听雨进行了谴责，希望江听雨尽快删除抄袭作品并向她和读者道歉；之后，又以新人的身份对文圈风气进行了一番感慨，并劝导新人作者们像她一样，不要偷懒，不要投机取巧；最后，她向大家推荐自己被抄袭的作品，以及正在连载的新作品。

很快，寒光暖暖说完这段话后，众多读者就顶帖，她的粉丝甚至在评论区辱骂江听雨，并建了＃江听雨滚出写作圈＃的微博话题，不断发博进行攻击。

没过多久，又有读者爆料：“我以前喜欢一个作者，她出版了一本实体书，责编就是这个叫江听雨的人！她好像还策划出版了不少书，没想到居然已经离职了，还抄袭……”

这条爆料瞬间引来了更多人的愤怒，言辞也越来越锋利。

“江听雨这是知法犯法吧？”

“对啊，她自己是当过编辑的人，应该有职业道德，更看重原创和版权才对，没想到居然窃取别人的梗！”

“我觉得吧，像江听雨这样的人，无论是在编辑圈还是在作者圈，都应该被踩到泥里！”

“我仔细看了每条评论，并对骂江听雨的评论点赞！”

“只要你骂江听雨，并支持我女神寒光暖暖的新书，那么我们就是异父异母的好姐妹！”

……

这件事情不断发酵，甚至有一些作者都开始转发寒光暖暖的微博，说必须维护原创，抵制抄袭。

江听雨坐在电脑前，许久都没挪动一下。她想着陆临渊的脸，回忆着一些被她遗忘的东西。

自从拿着新买的雨伞去图书馆接陆临渊，最后却又将雨伞随手给了别人之后，直到大学毕业，她都没再去过凌城大学，也没再见过陆临渊。她担心自己一旦见了他，会泄露自己的情绪，而她并不想因为这样自不量力的喜欢被他看不起。

再者，不再见面，也就免得她再想他。

只是她没想到自己会疯狂到收集他信息、打探他消息的地步。

到了后来，她的爱意已经浓烈到日记本装不下了，她迫切地想要寻求一种途径将这份贪恋宣泄出来，想让除他以外的人知道她的心境。她知道自己不应该如此坦诚，留下这些白纸黑字的证据。可是，她不肯甘心她的第一次心动就这样无疾而终，想要把那些隐秘的心思宣告天下，因为这场没有人回应的心动是真的很孤独啊。

于是，她开始在QQ空间以旁观者的口吻，像叙述两个无关之人的故事一样，虚构着一个金融系女生暗恋法律系男神的故事。

若评论区有人问起，她就回复这只是在写小说，跟她本人没关系。

但其实明眼人都看得出来，“兼职女王江听雨”这是有喜欢的人了。有同学会顺着她的话，说她的文笔好；有同学会鼓励她勇敢，如果有喜欢的人了就去追。但也有同学在背地里议论，到底是哪个倒霉的男生，被她这种没家世、没长相的穷鬼看上，想想就可怕。

彼时的江听雨是多么容易被他人言论所影响的人啊，那样敏感，那样怯弱，被人瞪一眼就恨不得缩回壳里。

而那些已经写好的文字，她又实在舍不得删去，于是，故事就一直停留在女生做着关于男生的梦那里。

毕业后她干了编辑这一行，刚入行时跌跌撞撞，也不晓得注册一个新的QQ号，居然用自己的私人QQ号当编辑账号。之后，陆陆续续有读者和作者来加好友，每天收到的申请太多，她索性取消了验证，任何人都可以直接加她为好友，也可以访问她的空间。

当有人一条一条翻完她QQ空间的所有内容还点赞和评论时，她才意识到自己的隐私正曝光于陌生人的眼皮子底下，于是她删掉了那篇未完结的小说，又设置了权限，任何人不得访问她的空间。

后来有个小作者来问她："为什么要删掉那篇小说啊？我觉得很好看，你可以坚持写完啊！"

"不是很想写了。"

"那你也可以备份一下啊，万一以后想写了呢？就这么删掉，一个字不剩，很可惜哎！"

她当时也没多想，老实回复道："删的时候没想那么多，现在想备份也没办法了，已经删光了……"

那个小作者给了她一个拥抱的表情，之后又投了稿，但稿子没过，两人也就没再联系过。

江听雨入职三个月后，好友列表里有了许多垃圾账号，时常发一些乱七八糟的信息给她，就在她不胜其烦的时候，烦恼结束了，她的QQ号终于被盗了，盗号的人还改了密码……

她也没多心疼，反正以陆临渊为原型的那篇小说已经删除，老朋友、老同学也都存了她的手机号码，不会和她断了联系，再加上她绑定QQ号的手机号码已经换了，要想找回QQ实在是折腾，于是，她索性注册了一个新的账号，而那个旧的头像就永远保持灰色，没再亮起。

想到这儿，她忽然明白了，当初有不少人在她的空间看见了那篇小说，而现在指认她抄袭的寒光暖暖应该就是其中之一。

而在她的印象里，她并没有与寒光暖暖加过好友、产生过交集，那么寒光暖暖应该是个新笔名。

可寒光暖暖以前的昵称到底是什么呢？她死活想不起来了，其实就算想起来也没用，原文已经删除，这份清白无法自证。

似乎老老实实地接下这盆脏水，乖乖地道歉，是她当下最好的出路。

而若寒光暖暖足够大度，让她滚出写作圈的读者足够宽厚，那么她或许还能被人踩在肮脏的泥里，背着抄袭融梗的骂名，继续写作，蝇营狗苟。

她忽然哭了，为了自己与陆临渊之间似乎时不时就会冒出的鸿沟。

为什么每次她觉得自己快要走进他的世界，能够与他比肩而立，却又因为各种各样的意外而停下，迈不开步，也抬不起头？

颜维康、莫家鸣已经落网，案件算是告一段落，其他贪污渎职的案件也大幅减少，因此，陆临渊他们也得以清闲一阵子，这天刚过七点就下班了。

到家后，陆临渊洗了个手就往楼上跑，忽然被陆万生叫住了。

陆万生从电脑后面探出头："临临，小丫头晚上没怎么吃东西，我煮了银耳羹，你盛一碗，给她端上去。"

"她怎么了？"陆临渊停下脚步。

"不知道。她可能是不想让我担心，就没跟我说，还装得跟没事人似的，我也就不好多问。"陆万生将鼻梁上的眼镜往下面拉了一点，"你上去之后旁敲侧击一下，搞清楚她是出了什么事，然后对症下药，哄一哄，免得她有什么事都憋在心里，多难受啊。"

"嗯，我知道了。"陆临渊从楼梯上下来，走进厨房盛了两碗银耳羹，经过电脑桌时，他将其中一碗放在陆万生面前，"您也喝一碗，喝完就站起来活动一下筋骨，别老坐在电脑前，像个不听管教的网瘾少年。"

"哼！"陆万生舀了一勺银耳羹，一边吹凉一边嘟哝，"小丫头不也天天坐在电脑前，怎么没见你凶她一下？就知道欺负老弱病残。"

陆临渊极为得体地笑道："您可以把我这种行为叫作只许州官放火，不许百姓点灯。"

陆万生："……"

上楼之后，陆临渊轻轻推开门，看见江听雨正坐在电脑前，有些魂不守舍的样子。

见他进来，江听雨忙关掉她正在浏览的一个网页。

他慢慢走过去，将银耳羹放到她面前，似不经意地随口问道："在看什么？"

"没什么，就随便看看。"江听雨说完就拿起汤匙，急急忙忙往嘴里送了一大勺银耳羹，明显是不想多说的样子。

谁知刚盛的银耳羹还热乎着，她一时没防备，吃了那么大一口，烫得舌尖一阵刺痛，眼底霎时涌起了泪意。

从这里到洗手间还有一段距离，可她实在不想当着陆临渊的面做吐东西这样的动作，因此还是站起身想去洗手间吐掉。谁知陆临渊比她还着急，一把将她拉进怀里，沉声道："吐出来。"

她摇头，眼底的泪意更盛。

他忽然捏住她的双颊，手上一使力，她的嘴被迫张开，里面含着的东西也吐出来，掉在他放在她嘴边的手心里。

洗了手回来，陆临渊温声问道："还疼吗？"

江听雨摇摇头："不疼。"

他端起碗舀了一勺银耳羹，细心地吹凉之后，才送到她嘴边。她张口含进去，舌尖已经发麻了，尝不出味道，可心里却觉得是甜的。

"这是爷爷给你煮的。"

她将嘴里的东西咽下去，轻声道："谢谢爷爷。"

"爷爷说你晚上没吃什么东西。"

"嗯，下午吃了很多零食，不饿，晚饭就没怎么吃。"

"到底发生什么事了？江听雨，告诉我。"

"爷爷手艺真好，这碗银耳羹又黏又甜。"她忽然想到了什么，又说，"对了，你还没吃晚饭吧？我去给你做，你想吃什么菜？"

陆临渊忽然有些挫败，她还在顾左右而言他，不肯向他坦白。

他拉住想要溜走的小姑娘："不是你定的规矩，说要互相坦诚，不许报喜不报忧的吗？"

江听雨笑道："我这叫只许州官放火，不许百姓点灯。"只是任由她怎么掩饰，不开心就是不开心，表现在脸上就是笑得有几分勉强。

他一把将她拽进怀里，用额头抵住她的额头，轻声道："你知道的，不管有什么事情，你都可以告诉我。虽然我可能帮不上什么忙，也不能与你感同身受，但至少我能知道你为什么不开心，并想办法让你开心。江听雨，我想分享你全部的喜怒哀乐，你不要把我排除在外，将我驱逐出你的人生。”

江听雨呼吸一滞，暖意瞬间充盈了四肢百骸，身体的每个细胞都在叫嚣着，狂喜着。

她终于不再抗拒，重新打开之前关闭的网页，指了指上面的内容，撇嘴道：“喏，就是这个。”

短短十多分钟，骂她的帖子又增加了许多。

陆临渊摸了摸她的头，垂眸一字一句地看起来，极为专注，连她喊他都没听见。

“全是骂我的话，你看这么认真干吗？”她嘟嘴。

这时他已经弄清事情的来龙去脉，但没说话，而是一把将她抱进怀里，头埋进她的颈窝，眼神透着异样的深意，似有幽暗的光华在内里流转，隐藏着难以启齿的秘密。

担心江听雨太过费心耗神，陆临渊早早催着她去洗澡。等她洗完澡躺进被窝后，他就搬把椅子坐在床边，给她读泰戈尔的诗集。

他刻意压低的嗓音，似有着无法言喻的魔力，令人安心。江听雨也是累极了，很快被他哄得睡去。

合上手里的书，陆临渊将它轻放在床头柜上，又弯腰给她掖了掖被角。她睡得并不安稳，梦里还皱着眉。他伸出修长的食指，轻轻揉着她的眉，直到那里被抚平。

他盯着她的睡颜，这确实不是一张令人惊艳的脸，却是他喜欢的脸。许久之后，他站起身来到门边，按熄了灯，规规矩矩地走了出去。

等他到楼下，陆万生也已经睡了，客厅里亮着一盏不怎么明亮的灯，已经是用了十多年的老古董了，可仍然在竭尽全力地发着光。

陆临渊坐到电脑前，开机登录QQ之后，盯着一个灰色头像看了很久。曾经的执念已经消散，曾经幻想的也已经拥有，似乎他也没有什么好再隐藏的了。

江听雨睡了很长的一觉，等醒来时，已经是上午十点。

她推开窗户，闻着蜡梅的香气，只觉神清气爽，笑一笑，似乎又回到了百毒不侵的坚韧状态。

楼下客厅里，陆万生照样在教孩子们书法，江听雨走过去打了招呼。

陆万生跟她走到一边，笑呵呵地道："饿了吧？临临买了油条，还有你爱吃的豆腐脑，都在桌上，你用微波炉热一热就能吃。不想吃这些也可以，临临做了炸酱，你煮面条吃也行。"

江听雨一方面感到被宠爱的甜蜜，心里软得一塌糊涂，一方面又心疼陆临渊工作那么辛苦，还要早起给她和陆万生买早餐、做午饭。她劝道："陆爷爷，您管管他吧，让他别那么辛苦，不用给我们做饭。我每天在家就是写写小说，也没什么其他事情要干，做个饭还是完全可以的……"

陆万生笑着摆手："我才不管。他心疼你，你心疼他，你们两个小年轻心疼来、心疼去，我凑什么热闹？你自己跟他说吧，谁的人谁自己心疼去。"

江听雨见陆万生又打趣她和陆临渊了，忙躲进厨房去吃豆腐脑，好半天没出来。

吃完之后，她上楼回房，笑意霎时敛尽，深吸一口气之后才打开电脑，打算迎接新的一天、新的攻击。

谁知她点进作品的评论区，里面的网友竟然在清一色地夸她写得好。她愣住了，显然被这巨大的反转给吓到了。

手指敲得飞快，她又打开微博骂她的话题，发现里面也已经彻底转了风向，很多人在向她道歉，以及逼着寒光暖暖向大家道歉。

更夸张的是，一夜之间，忽然冒出许多人说她写得好、写得甜，并祝她和作品中男主角的原型早日修成正果。

她讶异于这样的改变，都快傻眼了，等弄清这场反转的原委之后，才知道有一个热心网友发了微博，拿出强有力的证据证明了她的清白。

她点进那个热心网友的主页，发现这是一个刚注册的新账号，而且只发了一条微博——

一、江听雨没有抄袭，也不会抄袭，周知；

二、江听雨与寒光暖暖孰是孰非，如图；

三、未经查实就造谣、传谣的部分好事者，精准判断、独立思考的能力需要培养一下；

四、寒光暖暖，刑法第二百四十六条诽谤罪，请学习；

五、如果看图还不够，那么更详细的证据都在这个链接里。

江听雨放大第一张图片，发现上面的内容竟然是她曾经发在QQ空间的那篇小说，就连发表时间、点赞人的昵称、评论内容都清晰可见——这竟是一张她空间内容的截图。

她又放大第二张图片，发现这是两个不同账号的IP地址对比照，其中一个账号自然是寒光暖暖，另一个则是方才出现在第一张图里、点赞了江听雨那篇文章的人。而这两个不同的账号，IP地址竟是一模一样的。也就是说，寒光暖暖早在使用这个笔名之前，就加过江听雨为QQ好友，还看到了江听雨所写的小说。等江听雨删掉旧QQ里的小说，并设置了访问权限，又在新QQ宣布旧账号被盗之后，寒光暖暖起了盗梗的念头，并且有恃无恐，毕竟她已经旁敲侧击地问过江听雨，得知了江听雨并没有备份。

事情水落石出，江听雨重获清白。但她无暇顾及寒光暖暖有没有向她道歉，此时，她心里唯一的念头就是，这个发出她空间截图的人，是什么时候截的图，又是什么身份？是当初盗她号的人，还是其他的谁？

桌上还摆着陆临渊折回来的蜡梅，她将鼠标箭头对准那个据说有更详细证据的链接，闭上双眼深吸一口气，点了进去。

再次睁开眼之后，她发现这个链接是QQ空间。她翻看着这个空间里面的所有内容，就像当初她辗转于各个陌生人的空间里，寻找陆临渊的消息和踪迹。

她点进相册，发现里面全是她当初那个旧空间动态的截图，照片上传的时间基本都是她发动态的当天晚上十二点。也正是因为QQ空间相册的上传时间不可修改、图片不可重新编辑，而她写这个故事的时间又明显早于寒光暖暖，读者们才确信了她才是故事原创者。

除了相册里的照片以外，整个空间就只剩下一篇日志，但点击量已经达到了三万。

她的内心忽然冒出某种强烈的情绪，她几乎要抑制不住，如同等待着日月引潮力的、蠢蠢欲动的潮汐。

日志的标题叫《YOU》，字数不多，却字字令江听雨惊心。

她从未有过这样骤然的狂喜，从未。

——自从那场大雨之后，你再也没来过凌城大学，是找到了新的兼职吗？祝你顺利。

——今天向跟你一起兼职过的人打听，问到了你的QQ。你通过了我的好友申请，我很高兴，但我没有找你说话，因为我想先看一看你的空间动态，分析一下你喜欢什么，再想好要跟你聊的话题，这样就不会让你觉得我无趣。

——你写了一篇小说，是一个小女生暗恋自己学校的男神。有人问你是不是写自己，你说是虚构，但有人鼓励你勇敢去追他，你又没否认。所以，那个男神就是你喜欢的人吧？男神很暖，不像我这么冷冰冰。真遗憾，你已经有喜欢的人。

——司考在即，慌得很，居然还有心思想你，居然还有时间写下这句话。明早醒来就要去考试了，我忽然想起你之前在考试周兼职，会对每个开户的人说“考试加油”。真希望此时，你也能对我这样说一说。

——司考出成绩了，凌城第一名。不知道这样的我，够不够资格和你的男神比肩。

——毕业典礼上，有女生问我要衬衣上的第一颗纽扣，我没给，觉得这样的行为其实没什么意义，还有点矫情，但如果是你要，那肯定是可以给的，整件衣服给你都可以，整个衣柜给你也行。

——看到你成为了一名编辑，做着自己喜欢的工作，很为你感到高兴。过几天我要到凌城检察院报到了，贺喜人众多，可惜无一人是你。

——你的QQ已经很久没亮起。

——你的QQ再也没亮起。

——我没想到2018年的大年初一，我会再次遇到你。在APP里点进你的主页时，我只是莫名觉得有些熟悉，却没想到居然真的是你。我率先往观影厅走去，不是生气你完全不记得我了，也不是故意想把背影留给你，而是不想让你看见我的脸，那上面想必写满了狂喜。你看起来不开心，但你不会说给我听，其实你可以说给我听。

——你送那只棕榈编的小喜鹊给我，还在凌晨四点陪我说话，你想干什么？我是该停止胡思乱想，还是顺其自然地享受这一场空欢喜？

——你跟家人打电话时哭了，我真想抱你，但又怕逾矩。我还在努力让你喜欢上我，请你在此之前千万不要回老家。你带我去摘的草莓，是我吃过最甜的草莓。

——很久没有更新这篇日志了，因为……你就在我对面啊，看起来触手可及。

——我上辈子做了什么好事？这辈子喜欢一个人，居然得到了回应。

——我一直在忍，忍着不去碰你，或许这样就能给你留下转圜的余地，因为我不能只顾眼前，还要思来年。也许有一天你发现我无趣，就不那么喜欢我了呢？

——看到你的日记本之前，我一直不相信自己会被人这样爱着。看到那个日记本之后，我无比懊恼，为什么会那么晚才再次遇到你，为什么自己当时会那么没有勇气。

——原本这是打算默守一生的秘密，因为我感觉将你的动态截图并不磊落，暗地痴迷你也有点变态的样子。可你那样被人中伤，我想了想，觉得我一早就喜欢上你且喜欢了你很多年这件事情，似乎被人知道也没有什么关系。

——有一首歌，我已经听过519次了，歌词已经能背，因为它恰是从第一次遇见你开始，我就有的心声。

——Future of Forestry乐队的《YOU》，想把第520遍放给你听，或者我唱也行，我的英语发音还不错。不信？等我下班回家，当面唱给你听。

You are a promise

你是诺言已许

You are a song

你像一首歌

Smooth like a waterfall

如瀑布流水般落下

I see you in the corner

你照亮了我内心的角落

You are the summer

你就是夏天里

You are the sun

最绚烂的骄阳
You are the desert plain
你像那沙漠平原
Where the wild horses roam
野马漫游的地方
I want you to know you're the first thought
我想告诉你，我总是第一个想到你
I want you to know the grace you're made of
我想告诉你，你是多么优雅而美丽
I want you to feel that you're my dear oh woh
我想让你感受到，你是我最亲爱的
And I want you to know...
我还想让你知道的是……
——我还想让你知道的是，我是陆临渊，你是江听雨，我爱你。

番外一　此生唯愿挽你手

1

江听雨最近有点生气——陆临渊屡教不改，仍然天不亮就起床买早点，又等做好午饭之后才去上班。

“陆临渊，你想干什么呀？想过度劳累，让我心疼吗？”

他笑着看她：“那你心疼吗？”

“一点儿也不！”

他吻住她：“嘴硬。”

她脱离他的桎梏，喘着气道：“以后你做的饭，我都不会再吃了。廉者不受嗟来之食！不为五斗米折腰！朱自清拒绝领取救济粮！”

他再次吻住她：“滥用典故，罚你吃我。”

江听雨：“……”

2

江听雨和陆临渊去参加谢可欣的婚礼。

白石楠也来了，他是新郎邵言的发小，可以穿同一条裤子的交情。

看见江听雨之后，他走过来打招呼：“好久不见啊，小刺猬，不对，现在已经是大作家了哦。”

江听雨微笑道："好久不见。"

白石楠又说了许多话，末了还让江听雨以后需要封面设计时就找他，他愿意使出看家本领，并且分文不取。

等白石楠转身离开后，陆临渊忽然挠了一下江听雨的手。

江听雨被他挠得心痒痒，不明所以地看着他，随即福至心灵，笑着问道："你吃醋了？"

"这有什么好吃醋的？我是那么小气的人？怎么会吃醋呢？你把我当成什么人了？我才没有吃醋好吗！"

"哦……"

过了一会儿，众人入席，江听雨忽然收到 5200 块钱的转账。

她扯了扯陆临渊的衣袖，小声询问："喂，你干吗转钱给我？"

他正襟危坐，压低声音道："如果非要找刚才那个人设计封面，不许不给钱，跟外人要明算账，知道吗？"

听见他着重强调了"外人"二字，她有几分促狭地笑了："你还说你没吃醋。"

他还是那样正襟危坐，一本正经道："为什么非要拆穿我？就不能让我嘴硬一下？"

江听雨："……"

3

近来感情顺风顺水，江听雨觉得无聊，翻起旧账："以前你明明更新了朋友圈，为什么对我设置不可见？"

陆临渊放下手里的专业书："不想让你觉得我是个无趣的老干部。"

"你故意向我隐藏你无趣的一面，让我只看到你可爱的一面，从法律上而言，算不算商业欺诈，误导消费者啊？"

他望着她，倏忽叹了口气："你变了。"

"啊？"

"如果是以前的你，会说'乏味无聊也没关系啊，你什么样子我都喜欢呢'。"

江听雨："……"

4

陆临渊用指纹将手机解锁，摆弄了一会儿，然后塞进江听雨手里。

她疑惑道："手机给我干什么？"

"把指纹锁改成了数字锁，密码是你生日，以后你想看什么都行。"说着，他扬唇一笑，得意得像个等待夸奖的孩子，"怎么样，我撩不撩、甜不甜、酥不酥？"

江听雨："……"

行行行，大写的撩、大写的甜、大写的苏。

5

"江听雨，我工资卡没地方放，你帮我保管一下，密码也是你生日。"

江听雨挑眉，让她保管工资卡，他说密码做什么？他居然又看她写的小说，学男主角的套路！这很羞耻好不好！

她没好气地说："不要，你自己保管。"

他将卡放进她的口袋："可你当年捡到了我的钱包，就应该对我的钱包负责。"

江听雨："……"

6

这天天气晴好，陆临渊带江听雨去爬山。

江听雨打开副驾驶座的车门，也没看就直接坐进去，结果发现座椅上有东西。

她将手伸到屁股下面，掏出一个已经被压扁的盒子，打开一看，里面是空的。

"你没事放个空盒子在这儿干什么？"

陆临渊伸手将盒子拿过去，摆弄了几下后恢复原状，随手抛到后座。

"有个女同事住这附近，最近车子送去修了，就想搭我顺风车。我没好拒绝，但又不想让她坐副驾驶座，就弄了个空盒子放这儿。"

"怕我生气？放心，我不生气，你完全可以让除我以外的女人坐副驾驶座……你不要太宠我了，会让我恃宠而骄的！”

“你想多了，我只是不喜欢她身上的香水味。”

江听雨：“……”

7

他俯身过来，想帮她系安全带。

忽然，他想起了什么，道：“去年你从考场出来，上车之后，我只是想帮你系安全带，你却侧头躲开了，以为我是想亲你。”

她脸红：“不好意思，当时我的性格有点别扭……”

“但其实你想得没错，我当时就是想亲你。”

江听雨：“……”

8

江听雨望着他清俊的脸，小声道：“那……我今天补给你？”

他眸色一深：“这可是你自己说的。”

“嗯……”

“我怎么说，你就怎么做？”

“嗯……”

“那待会儿我想要亲你的时候，你像去年那样，把脸躲开。”

“嗯……嗯？”

“有问题？”

“没问题。”

“那我要凑过来了。”

“嗯……”

他刻意放慢了速度，一点一点地凑过来，看着她渐渐脸红，目光柔得能溢出水来。

就在两人的嘴唇近在咫尺时，她按照之前说好的，侧头躲开——

却没躲开。

他似是猜准了她要侧头的角度，先她一步动作，正好用自己的唇噙住她的。

他一边在她的唇上辗转着，一边含糊不清地道："还想躲？看来我要狠狠罚你了。"

江听雨："……"

是你叫我躲的啊喂！

9

凌城下了今年的第一场雪。

江听雨一大早就醒了，跑到院子里堆雪人。

陆临渊拿着围巾和帽子走出来，拉住她，将她裹得严严实实。

她兴致勃勃地提议："你也堆一个吧，然后比比咱俩谁堆得更好看。"

他点点头，乐于浮生偷欢愉。

半个小时后，两个雪人堆好了，江听雨把陆万生请出来当裁判。

陆万生围着雪人转了几圈，颇为公正地点评道："左边这个还不错，勉强能看出来是个人。右边这个嘛……呃……像个大白萝卜。"

陆临渊闻言笑道："嗯，是挺像，待会儿搬进厨房里，中午吃萝卜炖腊肉。"

江听雨气极，右边那个"大白萝卜"正是她的杰作。她挖了一捧雪，往陆临渊身上扔过去。

雪从衣领里掉进去，冻得他浑身一激灵。可他也不恼，仍笑嘻嘻地看着她，就像看不腻似的。

"喂！你怎么不躲啊？"江听雨忙跑过去，帮他弄衣服里的雪。

陆万生在一旁笑道："这叫周瑜打黄盖。"

一个愿打，一个愿挨。

10

吃完早饭，学书法的小朋友来了。

陆万生去教孩子们写字，江听雨在看小说，陆临渊在看新闻。

过了一会儿，见小朋友写字写得认真，陆临渊忽然有些手痒。

江听雨看出他的想法："好久没看到你写字了，去试试？"

说着，她凑近他的耳边，小声道："向我展示你今日份的优秀，我会喜欢你更多一点哦。”

他侧头，用自己的脸贴了贴她的脸，挽起袖子走到书桌边。

提笔之前，他往她的方向看了一眼。

她腿上放着一本书，双手乖乖地搭在上面，正含笑望着他。

笔墨的香气氤氲着，他忽然觉得有些事到眼下已是水到渠成。

提起笔，他无比郑重地写下三个字。

待纸上的墨干了之后，他几乎是迫不及待地卷起宣纸，走过去递到她手边。

她接过宣纸，一边展开一边笑道：“写了什么，弄得这么神秘？”

当视线落在纸上的字上时，她倏忽愣住了。那一刻分明是寂静的，分明是风雪漫天的，可她却仿佛听见院子里，第一枝桃花盛开的声音。

——嫁给我！

11

结婚前一晚，江听雨来到两人的新房。

他揽住她的腰，走到沙发边坐下：“怎么这时候来了？”

“想见你。”

聊了一会儿，陆临渊起身：“走吧，我送你回爷爷家，明天婚礼会很累，你今晚要早点休息。”

江听雨点点头，趁着他去拿车钥匙的间隙，从包里掏出一样东西，轻轻放在茶几上。

送完江听雨回来，陆临渊一眼看见茶几上多了样东西，是江听雨的日记本。

他拿起日记本翻开，重新一字一句地看起来。看到最后一页，他发现上面竟比上回多了几行字，是江听雨在他求婚成功的那天加上去的——

那些深夜里晦暗的心思霎时消散，永不再被提起，因为啊，长夜已尽，我终于能够光明正大地说，陆临渊，我爱了你很久很久，久到想念如同呼吸。

我爱你吹灭读书灯，一身都是月。

我爱你一点浩然气，千里快哉风。

我爱你纵有疾风起，人生不言弃。

我爱你临渊不羡鱼，泛舟听夜雨。

你是陆临渊，我是江听雨，我爱你就是我爱你。

12

陆临渊的心底如同淌着春日的湖水，心事化作的鲈鱼摇头摆尾，终于与沙石一起安分地躺在湖底，连眼里也泛起了潮意。

许久之后，他执笔，在后面添了一句。

13

——临渊之境，随雨而安。

番外二　初一永远爱初七

1

一年后，陆家迎来了一个小公子。

巧的是，孩子在大年初一出生，正是他父母当初重逢的日子。

几乎毫无悬念，他的小名就这样定下来了——初一。

2

初一特别乖，到了晚上，不管是渴了、饿了还是尿床了，都只会闭着眼睛叫妈妈，从来不哭。

江听雨觉得这孩子也太可爱了，每次抱起来都舍不得放下去，细细看他的眉眼，还有他这从小就乖的性子，分明就是一个小陆临渊。

陆临渊却想教训这小子，每次大半夜有事都只叫妈，还不肯让除江听雨以外的人碰，这到底是什么坏习惯？

臭小子，还让不让我老婆睡觉了啊？！

3

这天凌晨三点，初一又尿床了，闭着眼睛开始喊妈妈。

陆临渊一直没睡着，就等着这小子召唤呢！此时听见初一的喊声，他忙从被窝里出来，抱起初一下楼了。

给初一换好尿布之后，陆临渊抱着儿子，特别认真地开始教导他。

“儿子，我要跟你来一场男人之间的对话。”

“……”初一睁大眼睛，像看傻子一样看着自己的爸爸。

“儿子，你知道你妈妈是干什么的吗？特别厉害，是作家！”

初一：“……”嗯，妈妈是真的很棒呢！

“所以，她每天晚上都要写稿子，很累的。”

初一：“……”为了给我挣奶粉钱，妈妈好辛苦啊，我爱妈妈，嘤嘤嘤。

“你每天到了凌晨三四点就尿床，要不然就是渴了、饿了，难道你就不能学会忍耐吗？就不能继承你父亲的优秀品格吗？”

初一：“……”对不起，我听不懂这个男人在说什么。

“如果实在忍不了，你就要学会转换思维，比如叫爸爸。”

初一：“……”好吧，感觉自己好像明白了什么，原来面前这个男人是个宠妻狂魔！

“来，叫爸爸。”

初一：“……”怎么办？不是很想张口哎！他还这么小，为什么要学那么多新词汇啊？他就只想叫妈妈啊！

“初一不听话？那我就不给你生妹妹了哦。”

初一：“……”妹妹是什么？能吃吗？行吧，叫就叫吧。

张了张嘴，初一终于叫出声：“大大……”

陆临渊失笑：“不是大大，是爸爸。”

“大大……”

“是爸爸！”

“大大……”

“爸爸，爸爸！”

“嗯……”初一不想学了，撒娇似的从鼻腔里“嗯”了一声。

陆临渊哭笑不得，在他的小屁股上拍了一下：“臭小子，敢占我便宜！”

4

江听雨：“陆临渊，咱们初一好棒的，最近都不尿床了！”

每天半夜偷偷爬起来给初一换尿布的陆临渊正在打盹儿，听见江听雨这话，点头附和道："嗯，他已经七个月了，是该成熟了。"

正趴在地毯上堆积木的初一："……"我做错了什么？我才七个月大就要成熟了啊！

5

初一长到三岁时，终于等来了陆临渊曾经承诺的妹妹初七。

其实陆临渊本来是不想生二胎的，他舍不得江听雨那么辛苦，但江听雨却在这件事情上十分坚持，几乎是引诱般地让他失控，并且忘了做避孕措施。

6

陆临渊和江听雨都不太赞同小孩子吃零食，因此只有亲朋好友拎着零食上门时，小初一才能解解馋。

但自从有了妹妹，他就再也没有吃过零食了。

因为……他要把零食全都攒着给妹妹吃呀！

这天，陆园和谭湘来家里吃火锅，买了不少零食。

初一也不管初七能不能吃，就一股脑把那些零食全塞到她的摇篮里："妹妹，都给你吃！"

被淹没在零食堆里的初七："……"

7

初七性格格外冷静，几乎不怎么出声，连哭也很少。

江听雨觉得初七这性格很不错，像陆临渊，多可爱呀。

陆临渊却希望女儿能长成一个活泼阳光的小姑娘，可千万不能像他那么闷。于是，他一改往日在初一面前的严父形象，对初七格外温柔宠溺，还使出浑身解数想要逗初七笑，可初七始终不为所动。

直到有一天，初一练字时不小心沾了墨水，往脸上一揉，顿时成了一只小花猫，初七看了后顿时咯咯直笑。

初一也不恼，还跑到她面前学猫叫。

从此，陆家多了一个爱笑、爱猫的初七，和一个会变成猫的初一。

8

初一要读幼儿园了，一想到会有一整天见不到妹妹，他就很不开心！

他扒着门框，死活不肯出门，说好了今天要陪妹妹看《猫和老鼠》的！虽然妹妹并没有回应他，这是他单方面说好的……

陆临渊去掰他的小手："初一，不要耍小孩子脾气。"

初一快要哭了："可我就是小孩子啊！"小孩子发发脾气怎么了？！

陆临渊蹲下来，认真地跟他讲道理："初一，过完年你就要四岁了，你已经不是一个三岁小孩了。"

初一："……"这话听起来很有道理，但他又觉得哪里不对的样子。

9

江听雨抱着初七走过来，初七刚醒，还睡眼惺忪的。

看见哥哥背着小书包，还被爸爸往外拉，她忽然就急了，眼睛瞪大，嘴里发出咿咿呀呀的声音，似乎想要喊出什么。

初一看见初七这样，心里更加不舍了，挣脱陆临渊的手，冲到江听雨面前，握住初七小小的脚丫。

"初七，哥哥舍不得你！哥哥不要离开你！爸爸是坏人，我们不要理爸爸了！"

陆临渊哭笑不得，臭小子，妹控也得有个限度啊！

就在这时，房间里忽然响起了一道小小的声音，却仿佛是一道惊雷，陆临渊和江听雨都愣住了，初一则乐得直哭。

"哥哥……"

十一个月大的时候，初七学会了人生中第一个词。

10

过了六岁生日，初一开始换牙了。

第一颗牙齿掉下来的时候，初一有点被吓到了，但他没哭，小男子汉跟爸爸一样，可坚强了呢！

哭的是初七。

小丫头抱着初一不肯撒手，明明自己哭得不行，还用肉乎乎的小手拍着初一，觉得哥哥肯定很疼很疼。

11

随着年龄渐长，初一越来越沉稳起来，举手投足都有了成熟的样子，已经不再用画猫脸这样的方法来哄初七开心了。

陆临渊有时候会揶揄他："初一，快过来，变只小猫给爸爸看。"

初一淡淡地看了他一眼，又淡淡地道："爸爸，你能不能像我一样，成熟一点？"

直到有一天，邻居家的大狗子窜进院子，踩坏了初七亲手播种、每天照料的小白菜，小丫头伤心得哇哇直哭，怎么哄都没用。

放学回家的初一沉思着什么，脸上露出纠结的表情。片刻后，他叹了口气，走进书房，再出来时，又变成了一只长胡子的小花猫。

不管长多大、变多沉稳，初一都是会画猫脸哄初七开心的哥哥啊。

12

初七手指张开一条缝，看着时隔许久再次画猫脸的哥哥，忍不住想笑，可内心还是很悲痛呀，哭着说："大狗狗坏！大狗狗吃初七给哥哥种的小白菜！"

初一愣住了，问道："小白菜是给我种的？"

初七泪眼蒙眬："哥哥不爱吃小白菜，总是被爸爸凶，那如果是初七种的小白菜，哥哥肯定就会吃了，对不对？"

初一闻言也有些哽咽了，狠狠地点头："嗯，哥哥一定吃，吃好多好多！"

当天晚饭，初一破天荒地不用陆临渊和江听雨监督，无比自觉地吃了小白菜。

见哥哥不用被爸爸凶了，初七笑得眼睛都眯起来啦。

13

初七还没有书桌高，就已经想着和哥哥一起学写字，在桌子边转悠来转悠去。

初一被打扰了也不恼，问清妹妹的想法之后，就把笔墨纸砚全搬到茶几上，让妹妹站着，他则在旁边单膝跪地。

在纸上写下一行字后，他握住初七小小的手，教她临摹。

初七太小，手不够稳，临摹了许久，一行字还是写得歪歪扭扭，但内容却清晰可认。

春日的阳光洒进来，落在铺满茶几的纸上，乍看，竟显得纸上的字有些熠熠生辉。

14

——初一永远爱初七。

【全本完】

后　记

在这一年里，我经历了自认为相当重要的变化。

大年初一，我在一个 APP 里遇到了你。

我们按照约定去看了电影，《红海行动》、茶颜悦色、迟到五分钟、你蓝色的大衣，和我自己带的伞。在人山人海中，我找到那个穿着蓝色大衣的人，体会到怦然心动的滋味。

二月，我收到了你送的本命年红绳手链和亲笔的信。写信的人自然只是将我当作聊得来的朋友，我却擅作揣测，不顾一切地打消了回去的念头，未经家人同意，用半小时走到迁户口的办事窗口，用二十分钟排队，然后用十分钟的时间将户口从老家迁出来，落到了长沙。去领新身份证的那天，一路上我不免欣喜，就好像不是去领新身份证，而是走向大好的新人生。

三月，出于各种考量，我离开了毕业后入职的第一家公司，其中很大一部分原因就是觉得自己习惯了现状，不免有些温水煮青蛙的感觉，而我想去闯荡，等到有朝一日闯出名堂，再光明正大地待在你身旁。

四月，我入职了现在供职的公司。入职的当天，一下班我就揣着手机，去看中的楼盘付了首付，从此有了一个鸽笼大的小窝。我知道我的思维很奇怪、很不可思议，可我真的觉得自己需要房子这样庸俗却实在的东西，给我一点去喜欢一个人的底气。而手机里，是九个朋友借给我的钱，有大学同学，有室友，甚至还有网友，至今想来，我仍不胜感激。

五月，我拿到了教师资格证。这是我在遇见你之前考的，当初我是想着考到这个证就回去，回到那个生我养我的小山村，离开这座让我哭过笑过的城市。可我从没想过会出现你这样一个变数，于是，这个证对我而言似乎没有太大意义了。也是在那天，我决定考研，这样平庸下去怎么行呢？我总要想办法跟上你的脚步。

六月，我开始一边想着你，一边编织这个故事，就像编织一个童话、一场梦。

七月，你遇到你喜欢的人了，我的廉耻感让我连把你当作朋友去相处都不行。原本便是我屡屡打扰你，如此一来，我便彻底和你断了联系，因为你不缺我这样一个朋友，我也是。

八月，这个故事完结了，我停笔了。

九月，我在新公司做的第一本书下印厂了。很惊喜的是，我从业两年，每逢出片，仍如第一次那样觉得新奇和欢喜。

十月，出于工作需要，我想在网站下载一些 PPT 素材，于是去找好朋友也就是这本书的责编千言同学借会员账号，问及近况，一时兴起，便投了稿，竟签下出版合同了。

十一月，我发现自己有十六本图书项目要做，上班时看稿找图写文案，下班后看考研资料，过了十点半就写稿，凌晨一点洗澡睡觉，睁眼后又是重复的一天。可是我竟一点儿不觉得累，也不复去年今日的空虚。我不知道这样的改变后面有没有你的作用，但不管有没有，我都很感谢你在我人生里短暂的地出现。

十二月，我头昏脑涨地答完试卷，自知很难达到录取分数线，几乎是两眼发黑地从考场走出来。江听雨有陆临渊开车来接，我举着伞，在凛冽的风里等 317 路公交车，等了半小时。

喏，我说着日子难熬，可三言两语叙尽，一年就这样从头到尾了。到后来，我渐渐没再想起你。

我工作后遇到的第一个上司曾不经意地说过一句话，我记忆犹新。她说：“当我把你变成黑色的铅字换成钱，就代表我彻底走出来了，不再爱你了。”

我一直很佩服她，蒸蒸日上的事业、对待感情潇洒的态度、敢闯的心性，都是我没有而努力想去拥有的。

其实这本书我写得很不顺利，这不仅因为我是抱着一腔喜悦去写，却在中途发现你找到了你喜欢的人，还因为后来我发现自己开始分不清现实和梦境。

有时候看着那些虚构的情节，我忽然就笑了，总觉得那些字句描述的事情曾真切地发生在你我之间。可有时候我又无比清醒，知道一切只不过是我用键盘敲出来的泡影，见不得光，一碰就碎。

此时万物静默如谜而浮生若梦，我也不知道自己在语无伦次地说些什么，只知道我好像很久没有睡一个安稳的觉，很困、很累，很想喝杯温热的酒，而后沉沉地睡去。其实说来说去，种种都是我不自量力的愚妄的幻想，春信从来不至，夜莺既往不来。

有时候，冥冥之中，有些事真的会发生，或可不信，但无可否认。

或许以后我会孤独终老，也或许会遇到一个与我执手偕老的人。如果真有那个人的出现，不知道他看见这里会不会生气，气我曾经这样为除他以外的人怦然心动。甚至我的父母、朋友看到这里，也会对我这样的行为不齿吧？可就像江听雨在QQ空间里写小说一样，我也不肯甘心我的第一次心动就这样无疾而终，想要把那些隐秘的心思宣告天下，因为这场没有人回应的心动是真的很孤独啊。

都说梦里的内容说了就不会实现了，愿望说出来就不灵了，那么，我让陆临渊受了那么重的伤，用虚构的方式把不幸写出来，是不是你就不会有不幸？这样的话，那你就只剩幸福了。

就当我做了一场梦吧，现在梦要醒了，我将这个故事发给千言同学就要睡了。希望自己来日不会撤回这篇后记，希望自己有勇气就这样生活下去，希望看到这里的每一个人都能遇到自己想遇到的，拥抱自己想拥抱的，一生平安、欢愉。

册子

2018年12月31日

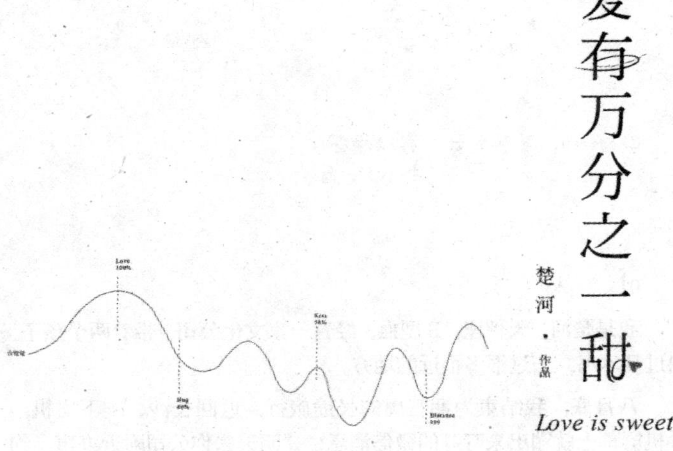
爱有万分之一甜
楚河·作品
Love is sweet

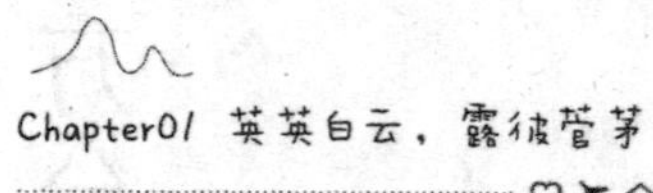

Chapter01 英英白云，露彼菅茅

01

我是楚河，天秤座，B 型血，经营一家文化公司，带着两个孩子，出过几本书，去过很多很远的地方。

八月底，我结束为期三周的长途旅行，返回长沙。刚下飞机，手机屏幕上就蹦出来叮叮的微信消息：“明天去你公司附近办事，约个午饭。”

午饭就约在公司对面的洪记，点菜的时候，我也不知道自己哪根弦没搭对，竟然点了一碗冰粥，并且吃得一滴不剩——天知道，我刚好生理期诶！

果不其然，没过多久，我的小腹便开始隐隐作痛，我无心工作，只好百无聊赖地发朋友圈、刷朋友圈，看到温某人刚刚完成一个战斗三公里，也在哭爹喊娘，我便评论了一个字：疼。

他很快回复：生理期还吃冰粥，活该。

嘴上说着“活该”，身体却很诚实——很快，我就收到了温某人点的外卖：一碗红糖当归蛋。

三天后，我又收到了一份巨大巨沉的快递：两只锃亮的老式大暖壶。

我客客气气地说：“谢谢。”

温某人规规矩矩地答：“不客气。”

我盯着微信对话框里他特意加上的笑脸，心里却在犯嘀咕：知道吃冰粥是因为我发了朋友圈，可他又是怎么知道我的生理期的？

很久之后，我才知道这一切都是套路。

据温某人交代，我之于他，是他打的一场艰苦卓绝的攻坚战，此次战役分为：忐忑不安了解期、费尽心思接近期、若无其事观察期、循循善导引诱期、谋定后动得逞期，以及无原则、无底线宠爱小姑娘的漫漫无期。

呃——

了解、接近、观察、引诱、得逞……好吧，必须承认，我和温某人之间，是我主动表白的。后来很多次，我都心有不甘地抗议：“表白这种事，还让我来，不应该是男人来吗？”

“可是，很多原因啊！”他委屈地解释，“最主要的一个原因是，一个小伙子没法跟一个 Boss 级别的姑娘表白——你不知道她朝向的是什么。”

“如果我不主动呢？”

“引导你主动。”

“如果我一直不主动呢？”

“奉陪到底！”

“心机！”

“小姑娘，这不是心机，这是真爱。”

也是很久之后，我看到胡杏儿说的这么一段话：我的前前任和前任都很棒。他们一个教我做成熟优雅的女人，一个教我做独立懂事的大人。但我最喜欢现任，他教我做回小孩。

温某人就是那个教我做回小孩的现任。

02

世界读书日期间，我受邀去当地一家军事院校做讲座，同行的还有其他四位作家。

我到得比约定时间早很多，便在主办方一位学员的陪同下在校园里四处参观。从校史馆出来的时候，那位学员接了一个电话后抱歉地表示他接到了临时任务，不得不离开。

我一个人倒也乐得逍遥自在，先是去了第一田径场对着单双杠、四百米障碍跃跃欲试；又去了第二田径场看了一会儿球赛；然后去了美式障碍训练场，在里面各种尬拍……等我匆匆赶去吃午饭的时候，一食堂只剩寥寥几人。我随便点了几样饭菜，不好意思地对旁边一位穿着体能服的学员说："小哥哥，请帮忙刷个卡，我微信转钱给你，谢谢。"

饭卡"叮"的一声，然后，我听见他说："要不，加个微信吧？"

我也不是忸怩的人，就近找了一个座位坐下，点开我的微信二维码，他侧过身子来扫，然后，他的手机屏幕上赫然显示着我的头像、地区和个人相册……绿底白字的"发消息"三个字让我无比震惊。

Are you kidding me?

他也一脸蒙："什么时候我们互加好友了？"

于是，两个人开始低头翻看聊天记录。

原来，早前他们学校的文学俱乐部招新，在图书馆一楼大厅摆放了易拉宝，作为一名资深文学爱好者且日日出入图书馆的学霸，温某人对着活动二维码随便那么一扫，结果——

"秒退——你们那个群里各种通知，很烦。"

"秒退你还加了我？"

"可能是命中注定吧。"

——这就是我们的初遇。

饶是我浸淫出版行业十数年，见过各种各样为了推动情节而设计的狗血巧合，我也不得不承认，很多时候，草蛇灰线，伏脉千里，注定相遇的两个人，命运在一开始就埋好了伏笔。

03

五月中旬，“中日科幻文学巅峰论坛”在京举行，日本著名科幻小说家田中芳树先生应邀出席，另一位重量级嘉宾则是中国科幻小说作家最杰出的代表、第 73 届世界科幻大会雨果奖最佳长篇小说奖得主刘慈欣先生。

此次论坛，我有幸代表中国作家上台发言：“我是田中老师和大刘先生的忠实粉丝。为什么说忠实呢？因为我刚刚跨越 1500 公里，从长沙赶到这里。我要特别感谢主办方给我、给所有银英粉这个机会，此时此刻我非常激动，也非常开心，我想说的话很多很多，但千言万语汇成一句话——我们的征途是星辰大海，加油！”

我把这段话一字不差地发到了朋友圈，瞬间获赞无数，评论里充斥着各种羡慕嫉妒恨，只有温某人私下给我发了条消息：

我看到了我的爱恋
我飞到她的身边
我捧出给她的礼物
那是一小块凝固的时间
时间上有美丽的条纹
摸起来像浅海的泥一样柔软
她把时间涂满全身
然后拉起我飞向存在的边缘
这是灵态的飞行
我们眼中的星星像幽灵
星星眼中的我们也像幽灵

我看着台上憨态可掬又妙语连珠的大刘，在微信里写下这样的回复：

同为军人，知道我们之间最大的区别在哪里吗？你们按照可能的结果来决定自己的行动，而我们，不管结果如何，必须尽责任，这是唯一的机会，所以我就做了。

这回，温某人不再跟我打机锋，说了人话：“方便帮我签一套《三体》吗？”

我想都不带想地回复：“当然不方便。”

是真的不方便。

这次活动的流程安排得特别紧凑，我根本没机会也没时间找大刘签名，哪怕我们的座位只隔了一排，更何况，我马上要赶去下一个会场——爱奇艺世界大会，也是我此次北京之行的重中之重。

我是在地铁上收到温某人的回复的：一个哭脸的表情。

看着那串长长的眼泪，不知道为什么，我心里居然有点难过。

04

缘分本就是天时地利的迷信，不认识之前，温某人安安静静地躺在我的微信通讯录列表里，是个完完全全的陌生人，而一旦认识了，我们之间的交集便不可思议地多了起来。

五月底，我去Z市出差，谈一个IP合作案，然而我的助理凯凯却少带了一份十分重要的物料，现做是肯定来不及了。

凯凯急得要哭：“要不，我连夜回去取一趟吧？”

这个方案当然行不通——我和凯凯还要磨合很多谈判的细节，再加上明天他负责路演的上半场：讲解；我负责路演的下半场：答疑。作为一个完美主义者，我对任何事情的要求都是务必尽善尽美，更何况是这么重要的一场商务谈判，若是让凯凯当天晚上跑个来回，那他第二天的状态肯定会受到影响，甚至会影响谈判结果。

“安排同事送过来吧！”我只能出此下策。

在交代完凯凯之后，我鬼使神差地发了一条朋友圈：万能的朋友圈，明天有人到Z市吗？求带个东西。

几乎是秒回，温某人说：“我。要带什么？”

我连爬带滚地点头哈腰：“一份物料，大概是个高120厘米的圆柱体。方便吗？”

对面的人显得有点吊儿郎当：“方便。我就当多扛一个火箭筒咯。”

“火箭筒”送到的时候，天边刚刚泛起鱼肚白。

我趿着拖鞋，睡眼蒙眬地下楼。

背对熹微晨光站着的男人，高大、模糊。

我抬头，第一眼看到的是他衬衫上第二颗雾霾蓝的纽扣；再往上，是突出的喉结和紧绷的下颌线，新剃的胡楂像一小片青草地；再再往上，是一双冷峻又清澈的眼睛。

温某人将物料塞到我怀里，手指带着一丝淡淡的硝烟的味道。

他说：“时间来不及，我就不送上去了。你自己收好，我走了。”

我当时并没有跟他道别。

春末夏初的清晨还带着丝丝凉意，我独自一人站在空旷的风里，一动不能动。

我想了很多，又好像什么都没想。

我摸出手机，打了一个电话：“亲爱的，一定要帮我一个忙……我要一套签名版《三体》。”

我的心，像大雨将至，那么潮湿。

05

回长沙的当天我就收到了快递，于是给温某人发消息：“帮你搞了一套签名版《三体》，聊表谢意，周末约一个？”

没想到他一点儿也不见外：“聊表不够，若真要谢我，再帮我买一口锅。”

“要锅干什么？”

“做饭。”

莫不是戏弄我吧，军事院校，还能开小灶？

我半信半疑，但最终还是按照他发过来的图片，去超市里精心挑选了一口不大不小的双耳锅。

我在学校东门见到温某人的时候，他似乎已经等了很久了，满头大汗，令我感到吃惊的是，他右手居然拎着一兜鸡蛋——原来是真的要开小灶啊。

温某人在前面带路，却并没有进学校，而是七拐八绕地带着我走了很长一段路，来到一栋僻静的居民楼前。他一边领着我上楼一边轻描淡写地说：“借的朋友的房子。有个战友受伤了，我得给他补补。”

说话间，门开了。

正对着门的沙发上坐着一位皮肤黝黑的小伙子，他向前伸直的左脚上缠着厚厚的纱布，见我进来了，咧嘴一笑，晃着一口大白牙打招呼道：“楚河老师，你好！”

我一愣，他是怎么知道我是楚河的？

温某人无视我脸上的诧异，介绍说：“我最好的兄弟，二营长方浩同志。”

方浩应声，坐直，“啪”地敬了一个礼。

这也……太正式了吧……

我有点蒙。

搞了半天，温某人所谓的“补补”就是亲自下厨做饭，他给我倒了一杯水，嘱咐方浩陪我在客厅聊天，自己转身进了厨房。

方浩性格开朗，很是健谈，从他滔滔不绝的回忆里我拼凑出这样的过往——

某年九月，温庭璋、方浩和韩宇三个人相遇于一所军事院校迎接新生的大巴上，随后又被分在了同一个大队，尤其是温庭璋和方浩，他俩非常幸运地被安排在了同一间宿舍，连床位都是上下铺。他们三个人经常一起跑五公里武装越野、过四百米障碍、单双杠练习，还有徒步行军拉练……风里来雨里去的，就这样，三个人建立了深厚的革命友情，人送称号“图腾三人组”。

本科毕业后，“图腾三人组”又一起远赴西北，扎根于基层，书写忠诚，实现梦想。

为了证明自己，“图腾三人组”还多次参加全军的各种比武和集训，在多次军事演习、军事训练、外出执勤中，三个人分别荣获二三等功多次……时至今日，“草原狼”温庭璋为某边防作战部队的侦查科长；“平原狼”方浩为某副营长；“森林狼”韩宇为部队机关宣传干事。

这一次，是温庭璋和方浩一起回母校进修。

我透过玻璃看着温庭璋在厨房忙碌的样子，突然觉得很温馨，不知怎的，等我反应过来的时候，我已经站在厨房里了。

说是厨房，实则没有半点厨房该有的样子，里面虽然通了水、电、气，但是锅碗瓢盆一概没有——怪不得让我买锅呢，果然是借来临时对付的。

我的厨艺……我那根本不叫厨艺好吗，而温庭璋，虽然因为出公差在食堂帮过几次厨，学过几道菜，但技术也好不到哪里去。最后，两个人忙活了半天，才勉强凑齐三菜一汤：拍黄瓜、西红柿炒鸡蛋、辣椒炒肉和海带蛋花汤，都是最普通的家常菜。

三个人围着桌子坐定。

方浩才吃了一口西红柿炒鸡蛋就感慨万千：“好吃！就冲着这口鸡蛋，我跟你说老温，再为你受一次伤我也愿意！”

怎么，方浩受伤是因为温某人？我有点吃惊。

可显然温某人不这么认为：“为我受伤？还不是因为你太莽撞、太冲动，都多大的人了……就不能改一改？”

这话说的……

方浩果然急了：“不是因为你？你说你好好的干吗非要跑去凑热闹？”他饭也不吃了，转头看着我：“楚河老师，我跟你说……”

我循声望去，却见方浩面色一紧，有点被噎到的样子：“吃饭，吃饭……”然后，他小心翼翼地看了温某人一眼，低下头，默默扒饭。

我笑笑地看着不再作声的方浩——刚刚那个眼神，分明包含了一位合格好兄弟怒其不争、欲言又止，以及满腹委屈的复杂情绪。

而且，他跳话题跳得也太生硬了吧！！！

我看着碗里堆得高高的鸡蛋——都是温某人给夹的，我也低下头，扒饭。

一定发生了什么事，而温某人却对此三缄其口——就在刚刚，温某人自以为不动声色地踢了一下方浩的脚，可是，桌子那么小，大家坐得那么挤，他踢方浩的同时也踢到了我……

确实发生了一件事，只是要等到很久以后，等到我见了韩宇，我才会知道温某人当时到底对我隐瞒了什么。

而此时，距离我见到韩宇，还隔着一个酷热的夏天、一个甜蜜的秋天，和半个漫长的冬天，我一直要等到苹果落地、蝗虫成灾、麦茬遍立、万物凋零，答案才会轻轻浮出水面。

而那个答案，让我在乌鲁木齐十二月的大雪纷飞里，哭得不能自已。

06

这次送书，我很心机地夹带了私货——我自己刚刚上市的新书《伸出手，抱一抱还在努力的自己》。

我特别诚恳地说："请多指教。"

温某人也特别诚恳地配合我的表演："不敢不敢，回头一定好好拜读。"

结果，回头一指教就变成了："就你写的这种吧，我觉得关中野客写得挺好，还有大冰，你多学学人家！"

……

对不起，我去学习了。

又过了几天——

"我感觉你可以多写一些有意义的作品。"

"比如？"

"《平凡的世界》《白鹿原》这样的，就很好。"

……

对不起，是在下输了，告辞。

07

就温某人这种画风，我才不会没事找事地给自己添堵。

于是我开始礼貌地疏远他。

温某人应该也明显感觉到了我的疏离，那段时间，我们的交流越来越少，渐渐地，就连彼此朋友圈的"点赞之交"也懒得维持了。

我们漫长的一生中，每个人注定会与某个人相遇，然而这种相遇就像茫茫人海中偶然相交的两条线，在交汇的时刻互放光芒，彼此映照着行进一段，或许一起爬过高山，也可以一起蹚过泥泞的小河，但最终，他们必然会“与君同舟渡，达岸各自归”。

原本我以为，我和温某人之间，也是如此。

可是——

有生之年，狭路相逢，终不能幸免。

六月初，那家军事院校的文学俱乐部举办了一系列文化活动。

一场诗会结束，我在学术交流中心的门口跟接待我的学员礼貌告别，然后一个人慢悠悠地在久违的大学校园里晃荡。

夜风清凉，空气中有淡淡的栀子花香，整个校园空旷寂静，偶尔有人经过，就像大型的猫科动物，沉默而又迅捷。

突然，一辆车轻轻停在我的身侧，高大英俊的男人将头探出车窗：“楚河老师！”

我茫然抬头，原来是温某人。这一次，他穿了制服，苍茫的夜色中，整个人有一种肃穆冷峻的气质。

“上车吧。”他一副公事公办的口气，“我送你回家。这边不好打车。”

“啊……好，谢谢啊。”

一定是夜色太美太温柔，我才会稀里糊涂地上了他的车。

车上高架后，温某人开始絮絮叨叨地说话，我翻着手里的诗会会刊，有一搭没一搭地回应。

不到半个小时的车程，他说了很多，再加上之前跟方浩聊到的，我大概总结了一下有关他的信息：温庭璋，男，28 岁，内蒙古包头人，单身……

我频频点头：“可以、可以，不错、不错，挺好的、挺好的……”

他似乎挺开心，语调有轻微的上扬，眉眼也慢慢松懈下来。

下车的时候，我特别真诚地说："小哥哥这么优秀，单身多浪费啊，放心，介绍对象的事包在我身上。"

温某人瞬间好像被雷劈了。

怎么，他这么生猛地推销自己，不是为了让我给他介绍对象？

温某人沉吟了一下，说："好！谢谢楚河老师。那么，楚河老师知道我喜欢什么样的姑娘吗？"

我想都没想，直接就大包大揽："都可以，你喜欢什么样的你说，我替你留意……"

别的不敢讲，我这个圈子里，多的是有料又有趣的优秀小姐姐。

温某人突然就笑了："以后再慢慢告诉你。"说完，下车，绕过车头，替我拉开车门，"时间不早了，快回去吧。"

"啊……好，谢谢啊。回去的路上注意安全。"

我边走边想——

就总编办的阿九吧，颜值能打，身材高挑，往温某人身边一站，出门的话这回头率得爆表。其实发行部的衣衣也不错，一行走的开心果，特能逗人开心，每天热情洋溢的，倒是能给温某人单调的生活带去不少乐趣。或者，设计师方小姐的妹妹小晴也不错，前两天一起吃饭的时候，她还说她的生日愿望是"脱单脱贫不脱发"，小晴乖巧秀丽，甜美可人，做事认真，会是个又懂事又让人省心的女朋友。

……

我想我一定是走得太急太快了，不然为什么我的胸口这么闷？

我回头看了一眼，温某人正半倚着车门抽烟，斑驳的夜色将他的影子拉得很长很长，我看不清他脸上的表情，只隐约觉得，这个人，真的是……真的是……

临睡前，我在手机搜索框里一字一顿地敲：两杠一星。

搜索结果显示：《中华人民共和国预备役军官法》规定，预备役军官军衔设三等十级——尉官：少尉、中尉、上尉；校官：少校、中校、上校、大校；将官：少将、中将、大将。

原来是少校啊。

这个时候，手机屏幕恰巧进来了他的消息：晚安，小姑娘。

那么——

晚安，温少校。

08

六月莎鸡振羽，七月在野。

七月，我在那所军事院校经历了一场声势浩大的离别——文学俱乐部的很多成员，毕业的毕业，分流的分流——离别就是这样让人猝不及防。

我们围在一起，说说笑笑，很多人笑着笑着就哭了，哭着哭着却很难再笑了。

此去经年，山高水阔，八千里路云和月，当是后会无期。

那么——

愿你们聚是一团火，散是满天星。

愿你们繁花似锦，谷粒满仓。

愿你们四时平安，万事胜意。

我在朋友圈看到温少校也发了类似的场景。

我捏着手机，举目四望，依依惜别的师生，手足情深的战友，互道珍重的亲友，难舍难分的恋人……大家红着脸，噙着泪，到处都是离别的愁绪。

人潮汹涌，四处喧嚣，我找不到那双熟悉的眼睛。

09

要么读书，要么旅行，身体和灵魂总有一个在路上。

这不是矫情，更不是铺天盖地的文青狂欢，而是我穷其一生想要追逐的隐秘的伤。

塔尔寺，大金瓦殿，我带走一枚菩提叶。

海拔 3820 米的拉脊山，雨雪不管不顾地扑过来，我躲闪不及，眼泪汹涌而出。

青海湖的水，一层一层淹没我的脚背，绵柔而动听。

清晨五点的黑马河，金乌跃出水面，周遭一片惊呼。而我，独享一个日出。

茶卡盐湖到处都是穿着红裙子的小姐姐，我在一叠明信片上写满祝福与思念。

一场奇遇，误入德令哈，海子诗歌陈列馆大门紧闭。

穿越 500 公里的无人区，在雅丹魔鬼城呼啸的西北风中，我安静地抽完一支兰州。

莫高窟 259 窟，在“东方蒙娜丽莎”神秘的微笑中我匍匐在地：

“伏愿龙天八部，长为护助，城隍安泰，百姓康宁；次愿甘州小娘子，承此善因，不溺幽冥，现世业障，并皆消灭，获福无量，永充供养。”

鸣沙山，熊熊篝火映照着无数年轻的脸庞，有人大声歌唱：“让我们红尘做伴，活得潇潇洒洒。策马奔腾，共享人世繁华；对酒当歌，唱出心中喜悦；轰轰烈烈，把握青春年华……”

我西出阳关、玉门关。

嘉峪关，却出长城万余里，东西南北尽天山。

张掖七彩丹霞耀红了苍穹。

祁连山顶经年不化的积雪在阳光下如钻石般璀璨。

我轻轻掩住眼睛，沉沉睡去。

我从梦境跌落，落入星河辽阔，落入丛山万座，谁把岁月蹉跎，谁在耳边絮叨——

他说，十万狮子吼佛像的弥勒寺。

他说，不过是晶莹了卷曲的睫毛。

他说，此时相望不相闻，愿逐月华流照君。

他说，Busy old fool,unruly Sun,Why dost thou thus,Through windows,and through curtains,call on us?Must to thy motions lovers’ seasons run?

他说，人生这冗长的一餐，你是世间所有的盐。

他说，今夜我不关心人类，我只想你，姐姐。

……

刺骨的疼，我猛然惊醒，揉着麻木的左腿，扭过头，车窗外，透过开满鲜花的月亮，依稀看见某人的模样。

10

2018年9月11日，23点57分，我的微博弹出了一条消息：

@唐家三少：我的木子走了。

简简单单六个字和一个句号，我的心却猛地一沉。

木子就是李默，唐家三少原名张威。

2015 年，唐家三少的奶奶因病失忆，他怕自己以后也会失忆，于是决定写一部小说来纪念他与妻子的美好时光。在这部小说里，男主人公叫“张长弓”，女主人公叫“李木子”。

然而，天予多情，不予长相守——

小说写到差不多三分之一的时候，木子罹患乳腺癌。

到如今，须臾三年间，长弓永失所爱。

生、老、病、死、爱别离、怨憎会、求不得、五阴炽盛。

人间八苦，无人幸免。

滚滚红尘，唯有怜取眼前人。

网友们都说：木子走了，长弓一定要坚持住，继续热爱这个世界。

他对她说：木子，愿你如天上星，亮晶晶，永灿烂，长安宁。

我对他说：温庭璋，路途遥远，我们在一起吧。

11

我是楚河，天秤座，B 型血，经营一家文化公司，带着两个孩子，出过几本书，去过很多很远的地方。

其实，除了“楚河”之外，我还有许多其他称呼——

商业合作伙伴会客客气气地称我一声“黄总”，助理凯凯毕恭毕敬地呼我“老师”，设计师方小姐喊我“女神大 Boss”，大多数同事则是亲切又有点距离感地叫我“河姐”。

只有温庭璋，无师自通地唤我“英英”。

他是除父母之外，第三个唤我“英英”的人。

他说：“英英，我喜欢你。”

他说："英英，我等你，等了好久。"

《诗·小雅·白华》有云："英英白云，露彼菅茅。"

英英，轻盈、明亮，形容音声和盛，俊美而有才华，光彩、鲜明……"英英"几乎包含了所有美好的寓意。

多年以前，某个秋日的清晨，西北小镇，一个男人给他刚刚出生的小姑娘取名"英英"，祈愿她一生顺遂，平安喜乐。

可是，当时的他并不知道，他的小姑娘，三岁就会被确诊为髋关节脱位，十七岁还会遭遇一场车祸；当时的他并不知道，他的小姑娘，终其一生，不得不沐雨栉风，砥砺歌行。

就像——

多年以后，某个秋日的子夜，阴雨缠绵的南方小城，另一个男人说："英英，总会有这么一个人，他可能在努力，走到你面前。"

可是——

当时的我并不知道，他说的那个人，就是他自己。

没想到我一大老爷们，还有"被约稿"的一天，十分受宠若惊。英英写的关于我俩的东西，这不是我第一次看，但每次看，都会忍不住窃喜，原来我是一个如此优秀的男人啊。哈哈开玩笑的，其实我也很感慨缘分的奇妙，就像我们第一次遇见的时候，我也没想到就那么随意一扫，就给自己扫出了一个女朋友。

你要问我对英英是不是一见钟情，我也不好答，男人和女人的神经不一样，但你可以想象这么一个场景：一个走在食堂里思考着午饭吃什么的男人，一抬眼瞧见一个因为不能刷卡不能付现而没法吃饭继而懵懂无措的姑娘，那一刻突然感觉自己被治愈，为什么能被治愈……很简单，原来有人比我还迷茫，关键是还能迷茫得如此可爱。

——节选自《温少校手札》

01

因为工作的性质，我频繁地外出公干。

虽然一个人风风火火走南闯北习惯了，但还是路痴得一塌糊涂。这一次是去北京，和一家新的合作方谈有声版权，会面地点我不熟，出了地铁口，举着手机，照着对方发过来的定位按图索骥，不一会儿，我就晕头转向了。

我很焦躁，发微信向温少校抱怨："我又迷路了！！！"

"你在哪里，你要去哪里，定位都发给我。"他很快就找到了路线，"你往东走。"

"东是哪里？"

"你看太阳。"

我抬头。

"太阳在我头上！！！"

他发过来一个吐血的表情，又迅速撤回，然后画风就变了："你个小傻子。多想跟你说'站着别动，我来找你'。"

是啊，"站着别动，我来找你"这种安全感，因为他职业的特殊性，他想给我却给不到。突然间，我感到很心疼。

"说了多少次了，我要把你抢出来，你倒是来给我当压寨夫人啊！"

"好啊，你等我。"他耐心地安抚我，"现在开视频，听我指挥，我带你去你要去的地方。”

果然，听了少校指挥，我很快就找到了会面地点。

“别着急。”他反而有点替我紧张，“先去一楼大堂的卫生间，洗把脸，补个妆。撸起袖子加油干！”

“Yes,Sir.”

等我找到卫生间，刚要把手机塞进包里准备洗脸的时候，屏幕上弹出来一条消息：小姑娘，谢谢你迷路到我身旁。

02

我正在整理青甘大环线的游记，温少校突然问我：“你知道我想去哪里吗？”

那段时间正好流行各种土味情话，于是，我逗他说：“我的心里！”

“不是！”钢铁直男果然撩不动，他特别认真地说，“我想去夏尔西里。”

“夏尔西里是哪里？”

“夏尔西里是一个国家级自然保护区，那里有高山，有平原，有戈壁，动植物资源都很丰富，但几乎没有人类活动的痕迹，被称为‘中国最后的净土’……”

“高山、平原、戈壁，相差如此巨大的地形地貌汇聚在同一个保护区？真神奇！”我边感慨边打开了网页进行搜索，“我也想去！”

“好啊，这次回驻地，我就申请调过去。等我安顿好，了解清楚了，就带你去。”

突然间就很感动——

他知道我身负顽疾，不良于行，也知道我一直想去更远、更广阔的地方看一看，但他从不像别人那样质疑我：“你这身体，行不行啊？”或者讥讽我：“身体不好就别瞎折腾了！”

他告诫我说：“量力而行。”

他安慰我说："这次没去成，又有什么关系，留有遗憾才是生活的本质。"

他许诺我说："你想去的地方，我尽量都陪你去。"

"好啊，你等着我。"

"好啊，我等你，多久都等。"温少校的语气轻松随意，然后又说了一句什么，发音有点奇怪，我没有听清楚。

就在这个时候，网页打开了。

我看见百度百科第一条显示：夏尔西里，为蒙语，意为"黄色的山坡"。

温少校走了过来，和我一起看网页上的其他内容。

我不由得轻声念了出来："到了新疆，才知道中国的疆域有多辽阔；到了夏尔西里，才知道中国的边防有多强大！"

我转头看着温少校，金色的阳光轻笼着他，他的侧脸看起来坚硬清隽，而他看着网页的目光却悠长、深邃，饱含深情。

我在心里默默地补上一句："只有真正爱上一位共和国军官，才能明白中国军人的使命与担当、坚守与荣誉。"

03

录完网络综艺回来，我跟温少校绘声绘色地讲起了录制过程中的趣事，说着说着，我突然担心起来——我在节目里都说了些什么？！

其中有一段现在回想起来，完全就是自黑，而且还是尬黑。

"完了完了，节目播出以后，我会不会掉粉啊？"我的声音不由自主地拔高，"我现在就给节目组打电话，那一段一定要剪掉，一定要剪掉！"

"不用担心。"温少校一本正经地安慰我，"你才几个粉丝啊！"

我才几个粉丝?

想到微博上那可怜的三位数粉丝数量，我就没了底气——这还只是关注我的人数，真正喜欢我、喜欢我文字的，又有几个呢?

我有点难过，轻轻叹了一口气。

温少校立刻感受到了我的失落，他说：“英英，不管你有多少粉丝，但你一定要记住，我就是你的粉丝，永远的头号粉丝。”

他可真是说到做到啊!

第二天，他便给我看了他专门申请的微博：小河蚌在长大。

“为什么是小河蚌?”

“因为很喜欢你写的那个河蚌姑娘的故事。”他的声音很轻，却带着十二分的郑重，“你也是被时间和苦难打磨过后，闪闪发光的珍珠。”

04

我刚打开文档，准备写微信公众号这周的推送内容。

温少校突然说：“你写过我俩吵架吗? 可以把吵架写一写——不吵架的爱情，不是完美的爱情!”

我朝他翻了个白眼：“写什么写，我们一转眼就和好了，不够写。”

“不，你觉得一转眼，可我觉得度日如年。”

我知道他说的是上周的事情，他因为要对抗演练，不方便及时回复我的消息，我则是因为一个商务谈判久攻不下而心烦气躁，于是借题发挥……他觉得我不理解他的职业，我觉得他不支持我的工作……三言两语，两个人便吵了起来。

虽然后来我们很快就和好了，但现在又提起来，我还是余恨难消!

“屁咧! 明明你跟方浩在XX湖一起看落日呢，多浪漫啊，别以为我没发现。”

“你只发现了我和浩子看落日？”

“难道我还要发现你和方浩的‘奸情’？”

严格算起来，温庭璋跟方浩在一起的时间比跟我在一起的时间多多了，他们一起训练、一起学习、一起执勤. 而我这个女朋友，只有在他外出或者休假的时候才能霸占他的一小段时间，我羡慕嫉妒恨的同时，揶揄方浩是“世界第一的情敌”。

方浩不承认，他说：“我算什么情敌……你的情敌永远只有一个，而且，他强大到你无论如何努力也战胜不了，你还是乖乖地屈服吧！因为，他的名字叫——祖国！”

呃……上交给国家的男人，还能怎么样呢，屈服就屈服吧。

而此时，上交给国家的男人却向我屈服了：“算了，你安心码字吧，我去卧室看会儿书。”说完，在书架上翻找了好一会儿，拿着一本不知道什么书，走了。

深夜十点的书房，静默如谜。

我对着文档写了删，删了写，怎么都进入不了状态。

——我太了解温庭璋了，本来他是要在书房陪着我的，现在突然躲去卧室看书，一定是因为受了委屈——虽然吵架那事儿早就过去了，但他一定觉得我对他没有用心，或者说，我没有发现他对我的用心。他这个人就是这样，从小到大，受了委屈从不肯直白地表现出来，而是闷在心里等着对方去发现，如果对方一直发现不了，他就自己慢慢消化，久而久之，便养成了现在这种傲娇又有些许冷漠的性格。也正是因为这种“生人勿近”的气场，跟他亲近的人并不多，浩子算一个，宇哥算一个，而我，我是他最亲密的女朋友啊。

我不能让他受委屈。

我跑去问方浩：“二营长，那天，就是对抗演练结束的那天，你跟老温，只是在一起看了落日？”

“是的，一共看了二十九次落日。”

我没听明白。

“二十九次？”

“是的，二十九次落日。”

“为什么是二十九次？”

“……”

“为什么是二十九次？！”

“叫哥哥我就告诉你！”

“滚蛋！”

熬到凌晨，稿子总算写完了。

等我蹑手蹑脚回到卧室的时候，温庭璋已经睡着了，地板上散落着他刚刚看过的书。我捡起来，发现其中一页有明显的折痕，凑近了看——

“有一天，我看了四十四次落日！”

过了一会儿，你又说：“你知道……特别忧伤的时候，人们就喜欢看落日……”

“那么，看四十四次落日那一天，你一定很忧伤吧？”

但小王子没有回答。

我想笑，这个男人真幼稚啊！

但很快又忧伤起来——

在我看来转眼就忘的一次小吵小闹，温庭璋因此却看了“二十九次落日”。

小王子的星球那么小，看四十四次落日是件很容易的事。

可刚刚过完二十九岁生日的温庭璋，把他小半生的落日都看了一遍啊，还真是度日如年啊。

我轻轻拥住他，心里反反复复想着一句诗：只要想起一生中后悔的事，梅花便落满了南山。

05

在跟合作方美丽的声优小姐姐探讨一个有声项目的细节——

小姐姐："你今天怎么这么迟钝？反应总是慢半拍，这不像你啊！"

我："嘤嘤嘤……因为，我在忙着跟男朋友聊天。"

小姐姐："男朋友？！"

我："是哒。"

小姐姐："怎么突然就有了男朋友……"

我："这事儿说来话长……"

小姐姐："那就长话短说——带着我的祝福，滚蛋！"

我："得嘞！"

小姐姐："滚回来！"

我："对不起，滚远了，回不来了。"

"那就远远地听着。"小姐姐显得特别郑重其事，"你一定要幸福啊。"

06

据传，二营长方浩同志是母胎 solo（单身），我对此深表怀疑——浩子要颜有颜，要才有才，就算一心一意地早起早睡建设社会主义，但在"携笔从戎，强军报国"的路上，总有那么一两个小姐姐给他使过绊子吧？

温庭璋却坚持说："没有，从来没有！"

我跑去向宇哥求证。

宇哥沉思良久，说："这么跟你说吧，有一次，一个女孩主动约浩子跑半马，我们一看，妈呀，有戏，还帮他好好拾掇了一番……谁知，到了现场，他嫌人家女孩跑得慢，就自己先跑了，然后蹲在终点打游戏，一直打到手机快没电了也没等到女孩出现，他决定打个电话，电话接通了，女孩说学校有事就先回去了……他还觉得挺奇怪的。"

听完宇哥的讲述，我也沉思了良久，但我觉得浩子其实还可以再抢救一下，便把声优小姐姐的微信推送给了他——两人是同乡，且声优小姐姐拥军情结严重，应该会有戏吧。

我刚撕开面膜，就接到声优小姐姐打来的电话，她问我："河姐，我能把那谁删了吗？"

"啊？谁啊？"

"就那个……方浩啊……"

"怎么了？"

"完全聊不下去，真的……一言难尽，我直接把聊天记录截图发给你吧。"

我把脸上的面膜仔细抚平，拿着手机进了卧室。

下一秒——

哎呀妈呀，我的面膜，不能笑，不能笑……

不能我一个人笑，我还是一字不落地还原两人的聊天记录，大家一起笑吧——

不羁的旅行：你好～认识一下不会为难吧～

声音摆渡人：你好[动画表情]

不羁的旅行：你这个表情是无奈吗～对于我这么可爱的男人～

声音摆渡人：啊？

不羁的旅行：我们这不是相亲～不要太紧张～放松一点～

[动画表情]

我叫方浩～以这种方式和你认识有点唐突～

希望你不要介意哦～

声音摆渡人：你是怎么知道的我啊？

不羁的旅行：这个其实不太重要吧～

重要的是我们两个现在认识了～

你说呢～

重点是我俩的相处对吧～

声音摆渡人：？？？

[动画表情][动画表情][动画表情]

不羁的旅行：放松～别紧张～

我不会吃人的～

声音摆渡人：是河姐介绍的吧？

不羁的旅行：这个真的重要吗～

我说了，重要的是我们两个人的相处～

声音摆渡人：呃……

我还对你一无所知……

不羁的旅行：我可以让你慢慢知道的～

我……

我先卒为敬……

可见，方浩同志母胎 solo 真的是有原因的。

另外，请问大家有什么好的方法，可以再次抢救一下二营长吗？

07

我去清华大学看“西方绘画 500 年——东京富士美术馆馆藏作品展”，特意给温少校拍了《向敌人进攻的第一帝国将军》，我矫情地说：“One should develop the habit of trusting oneself,and believe in one's courage and perseverance even in the most critical moment,My General.”

他视而不见：“又去吃食堂？”

“是呀是呀！”

他抓不着重点：“又找小哥哥帮你刷卡？”

“是呀是呀！”

他突然就不高兴了：“又加小哥哥的微信了？”

电光石火间，我 get 到了他想要表达的点：我去他的母校吃食堂，请他帮我刷了饭卡，他随后加了我的微信……

“你以为谁都跟你一样？”想起他那么随便地就加陌生人的微信——尽管彼时那个“陌生人”是我，我还是恶向胆边生，“看把你给闲的，没事就加人微信。”

“天地良心，我就是那么闲，闲得一看到你迷茫的样子就觉得……”

“觉得什么？”

“没什么。你忘了你当时手里拿着什么吗？”

“我手里能拿什么，不就是包吗？”

“你再想想。除了包，还有什么？”

我按照他的引导，仔细回忆，春末夏初，天气多变，我习惯随身带一条薄薄的羊绒披肩以备不时之需——我的膝盖啊，稍微变下天就疼痛难忍，做好保暖是我的日常必修课。

“披肩？”

“不是。”

我努力回忆，然而时间过去太久了，实在是想不起那天我有拿什么特别的东西。

我又特意去翻当天的活动相册，还是一无所获。

“没什么特别的啊，你是不是在诓我？”

“看把我给闲的，没事就诓你。”

“到底是什么，快点告诉我！”

“自己想！”

“告诉我！！”

“就不！自己想！”

后来，我专门找了那天同行的朋友和负责接待我的学员，一一求证，大家都不记得我手里有拿什么特别的东西，而温少校却一口咬定我拿了一样对他有致命诱惑的东西，但他就是不告诉我那东西到底是什么。

真讨厌！

我缠着问了很多次，但他始终语焉不详。

我几乎要怀疑我的记忆出错了，就像，我们初见的那一次，吃完饭离开的时候，他给我买了一杯饮料，我清清楚楚地记得是一杯酸梅汁，而他却坚持说他买的是绿豆汤。

08

我俩打车回家。

一上车我就开始戏精附体：“哎呀，我好像忘带钥匙了！”说着，便埋头在包里翻来覆去地找。

温少校现场就给我开上教育了：“你忘性怎么就这么大？！说了多少次了，出门前‘伸、手、要、钱’，你到底记住了没有？！”

我在心里朝他默默地翻了个白眼。

伸（身）——身份证。

手——手机。

要（钥）——钥匙。

钱——钱包。

我当然记住了，但他着急的样子，真的有点可爱诶。

我演得更卖力了，一边继续翻找一边装委屈："记住了记住了！你不是难得外出一次吗，我这不是为了赶时间吗，出门的时候一着急就给忘了。"

温少校无语凝噎。

眼看车就要到小区门口了。

我装作很着急的样子，问："你带身份证了吗？咱俩可能要去开房了……"

"没带！"温少校头也不抬地说。

"那怎么办？"我更着急了，"你回去拿一趟？"

温少校抬头，似笑非笑地看着我："可我带了军官证啊。"

我一把抓出钥匙，朝他脸上砸了过去："臭流氓！"

09

温庭璋一直诟病我说："你贪图的不过是我的美色，在Z市酒店的大堂里，你的口水都要流到地板上了！"

"哪有！"我连忙辩驳，多少带着点儿恼羞成怒的意思，"我那是还没睡醒好吗，流口水怎么了？喝你家水了？吃你家大米了？"

"没没没，以后给你喝、给你吃还不行吗？"他小声嘟囔，"那你是从什么时候开始喜欢我的？"

"我可不是见色起意，更不是贪图美色。"我认真地纠正，"我对你动心，是在你给我唱第四首歌的时候。"

"第四首歌？"他听来很疑惑，"我唱的第四首歌是什么歌？"

是啊，他给我唱了那么多首歌，从民谣到摇滚再到爵士，从汉语到粤语再到外语，从初恋的怦然心动到热恋的如胶似漆再到失恋的黯然神伤，哪一首歌才是第四首歌呢？

“《一次就好》？”

“不是。”

我还来不及说出第四首歌的歌名，就听见他说：“不说了，集合了。”接着便是电话挂断的忙音。

我盯着手机的屏保照片：北方秋日空寂的旷野里，年轻的共和国军官，扛着火箭筒匍匐在一片枯草里，荒漠迷彩突显得他肩宽、腰细、胯窄、腿长、屁股翘……我咽了咽口水，打开音乐软件，建了一个歌单：温少校的歌。

……

风到这里就是粘，粘住过客的思念，雨到了这里缠成线，缠着我们流连人世间。你在身边就是缘，缘分写在三生石上面，爱有万分之一甜……

也许是来自军人骨子里的那点保护欲作怪，女孩子在我面前表现得太独立太逞强，我会觉得心疼，英英有时候就是这样，所以和她在一起后，我都尽可能地把她当个小朋友惯着。我知道这样很自私，毕竟因为我职业的性质，我能陪伴她的时间很少，再加上她有两个孩子，独立强大是她必须具备的。可我总是希望她能抛掉这些东西，专心地做我的小姑娘。

我很喜欢《小王子》这本书，当然不仅仅是因为羡慕小王子拥有能在一天内看四十四次日落这么好的条件。小王子遇见了那么多的人，这些人看似千差万别，实则又千篇一律，他们都是被现实同化了的人。我希望我的小姑娘不论在外面的世界如何独当一面、所向披靡，到了我这儿，就当个被宠的小孩吧。

——节选自《温少校手札》

01

忘了那次是因为什么生温少校的气，但清楚地记得，随后他有一个重要的考核，我便“大人有大量”地表示可以先不计较，一切等考核结束再说。

失联三天后，温少校给我发的第一条消息是：“宝宝，不要再生气了嘛。”

我秒回：“没生气啊，不是当时就暂停了吗？说是等你考核完再生。”

“还能这么生？”

“我说能就能。”

“那，你给我生猴（孩）子……也能暂停啊？”

“这个不能。”话一出口我就觉得不好意思了，立刻向他发难，“谁要给你生猴（孩）子啊？臭流氓！”

“英英啊。”

“我才不要！你不是想要五个宝宝吗，我可生不了那么多。”

温庭璋真的很喜欢孩子。他一直遗憾自己是独子，很羡慕我有兄弟姐妹；在外面看到小朋友的时候特别和蔼可亲，一点也不像他平时那么严肃；对我的两个孩子更是亲得不得了，经常带着他们一起捣蛋，三个人把家里搞得一团糟，再笑嘻嘻地看着我跳脚！

“我就是想要五个宝宝啊。你看，你是老宝宝，姐姐是大宝宝，弟弟是中宝宝，然后我俩再生一对龙凤胎，哥哥和妹妹，一对小宝宝。你自己算算，我是不是有五个宝宝？”

不知道为什么我突然就脸红了，憋了半天才憋出一句：“你才是老宝宝，不要脸！”

温某人轻声笑：“好啊，我们一起慢慢变老，一起做个老宝宝。”

果然不要脸！

哼！！

02

和温少校一起去幼儿园接弟弟放学。

一上车弟弟就开始抗议：“妈妈，你星期五不要再送我上幼儿园了。”

我一脸蒙：“为什么？”

“因为我不喜欢吃馄饨。幼儿园星期五都是吃馄饨，我不喜欢。”

“哦，那你喜欢吃什么？”

“我都不喜欢吃。我不喜欢吃鹌鹑蛋，我不喜欢吃生菜，我不喜欢吃小米粥，我不喜欢吃紫菜汤，我不喜欢吃木耳，我不喜欢吃鸡蛋，我不喜欢吃土豆丝，我不喜欢吃胡萝卜，我不喜欢吃花菜，我不喜欢吃黄瓜，我不喜欢吃鸡腿，我不喜欢吃肉……”

好小子！几乎把幼儿园这一周的食谱都报了个遍！！

温少校摸了摸好小子的头，以示安慰。

“那怎么办？你不喜欢吃这个也不喜欢吃那个，那你就长不大，也长不高。”我谆谆教导。

“可是，我喜欢吃草莓啊！”

“草莓是水果，不能当饭吃！”

“我就喜欢吃草莓！”弟弟一扭头，“温叔叔，给我买草莓。”

“好咧，我们现在就去买草莓。”

“草莓万岁！温叔叔万岁！”

“……”

老母亲想打人。

03

一打开冰箱，我就发现中午才买的冰激凌少了一支，多半是被姐姐偷吃了。

我：“姐姐，你偷吃冰激凌了？”

姐姐：“没有。”

难道是弟弟去上围棋课之前偷吃了？等弟弟回家再问问他吧。

我关好冰箱，舔着冰激凌，进书房赶稿，留温少校陪姐姐在客厅里玩儿。结果我忘拿眼镜了，只好去卧室里再拿，路过客厅的时候刚好听见两个人的对话——

温少校：“姐姐，你偷吃冰激凌了？”

姐姐：“没有。”

温少校：“你吃的是巧克力味儿的还是草莓味儿的？”

姐姐：“草莓味儿的。”

我：“……”

晚上睡觉的时候，温少校给我科普了 Jean Piaget（让·皮亚杰）的儿童认知发展过程的四个主要阶段：感知运动阶段、前运算阶段、具体运算阶段和形式运算阶段。

他说：“姐姐这个年龄，刚好处于前运算阶段，即她的思维很片面，她倾向于从自己的角度出发，去看待事物和进行思考。”

“说人话！”

“姐姐认为你的思考方式和她是一样的。”

“简单来说，诱导她按照我的思路回答问题，就对了？”

温少校笑而不语。

我跳下床，光脚跑进姐姐的房间。

我：“姐姐，你偷吃冰激凌了？”

姐姐：“没有。”

我：“你吃了一个，还是两个？”

姐姐：“一个。”

我：“哈哈哈……”

04

弟弟把姐姐用橡皮泥做的蝴蝶掰断了，姐姐生气了，眼看就要哭了。

弟弟解释说：“我只是想把它做成一个新的东西。”他并不知道干透了的橡皮泥不能像软的时候那样随意揉捏，他也委屈得要哭了。

危急时刻，温少校出马了。

他安慰姐弟俩说：“没关系，叔叔来帮你们搞定。”

他用胶水把断掉的蝴蝶翅膀和头粘在了一起。

看到恢复如初的蝴蝶，姐弟俩破涕为笑。

温少校说：“出现问题不要怕，温叔叔会帮助你们的，男人就是用来解决问题的。”

姐姐听了之后，又有了新的疑问：“那女孩子是用来干什么吗的呀？”

温少校想了想：“女孩子嘛……女孩子只要负责美美的就好啦。”

姐姐心领神会：“好的，我和妈妈只要负责美美的就好了。”

我“扑哧”一声笑了出来。

05

我迷迷糊糊地睡着了，很快就感觉到浑身黏糊糊的，让人很不舒服，我皱着眉头，难受地翻了个身，随即就感受到一阵凉风。

我半睁开眼睛，看到温少校拿了本书，在给我扇风——他知道我很抗拒空调：生姐姐的时候是盛夏，整个月子期间我都开着空调，那个时候死倔死倔的，老人讲了也不听，于是便落下了各种月子病，久治不愈，我便无理取闹地对空调深恶痛绝。

凉风习习，我很快进入了梦乡。

突然，“咚”的一声，书跌了下来，把我惊醒了。

我睁开眼睛，看到的却是弟弟——他还小，厚厚的一本书，他拿不稳。

“温叔叔呢？”

“姐姐说要吃水果，他就去厨房洗（水果）了。”

“嗯。妈妈不用扇扇子了，你也去跟姐姐一起吃水果吧。”

“那好吧。”

弟弟说完，跑出去了。

我又迷迷糊糊地睡着了，恍惚中，有人进来了，俯下身，给我喂了一颗葡萄。

我半眯着眼睛砸吧，他又伸出手，让我把葡萄皮和葡萄籽吐在他的手心，然后又亲了亲我，出去了。

嗯，真甜。

06

接姐姐放学，她一脸的不高兴，哄了半天，亲亲抱抱举高高，还是开心不起来。

我问：“到底怎么了啊？”

姐姐不说话，眼睛看向车窗外。

我轻轻抱住她，拍着她的背，又问：“怎么了游游，告诉妈妈，不管什么事，妈妈都会帮你的……”

“今天体育课，旁边的男孩子都不牵我的手！”

“为什么呀？”

“因为我太笨了！”

“我的游游哪儿笨了？她聪明着呢！”

“说我成绩不好，说我是笨蛋！”

呃……

姐姐的考试成绩确实不怎么样……我在想，到底要怎么安慰受伤的小女孩呢。

我还没想好说辞，就听见温庭璋气呼呼地说：“那个男孩子才是笨蛋呢，大笨蛋！姐姐这么可爱，这么漂亮，他还不牵姐姐的手，真是笨蛋到家了！”

我朝温庭璋翻了个白眼，从善如流地说：“成绩不好，我们就继续努力。一两次考试，说明不了什么问题，妈妈知道游游一直在努力呢，我们不是每次都在进步吗？成绩会越来越好的！”

“真的吗？”

“当然是真的啦！”

温庭璋却开始插科打诨：“成绩有什么要紧，游游每天开开心心的就好了！”

我忍不住又朝他翻了个白眼。

过了两天，我收到一份快递，打开一看——

《笔顺描红》《部首描红》《好字行天下》《看图说话写话训练》《一周一首古诗词》……

温少校，请问你还能再口是心非一点吗？

07

晚饭后散步回来，我切了一盘橙子搁在客厅的茶几上，提醒姐弟俩多吃水果。

弟弟很专心地吃了一瓣又一瓣，但他只会抓着橙子一顿乱啃，吃不干净。

我拿起一瓣橙子，给弟弟示范怎样才能吃得又美味又干净。

弟弟认真地观察了之后，拿起了盘子里的最后一瓣橙子。

姐姐不知道在书房干什么，等她出来的时候，橙子已经刚好剩下最后一瓣了——然而弟弟已经抢先一步抓在了手里，姐姐愣了一下。

我知道姐姐想吃，但是，无论是我，还是姐姐，直接开口跟弟弟讨要他手里的橙子的话，弟弟肯定不乐意。

姐姐看了一眼果盘旁边刚从小区超市里买的扭蛋，扭蛋里面是一只小鹿。

姐姐说："最后一瓣橙子就给小鹿吃吧。"

"好啊。"弟弟说着，开开心心地把橙子递了过去。

姐姐拿着橙子，假装喂一下小鹿，然后自己吃一口，再喂一下，自己再吃一口……

弟弟乖乖地看着，还时不时地提醒说："该喂小鹿啦！"

就这样，姐姐顺利地吃完了整瓣橙子。

08

熟睡中，突然被人紧紧搂住，我吓了一跳，赶紧开灯。

昏黄的灯光下，温庭璋双眼紧闭，双手却紧紧抱着我的腰。

应该是做噩梦了吧。

我拍拍他的手，安慰道："没事没事，我在呢。"

"英英。"他带着浓重的鼻音，把我拉进怀里，下巴摩挲着我的头发，"英英，我做了一个可怕的梦。我梦见你……不知道哪儿去了，可能 gg（死亡）了吧，然后把两个宝宝留给了我，我带着他俩玩得贼嗨……姐姐坐在我腿上吃着薯片……我就这样当了爹……律师在旁边做了公证。我爸妈也默认了，说：'这俩孩子挺可爱的，既然楚河那么信任你，你就应该抚养'……"

我左蹭蹭，右蹭蹭，在他怀里找到了最舒服的角度。

"你放心，就算有一天我不在了，孩子们还有亲爹呢。"

"对，他来要孩子了，可是你把孩子的抚养权给了我，我在梦里还特硬气地跟他说：'只要有我一口吃的，绝对饿不着这俩孩子。'"

我失笑："你放心，就算有一天我不在了，还有老大呢。我跟你说过的，这个世界上我最信任的人就是老大。如果，我是说如果，有一天我真的出了意外，我托孤的人一定会是老大，不是你，你放心。"

温庭璋急了，声音陡然拔高："我放什么心？你为什么不信任我？两个宝宝怎么就不能托付给我了？弟弟是男孩子，要多摔打，交给我多好，海空陆火武，随便他挑……我那些战友可不是吃白饭的，保证给你培养出一个优秀的帅小伙。"

我无言以对。弟弟才多大啊，他怎么整天尽想这些有的没的。

他继续说："姐姐……姐姐就算了，都是大姑娘了，我一个大老爷们儿带也不合适。但我妈可以带啊，三姑也可以……"

"好了好了……"我打断他，"你刚刚是在做梦啊，又作不得数。快点睡觉吧。"

他叹了一口气，关了灯，睡觉。

迷迷糊糊中，有人把我的脸扳了过去，额头抵着我的额头，认真地说："不管是不是做梦，英英，你都要信任我，我爱你，也爱你的孩子。"

我死死咬着嘴唇，不让自己哭出来。

谢谢你，温庭璋。

谢谢你爱我，也爱我的孩子。

我也爱你、信任你，请你放心，为了你和孩子，我会好好爱护我自己，我不会让自己那么容易就 gg 的。

09

去接姐姐放学，一上车她就问我："奶奶说，如果下次考试我能考 100 分，就给我 100 块钱，100 块钱是不是什么都能买到？"

我不禁想起我的小时候，那会儿我最大的奢望就是能有 10 块钱，感觉手里握着 10 块钱仿佛就能买下全世界。

我忍不住笑了，说："是啊，100 块钱是很多很多钱。"

在她所认知的世界里，100 块钱大概是世界上最大的钱了，大到可以买下所有她想要的东西吧。

"那是不是我想要什么零食就可以买什么零食？"她睁大了美丽的大眼睛。

我忍住笑意，回答："是的。"

回家的路上，她陷入了沉思。

进电梯的时候，她忽然又问我："100 块钱可以买床吗？"

"床？"我不明白她为什么会忽然想买床——小朋友的思维有

点太跳跃了，我怀疑我听错了。

“是啊，床！”

“睡觉的床吗？”

她点点头。

我迅速思索了一下，100 块钱显然买不到床，但我该怎么回答她呢，是继续让她对 100 块钱抱有美好而雀跃的认知，还是让她对真实的世界有所认知呢？

我选择了后者：“100 块钱买不到床。”

她愣了一下：“那是 200 块钱吗？”

“不是，要一万多。”

“一万多？”

“嗯，就是 100 个 100 块钱。”

“100 个 100 块钱？！”她用她的小脑袋瓜认真地思考着，掰着手指头计算，“是 100+100+100+……+100 吗？”

“是的，100+100+100……一共加 100 个 100。”

她终于理解了，惊讶地说：“原来床这么贵。”

我们从电梯里面出来，来到了家门口，我拿出钥匙开门。

她认真地说：“所以，家很贵，是吗？”

我推开门，牵起她的小手，认真地回答：“是啊，家很贵。”

10

早上十点多，正是我一天最忙的时候，突然接到姐姐的班主任张老师打来的电话，说是姐姐哭得很厉害，怎么哄都哄不好，要我马上去学校一趟。

我简单交代了一下凯凯，让他接手今天“紧急且重要”的工作，随后匆匆离开办公室，边按电梯边继续跟张老师沟通。

“张老师，游游为什么哭啊？”

“我说要请家长，她就哭了。”

这……不至于啊，之前我也被学校请过好几次，也没见她哭啊，这次是怎么了？！

“为什么呢？”

“她说千万不要请家长，妈妈知道了会生气，一生气，妈妈很快就会变老了。”

听张老师这样解释，我突然就明白了——

前两天，弟弟说起一件事儿：“我看到一个妈妈，脸上有八条皱纹，她说她的宝宝老是惹她生气，她一生气就会长皱纹，皱纹长到十条她的头发就会变白，头发变白她就老了……她老了就会变成天上的星星，她的宝宝就再也见不到她了。”

之前被请家长，我确实跟姐姐表达过“我很生气”，今天这事儿……虽然姐姐现在还不能理解生、老、病、死，但弟弟之前说的那些话，让她对“妈妈生气就会长皱纹，皱纹长多了就会头发变白，头发变白了宝宝就再也见不到妈妈了”这个认知心有余悸。

可是，为什么要请家长呢？

“她跟同学打架，小朋友下手没轻重，她把人家的脸抓破了……”

我吃了一惊。

从小到大，姐姐一直是个乖巧的女孩子，鲜少与人动手，但我也一直教导她“如果有小朋友不小心打了你，跟你说了‘对不起’，那就没关系；但是如果有小朋友真的打你，又不道歉的话，那你就狠狠地打回去，不用怕，有妈妈在……”姐姐这次出手打人，看来事情还蛮严重的。

我赶到张老师的办公室，看到姐姐的眼睛红红的，见我进来了，小嘴一瘪，又要哭出来；旁边站着一个小男孩，眼皮耷拉着，此刻正扭来扭去的，脸上确实有几道血痕。

我赶紧跟小男孩道歉，接着又跟张老师了解了一下情况，最后，我蹲下来，抱住我的小女孩：“告诉妈妈，为什么跟同学打架？”

小女孩在我怀里蹭来蹭去，声音闷闷的：“他欺负田佳妮（化名）……说人家穿破的鞋子，田佳妮不理他，他就踩她的脚，还揪她的辫子……我说不让他揪，他就又揪我的辫子，揪得我好疼……我是不小心才打到他的脸的……”

田佳妮我是知道的，她的爸爸妈妈都去世了，她跟着以捡废品为生的奶奶生活，至于说她的鞋子破……应该是，学校即将举行运动会，为了展现良好的班级风貌，家委会统一选购了班服，鞋子嘛，大家商议说穿小白鞋就很好，这鞋很多孩子都有，就不统一购买了，家长自己准备。现在看来，也许是田佳妮的小白鞋跟其他小朋友的不太一样吧。

“不管怎么样，主动打人是不对的，快跟人家道歉！”

小女孩不情不愿地跟小男孩道了歉，小男孩也扭扭捏捏地伸出手，两个人拉着手摇一摇，和好了。

回到家，我便联系了家委会的几位家长，委婉表述了一下田佳妮的问题，最后，大家一致决定，由家委会出钱购买一双小白鞋，拜托张老师以“这次小测试田佳妮进步非常大”为由，奖励给她。

运动会开幕式那天，义工家长们从现场传回来的照片里，我看到余天爱和田佳妮手挽着手，笑得很开心。小朋友们都笑得很开心。

11

为了弟弟幼儿园举行的“爱心满校园·真情暖人心”的义卖活动，我一大早便在卫生间折腾自己的头发——

吹个空气刘海，看起来好幼稚啊；

夹成直板，好土啊；

卷个波浪，显老；

……

温某人进出卫生间几次，每次都是摇着头出去：“女人真麻烦。”

我没好气地揶揄他：“你倒是想麻烦呢，就你那三毫米……麻烦得起来吗你麻烦……”

他刚想瞪眼睛……

“不准瞪，丑，憋回去！”

温某人还在想着怎么怼我，恰在此时，传来了弟弟的声音——

“白色的星星衣服？还是蓝色的亮晶晶的裙子？”这是弟弟在给我搭配衣服——虽然每次到最后我都不会采纳他搭配的方案，但他还是乐此不疲地给我提供各种搭配方案。

“弟弟，过来！”温少校突然找到了救星，“叔叔也帮你打扮打扮！”

弟弟进来了。

温某人拿起啫喱水仔细地抹到弟弟的头发上，开始给他抓发型。

“温柔一点呀叔叔，你不是‘温’叔叔吗？你怎么一点儿也不‘温’……”

“哦，抱歉，我轻一点……现在‘温’了吗？”

“有一点点‘温’，可是你一直抓抓抓，你是要把我的头发抓开花吗？”

“不是抓开花，是要抓出一个好看的发型，好了……现在给你定型。”

“定型？我又不是变形金刚……”

“定型就是把这个抓好的发型给固定住，让它一直这么好看。”

“很好看吗？”

“是呀！超级好看！”说着，温某人抱起弟弟，让他照镜子。

“真的超级无敌好看呢，谢谢叔叔。”

“那当然了，我跟你说，叔叔年轻的时候可会打扮自己了。”

“所以叔叔很帅，是吗？”

“完全正确！”

呃……男人之间的彩虹屁，简直让人无言以对，我朝温某人翻了一个白眼。

温某人的求生欲果然很强——

“妈妈好看吗？”

“当然好看啦，妈妈是小仙女呢。”

呃……小男人的彩虹屁……真香！

12

帮姐姐整理书包，发现了一张获奖证书和一枚奖牌。

“游游，上次的比赛得奖了呀，怎么不跟妈妈分享呀？”我拿着奖牌冲姐姐晃了晃。

“银奖，又没有什么……”姐姐小声嘟囔着。

“银奖也很好啊，你们在舞台上表演的时候，每个人都很开心呢。”

“是挺开心的。不过，老师说要是皮皮（化名）跳得再好一点就好了，大家就可以拿金奖了。”

“皮皮？”我隐约记得，比赛的时候好像确实有一个小朋友跟不上大家的节拍，“皮皮是后来才加入的吗？”

“不是，她来得挺早的。”

“那是年龄太小了吗？还跟不上大家……”

“她都 8 岁了。”

“8 岁了，比你大，她读三年级了吧？”

“没有，她也是读一年级。”

跟不上大家的节拍、8 岁、读一年级，我似乎有点明白了。

“皮皮是不是学起东西来有点慢？”

“是的，她总是不明白……老师教了很多次，就只有她不明白……”

我走过去，蹲下来，抱住姐姐：“那，作为小队长，你该怎么做呢？”

“我会跟她一起努力的，我以后早点去学校，多教教她就好了。”

“是的呀，刚开始，小朋友都是这个样子啦，多练习练习就好了。相信你们以后一定会拿到金奖的。”

“那就谢谢妈妈啦。”

13

弟弟大概是在幼儿园喝到了美味的蘑菇汤，所以这几天一直念叨着：蘑菇汤、蘑菇汤、蘑菇汤……

我又不会做，只能等温少校外出的时候，让他做给弟弟吃。

温庭璋牵着弟弟的手从超市回来后，一个人进了厨房，我啃着苹果跟了进去——

各种食材清洗干净；

番茄切成细细的条，冷锅热油，下番茄，翻炒，直到炒出番茄汁；

加一大碗清水，大火煮沸；

调成小火；

平菇撕成细丝，下锅；

香菇去蒂，切成薄片，下锅；

金针菇剪去老根，撕成小小的一份份的，下锅。

空气里弥漫着饭菜的香味。

“勺子呢？”

“啊？”我正盯着锅看得入神，看起来很好吃的样子诶。

“我的勺子在这儿。”说着，他欺身过来，一双眼似笑非笑地盯着我。

我吓了一跳，条件反射般地往后一倒。

“勺子在那儿……”我指了指右手边的储物柜。

“勺子明明在这儿！”熟悉的气息袭来，“‘勺子’在你们甘肃方言里不是说人傻的意思？”

“没错，你这个勺子！”

我反应过来了，一委身，想要从他的臂弯下钻出去，谁知，他的速度更快，反手拉住我，暗暗用劲儿一甩，我就被迫转了一个圈，正要吼他，谁知旋转后的我却扑进了他的怀里。

他用下巴蹭了蹭我的头发。

他说：“这个姑娘真的勺着呢。”

就在这个时候，锅里的番茄汤突然“咕噜”一声，冒了一个泡。

都说孩子是母亲的盔甲，也是母亲最牵挂的软肋，正是因为有了天爱天成的存在，英英才变得柔软又坚韧。毫不避讳地说，我也曾遗憾“恨不相逢未嫁时”，但遇见即合理，何况她本就孑然一身。

第一次见到天爱天成的时候，我就很喜欢这两个孩子，姐姐比较认生，容易害羞，弟弟则比较心大，和我很快就玩到了一块儿。后来接触的多了，姐弟俩一见到我就抱着我的腿喊“温叔叔”，让我不由得“父爱泛滥”。

二人世界固然美好，但多两个可爱的小孩也格外有趣。

还是那句话，我爱英英，也爱她的孩子，这一点永远不会变。

——节选自《温少校手札》

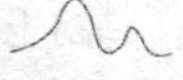

Chapter04

愿倾我所有保护他孩子气，也很愿意陪他跟怪兽较劲

01

我一直认为，思念一个人最极致的模样就是不远万里、不辞劳苦地去看他，于是，在一场纷纷扬扬的大雪中，我跨越两个时区，落地地窝堡国际机场。

我很骄傲，我没有把这份思念停留在冰冷的手机两端，而是实打实地去拥抱他，亲吻他，在他耳边轻轻地说我想他。

然而遗憾的是，没有拥抱，更没有亲吻——我抵达的时候，温少校恰好在执勤，是一个小战士去机场接的我，闽南口音的小伙子很羞涩，只是专心致志地开车。

凌晨两点的街道，寂静无人。

我的心一会儿滚烫一会儿冰冷——就要见到朝思暮想的那个人了，他瘦了吗？黑了吗？还是更壮了？我这段时间工作太忙，状态好差，真是又胖又憔悴……

……

终于，在我们分别 33 天之后，我见到了我的少校。

他站在旷野的风中，厚厚的棉大衣泛着清冷的光。

我冲过去，张开双臂。

他却迅速地往后退了一步，有点严肃地说：“影响不好。”

我撅嘴，瞪他。

他看着我笑："走。"

他大步往前走，我亦步亦趋地跟在后面。

地面明显被清理过，但大雪下个不停，马路上覆着一层薄薄的雪粒，很滑，我走得小心翼翼，可还是没走几步就觉得累。

我拽住他的袖子，摇一摇："你可以停一下吗？"

他停下来，用余光扫视了一下四周，确定没有别人。

他侧过身，摸摸我的头，语气温柔："我可以为你停留一辈子。"

我对摸头杀没有哪怕一点儿抵抗力。

我仰头看着他。

四周很安静，能听到雪簌簌落下的声音。

他也低头看着我。

他的眼里真的有星星。

他俯下身来："过来，我背你。"

少校的小姑娘趴在他的肩头，她在想：她这小半生，真的蛮幸运的——

家人、事业、爱好……可谓是求仁得仁，就算暂时遭遇挫折，也能逢山开路，遇水搭桥，她是打不倒的小小河。

至于爱情，她被深刻地爱过，当爱情消亡，她也曾心碎，也曾流泪，但最终，她慢慢自愈，亲手重建了自己的生活。

时至今日，她依然保持爱的能力，自爱，爱人，最终再次被爱。

她的人间一直值得。

雪越下越大，落在我的身上、脸上，还落进我的眼睛里，要不，我怎么会湿了眼眶？

突然想变成这纷纷扬扬的大雪，轻轻落在爱人的肩头，你伸手拂去也好，最好你毫无察觉，就这样，让我们一步一步，走到天光乍亮，或是哪天白发苍苍。

02

洗完澡从浴室出来，刘海湿漉漉的，贴在额前。

温庭璋坐在沙发上盯着我看。

“你现在给我的感觉，就跟我第一次看见你的时候，一模一样。”

“什么感觉？”

他走过来，帮我吹头发。

他的动作并不熟练，吹风机离得太近了，暖风烘烤得我头皮发麻，而我的手心也在莫名其妙地出汗。

他说：“那个时候，你刚买好饭菜，需要付款的时候才发现不能付现金，也不能刷微信或者支付宝，只能刷一卡通……你有点蒙，四处打量着，想要找人帮忙，懵懵懂懂的样子，看起来就像一只迷路的鹿。那个时候，我心里突然觉得，要是跟这个一脸迷茫又有点可爱的姑娘在一起的话，应该会很有趣。”

“所以，你对我是一见钟情？”

“没有，我跟你是命中注定。”

吹干头发，擦完身体乳，穿上他的体能服，往床上一躺，露出我的小短腿，打算撩他。

结果——

“你不冷吗？”

说着，他从我的行李箱里找出秋裤给我穿上，袜子也穿上，最后还不忘把体能服扎进秋裤里，秋裤扎进袜子里……

03

我睡觉认床，翻来覆去折腾了许久也没睡踏实，估摸着天快亮了，索性起身，蹑手蹑脚地去卫生间，打算洗把脸之后写稿。

然而招待所的水龙头实在是太难用了！我怎么调都调不出合适的水温，不是太凉了就是太烫了，我一着急，便扯着嗓子喊了一声——

“温庭璋！”

“到！”

男人一个鲤鱼打挺，下床，立正——两脚分开六十度，两腿挺直，两手自然下垂贴紧腿外侧。收腹、挺胸、抬头、目视前方、两肩向后张……

不用怀疑，这些动作要领，都是我后来背着温少校偷偷研究的，而当时……

当时，我的心里只有一句粗话，不知当讲不当讲——

这也太他妈帅了吧！

04

早上洗漱的时候，我发现束发带不见了，找了一圈儿没找着，就想着先随便找个皮筋什么的，临时扎一下头发……可是，翻遍了卫生间，一无所获！

或许是我动作有点大了，吵醒了温某人。

他睡眼惺忪地问：“怎么了？”

“就……找个皮筋啥的，扎一下头发，方便洗漱，但是找了一圈，没找着。”

“我来找吧。”接着听到他翻身下床的声音。

我开始刷牙。

不一会儿，温某人进来了，扬了扬手里一团黑乎乎的东西，说："先凑合用吧。"

我用牙齿咬稳牙刷，伸手接了过来，仔细一看——

我靠！

作战靴的鞋带！！

05

我是老派的 80 后，娱乐休闲基本就是看书、看电影，说到打游戏的话……上一次我打的游戏好像是《植物大战僵尸》，所以，温庭璋说要带我"吃鸡"的时候，我是拒绝的。

然而对于"游戏和女朋友哪个更重要"这样的问题，我的回答从来都是"当然是游戏和队友重要啦，让女朋友自娱自乐就好了"，所以，当外面飘起雪粒子的时候，我俩一致决定不出去逛了，就窝在招待所里，各玩各的好了。

温庭璋跟战友们一起打游戏。

我拿着 Kindle 看书，突然——

"楚河姐，救命！"

"这谁啊？叫错了吧。"我疑惑地抬起头问温庭璋，"我又没跟你们一起打游戏……"

"是胖子的女朋友……"

"喊错啦小仙女，我没跟你们打游戏呀，是老温在打！"

我话音刚落，就听到胖子大叫："楚河老师，救命！"

我一脸蒙，完全不知道发生了什么事。

温庭璋却笑了，深深看了我一眼，说："浩子，二宝……别堵了，都撤了，让胖子带着女朋友好好玩去吧。"

哦。原来你们打的是这个主意。

06

也是这一次，我终于见到了传说中的“森林狼”韩宇，一米八九的山东大汉，居高临下、肆无忌惮地将我从头打量到脚，然后讪讪地说：“你就是楚河老师啊！”

“你就是宇哥啊！”我毫不留情地反击，“传说中的宇宙钢铁直男，你好哇！”

其实，相处几天下来我发现，宇哥也不是那么直男嘛，至少温某人不在的时候，他会细心地安排我的衣食住行，既妥帖又周到。

我离开乌鲁木齐的时候，温某人又在执勤，宇哥主动请缨送我去机场。

凌晨三点的街道，依旧寂静无人，加了防滑链的越野车开得又快又稳。

我默默看着窗外迅速后退的行道树，难过得就要哭出来。

宇哥若有似无地瞥了我一眼:“楚河老师,你知道吗,那次出任务,就是去年六月，Z 市的那一次，其实任务名单中根本就没有老温，是他特意去向政委申请的。”宇哥若有似无地叹了一口气，“他杵在政委面前不走，死皮赖脸地要去，当时我们都以为他闲出毛病来了，可明明那段时间他们人人都忙成狗！”宇哥若有似无地摇头，“好说歹说不听，政委发了火，手里的文件劈头盖脸砸过去，他躲都没躲，反而笑着捡起来……”宇哥若有似无地瞥了我一眼，“后来才听浩子说，他是为了过去给你送物料……”

我终于哭出了声音。

宇哥接着说：“当天下午就出事了……最后百米冲锋的时候，自动步枪里有空包子弹，有个傻 x 突然在后面开了枪，子弹恰好擦着老温的耳边……浩子急了，直接扑过去，谁知用力过猛，扑进了壕沟，崴了脚……”

我哭得更大声了。

原来，这个男人，在我爱上他之前，就在默默地为我付出。

原来，这个男人，为我付出的，比我知道的要多得多。

“所以啊，楚河老师，”宇哥看着我的眼睛，眼神坚定，神情郑重，“请你，一定，要，善待他。”

哦——

上帝做证，这个男人，我会爱他、理解他、支持他。

上帝做证，我一定会好好善待他。

上帝做证，愿倾我所有保护他孩子气，也很愿意陪他跟怪兽较劲。

哦——

上帝做证，四海列国，千秋万载，只有一个温庭璋。

上帝做证，是我三生有幸能喜欢他，是我三生有幸被他回应。

上帝做证，情比金坚，情意绵长，我是少校三生有幸的小姑娘。

这一章看得我“老泪纵横”。在乌鲁木齐冬天待过的人，就会知道乌鲁木齐冬天的室外温度低得有多么丧心病狂。

所以英英说她要来找我的时候，我又喜又忧，喜的是终于能抱一抱我的小姑娘了，忧的是，我又要让一个女孩子来承担这千山万水的距离了，更别说她的腿疾在这种极端天气下极易复发。

见到她的时候，是凌晨，又在下雪，这个场景很适合煽情，但是当时我俩都异常平静。或许有人认为，异地恋相隔太久见面要狠狠地亲吻、拥抱才能证明彼此有多想念，我倒不以为然，安安静静地看着对方走在雪地上踩出一个个或深或浅的脚印，那感觉或许就是传说中的“岁月静好”吧。

不过，先别急着质疑，狠狠地亲吻、拥抱自然也是少不了的。

——节选自《温少校手札》

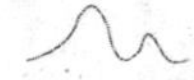

Chapter05 我有所恋人，隔在远远乡

01

乌鲁木齐下第一场雪的时候，我正在南京，和出版社谈一个重要的选题合作细则，晚上回酒店的路上，预料之中地又一次迷路了，我很着急地向温少校求助。

“你知道你现在在哪里吗？”

“不知道啊！知道了我还问你？！”

“你在我心里。”

这……

能不能正经一点……

“找到标志性建筑物，发照片过来。”

我对着前面最高的大楼举起手机，“咔嚓！”

“根本看不清你拍了什么。小傻子，开视频。”

能开视频还让我拍照……

“你往北，走六百米。”

“北是哪里？”

“就是你的左手边。”

好的好的，左手边我还是能分得清的，走六百米是吧，没问题！

“你知道北方有什么吗？”

“啊，不是我要去的 x x 饭店吗？”

“不是。北方有风、有雪、有群山，有你的爱人……”

呃，又来了！

这么会撩，怎么不去草原抓羊？！

“你知道我的左手边有什么吗？”

“《纪律条令》？”

“不是。”

“《队列条令》？《内务条令》？”

“都不是。我的左手边是信念和你。”

看着视频里他微笑的眼睛，我好像看见：

遥远的西北高原，大地尽头，群山之巅，寒风呼啸，雨雪交加，年轻的共和国少校，一脸坚毅，守护着他的祖国和人民，守护着他的爱人。

02

有一次，温少校给我发语音，说完之后忘记松开了。

他在那边跟家里打电话。

我听见他跟二叔说：“你不要再跟二婶吵架了，一个女人跟了你，你就要对她好，尤其是我们这样的职业，聚少离多，她苦得很。不要动不动就吵架，女人是要哄的……她哪里会错，她要是错了也都是因为你……”

这条语音，后来被我反反复复地听了很多次。

高原，没有 4G 网络，即便是固话，信号也不好，彼时，滋滋作响的电流的声音，战友翻动材料时沙沙作响的声音，二叔时不时大声反驳的声音……可我只能听到他的声音。

其实我知道他是故意没松开。

但我决定永远也不拆穿他。

就像后来的很多次，我们开着视频，隔着 3500 公里的距离和 2 个小时的时差，各忙各的——

我要在异乡的天空下，沉默寡言或大声谈吐，并且让你借我的沉默与我对话。

03

温庭璋打来电话的时候，我正在统筹爱奇艺《青春有你》的文稿。

温某人：“在忙吗？”

我：“是呀，今天要定稿，我正忙着看稿子呢。”

温某人：“稿子好看吗？”

我：“挺好看的，有帅气的小哥哥扯领带……”

温某人：“那你慢慢看吧，我挂了！”

我：“好的，拜拜。”

下午两点二十分，电话准时响起——乌鲁木齐和长沙有两个小时的时差，温庭璋每天午休前都要跟我通话，我们会互道午安。

温某人：“还在忙吗？”

我：“是呀是呀。”

温某人：“就知道忙忙忙，你中午休息了没有？”

我：“没有。在看帅气的小哥哥扯领带的视频呢，真的好帅！哎呀，我死了……眼神好迷人……我要被他的眼神杀死了！”

温某人：“那你慢慢看吧，我挂了！”

我：“嗯。你睡你的，午安。拜拜。”

挂断电话抬头，设计师方小姐冲我比了一个开枪的手势。

她说：“你死了。”

我朝她翻了个白眼。

她又说：“你家少校生气了！”

这有什么好生气的？

她继续说：“你还看别的小哥哥扯领带，你家少校也可以扯领带诶，而且还是制服诱惑！”

对哦！

我怎么没想到？！一定是因为他跟我在一起的时候穿便服的次数太多了！

晚上视频的时候——

我：“男朋友，给扯个领带呗！”

温某人：“不扯，扯什么扯……”

我：“扯一个嘛！”

温某人：“不扯，你找别人去扯好了……”

我：“那我真去了啊！”

温某人：“你敢！！腿给你打断！！！”

我当然不会真的去找别人扯领带，我忙得要死。稿子交付、过审、下印、全国上市、营销……一大堆工作缠身，我都忘记“扯领带”这茬了。

突然，微信弹出一个视频请求。

接通。

温少校：“十五秒观赏时间。”

我：“啊？”

手机这头的我还一头雾水呢，他却已经开始扯领带，骨节分明的手随着身体左右摆动了几下，领带松散，露出一小片脖颈，半是迷离半是挑衅地冲我眨了一下眼睛。

我还来不及做出反应，视频就被挂断了！

这就十五秒了？

这么快十五秒的时间就到了？

穿了常服的温少校真帅，不多看几眼饱饱眼福实在是太亏了。

我赶紧回拨过去。

视频接通，他却已经换好了体能服。

“我还要！”

“乖哦，等我回去，亲自给你示范。”

“谁要你亲自示范了，臭流氓！”

“不要算了！”

“要要要。”我艰难地咽了一口口水，“你什么时候回来？”

“今晚。”

04

公司新项目需要验资，一时间现金流有点紧张，不记得说起什么的时候，我就那么跟温庭璋提了一嘴。

第二天一早，银行短信通知我的私人账户有一笔进账。

点开短信，我被那个数字吓了一跳，还没回过神来就接到了温庭璋的电话——

“钱收到了吧？”

“原来是你打的钱啊，你哪来的那么多钱？”

温庭璋早几年就已经在家乡买了房，就他那点死工资，每个月还房贷之后，还要自己吃喝拉撒、各种应酬……

“这些年攒的老婆本，几个理财产品也赎了回来，又找浩子他们几个拿了点，你先用，不够的话我再想办法。”

他这个人其实对金钱没有多少概念，但这么大一笔钱没有任何法律意义上的保障就直接给了我……我有点心虚，一时间竟不知道该如何是好，只好插科打诨。

“你什么时候变得这么财迷了？”

“和你在一起以后。”

“切，自己财迷就承认嘛，这锅我可不背！”

“真的。我想在长沙买套房，写我俩的名字。”

我有点反应不过来，在……长沙……买房？他买房还要写上我的名字?

仿佛整个银河系的烟火在我心头炸开，他说：“房子不用太大，一百来个平方米就好，光线最好的那一间给你做书房，我不在家的时候，你可以一个人在里面听歌、看书、看电影，无所事事地消磨时光。

“我如果休假了，就戴着耳机打游戏，你抱着电脑赶稿，键盘敲得噼里啪啦，我偶尔抬头看你一眼，然后继续打我的游戏。

“姐姐和弟弟在客厅里打闹，闹着闹着，弟弟哭了，凶巴巴的姐姐立刻变得温柔，给他吹吹，他就破涕为笑了，午后的风吹着窗帘轻轻飘动，我们坐在那里，不需要去管，只要含笑看着，就好。

他说：“英英，这就是我想给你的，我们的未来。”

距离是考验一段感情最直观的因素，倒不是说非要用异地去证明什么，但当一段感情走过漫长的异地还能坚守如初，磐石蒲苇的感情不外乎此。

更早一些的时候，我也是个黏人精，后来身上的使命多了，就必须卸下一些东西。再后来，回过头去看那些伤筋动骨的岁月，觉得没什么是不值得的。

腻在一起有腻在一起的甜，相隔两地不也有所谓的“小别胜新婚”？只要没有无端的猜忌和抱怨，异地恋虐起狗来自是当仁不让的。

当然了，还有一点是让我特别头疼的——英英是个十级路痴，每次她隔着屏幕和我说自己迷路了，而我又没办法给出正确指引的时候，我就恨不得变成孙悟空，翻个筋斗云就到她面前。

——节选自《温少校手札》

当我跨过沉沦的一切，向着永恒开战的时候，你是我的军旗

——温少校个人专访

Q：你觉得楚河是个怎样的人？

A：天真的人。

Q：喜欢楚河霸道女总裁的那一面吗？

A：喜欢。她的每一面我都喜欢，一开始是被她的优秀吸引，在一起以后才发现她的不完美，就越来越爱她了。

Q：对于可盐可甜这个评价，你接受吗？

A："盐"是什么意思？不觉得我"甜"啊，其实我挺糙的，小姑娘老是嫌弃我来着……

Q：会不会因为长期异地而感到困扰？

A：不会。距离不是问题，霸道女总裁下班的时候说想我，等我加完班，她就已经在营区等我了——很早前看过她的一个朋友圈，印象深刻：我认真做人，努力工作，为的就是当站在我爱的人身边，不管他是富甲一方，还是一无所有，我都可以张开双手坦然拥抱他。他富有我不用觉得自己高攀，他贫穷我们也不至于落魄。

Q：说一件近期因为楚河而让你感到甜蜜的事情。

A：我在南京出完任务，晚上十二点的飞机到长沙，一推门，桌

子上放着茶颜悦色（尽管我不爱喝这玩意儿）和小龙虾；第二天早上九点多的高铁去广州，她早早准备了很多特产，送领导、送战友……挺细心也挺周到，真的是个特别棒的小姑娘。

Q：吵架了通常谁先认错？

A：我啊，当然是我！让小姑娘低头，那怎么可能……

Q：在外执行任务与楚河长期失联时，心理活动如何？

A：肯定又给我发了好多信息，微信没收到回复就发短信，短信没收到回复就骚扰浩子，浩子不回复就找宇哥吐槽……肯定又翻白眼了，不知道翻了多少个了……

Q：一段好的军恋是如何维持的，有没有什么秘诀可以分享一下？

A：爱、信任、理解、包容，尽力而为。

Q：你觉得楚河有没有很吃“制服诱惑”这一套？

A：那肯定啊，强迫我穿常服跟她约会就不说了，还经常花两毛八强行购买变装服务，体能服、作训服、迷彩服、常服，就连毛衣、棉衣、大衣都不放过……

Q：楚河写书的过程中，有没有发生什么好玩的事情？

A：还挺多的。印象深刻的是有一次她在北京出差，不太方便，我就说我给她写日常，结果我临时有任务，写不了了，她就哭了……一直到现在，我都不知道她哭什么，我也不敢问。

Q：分享一下和姐姐、弟弟的相处模式吧。

A：就各种陪，其实孩子很好哄的，陪他们疯玩就好了。

Q：未来有没有结婚的打算？

A：我的打算都是以小姑娘的打算为前提。

Q：退伍之后，想和喜欢的人去过怎样的生活？

A：退伍？我还没想过，但希望小姑娘能早点“退休”，随军。

Q：来一句属于军人的告白吧。

A：我不在的时候，照顾好自己和孩子，能不能完成任务？

未完待续……

@Winny 楚河